河出文庫

ヰタ・マキニカリス

稲垣足穂

河出書房新社

目次

キタ・マキニカリス

収録作品の選定者なるO夫人に献ず

Descend from Heaven, Urania, by that name
If rightly thou art called, whose voice divine
Following, above the Olympianhill I soar,
Above the flight of Pegasean wing !

——Milton, *Paradise Lost*

黄漠奇聞

1

赤い太陽が砂から昇って、砂の中へ赤く沈む。風が砂の小山を造っては、またそれを平らかにしてすぎ去る。来る日来る日の風は世界の果から運んできた多くのことをささやくが、それは人間には判らぬ言葉である。そこには死んだような寂莫が君臨している。バブルクンドの街はこんな所にあった。神々の都をまねて造られた市街は、くもの巣形に宮殿を取りかこんだ正六角形の道路から成って、敷石は純白の大理石であった。辻々には紅い夾竹桃の花と大小の神像とにふちとられた水盆が設けられ、噴水の虹の下を、隊商の群がかれらの夢見がちな瞳をかなたこなたに注ぎながら通りぬける。毛皮や宝石細工や香料を商う店の前を、紗をまとうた女が水かめを肩に載せて過ぎてゆくと、広小路の向うから、羽うちわや日傘に飾られた乗物が静々とやってくる。砂のはてに落ちる太陽が街じゅうを燃えたつ紅に染めて、紫色の夜の帷がおおいかかってくると、家々の窓からはオレンジ色の燈影がこぼれ、夾竹桃の梢と水盆に映じる。その周囲につどい寄った人々は、飲物と音楽と、歌とカードに半夜すぎるまで笑いさざめく……。

赤い雲のつばさも、黒い砂の竜巻も、ここばかりは避けているかのようだ。獅子に襲われる憂いもなく、蛮族におびやかされる心配もない。白い大理石の都はまことにパラダイスそのものであった。で、遥々と砂上をたどってきた旅人が、丘の上から噂にきく通りのバブルクンドを見下して、神々の国へきたのでないかと眼を見張るというのは、もっともな話である。かれらが城門をくぐって、夢でもまぼろしでもない実在をたしかめた時に、人間わざでどうしてこんなにまでの結構が成されたのかと、しばし茫然としてしまうこともうなずける。が、それと共に、城門の外にラクダを憩わせているたれかれが、衛兵の影のない時に声をひそめ、「神々はどうして人間の王にかくまでの栄華を許したまうのであろう。王は慈悲ぶかいかただときいているが、星を祭られぬと云う。それなのに聖なる星はなぜ王を罰したまわぬのであろう?」とささやき交すことがあるのも、これも無理ならぬ次第であった。が、そんなおどろきや不審にかかわりなく、白いバブルクンドは超然と神々の都のように輝いていた。街のまんなかには、それを取りかこんだ家並よりいっそう真白くまばゆい尖塔や円屋根が立ち連なって、その上方には濃青の地にさんらんと金色の三日月を浮き出させた旗が、ひらひらと砂漠の風にひるがえっている。そして赤い衣に青い頭のキャラバンの行列が、ラクダの背に長い砂上の旅を重ねて、八方から、憧れの都へと集った。

2

王は、都とその市民の上に芸術的情熱とでも云いたいものを抱いていたが、城外の取沙汰にもきこえるように、星を祭らなかった。というより、王に取ってそんなたぐいは存在しないかのようにうかがわれた。

遠くない日、小さな酋長にすぎなかった王が真夜中に三千の手兵をつれて、当時は石灰岩の丘ふところにある、竹藪に包まれたささやかな町であったこのバブルクンドを襲撃して、一挙に王城に突入した時、指揮者は、大広間の正面に立っていた緑色の神像をつきころばし、「こんな人形いじりをやっているから、おれのような者に城を開け渡さねばならぬことになった」と云った。が、近習頭がそれをさえぎって

「その言葉はいけません！」

「なぜ」と王は云った。

「土くれとは云え聖なるイルリエールの像であります」

とカアノスは言葉をついだが、王は神像を階段の上から蹴り落した。像は円柱の根元にぶツかって三つに壊れた。

七日後のこと、整理に目鼻をつけた王が、蘭の咲きみだれた中庭に立って参謀長と話をしている時、侍臣カアノスは、占領の当夜になされた気がかりな一事について、王の注意をうながした。

「緑色の人形がどうしたと申すのか」

けさ方、宝庫の所在が発見されたので、王はきわめて上きげんであった。

「陛下は、おそれながら、今日までは修業中の身であらせられたによって、差支えありませんでした。が、いまや、聖なる云いつたえのバブルクンドを手に入れられたからには、星をおろそかにされてはなりません。神々は陛下にめぐみを垂れて、かくも容易にこの石膏の郷、黄金の都を陛下の手に入れしめたもうたのです。むろん陛下の騎兵の働きによることとながら、それにも増して、いや一切の上に、神々の加護があることは否みがたいとせねばなりません。これは星が特に陛下をえらびたもうた故でなくて何でしょうか？　イルリエールは敵の神だとは云え、これを廃するには相当の礼をもってしなければなりません。人間界に人間のおきてがあるように、神々のあいだにはまた神々の世界の規則があるによってでございます」

　王は参謀長とかおを見合わして笑い出した――

「たわけるな、カアノス。城を取ったのはそんな人形いじりの暇に演習を怠らなかったからだ。おまえの云う星とやらに凝って、星の祭司と称する山師どもに金をばらまくことこそ城を失う元である。よけいな口出しはせぬ方がよい。おまえは以前のように城の構造や民の治めかたについて良い知識を借してくれ。このたびの作戦が定った時、おまえは胸を打って、これでは半夜のうちにバブルクンドを陥すことができると口外した――そのおまえの言葉通りに運んだまでの話だ。たれだってあまりに易々と事がかなった場合にはへんな気がするものだが、それはおのれの心に我から仕かけた催眠術だ。星がバブルクンドを獲らせた？　そう、その星はここにもかしこにもいる。おまえもその星の一つでないか——」

　王は、廻廊のかなたこなたを指して、おしまいにその指先でカアノスの鼻を突き上げた。

「陛下、いましばらくおきき下さい」カアノスはなおも真剣に追いすがった。「これは取越苦労ではございません。臣は今日まで星を語りませんでした。が、それは何も星を知らなかったからではありません。繰り返すごとく、イサラは陛下の御修業期でした。その頃は、いや今後とて演習は怠るべきでありませんが、星はついに陛下をしてこの黄金の都を得さしめたもうたのです。よって陛下がこの上に星をなおざりになさるようでしたら、神々もまた陛下を、ひいてこの都を見逃したまわぬでありましょう。新らしい都の永遠な栄えのためにあえて申し上げます。星はすべての国々を興し、またすべての国々を滅したまいます。陛下の騎兵隊の前には敵なく、陛下の大臣らの糸巻はいかなる縺れをも巻取ることでしょう。が、天上の星ばかりはいかんともすることができません。人間にはただ祭祀にすがって、かれらのきげんを取りむすぶ以外、何の手だてもないのでございます。若しもこんな務めを怠った時……大きな国が星のために滅んだ例は枚挙にいとまありません」

「星のために国が滅んだ例だと？」

　王は眉を寄せた。

「おおせの通りです。カルダは強国でした。その王は神々の一人のように崇われ、かれの都は神々の国のように栄えていました。けれども星の祭司の長を殺したがために、あの大きな市街が鰐のあぎとのように開いた地の下へ吸いこまれてしまいました」

「神々のせいだとは云えまい。学者の説によると、地下に出来た空洞へその上にある土ばかりか、大きな山でさえすっぽりと落ちこんでしまうことがあると云うから――」

「蛇紋石のセクの主都が大波のために跡方もなくさらわれてしまったのは……星でなくて何物がこんなわざをあえて為し得ましょうぞ」

「海底の地震によったのかも知れない。都とはかぎらぬ。焼けただれたヤン河の上流に、一晩のうちに湖水が出来たでないか？　あのまんまんと澄んだ青色をおれは知っている。神々の作りたもうた色だ、とおまえは主張するであろう。おれに云わすれば造化、つまり自然の力によったことだ」

「陛下、しかしセクが滅んだ日、物凄い笑い声がいずかたとも知れずひびいてきたとつたえています」

「土崩れや波の音が取りみだした心に、そんなふうに受取れたまでのことではないか？　星の所為かも知れぬ。しかしおれには造化の力だ。そのほうが事は簡単にすむ。この参謀長だってお守りを身につけているらしいが、おれにはかれのお守りなんかただの石コロにすぎない。石をあがめて気休めにするのもよい。しかし手広く他の石を研究していろんな金属を抽き出すこともできるからな。おれはあとのやり方に賛成する。ただいつでも非常と云うことを忘れてはならぬ。おまえの忠告はおそらくそこにあるのであろう。そうだ、おれは全く何のバカげた祭祀や儀式に煩わされぬ、まことの文化を造りたい。星とやらに幼児や獣類の生命をささげるひまに、このバブルクンドを、若しも予言にある選ばれた土地でここがあるならば、学問と技芸のかねそなわった美しい都にするための努力は尽したい。この仕事の上にこそどんなぎせいを払っても惜しくはない。カアノス、どうだ。別に間違いはあるまい」

「陛下のおおせられるすべても、やはり星の裁下にあるもので、神々の加護なくしてはいかんとも為し能わないものかと思考いたします」

「なるほど、——しておまえは、その星なり神々なりが現に存在するという証拠を近頃になって、やっと握ったと見えるな」

「いかにもその通りです」

「何、証拠があると？」

王は眼を光らせた。辺りの侍臣らが二人の周りに寄ってきた。

「——このあいだ南方からきた星の祭司から、そのことをききました。ゼリコンの新王が城門の前で、王冠を星にささげたところ、星がただちにそれを嘉納したもうたと云うのです。衛兵らが厳重に四辺をかためていたが、小犬の影一つなかったのに、黄金の冠がいつのまにか煙のように消えてしまったそうでございます」

「バカな。子供か乞食かが持って行ったのだ」

「いや、何人も聖なる星の祭司の長の判定をうたがうことはなりません」

「他には何があったか？」

王はつまらなそうに云った。

「モビの沙漠からきたアラビア人が、神々の都のことを語りました。近来の大ニュースでございます。この沙漠の北の果に高さの知れない絶壁が立ち連なっています」

「それはおまえが見た話かい」

「何人も聖なる星の祭司の長の言葉をうたがってはなりません。その高い岩の上方は常に雲にとざされていますが、そうでない時にも、こうべを上げて頂きを見きわめようとすると眼がくらむそうでございます」

「フフ、その上に銀の沙漠があるという場所のことであろう」

「そうです。その壁へ、きらら採りの男が攀じ登りました。ほどよい頃に降りようとしましたが、ふと上方を究めたい気におそわれ、直立した岩壁をなおも匍い登ってゆくなり、頂上近い岩の裂目から向うをのぞいたのです。陛下、そこにはまさしく日光にきらめく銀のまさごの原が、涯も知らずに打ちひろげられているのです。そのまんなかにはふしぎな大理石作りの都が見えて、くもの巣形にまくばられた円屋根や尖塔やが、眼にもまぶしく輝いていました……」

「なに」と王は覚えず乗り出した。「――だが、どうしてそれが神々の都なのか？」

「その市街の真白いかがやきを一目見たとたん、世の常ならぬ恐れがサッと身内を通りすぎたそうです。白い都の中心に、青地に黄金の三日月を浮き出させた細長い三角の吹きながしが、風もないのに翻えっていたと申します。陛下、この由を耳にした星の祭司が紫の衣をまとって、いにしえの聖なる本をしらべたところによると、その旗じるしは地上の美と栄えをつかさどるシン神の標識であり、白い大理石の都こそ、いまを去る六千年の昔、大神マナアが眠りについた時、ペガナに集った神々の相談によって建設されたサアダスリオンに相違ないと告げたそうでございます」

「ついでにその旗を取ってくればよかったな」

「きらら採りの男は気がつくと、落ちたように絶壁の下の砂中に横たわっていました」

「なるほど。白い大理石の街に新月旗とは洒落ている。迷景ではなかったのかな」

「沙漠を住いとするアラビア人が、どうして幻にあざむかれましょうぞ」

「判った！」と王は云った。「その瘋癲患者はいまどこにいるのか」

「イサラの城門の前でひと月まえに逢ったのです。バブルクンドへ行くと申しておりましたから、今夜あたり竹藪の蔭を探せば見つかるかも知れません」

　王の心がよほど大理石の都に惹れていることに、カアノスは勇んで云いつづけたが、王はだまって腕ぐみしたままであった。しばらくしてから王は、近習頭をはじめ、近くにいた幕僚に向って、次のような意向をもらした。

「おれもそんな白い都を建てよう。それからこのバブルクンドの旗をシン神とやらの新月の吹きながしに改めよう」

一同はかおを見合せた。かれらは流星王の部下として生死をたわむれに考えている者共であったが、それでも習慣は持っていた。王はしかしみんなを尻目に先をつづけた。

「白い大理石と云うのが気に入った。くもの巣形に配置された街区とは思いつきだ。それにしても何とお誂え向きであることか！　この土地の丘々を切り崩してゆくならば、眼をつむっていても大理石の市街はでき上る。けさ方見つかった宝庫にうわさ通りの黄金が充ちていることはいまは断言してよい。バブルクンドがたちまち陸の港となり、沙漠の船々が灯につどい寄る羽虫のように集ることは、これも期して待つべしである。おれはそのアラビア人を呼んでさっそく街の設計に取りかかろう。砂から陽が昇る時、沈む時、その燃えさかる真紅の円板に相対した白い街が、黄金の光の矢おもてに立った円屋根や塔のつらなりが、また、真昼の群青の底に浮彫となった六角形の都が、どんなにわれわれの魂を奪うことであろうか？……その男の見たものがまぼろしでなかったら、同じものはおれの手によっても建てられるはずだ。そんな都が二つも地上にあるほど結構なことはない。ペガナの神々の下屋敷とわれわれのバブルクンドと、どちらがりっぱであるか、沙漠の旅人をまってたずねようでないか？」

王は手をうしろに組んで歩き廻った。カアノスはただうろうろしていたが、もう一度
「陛下」と云いかけた。が、たちまちさえぎられてしまった。

「われわれがその神々になるのだ。さっそくみんなに発表しよう」

3

何人も王の意志を変えることはできなかった。お祝の蘇鉄の葉が街路や広場からとりのけられると同時に測量が始まっていた。召し出されたアラビア人らは労働者を集めるために四方へ出発した。宝庫の内容は王の云った通りであった。それは夢のような、伝説的な富であった。丘々には開鑿がはじまり、竹藪の外には天幕の波頭がつらなった。数千頭の象が連れられてきた。王城の円屋根の下には、諸国から呼ばれた技術家にみちあふれていた。王自らが監督であった。六条の坦々とした放射路がたちまち出来上ったのを見て、市民らはただ恐れいぶかしんだ。しかし、古びた、赤ッちゃけた街が片っぱしからまなこを奪う真白い大理石のアーチや柱に変ってゆくと、こんどは自身の眼をうたがった。そのうえ、新らしい王政はかつてどこにも知らなかったような行き届いた、スピーディなものであった。かれらはそのうちに、こんな優れた為政者を持ったことを喜ぶようになった。——むろん、人間のぶんざいでこんな大工事を始めることや、新月の旗を使用することについて異議を差しはさむ者もないではなかったが、王は一切の批評には無頓着に仕事を進めた。そのことが人々の気に入った。事実、王はいかなることにも卓越した腕を持っていると信じられた。人々はすでに王と神々と引き合わして考えなくなった。このおどろくべき才智と力量の所有者にしたがっているうちは、星々についての懸念など無用に思われた。王が神のような人、神とひとしき人、あるいは神々のひとりであるまいかとさえ考えかけられた。そのあいだに、眼に見えぬ巨大なくもの仕事は加速度をもってはかどっていた。大理石の六角状のバブルクンドは完成を告げた。大形の円柱一本を切り出すにも、丸一年はかかると云うのに、この都市建設はいかなる推移の下に運んだのであろうか？　バブルクンドは出来上った。それなのに王はむろん、将官たちも、下町の市民らも別によわいを取ったとは見えない。時の経過を見積っても、その間に三年以上の歳月をおくことは不可能であった。

4

当日、城門を離れた丘上に立った王の双眼はそのまま張りついてしまった。かれを取り巻いた家来もひとしくまぶたがふさがらなくなった。群青の空のまんなかにかかった日輪を照りかえして、雪白の尖塔やドームや稜形や円錐形が織り出しているところのものは、此世の光景かと怪しまれた。折から一陣の冷風がもたらされて、蘭の名所のオアシスに俄雨がきた。濡れていっそう透きとおるばかりになった大理石の都の上に色鮮やかな虹の輪が立った！　夢見心地の王と侍臣がそのまま釘づけになっているうちに、時刻は魔法のように移って、真白い都は紅いから紫に変り、あたりは金銀にきらめく星模様の緞帳に包まれてしまった。……

工事のだいたいが済んだ日さえが、こうであったから、新都に美装成って燈火の化粧をそなえた夜には、街を取巻く丘々は群衆におおいつくされ、夜の明けがたまで雑沓がつづいていた。神々に寄せられたうやまいとおそれが、いまは王の身とかれの建てた都の上に注がれた。そして何人の拝観も差し許したサアダスリオンの辻々は、沙漠のあちこちから集ってきた巡礼たちに埋められ、それらは城門外へ遠く数条の堤になってつづいていた。高い窓から見下すと、揺れうごく奇異な更紗模様に見えるそれら群衆は、終日ひしめき流れて、槍の穂先のように連なった尖塔の方に気を取られて、足の運びはつまずくのである。

夜と昼とを編みこんだ時の矢車は、さらにくるくると巡ったが、王都の栄えはいや増すばかりである。王はさまざまな風変りな計画に手をつけていた。大理石の白さをいっそう引き立てるために、街じゅう紅い花咲く夾竹桃で飾ることにした。宵やみの神や、煙の神や、猫を打つ神や、薪を灰に化する神や……王の洒落から生れた大小無数の珍妙な石像が、至る所にすえつけられた。巾広の階段の上には獅子が居眠りしている。庭園の深緑色にはおびただしいいんこやまだらの鳥が象嵌されて、噴水の虹といっしょになってじうたん模様を打ち拡げている。廻廊というすべてに点じられた灯と、これら燈火を反映した円柱や欄干やアーチのために王城が光のかたまりに望見される刻限、そこからは笛や太鼓の音が伝ってくる。そうでなくとも、奇怪の形の円蓋や尖塔やの上をめぐるきらびやかな星座は、人々の心をいっそうに物狂わしい歓楽にまで、はても知らずに誘ってゆこうとする。

5

国々の羨望と驚きもいまはバブルクンド一つに注がれた。鳥を落すと云われたゼリコン王は云うまでもなく、北方の岩山に城をかまえたキブ王の駝鳥隊もひとえに襲撃の機をうかがっていたが、シン神の旗を立てた騎兵の前には手の出しようがなかった。そしてかれらは、つむじ風のように興った王国がどうしてこんなにまで栄えているかということにいったん思いを巡らせると、ひとしく戦慄を覚えないわけにはいかなかった。なぜなら、人間わざとしていかなる力をつくそうとも、それほど万全に、しかも豪奢きわまる大都の経営が為しあたうものだとは考えられなかったからだ。すべてがうそのような事実であった。これにくらべるとアメンテープの盛時だって物の数ではない。むろんテープの都も自然と人工の粋から成ったものであったが、それも束のまに革命のために灰燼に帰した。しかし大理石ずくめのバブルクンドにはそんなけはいがみじんもない。王に人間らしい過誤が髪の毛一すじあるわけでなく、文字どおり神々の智慧と力の所有者だと察しられる。こうして四辺の王たちも、やはりバブルクンドは本当の神々の都であるまいか、と思いこむようになった。かれらは神々の王朝と近づきになるために、金塊や、宝玉や、紅海の貝がらみたいに美しい奴隷を、長い砂上の行列をもって送りこむよりほかはなかった。

6

しかしその頃、なに云うともない不安がバブルクンドの市民の心の上にかぶさってきた。それは完全の中に住むように造られていない人間に加えられる永遠そのものの圧迫である。余りにも調和された事柄の中で人間がおぼえる倦怠である。この微かなものは刻々に見えない黒いつばさをひろげて、王と神々とのあいだに関したうたがいが、再びタラの洞窟の巫女の託宣のように人々の心をつらぬいて、ひろがり出していた。「われわれがこんな結構な所にあることは許されぬではなかろうか？　こうしているのはただごととは思えぬ。星に倚りすがり神々に仕えるわれわれに、こんな栄燿が与えられているのは何かの間違いではあるまいか？」こんな意識となって、先の不安が市民の胸に感じられてきた時、王にも同じような疑念が浮んでいた。

「こんな調子に物事が運ぶものだろうか？　おれはイサラの町も一晩で手に入れたが、その苦労は並たいていの話でなかった。隊商をおそう場合だって今度のように簡単にいくまい。ともかくここへきてから、すべてのはこびが尋常でない。おれはカアノスと星問答をやってあんな出まかせをしゃべったが、事実はおれの気まぐれより大きく、見事に、成就してしまった。いやこれもおれに運が向いてきたので……しかしその運とはいったい何だ？　何事を指すのであろう？」

と王は思いかえした。実際、こんな大理石の街を造る力が自分にあったなどとは、いかにひいき目に考えても成り立たぬことであった。

「しかし」とかれはもう一度考えなおそうとした。「人間には自身にも気づかぬ才分がひそんでいると云うことだ。あのテープのご隠居だってゼリコンの若僧だって、何も最初からあんな大国にしようとは思っていなかったであろう。そうなくてはならぬ。かれら自身にも思いも寄らぬ結果が招来されたものに相違ない」

――が、やはり行き当った。いくら自分が如才ない人間だとは云え、それはただ沙漠の少うし大仕掛な親分であるというまでの話で、もとよりゼリコンやテープなどいう名門とは生れからして違っている。第一に不審なのは、宝庫が見つかって以来、事のうごきが夢のように速いことだ。

「すると、つまりどういうことになるのか？」と王は、その糸口を見つけようとした。「羊の骨をしゃぶっていたおれが、いまは神々の一人だとまであがめられる王者である。おれは自分の名さえ満足にかけないのに、今日ではここに集っているどんな学者にもひけを取らないではないか！　これはどうしたことだ？　これが物のはずみであろうか？　するとそこには何かおれ自身のものではない力が働いているのだろうか？　それはいったい何者であろう。おれは緑色の神像を割ってしまったぞ」

王は覚えず四辺を見まわした。夕陽が円柱の影を石だたみの上に長く伸ばしていた。砂時計の砂はしたたりつくして、蕃人の子供の奴隷が居眠りをしている。

7

が、これと同じ時刻、王城前の広場のしゅろの木蔭にラクダを休ませていた旅人のひそひそばなしは、なおも止まなかった。

「そこがおかしいと思う。ここが神々の都であるにしても、星を祭らぬという法はないのじゃ」

髯だらけの男が、赤い空にならび立った尖塔を見やりながら云った。

「それでも王様は神々のおひとりだと云うでないか」

黄いろい布を腰に巻いた一人が云った。

「王様は神々のおひとりかも知れぬ。が、こちらが水晶や更紗をあきのうている町びとは神々ではない。辻をゆく娘ッ子にたわむれたり、青い灯の下でばくちを打ったりすることは、神々には見られぬ次第じゃ。それはよいとしても、この者共がまるで忘れはてたように、神々について何一言も云わぬのがわしにはふに落ちかねる。若しもここにまことの神々の生れ代りが住みたもうて、あの青い吹きながしがシンの御しるしであったならば、街かどのどこかにシンの愛しなさる、金色のつのを持った山羊の姿が見えてよいはずだとわしは考える」

「そんなら、おぬしは他に本当の神々の都があるとでも云うのか」

「沙漠の北に絶壁がつらなっている。たれもまだその上へは登った者がない。そこは世界の果であると云うし、魔界の入口だとの説もあるが、聖なる星の使いのかたる所によると、その高い所にはまた別の砂原があって、そこにこそまことの神々の都があるそうだ。その名はサアダスリオンと称する」

「自分が耳にしたところでは、そのサアダスリオンとやらがここへ遷都したもうたのであると申すが……」

「わしは、遷都はなされまいと思う。その理由がないからじゃ」

「北方からきたアラビア人にきくと、サアダスリオンよりもこの都の方が立派だそうだ。自分もこんな街は人間わざではないと思う」

「そこじゃて！　サアダスリオンが美しいと云う者もあれば、バブルクンドがいっそう立勝っていると云いふらす者もある。いずれにせよ、一つときいた神々の都が二つも現われるというのは何としたことか。――聖なる星の使いの長の話によると、サアダスリオンの旗の三日月は、ここに見るものよりもきらびやかに輝き、それは、天なる月を数百千と一つの旗の中に縫いこめたとしか受取れぬほどで、遠い砂の上から望むならば、都のまんなかから中空を射て七色の光の矢が出ていると申す。が、そうだからとていずれがどうとわしは云うのでない。それは恐ろしいことじゃ。すべてをしろしめす神々は、すべてを御心のままに運びたもうであろう。何しろわしは、この都の治りかたは本当のものではないという気がしてならぬのじゃ」

「つまり、そのどちらかがうそだと云うのだね」

「サアダスリオンとバブルクンドといずれが正しいものか、いましばらくの時を待つばかりじゃ。聖なる星の使いの長の言葉によると、神々をあざむき、星の名を騙《かた》り、星にそむいて栄えた国のためしはないのじゃ。先だって一群の商人らは、星々のあいだに呼び交す何者とも知れぬ声をきいたそうな。その一行にまじっていた年寄の説では、セクの都が滅んだ夜とちょうど同じ空合いであったと云う。また、けさがた市場で逢った男は、やはり先夜、北方におびただしい青い星が流れるのを眼にとめたと申す。以前この城下に目まいがするほど咲いていた蘭が、いつしか一つ残らず影をひそめてしまったのも、怪しいと云えば怪しいことでないかの――」

云いかけて髯だらけの男は、しわぶきをしてつけ足した。

「何にせよ、変ったことがなければよいが」

二人は暗くなってくる沙漠の空に眼をやった。槍をたずさえた衛兵がその前を通りすぎた。

8

似たようなことはすでに一般市民や、衛兵らのあいだにも語り交されていた。とは云うものの、それはまだ椰子の葉を渡る朝夕の風のそよぎにすぎなかった。それが明らさまになるためには、バブルクンドはあまりにさんらんとした夢をたたえて人々を酔わせていた。いや、いま云った取沙汰は王都の結構なあまりに起る杞憂であると考えられる時があった。――が、或る朝、眠りからさめた白い大理石の市街がその薄紫色の衣をぬぎすてて、桃色の朝日の中に平和な姿を浮彫に現わした時、互いの心の中に兆していた予感が当って、ハッと人々がかおを見合わしたようなことが、何人からともなく街じゅうに伝えられた。

9

その前の宵のことである。王は弓やぐらの上に出て、折からあわただしく迫ってくる夜のヴェールにおおわれようとする都の全景を、見渡していた。いましも砂に沈んだばかりの陽を受けて燃えたつ紅いに染っていた都は、束のまに黄色となり、まばたくうちに樺色、紫……夕ぞらを反映するバブルクンドはいつもながら見る人の胆を奪うけれど、この夕べはひとしおであった。こんな瞬時を王は酔ったように見守っていたが、やがて眼をそらして、西のかたにひッかかっている三日月に気がついた。

「おまえの眉にも似ているではないか」

王は、かたえにひかえた侍女をかえりみた。消え入りたげな媚を浮べてイクタリオンが孔雀のうちわでかおをおおうた。このとたん、王のひとみに、かなたの尖塔の上にある旗じるしが映った。強い日光を受けて熱風のうちにきらめきひるがえっていた新月の吹きながしも、夕べがきて風が落ちると共に、あたかも射落された鷲のようにポールの先にぶら下り、身もだえするようにときどき揺れているばかりである。そうして西空の新月は、これはいや増す爽やかな光を放って、なんと超然と冷ややかに、黒いしおれたバブルクンドの旗じるしを見下していることぞ！

「アクマ！　アクマ！」と、顔色を変えた王はその月を指してどなった。「あれはわが都の光輝を落すために顕われた魔神の化身である。われらの聖なる旗じるしをあなどる者を弓もて射よ！」

けれども何人もかおを見合すばかりである。

いら立った王は腰なる剣をひき抜いて、やぐらの胸壁に駆けよるなり、西空の新月めがけてつるぎを投げた。刃はコバルト色の闇の中にきらめき、刀身はくるくると舞い上ったが、ふしぎにもその中途から突き返されたように戻ってくると、ちょうど制しようと王のかたえに駆けよった侍女の胸元に突きささった。

衛兵の手によって矢つぎばやに矢は、三日月めがけて飛んだ。しかしそれらはいずれもただ宵やみの虚空に空しい弧線をひいて落ちるばかり……月はもはや遠い沙漠の地平線に、そんなはかない人間のたわむれをあざ笑うかのように、また世にもあるまじい王の怒りから静かに逃れようとするかのように、悠々と沈んでゆくではないか。……

10

しかし、この次第は一般市民には信じられぬことであった。耳にした当座こそ一様に衝動を覚えたものの、考えなおしてみると、神々の智慧を持った王が月に向ってつるぎを投げるとは、冗談にしてもありそうなことではなかった。そして人々は根も葉もない流言としてそれを葬ろうとした。

さてその日、学者の長のバアガスは王の前に呼び出されて、こんな命令を云いわたされた。

「西空にかがやく新月と同様の光を放つものを作って、それを八方から眺められるように旗の中にはめこんでもらいたい」

バアガスは王の顔色をうかがった。しかし王はまじめであった。そこでおそるおそる口を切った。

「陛下、われわれは駝鳥のごとく走る車を造りました。これはフエキニびとの狩猟の道具の原理によったものでした。また太陽ランプで大広間を照らすことに成功しました。バビロンの光学を利用したのです。けれども申すまでもなく、これらは人工の事柄にぞくします。その車輛をもって生きている鳥類の速さに、その燈影をもって天上の日輪の光輝にくらべることはできません。この聖なるバブルクンドの旗じるしが、西空に見ゆる月の輪よりも匂わしくかがやかであるとは、なお文人のたとえに他なりません。科学上の言葉にはいささかの形容も含まるべきでなく、その厳密なおきてを守ってこそ、われわれには若干の考案もなし能うのでございます。そして若しこのような云い方が許されるとすれば、この陛下の大理石の市街とて、あした夕べに天空にかかる雲の高殿と比較する時には、遥かに見劣りのしたものであることを、陛下御自身もみとめられるでございましょう。これはしかし陛下の力の不足を意味するものではなくして、じつに自然と人工とのあいだにある根源的な差異によるものでございます」

「もういい！」と王は手を振った。「おまえはシンを恐れているのか？」

「どう致しまして。やつがれはこの大地のほか、世界の運動をつかさどる火と水と風との三要素をみとめるだけでございます」

「ではなぜに月が造れぬと申すのか？　おまえはかつて南からきた星の祭司の前で、世界はただ地水火風の四元素によって運行されるものであり、この力を利用するときシンはおろか、大神マアナの奇蹟とても何ほどのことがあろう、と揚言したではないか？」

「それは……」

「さあそしてわれわれはこの都によってシンを笑った。けれどもそのわれらが新月から嘲笑されていたのだ。市民らはまだ気づかぬようであるが、若しもいったん西ぞらの月に注意して、やぐらの上にこうもりのようにひッかかっている旗とくらべた時、都の威信はどうなる！　城中の射手は昨夜数百本の矢を月に向って酬いてみたが、どれも力よわく届かなかった。このうえはわれらは、あの新月の光輝を奪うものをやぐらの上におし立てて対抗しなければならぬ」

　バアガスには返す言葉がなかった。いや、さまざまな抗弁が胸のうちに縺れ合っていたが、その時真青になって痙攣している王の前には出すべき言葉はなかった。ただ——

「臣らは為しあたうかぎりの力をもって仰せに当ってみましょう」

　と答えて、あたふたと引きさがった。

11

学者と工人を前にしてバアガスはつづけた――

「いま述べた次第で、こんどの命令にはわたしも途方にくれる。が、身どもはどこまでも課題を為しとげねばならぬ。ところで最大の難事は、あの細い鎌形を八方から眺めるようにしなければならぬことであるが、これは正二角形を作れというようなことだ。それも見本は遥かな虚空界に存するもので、調査のみちがない。カッサン君、あの新月というものは、横から見るとどんな形になっているのかね」

「あのような形に大空が切り抜かれるのだと云うし、あんな金色のものが貼りつけられるのだとも云われる」と天文学者が答えた。「牛のつ
の、、をつぎ合わしたものだとの説もあるが、これらはおとぎばなしに類する。バビロンで観測されたところによると、裏側から光をうけた球だとのことであるが、それではやぐらの上に造るわけにゆくまい」

「球では困る。われわれがこちらから見るだけの形のものとしては、他に何か解釈はないかね」

「いまのところ別に意見はない。何しろ神様だからな」

「幾何学ではどうなっているのか」

「さあ……」

「これもシン神のしるしだと云うのかね」

「まったくどの本にもそれにはふれていない」

「弱ったな。しかしあの材料は何であろう。透きとおったかがやきはキブの金貨に似ているが、地上の山から採れる金ではあんな優しい光は出ない」

「シン神は金山を持っているそうだ」

「それはどこだ」

「ヤン河の上流の、ゴーグという所だ」

「ゴーグ？　カアン、きみは知っているかね」

「きいたことがない」と地理学者は首をかたむけた。

「自分の思うのに、シンなんか空想の産物で、したがってその持山なんかが地上にあってたまったものでない。早い話が、例の神々の都だって気まぐれなアラビア人の夢にすぎぬと思うが」

「そんな吟味はあとでよい。われわれには一日もはやく三日月を造り上げねばならぬ義務があるのだ」

12

翌朝、日の出前から王城の円屋根の下には、活動が始まっていた。

礦石を区分する場所がきめられ、数十ケ所に炉がもうけられた。選抜した木工がやといこまれた。これら細工師が三日月の雛形を作りはじめた時、一方では激しい光と煙をあげて金属の溶液が試験されていた。仕事にたずさわる者は黒燿石のメガネをかけている。別室ではバアガスが技師を監督して三日月の組立法に懸命であった。鋳造は幾十回となく繰りかえされた。バアガスは、鏡のように磨きのかかった新月形の数片をはめ込みにしてみるつもりでいた。けれどもその完成を予測しても、王に命じられたところと引き合わせると……かれは重い吐息をつかずにいられなかった。

13

やがてひと月はすぎて、西空にはまたもや黄金の弓が浮んだ。それは廻廊をまがろうとした王のひとみにとまった。王はつかつかと欄干のかたへ寄ったが、剣を投げようとはしなかった。——あの月をあそこから抜き取ることはできないかしら……そして旗の中に縫いつけられないものであろうか、王はそんな望みを余りに優婉なこよいの月ゆえに起したが、それにしてもたえがたいひと月前のいきどおろしさがむらむらと燃え上ってきた。王はうしろを向いてどなった。「学者の長バアガスを呼べ」

青い煙にむせびながら、折しも金属の細粉をしらべようとした時、バアガスは王の前に出るように伝えられた。

「バアガス、もうひと月になる。おんみらは月を造ったであろう。おんみの学問と才能は早くから信じている。三日月はできたか？　八方から眺めうる旗じるしの月は……？」

王は老いた学者に云い迫った。バアガスは口を切った。

「陛下よ、憐れみをたれたまえ。臣らは君命によって日に夜をついで研究に従事しています。ただいまはすでに第六十八回目の鋳造に取りかかりました。この精煉された金属板は眼にもまばゆい光を放つでしょう。けれどもそれがいかに理想通りに仕上ろうとも、なお今宵の西にかかるあの匂わしい姿にはくらぶべくもありません。やつがれはただ今そのことを明らかにさとりました。この上はいかなる科学力に手頼っても、努力はついに秘めたる吐息を沙漠の風に向って洩すにひとしいでしょう。陛下よ、ひとえに臣の胸中を御了察下さい」

が、王は何とも答えない。

「陛下、ひとえに御了察下さい」

学者の長の声はふるえた。

「あれが一つ出来ないのか！　バブルクンドはこんな侮辱を受けているのに、おれはどうすることもできないのか！」

王は、かなたの尖塔に隠れてゆく三日月を見てつぶやいた。その月は赤く不吉な光を放っていた。

そのとたん、王の眼は怪しく光って、右手にはすらりと抜かれた長剣がきらめいた。

「おまえはシンの廻し者であろう！」

その声には常人のひびきはなかった。狂人の剣は、身を引こうとした学者の長の肩先に落ちた。

14

王はさらに仕事を数学者に命じた。アバスは身をちぢませる思いで新らしい三日月の製作にしたがった。先に造られたものはさらに鋳直されて、廻転台の上に取りつけられた。仕事はやっとその次に新月が現われた宵に間に合った。しかし、実験所で出来栄に手を打って喜んだ王も、それが弓やぐらの上に運び出された時ひどく表情を変えた。あの夕空におごそかにかかる新月の姿にくらべて、何と間の抜けた光であったろう。ゼンマイ仕掛でくるくる廻るこの月は何と愚にもつかぬ子供だましであることよ！　この夜半に幾何学者は冷たいむくろであった。

王は、その次に天文学者カッサンを呼び出した。が、かれの上にもひと月の後には先の学者と同じ運命が落ちた。平和と歌声とにみちあふれていたバブルクンド王城は、こうして新月の頃となると、「呪いの宮」に変った。三日月が現われるたび毎に起る王の発作的症状は、その細い月がだんだん大きくなるにつれて薄らぎ、やがて満月に育った青い光が夜もすがら大理石の市街を水底の都のように照し出す時には、以前の健全な王と少しの差異もなかったが、そのまるい月がかけそめて、闇となり、ふたたび西空に細い鎌形となって現われた時には、さらに幾倍かの険悪さを加えてよみがえっていた。そして月のみちかけと共に進行した物ぐるいは、いまは満月の頃にもなお王をいら立たせ、金属の器物を見るとたちまちシンの片割れだと呼んで、剣を振り廻させるに至った。

　この次第は街中に伝わっていた。昼は群青を映した弓やぐらを仰ぎ、夜は灯影の洩れる高い窓を眺めて、市民は一様に物に憑かれたような心持で、取沙汰を交わした。王宮にはすでに数百人の犠牲者が出たということがきかれた。旅人の数も減ってしまった。金銀の星屑に飾られた夜々も、市民を以前のような安らかな心地で眠らせなかった。辻々の神像が真夜中に散歩していたとか、北方遥かにえたいの知れぬ煙が立ち昇っているとか……流言が巷に起り、王城の中で、物におびえたように吠えつづける獅子の声が、いたずらに白くまぶしい淋びれた街区にひびき渡った。そして測り知れぬ恐怖が竹藪の大こうもりといっしょに、家並をかすめて飛び交した。

15

　こんな底知れぬ不安の中で、市民がバブルクンドの都から西空の三日月をながめた最後の宵のことである。

　東から迫ってきた夜の脚が石だたみの細いすじをまだ捉えない頃に、王城の広場にあって時ならぬラッパの音が起った。同時に城門からきらきらした槍をたずさえた乗馬の一隊が駆け出して、いっさんに西に向って走り出した。あっけにとられた人々が屋根や塔の上に登って見守っているうちに、鳥のように迅く砂上を横切り、ケシつぶほどにちぢまった砂煙のかたまりは、赤と青の薄い光が残っている丘の向うがわへ消えてしまった。

一隊の先頭には王が立っていた。よみがえった昔日の流星王が、新月に向って飛弾のような突貫を開始したのである。王は剣をかざして血走ったまなこで真正面にある細い鎌形の仇敵を睨んでいる。それにしたがって三角編成の一隊がただ一騎であるかのように移動してゆく。槍を小わきに手づなを握り息をこらした者共は、カブトに唸る風と脚下に飛びちる砂の波だけを感じている。が、月もこちらの前進につれて退いて、すでに地平近くへ落ちかかった。煙のかたまりは電光のようにその方へ突ッ走った。眼前に、薄明の空をノコギリ形に区切った岩山がもうろうと展開した。三日月は赤く染ってその頂上の線に触れようとしている。鉄蹄に火花が飛び、馬々は宙を蹴って急斜面を登った。月は向うの谿谷に下ろうとする。王の剣はその手からすべり落ちた。

「それ早く！」

うしろにしたがった勇士は見上げるばかりの岩壁を駆け上ってサッと槍先で払った。月は槍の穂先にひっかけられて、くるくると廻りながら、遠からぬ岩肌の上に落ちた。殊勲者は乗馬もろともはずみをくって深淵に転落した。

王は馬上に突立ち上ってカブトを振った。岩上の薄光に一せいに差し上げられた槍の穂先が光った。

奇妙なつのの形の月が、用意された青銅の小箱におさめられ、馬背にゆわいつけられると、一隊は凱歌にまかしてもと来た道に引きかえした。

16

真暗な頭上には色とりどりな星屑がきらめいている。ただ馬の蹄にハネ返される砂と馬具の擦れ合う音がした。たれも黙りこんでひたすらに帰路を急いだ。もう半夜である。が、東の方にはまだ紅い灯の反映すら見当らない。王は小高い所から四方を見渡した。いずこも同じ星屑にみたされて、ときどき思い出したように、それらのうちの二、三がツーツーと流れる。一隊は夜もすがら東に急いだ。夜が明けた。やはり眼にうつるのは、風の足跡がついた縞模様の砂丘のつらなりばかりである。

王は首をかしげた。ゆうべ月が落ちるまでに行きつくした道がこんなに暇取るはずはない。さりとて方角を間違えたとも思えぬ。が、王はふと三日月を払い落した岩山に気がついた。「ハテ、あれは何物であろう?」王はバブルクンドの近ぺんにそんな山があることを知らなかった。「近くばかりではない。西には山などはなかったはずだ。するとやはり見当を取りちがえたのかな」と、考えなおしてみたが、月が沈む所と云えばどうしても西である。王の頭の片すみから微かな記憶がよび起された。西の果てに、何とかいう怪物がすむ山があって、その向うが深い谷になって終っているとの伝説である。「他に山がないとすると、そこだったのだろうか?」馬首をはてもない砂原のかなたに進めながら、王は考えつづけた。「では、バブルクンドからどれほどの道程であろう?

それは砂原をこえ、水を渡り、再び砂をこえ、山をこえる幾千里の旅路のきわみ、物語にある距離である——この間をあの一刻に乗り切ったとしたら……」軽い戦慄が身内を通りすぎて、王はおぼえず辺りを見廻した。が、すぐに平静をよそおいながら大きな声で云った。

「きっと大迂廻しているのだ。もうじきバブルクンドは見えるであろう」

しかし一隊はその日も燃えさかる砂上を走りつづけた。次の日も、次の日も……こんな場合の用意があるわけはなかった。馬が斃れた。人が仆れた。

幾日幾月が経過したか、それは判らない。月は青銅の箱の中におさめられていたからである。しかし骸骨めく一匹の馬を曳いた王と三名の家来が、ついに夕方の向うに無数のほの白い累積を見つけることになった。

17

その白いものは大理石であった。が、バブルクンドではなかった。かつてバブルクンドだった場所であった。尖塔や円屋根は砂中に埋没して、ただその頂きがあちらこちらに現われているにすぎなかった。王とその部下は微かな名残をたどりながら、元の王宮の位置に足を運んだ。ひざまずいて物狂わしく砂をかきのけていた王は、やがて思いあたったように、影のような馬に近寄って、その背から青銅の箱を下そうとした。が、王の腕は箱の重味に堪えなかった。箱は落ちて、とたんにふたが開いた。その中に三日月の形に残っていた赤い灰が、石片の上にこぼれたと見るうち、それはひとむらの煙となって立昇った。

「おお」

低いうめきと共に王は指した。

煙の消えゆくかなたには、かつて弓やぐらの上から眺めたと同じ匂わしい新月が、黄金の弓に似た爽やかな姿をかかげていた。さて天であろうか地の底か、ウアッハハハ、ウアッハハハハ、ウアッハハハ、山崩れに似た笑い声がきこえてきた。

☆　☆　☆

その一夜に数千年の時が流れた。夜が明けた時、もはやそこには白い大理石の一片すら見出されない。風が砂の山を造りまたそれをこわして、千万回もすぎて行ったあとである。そんな一つの丘蔭を、早くからキャンプをたたんだダンセーニ大尉と私が加わっている自動車隊が、毛虫式車体の影を桃色の朝日に照らされた砂上に長く引きながら、その日の旅に出発を始めた。清朗な星座の下に張った天幕の中に私が眠ったその夜もすがら、カシリナ沙漠の砂を吹く風のささやきに伝えられた、それは太古の物語であった。

星を造る人

　スターメーカー！　人々は、その紳士をこう呼んでいました。本当はシクハード氏と云うのですが、本名よりはいまのように呼ぶ方が、遥かにふさわしかったからです。というのは、シクハード氏は世にもおどろくべき魔術家なのです。

「アラビアンナイト」に出てくる金箔のついた怪奇なよそおいをした妖術者をはじめ、各国のおとぎばなしにあるいろんな魔法をつかう巨人やこびとや、さらにそんな物語の中ではなく、わたしたちの眼前にふしぎな演技を見せてくれるモーラス氏や、オウドン嬢や、きらびやかな中世の衣裳と大々的な電気光線を使用することで有名なラインハルト卿や、それから、つい先日来日して、有楽座の舞台に突然大きな岩をおッぽり出してあなたの眼を三角にした、あの燕尾服に真白い胸を見せたおなじみのゾロモニオ氏にいたるまで、世界には実にかぞえ切れぬ魔術家がいたことでしょう。だが、このシクハード氏ほどに神変不可思議の腕を持った者はなかった、と云ってよいでしょう。――この地球上に、しかも自動車が街を走り空には飛行機が唸りを立てている現代に、散歩の折にひょいとレンガ塀の上に飛びあがって、差し出した巻タバコをその上に光っている星の火でもって点ける人がいる、と云ったら、あなたはそれを本当にするでしょうか？　また、トルコの旗やエジプト国旗の中から三日月を切り抜いてそれを高層建築の上で光らせたり、トランプのカードから星を抜き取って、これらをもってあなたのお姉様の夜会服の裾に、クラブやハートやスペードやダイヤが入りまじった模様をこしらえるのだと云ったら、――しかもそれらを仕掛のある舞台上でなく、プラタナスが立ちならんでいる街上で、白い皮手袋をはめた手のひらをほんの二、三回ひるがえすだけのことでやってのけるのだと云ったら、こんどはあなたは笑い出すことでしょう。が、わたしはこう申します。「あなたの知らないことを笑ってはいけません。それは夢でも映画でもなく、み月ほど前まで毎晩その街で行われていたのです」――するとあなたのひとみは急にかがやいて、あなたは問い返すことでしょう。「それは本当か？」と。わたしはうなずきます。「本当ですとも！　それがために、あの街は一時大騒動でした」「じゃ、きかせてくれ」とあなたは云うでしょう。よろしい！　そこまであなたの興味がわいてきたのであれば、話してみましょう――

北に紫色の山々がつらなり、そこから碧《あお》い海の方へ一帯にひろがっている斜面にある都市、それはあなたがよく承知の、あなたのお兄様がいらっしゃる神戸市です。そういえばあなたはいつか汽車で通った時、山手の高い所にならんでいる赤やみどりや白の家々を車窓からながめて、まるでおもちゃの街のようだ、と云ったことがありましたね。それから、あの港から旅行に出かけた折、汽船の甲板から見るその都会の夜景が、全体きらきらとまばたく燈火にイルミネートされて、それがどんなにきれいであったかについても、あなたはかつて語りました。ここで、この神戸の街で、わたしがあの魔術家のことを初めて耳にしたのは、四月の或る夜、にぎやかな元町通りのショーウインドウの前を歩いていた時でした。

「夕方、東遊園地のうすら明りの中で非常な不思議を行う紳士の話」というのをきいた時、わたしは辺りの人もはばからずに高笑いをしました。なぜっておききなさい。その紳士のステッキの先に虹色の輪ができるガスが点ったり、シルクハットの中からこうもりが飛び出して、しかもこれを追っかけて行ってつかまえると、ブリキ製のおもちゃだというのです。ねえ、こんなことは、このたび来日した空中曲馬団は人間を大砲仕掛で射ち上げて、高空で炸裂したタマの中からパラシュートを負うて人が降りてくるなどというううわさ話と同様、いやそれより、まるでおとぎばなしだというくらいはたれにだって判ります。それに相手の友人というのが変り者で、真暗な晩に電車の屋根に匍い上ってポールの先からこぼれる火花でタバコの火をつけるだの、山ノ手のどこかに、屋根裏の部屋にろうそくを三本立て紫のマスクをつけた人物が集まる赤色彗星倶楽部《レッドコメットクラブ》というのがあるとか、そんなことばかり話している男でしたから、この時もせいぜいコクテルのほろ酔いきげんに生れたかれの口先の魔術だ、とわたしは受け取ったのでした。

ところがそれから三日目の朝、開けッぱなしになった窓から吹きこむ風にまくれている枕べの朝刊に、「魔術……」という大きな活字が見えました。手に取ってひろげてみると、先夜友人からきいたこととそっくりの記事が出ているではありませんか！

近来毎夜の如く午後七時より八時の刻限において不可思議な一外国紳士が東遊園地界隈に出没し、現代科学と人智をもって測るべからざる奇怪事を演ずるとの風説が専らである。この近時稀な怪聞は最初は単なる巷説にすぎなかったが、其事実を親しく目撃したと称する者が続出して、今や轟々として全市に喧伝されるに至った……

よんでゆきましたが、なんだかこんな新聞記事までが作り事のような気がしました。といって、労働問題や軍備縮少の記事もいっしょに載っているところを見ると、やはり拠りどころがあることに相違ありません。それにまた、天文台できいた抽象的なお話や、事実にしたところでどうにもならぬ事柄ではなく、現に、毎晩、この街の一角に起っているというではありませんか？「こいつは面白い。火のない所に煙は立たぬ」わたしの心はひとりでに躍って、きゅうに夕方が待ちどおしくなってきたのでした。

やがて、海岸区の高い建物の側面を桃色に染めていた夕日の影もうすれ、街じゅうが一様に青いぼやけた景色に変ってきた時、わたしは友だちをさそって、いっしょに遊園地へ出向いてみました。そしてチカチカと涼しいガス燈がならんでいる明石町から、オリエンタルホテル前の芝生あたりまで、元居留地の一帯にわたって、二時間近くもうろつき廻ったのです。ところで二人は、高所に一つだけ燈火に縁取られている窓やぴったりとざされた商館の鉄の扉や、ガス燈に照らされて浮き出した立木や、暗い港の向うにある緑色の碇泊燈や、そんないつもの散歩の折に眼にとめるところと少しも変らないものを見ただけで、しかも只こんなことのために、まるで遠足に行ってきたかのように、帽子のふちや肩先にほこりをあびて帰ってきたのです。

南京街の入口にあるビアホールに飛びこんで、紅いランターンの下に腰をおろした時、わたしたちは、むしろこの夜の人出におどろいていました。遊園地はさておいて、ふだんなら日が暮れるとひっそりして、ぎらぎら目玉の自動車が行き交うばかりで、碇泊船の汽笛が響き渡る、がらんとした、石造館が立ちならんだ街区一帯に、歩くにもじゃまなくらい人々が集まっているのです。いくら新聞に出たとはいえ、こんなに評判になっているとは思いもかけませんでした。が、それと同時に、なぜもっと早くから気づかなかったのだろうと、それがいまさら残念に思われ、よしッ！　これからひとつ毎夜出かけてこの事件の解決に当ってみようでないか？　とわたしたちは生ビールの杯を重ねて相談したのでした。

そして次の晩も、その次の晩も、夕方になるとわたしたちは遊園地に出向きました。が、いずれの晩も疲労と埃を背負っては帰るほかに何の変ったことにも出くわしません。マジックのマの字さえ見つからないのです。そういえば、遊園地界隈と一口にいえるもののの、あの広い元居留地の全体にかけて、それもその周りだけを薄ぼんやりと照らしている街燈の光をたよりに、謎の人物をつかまえようとするのですから、仕事は困難に相違ありません。が、それだけに好奇心もそそられるわけで、いわば青ダイヤの行方を探索する名探偵にでもなったつもりのわたしたちは、なおも宵ごとにレンガの歩道を駆けずり廻ることを止さなかったのです。

或る晩、ただ探しているだけではらちが開かぬと気づいたわたしは、ちょうどホテルの横手を通りかかっていた折だったので、植込の向うへはいって行って、ギャレジの前で休息していた運転手に問いかけました。問題の魔法を見るにはどんな手段を採ればよいか、とわたしは質問したのです。

「さあ、そこですよ」と中年男は向きなおりました。「毎晩何千という眼玉がみみずくのように光っていても、相手を見つけたというのが、そのうちの六、八箇だから、ひょっくり行きあわせるよりほかはありませんね。それもハッというまにすべてが終っているというのだから、この煙をつかまえるよりはむずかしい話でさあ」

運転手はいっこう笑おうとしないで、タバコの煙を輪に吐いて、吸いさしを車庫の反対側へ投げやりました。

こんな要領を得ないことでホテルの庭を出たわたしたちが、税関の前から折れて、明石町三丁目のあたりまで歩を運んできた時でした。バタバタと眼の前をよこぎって人々が走りました。過敏になっている神経がピリッとふるえて、わたしたちは息を呑んでその方へ駆け寄りました。ワイマール商館の横丁が黒山です。近づくといまのさっき、ここにある鈴懸の梢に、トランプのカードが花のように咲きみだれて、見返そうとするうちに消えてしまったというのです。覚悟はしていたものの、運転手の話があった矢先にこんな始末にぶッつかったわたしたちは、なんだかへんてこな気持におそわれました。ガヤガヤさわいでいる人声も尋常ではなく、わたしは、ガスの光を受けて造花のように見えるプラタナスに近寄って、いつに変らぬ白い埃をあびたその一葉を、何ともつかぬ、宙に浮いた心持で、いじってみたのをよく憶えています。

　こんなことから、運が向いてきたというのでしょうか。その翌晩にも同様な事件に出くわせました。こんどはグラウンド前で、あそこの楕円形の芝生のぐるりにあるガス燈の列が、アレアレというまに、順々に消えて行って、パッと一度に点りなおしたというのです。かたえのアスファルトの上にたまげて立ちつくしていた人々からこの次第をきいた時、一足ちがいに見のがしたわたしたちは、今夜こそ見つけようと意気ごんでいたわたしは、「チェッ！」と云って帽子を地面にたたきつけました。

　こうなると一生懸命にならないわけにはいきません。他の連中だって同様で、みんなが、「今晩こそは」と思って遊園地に押しかけるために、あの辺りは昼日なかの相生橋の上のように人々が行きちがい出しました。或る晩などは、広場の中央に立っているアーク燈がぼんやりと紫色にかすみましたが、これは、涼み季節のようにその下を埋めた人々によって起された埃のせいでした。というのも、前夜このわきの砂利道で、次のようなことが起ったからなのです。

山本通りに居住しているそれがしというフランス紳士が、かれもまた居留地の現代奇蹟に夢中になっている一人だといいますが、その夜もかれは夕刻から散歩に出かけて、遊園地界隈をあちらこちらと歩いているうちに時刻が移り、うるさいほどの人影も追々とまばらになって、ひっそりとした木立ごしにガスの眼がチラチラしているだけになったのです。

「今夜あたりは何か起りそうだったのに」とかれはつぶやいて、倶楽部の前に出る芝生のあいだをぶらぶらやってきました。夕方に見事な月の出であった月はもう空のなかほどに差しかかって、その青い水のような光が砂利道の上に一面に降りそそいでいます。と、かたえの樅の樹の下から、オペラハットをあみだ冠りにした燕尾服姿の人物がひょっくり現われて、「今晩は！」とかれに云いかけました。

そこは外人劇場の近くだったので、こちらも、ボンソアール！　と気軽に返事を交しながら、ふと見ると、相手が差し伸べた手のひらの上に、シャンパングラスが一つ載っているのです。白い胸の人は笑いかけて、「ひとつやりませんか」と早口に云うなり、その手を月の方へ向けて高く、あたかもこぼれてくる光を受け取ろうとでもするかのように差し上げました。すると、たしかに空ッぽだったはずのグラスの中には、水のようなものがはいっています。ところでこのグラスが次のしゅんかん、紙を剝すように二箇に引き分けられました。

「ムーンライトコックテイル！」と相手は、一方のグラスをこちらに渡しながら云いました。「ア、ヴォートルサンテ！」と差し上げたのに合わして、自分もグーッと飲んでしまったが、液体は歯の根までしみわたるように冷たくて、カルシュームみたいなへんな味がした、と次の日新聞記者に向って洩らされています。――とたん、自分の手にはグラスの影も形もなかった。眼前にいた人物も、これまたキネマのフィルムが切断したように、どこにも見出すことができなかったと。

さて、こんな話があって一週間もたたぬうちに、こんどは現にわたしたちの前に、次のようなおどろくべきことが起りました。

次の木曜日の夜、ちょうど英国領事館の近くを歩いていると、先刻、もうだいぶおくれた月の出前を、これ幸いとばかりにいばり散らしているたくさんな星屑を見たと思ったのに、やにわな雨がパラパラとやってきました。さっそくかたえの石段の上にころげこんだものの、不意を打たれた人々のあわてようったらありません。きらきらと雨粒が光りながら落ちている街燈の下を、男や女や子供らの影絵が馳せちがって、それがおかしいやら気の毒やらで笑いもできずに見ていると、すぐ横の道路にあたって、一発の銃声がとどろきました。

雨宿りしていた連中がかおを見合わすより早く、わたしは飛び出しました。ところがこの時、ざあざあ降りの中を走った筈のわたしのからだに、ひとしずくも雨がかからなかったといえばどういうことになるでしょう？　つまり俄雨は銃声がひびいたとたんに完全に止んだのです。なぜなら、もう頭の上は残りくまなく晴れた星空になっていましたから。雨雲はどこへ行ったか？　鉄砲に射たれてたぶん海上へ落ちたのです。しかしむろんわたしはそのことに気がつきません。わたしばかりでなく、銃声をきいて駆けつけた者は、だれも自身が星空の下を走ったことを知りませんでした。――そこに突立っていた少年からきかされるまでは。かれは、いまの鉄砲の音は雨を射ったのだと告げました。ええ雨です。空から降っている水の雨を。――雨が降り出してみんなが走っているのを見ていると、辻むこうの歩道のかどへ、シルクハットをかむった人がひょっくり現われた。その人物だけがいやにゆっくりしているのでへんだなと思っていると、ズボンのうしろからピストルのようなものを取り出し、左手で上から垂れている綱のようなものを引く身振をして、その上方へねらいをつけたと思ったら、ズドン！　と街じゅうにひびき渡って、同時に、花屋の如露のように雨を撒いていた真黒な空が、目ざめるばかりの米国星条旗《スタースパンクルドバナー》に一変した！

　話をきいて眼の玉を六角にしたお巡さんはむろんのこと、これを輪に取りかこんだわたしたちも、みんな一様に、長いあいだ、ばかにされたような面持で、雨に濡れて光っているアスファルトと、その上にきらめく青い星屑とを見くらべていました。

　この、常識で判断がつかぬことが三千に近い公衆の前に出来してから、いまのシルクハットの紳士は、三ノ宮警察の重大問題として取り扱われるようになりました。そして毎晩、本物の探偵や刑事がわたしたちのあいだにまじっている、ということがきこえましたが、それも一つに、魔術についての賭事を取り締まるためだそうでした。お次の事件がやがて持ち上りました。或る夜、そんな特高課の一人が、比較的人通りのないムサボーイ商会の倉庫の蔭に張番していると、うわさにきく通りの人物が通りかかりました。出てみると、相手の姿は、もう百メートルも先のガス燈の光を背にうけて、向うの闇に紛れようとしています。呼子の笛がピリピリと鳴らされました。どこかにかくれていたのか、十名ばかりの警官隊が飛び出して、オートバイにまたがって包囲形を取りながら、追跡を始めました。魔のような紳士は、かくべつ走っているとも見えないのに、先へ先へと飛ぶように進んで、広場をよこぎり、電車道をこえ、鉄道の踏切を抜けて、海岸の明石町から山の手へつづいている坂路をどんどんと登ってゆくのです。それを追ッ取りこめようとする自動自転車隊は、やっきとなって、けたたましい爆音に夜の街をおどろかせて迫りましたが、突きあたりのトアホテルの芝生の所へくると、ついに相手の行方を見失ってしまいました。そして三方へ分れて捜索した組が空しく引き返して、元の場所に落ち合った時、そこの円形の芝生の上には、白い、何もかいてないアートペーパーの名刺が、蒔きちらしたようにたくさん落ちていました。これらは、その後、物好きな連中のあいだでたいへんなねだんにせり上って、売買されたそうです。

こんなわけで、その人とはいったいガス燈のマントルの中に住んでいるのか、夜になるとあの撮影所のセットめく界隈をつつむ霧にまぎれてやってくるのか、さっぱり手がかりがつきません。海上から流れてくるミルク色の靄があの辺を立ちこめて、ホテルの窓やガス燈がぼやけている夜など、アークライトに半面を照らされている倉庫や、がらんとした商館の石段の上に顫えている電球や、その前をぞろぞろ左右に流れている人影を見ていると、わたしにはなんだか表現派映画のことが思い出されました。そしてそんな魔術家なんて実在しているのでなく、或る人々が一様な幻覚病に罹っているのを、他からさわぐ者があり、そのことからして何か金もうけをやろうとする連中が加わって、こんな騒ぎになったのでなかろうか――このあいだにもしかし、奇怪なうわさはしきりに立ちます。メリケン波止場の夕空を一冊のブックが鳥のように羽ばたきながら沖の方へ消えて行ったの、夜中に、鯉川すじのパシフィックサロンの前にたくさんなウイスキびんがメリーゴーラウンドのように廻転していたの、レンガ建の倉庫の高いひさしにろうそくが一本さかさまに点っていたの、また、西方の盛り場にまで不可思議は起って、栄町からまがってきて市立図書館前に停った電車の中が、色とりどりな花束に詰っていて、それらが運転台からこぼれ落ちると同時に人間に変ってちらばって行ったとか、聚楽館の前をすぎた赤電車のポールの尖端から火花がしきりにこぼれて、レールの上に緑色の光の花を咲かせたとか、さてはまたトアホテルの舞踏会で、みんなの衣裳やワイシャツやハンカチ類に知らぬまにハートやクラブの星模様が織り出され、その代り、ホテルにあったすべてのカードが白紙になっていたとか……

或る朝でした。まだ寝床にいたわたしの許へ、友だちがあわただしく飛びこんでくるなり、「判った！」と叫びました。

眼をこすりながら、差しつけられた朝刊面を見ると、「昨秋九月頃から北野町トアホテルに滞在して怪奇な古代印度の偶像や古文書や天文機械や、その他宝石細工のついた器物にうもれて何事かの記述に余念なきシクハード・ハインツェル・フォンナジーと名乗る紳士があった。普通の逗留客に見かけぬ風采によって一同の眼を惹いていた折柄、測らずも十九日夜、同ホテルにおいて開催された慈善仮装舞踏会席上に発生した……こんなかき出しの下に、次のような事柄が、三面をうずめて掲載されているのでした。

仮装舞踏会に深紅色のマスクをつけたピエロが現われて、カードの星や絵本にある花や風物を抜き取って、お望みのものに貼りつけるという余興が行われた後、仮面を脱したピエロがシクハード氏であり、この紳士というのがたれあろう、吾人の思議を絶した魔術をもって全神戸を幻惑の渦中に投じていた当の人物であったことが判明した。その時シクハード氏は、事の意想外に眼を見張るばかりな列席者一同を前に、変幻きわまりない演技のように人を魅するまなざしと、少年のごとき含羞の口調をもって、初めて自己の素性を明かし、長いあいだ市民をさわがせた罪を謝するところがあった。語るところによれば、――ハインツェルその人は、あの伝説に有名な南ドイツのハルツ山麓にあるフォールハンブルグという小都会に生れた。幼児から世の常ならぬものにたいする情熱を抱いていたが、のちにオランダの魔術の大家、ヨハン・ジンの高弟になった。大戦勃発の前年、つとに注目していた東洋の妖術を研究する目的をもってインドに渡り、最初はゴンバトネとサレムの間「鬼神アイエナルの町」に居を定めたが、やがてラホール近郊の廃寺に籠って一意専心に究めたアブラカブストラと称する妖術教の奥儀から、測らずも奇蹟的な新魔術の原理を発見するに至った。その残りの研究をつづけるために、かつはパンジャブ高原の空気に傷められた心身に英気を恢復すべく、この風光明媚な東邦の海港にきていたのであるが、今回一応の整理がついたので、本国に立ち帰って新創案の魔術を世界に発表する段取になったというのである。たまたま座にあったのが青薔薇の栽培家、南方熊楠氏である。氏は神秘の人がこのままに去ることを惜んで、神戸市民の前にうわさにきいた前代未聞の驚異を公開してくれるためにはいかなる報酬をも辞さないことを申し入れた筆頭であったが、ハインツェル氏は、すべては試験的なたわむれだったので、責任あることは帰国の上でないと決められないと断った。けれども一同の懇願を聞き容れ、此国を去る記念に、魔法の代りとして、煙火術の世界的権威として知られたスマトラのカスミイ・プルバグ氏直伝の花火を紹介しようと云った。それは、同氏の手によって、諏訪山金星台の上空一帯に、宝玉のごとく光り輝く星のイルミネーションを造ろうというのである。久しく風聞のみあって、ついにその実演に接することができなかったのは吾人の共に遺憾とするところであるが、取り逃した魔術に勝るとも劣らぬ有史以来の大壮観が稀代の魔術王の手によって展開される二十八日の夜こそ、刮目して待つべきであろう。……

　ここに一言の要をみとめますが、「プルバグ氏の星造りの花火」とは、千九百二十年にマルセイユのポロという人が発明したふしぎな打上花火を、さらに拡張した神秘な技術なのです。これはとても尋常一様の花火とは受け取れない、人間わざでこんなことができるのかと瞳を張るほかはない物凄いものである、といわれています。わたしは以前、「ポピュラーサイエンス」誌でその写真を見たことがあるし、東京の新聞にも数年前に「廿世紀の奇蹟」という見出しで簡単な紹介が載っていたようですが、このスターメーキングについて、今回は次のような記事が当地の新聞に出ました。

——「星造りの花火」は尋常の煙火術とはみとめがたい不可思議な技術であって、欧米科学界に論議の花を咲かしたことがあるが、いまだにその星々を造り出す怖るべき熱と光を発生する円筒の原理が判らない。この天空の怪異の展開者は、ただ発明者のポロ大佐と、アリゾナ辺域のクリビーズニスキイ博士、スマトラのプルバグ氏、全地球上に三人をかぞえるのみである。したがって方法も三種類に分れているが、今回新らたに加入したシクハード氏によって試みられるところのプルバグ式が最も斬新であり、かつ出来上った星の色も美麗である。その上、シクハード氏は自家の創案をこれに加え、いまだ前記の何人も危険のゆえをもって手をつけない彗星まで製造することになっている。記者はその方法、すなわちオリヴァ・ロッヂ卿のいわゆる「鬼神の円筒」の内容について質問したところ、シクハード氏はただこうべを横に振るばかりであった。が、大要を洩らしたところによると、その片手に持ちうるほどの簡単な円筒の中に、或る特殊な技術を用いて抽出されたファンタシューム、カーバイト、その他二、三の薬物の混合液を入れておくと、一定の時間をへて該円筒の上方にあるヴァルヴから星々が射ち出されて、それぞれの性質によって定められる高度を保持しながら、約一時間かがやいているのであると。——その他、雨を射撃したのは本当であるか、との質問にたいするシクハード氏の返答や、同氏によって親しく目撃された、インドの奥地にあっていまだに神秘的な「行」をしている妖術者の群や、かれらヨーギたちは果して岩の内部を通り抜けたり、空中を歩くことができるかということや、また全世界にきこえているロープトリック（綱を空中に投げ、童子がそれをつたわって雲の中までよじ登ってゆく、やがて咒文をとなえると墜ちてきて灰になってしまうが、再び灰から子供がよみがえる魔術）の実際や、——これはぜひともあなたにおきかせしたい、少年時代のハインツェル氏があなたと同様どんなに不思議な物語の本をあさり、雲の色彩や星の運行を見てどんな空想に耽っていたかということや、トランスヒマラヤの秘境、二十世紀の文明とは絶縁した一廓にある、高さの知れない断崖の中間を切り開いて造られた石の街や、そこに数千年の昔から燃えつづけている青緑色の焰と、全世界の秘密を封じこめた黄銅の小函があるということや、この、鳥でなければ行くことができない修練場に集まるうちの一人、ハッサン・カンが得意とする「須弥山めぐり」の幻術のことや、しかしこれらは、わたしが他にもしらべたところと合わせて、いつかの折にお話することにして、こういういまのような記事が人々をおどろかせ、他の人々には奇異な思いを抱かせているうちに、二日たち三日はすぎて、新版アラビアンナイトの当日がやってきました。

「神戸の空の清らかな色と秀麗な山の姿を見て、フォールハングブルグの少年時代を偲ぶと云って眼に涙をにじませて懐しがった若い魔術王は、今宵をお名残りとして思出多いこの東洋の国を去ろうとしている。吾人は、故国に立ち帰ったシクハード氏が驚天動地の使命を荷って、かれの飛行絨毯を再び此国に飛ばせる日の近きことをかたく期してはいるが、それは何時とは測り知りがたい。そして吾人は何をもって親愛なるシクハード・ハインツェル・フォンナジー氏を送ろうとするのであるか？　それはひとり今夜の奇絶怪絶の前に瞳を張り、ここに適用すべき言辞を未だ人類が有せざることを恨む以外にはないのである……

こんな夕刊を見てわたしが家を出たのは、陽がやっと山の端に隠れたばかりの時刻でした。わたしはやがて眼前に拡げられるであろう千変万化をえがいて胸を躍らせていましたが、一方、こんな大さわぎを引き起してすぐに去ろうというシクハード氏の上に思いいたると、いまさらながら、友だちといっしょに、ついに観られずに終った魔術を見るために、白いほこりを浴びに出かけた夜々がまるでゆうべのことのように思われて、なんとなく悲しい気持になってくるのでした。中山手通りの青年会館の前まできた時、わたしは立ちどまりました。何という大評判になっていたことでしょう！　この辻から下方の鉄道をこえて波止場にまで一直線に続いている広い坂路が、その遥か下の方から、一帯に霜降模様に塗りつぶされて、そのまま巨きなベルトのようにこちらへゆっくりとせり上ってくるのでした。自分もその帯の中に巻きこまれて、トアホテルの下までやってくると、もう先は一歩も進めなくなりました。どこかで友人を待ちあわすなんて、めっそうもない話です。わたしは麦藁帽子を脱いで、折から眼下のひろびろした海の方から吹いてくる夕風に、ほっと一息ついて、四辺に眼をくばりました。

集まったも集まったり、夕方の明りに見渡す坂路はいうまでもなく、会下山から諏訪山にかけての高い所がみんな人です。大倉山の上に突立っている伊藤公の銅像や記念碑の中程まで、貝がらみたいに黒い人がくッついています。アート・スミスの冒険飛行の夜はおろかなこと、ベーブ・ルースのホームランを待ちかまえるポログランドの群衆だって、こうもぎっしりと詰りはしないであろうその見事さに、わたしは思わず知らずに会心の笑を浮べたのでした。

山上に残っていたトワイライトの影もうすれてゆくと、港内の碇泊船や下町の燈火がいよいよきらめきを増します。そして頭の上は深い海のような青藍色がだんだんと紫かってきて、やがてアーサ・ムーアの「七都物語」の大詰を想わせるような、清朗な星の夜に変りました。暗くなったせいか、一帯に騒々しくざわめく声が或る静けさをともなった、リズミカルな、一つの大きな響きになって、それをきいていると、おのずから夢心地にさそわれてゆくようです。遠い遠い昔、いまは沙漠に埋まっている石の柱がまだ青藍色の大空の下にそそり立っていた頃、街の広場につどい寄った市民たちが、ちょうどこんな星空を打ち仰いで、音にきこえた妖術者の演技を待ちかまえていたことがあったのであるまいか？　こんな考えがふと頭の片すみに浮ぶと、今晩、二十世紀の都会である神戸の街に、星の製造を見物しようとする人々がこんなに大勢集まっているということが、まるでうそのようでありました。プラタナスの梢に咲いた星は奇術だと解釈してよかろう。けれども、こんなおびただしい群衆を前に、実際の天空へもって行って、果してそんなことができるのだろうか？　それにしてもいま少しらくな場所を見つけようと気がついて、わたしは人ごみをかき分けて進もうとしました。とたん、激しい、貫くような白光が街燈や家々の窓の灯をねじ伏せました――

――プルッープルッープルッーという機関銃のような、しかし一種音楽的な連続音がどこかに起っていました。港内の船からは一せいに汽笛が鳴って、はやてのような喚声が上りました。

どこだろうと首をめぐらすより早く、諏訪山から、真紅色の、まだどこにも知らなかったような透き通った美しい紅玉が、追っかけッこをするように昇り出したのが見えました。つづいて澄み切った緑色の光の玉が会下山の方から、何と云ってよいか判らぬ紫色のタマが気象台の横から。青、白、赤、藍、乳白、おぼろ銀、海緑、薔薇紅、オレンジ――なかには恐ろしくまぶしい化物めくものがまじって、かなたこなたからめちゃくちゃに昇り出しました。大地の支え棒が外れて奈落へ沈み出したと覚えるうち、神戸市の天空は途方途徹もない螢合戦になっていました。プルッープルッープルル……マグネシヤの火竜が飛び出す、流星の群が狂い獅子になる、弧線をひいて舞い上ってきたのがドカン！　山々にこだましてこ木葉微塵となる、ピカッ！　ピカッ！　ヒューッ――ズードーン！　――ズードーン！　――ヒューッ――ズードーン！　――ズードーン！　――ヒューッ――ズードーン！　――ズードーン！　――裏山の斜面のひだやその辺の小屋や赤松の木は、指先で剝がせそうな陰影をつけて舞踏を開始しています。物皆が空間をはぎ取られて平べったく圧しつけられたこの真昼間を——万華鏡になった天蓋の下を——めちゃくちゃな切紙細工の只中を——くるめく群衆や家屋の影絵踊りのまんなかをかき分けて——「シクハード万歳！」「シクハード万歳！」と叫びながら、うれしいのか怖いのか、わたしは逃げるように走り廻りました。

☽

次の朝、山ノ手一帯の屋根や敷石の上には、あの芝生に落ちていたのと同様の白いカードが、隙間もなく散りしいていました。そして新聞記者らがいち早くトアホテルの受付を叩き落した時、ねぼけまなこのギャルソンが顔を出して、ハインツェル氏はすでにきのうの午後二時解纜の天洋丸に乗って帰国の途に出発した、ということを告げたそうです。

チョコレット

1

薄い靄のある明けがた、ポンピイはよくとおる口笛を吹き鳴らしながら、両手をズボンのポケットに突っこんで、街を歩いていました。

まだ日が出ないまえで、大きな、きれいな、すてきに光る星が一つ東の空にチカチカしている時でした。そこいらは紫色に明るくなっていましたが、どこにも人影はなく、静かな空気にポンピイの靴音がひびいてゆくほかは、ときどき遠い辻を市場の方へいそぐ馬車の音がするくらいでした。いったいどういうわけで、ポンピイがこんな早い時刻に歩いているのかというと、別にこれという用事ではありません。只いつか、「白い雀を見つけようと早起きした農夫の話」をリーダーでよんでから、自分もすっかり早起きになり、毎朝こんな誰も気づかぬ先に床を出て、一人で散歩するようになったのでした。で、この朝もポンピイは、家中の何人も知らないうち裏口を出て、冷たいせいせいした空気にあたりながら、何を考えるともなしに並木道を歩き出したのです。それは広い平らかな道で、両側の家々にはまだ戸がしまっていました。そのまんなかを威勢よく突きぬけて行きながら、ポンピイは何気なく小石をポン！　とけり飛ばしました。石はゆるい弓形の線をひっぱって飛んでゆきましたが、その行方を見送りながら、ふと向うの方に眼をやると、ポンピイは立どまりました。――その道は、ポンピイが立っている所から二百メートルほど先で降り坂になっていましたが、その方になにか赤い、小さな三角形のものが見えたのです。塔の先か知ら？　しかしその方角に塔があるはずはありません。じゃオモチャであろうか？　けれどもそれにしては余りに奇妙でした。それによく気をつけると、真正面に見える三角はきわめて小さいが、それが揺れながらこちらへ登ってくるようなのです。何であろう？　ポンピイは、知っているかぎりの赤い三角形の代物を思い出して、つい眼の先に見えているものにあてはめようとしましたが、どれも合うものはありません。で、いまは少し怖くもなって、まばたきもしないで見つめてると、相手はだんだんと大きくなり、その下にひょっくりと人のかおが出たのです。三角は、赤い先のとがった帽子だったのです。なあんだ、こんな話だったか、とポンピイが心の中でつぶやいて胸をなでおろしたとき、向うのかおの下から両肩が現われ、その次にからだが出てきて、とうとう相手は、赤い三角帽子をかむった人物になりました。

それでポンピイはふたたび歩を進めましたが、その時よく見ると、これはどうしたことか！　向うの坂を登ってきた人は、黄いろと真紅色と半々になったズボンをつけて、どうやらガラス製だと受取れる靴をはいているではありませんか？　その上、背からはうすい緑色の羽根がはえて、からだは五ツか六ツぐらいの子供の大きさなのです。それはおとぎばなしの中に出てくるロビン・グッドフェロウとそっくりそのままなのです。

ポンピイはびっくりして、二度目に立どまりました。そしてこれは夢ではないかしらと眼をこすってみました。靴の先でもって道路を蹴ってみました。が、やはり、まがうかたもない、正銘のロビン・グッドフェロウ先生が、コトコトとたしかに音がする大地の上を、胸を張ってこっちへやってくるではありませんか！　これはどうしたわけなのか？　ロビン・グッドフェロウが近づいてくるあいだ、ポンピイの心の中はもつれ合いました。

――ロビン・グッドフェロウは、トネリコや樫やイバラの中に住んで、月の美しい晩に出てきて、丘の上でいい声で歌をうたったり、おもしろい輪踊りなどを演じて、朝がたになるとただちに帰ってしまう、ということをポンピイは本で読んでいました。ですから、こんなに東から太陽が昇ろうとしている刻限に、かれが街中をうろついている法はないのでした。その上、いま云ったようなことはずっと昔にあったお話なので、もう今日ではフェアリーなんか滅んでしまい、それはただ子供たちの想像の中にだけ残っている、ということを学校の先生から聞いていました。で、もしかするとこいつはにせものでないか知ら？　とも思ってみたのです。しかしロビンが五、六歩手まえにきたのをよく見ると、やはり、どうしたってうたがうことのできぬ本物なのでした。といって、ポンピイがフェアリーの本物を見たのは、たったいまが最初なのです。しかし人間がこしらえたものときめるには、かれの着物はあまりにりっぱで、ふしぎなくらいつやつやしていましたし、そのからだも、かつてどこにも知らないような、かるがるとしたきれいなものでした。それでポンピイが、その蝶々のようにきゃしゃな羽根が薄紫色にひらひらしているのに見入りながら、どうしたらよいか、あっけに取られていると、ロビン・グッドフェロウはニコニコ顔に云いました。

「お早う、ポンピイ！」

ポンピイは、相手が自分の名をよく知っていることにびっくりしましたが、すぐ
「お早う、ロビン・グッドフェロウさん！」

と挨拶を返しました。

あたりまえならポンピイは、こんな小さいロビンが自分を呼びすてにしたから、こちらも先方を呼びすてにしてやるのでしたが、「丘の住民たち」はだれでも、パックでも、コボルトでも、それからあの小っぽけなエルフらでさえも、みんなたいへん怒りっぽくて、「ゼントルマン」とか「善い人」とか呼ばなければ機嫌を損じる、ということを知っていましたから、敬意を表したのでした。ところが、ロビンは喜ぶだろうと思いのほか、その返事を聞くと眉を寄せて、むずかしいかおをしたのです。オヤ！　どうしたのかと見ていると
「私はロビン・グッドフェロウなんかではないよ」

こうぞんざいな口調で云うのです。こりゃ間違ったかな、とポンピイはあわてて

「じゃ、ニック・オ・リンコルンさん！」

と云いました。

「いや、わたしはニック・オ・リンコルンでない」

ロビンは首をよこに振りました。

「そんなら、ロッブリ・バイ・ザ・ファイアさん」

「いいや！」

ロビン・グッドフェロウは三度目に首を横に振りました。さあ困ったことになったぞ、とポンピイは一生懸命に考えなおしました。ひとたびフェアリーのきげんを損じると、元どおりに直すことがむずかしいどころか、とんでもない目に遭わされることがあるのでした。そしてポンピイは、フェアリーの住んでいる城跡へ石を投げたり、かれらの踊り場をじゃましたりした人々が、夜中にビール樽の栓を開け放しにされたり、野菜畑や花園をめちゃくちゃに荒らされたり、台所の皿や鉢を壊されたりした話をいくつも聞いていました。それで、出来るだけ頭をひねって、知っているかぎりのフェアリー一族、それから、普通に外国のおばけだと云われている者までもひっくるめて、それらの名前を順々にあげて答えてみたのです。

「ウィル・オブ・ウイスプ」「ホップ・ゴブリン」「ノーム」「マイム」「トロール」「ブローニ」……けれども、そのいずれにもロビンは首をよこに振るのでした。そしておしまいには、いよいよもって険悪なかおをして両腕を組んでしまったのです。双方は向かい合ったままです。ポンピイは途方にくれて、だれかやってこないものかと辺《あたり》を見廻しましたが、犬の子一匹の姿もないので、逃げ出そうかと身がまえをしました。けれどもそんなことをやると、さらにどんな始末を招くか判らぬと考えなおされ、仕方がなくて自分の靴先を見ているよりほかはありませんでした。

突然アハ、ハ、ハ、という声がしたのでおどろいて眼を上げると、こんどはロビン・グッドフェロウが、さもおかしくて堪らぬように笑い出しているのです。そして美しい碧い眼でじっと自分を意地悪そうに見つめているので、ポンピイには、ひょっとするとロビンが、自分をからかっているのでなかろうか、という気がしました。ポンピイは少しムッとして口に出しました。

「やっぱしあんたはロビン・グッドフェロウだ！」

こんどはロビンの方がびっくりしたくらい、ポンピイの声はリン！　とひびきました。ロビンはややあっけに取られてポンピイのかおを見ていましたが
「どうしてそのことが判る？」

と首をかしげながらたずねました。

「どうして判るかって……その帽子も、着物も、靴も、みんなロビン・グッドフェロウ好みじゃないのかね」

とポンピイは大人たちの口吻をまねて、すかさず相手に突っこみました。

「ところがそれが違うんだよ」

またこんな意地悪を云い出しました。

「なぜ？」

ポンピイは、もう殴り合いになってもかまわぬと度胸をきめて、問い返したのです。

するとロビンは急にやさしい声で、なだめるように
「きみは怒ったらしいナ、なるほどきみの云うことはもっともだよ。が、まあ聞くんだ、小さいお友だち。わたしはきみの云うとおりのロビン・グッドフェロウさ——昔はね。いまは違う」

「いまは違う……って？」

ポンピイは相手のかおを睨みました。

「いまは、わたしはほうきぼしさ。つまりコメット、ロビン殿よ」

「なにほうきぼしだって？」

ポンピイは重ねて口に出しました。

「さよう、正真正銘のほうきぼしさね」

ロビン・グッドフェロウは、落ちつき払って、云いました。

「それはまたどういうわけなの？」

ポンピイには、先方の言葉が少しも腑《ふ》に落ちません。なぜって、赤い三角帽をかむり緑色のうすい羽根を背につけたロビンはどう見てもおとぎばなしのフェアリーであり、これがどうして、あの光った尾を曳いて真暗な天の果を走ってゆくほうきぼしなどと受

け取られましょう！

「そう云うのはもっともだ」

ほうきぼしのロビンは、こんどはきわめてきげんよく首をたてに振りました。そして次のようなことを話し出したのです。

「どうして、われわれ丘の住民がほうきぼしになったか？　このわけをまずお話しなくてはならぬ。そうなれば云いにくいことだが、われわれの先祖のことから始めなくてはならぬ。きみはいったいわれわれの先祖を何だと思うか？　農夫らは地の神様だと云い、町の人々は堕落したエンゼルだと思いこみ、大学の教授連は、異教の神トーアハ・ダネーンだと称している。そしてその子供らが次第に敬《うやま》われなくなり、お供物も貰えなくなって、とうとう憐れな、小っぽけな者になり下がってしまった――これがつまりわれわれだとさ。まあどこに拠り所があってそんなでたらめが云えたものか、物識らずもここまで徹底すれば世話はねえ！　おい、こっちの先生、そうじゃねえのかね？」

ちょうどその次第がポンピイのせいであるかのように、ロビンはひとりで怒るのでした。そしてこんなやさしい装いをしていながらなんという乱暴な口のきき方をするのか、といぶかしむポンピイの片腕をつかまえてゆさぶりながら、ロビンは云いつづけました。

「まるで余興にもならぬふざけばなしさ。が、いまになってグズグズ云ったたって始らねえ。そうだときめてもおこうよ。ところでまあ、堕落したエンゼルでも、トーアハの子孫でも何でもよいが、何と御一統の全盛時代のおもしろかったこと！　遠い昔になるが、オベロン王の頃に、われわれが丘々の上でどんなに勢力をふるっていたことか! われわれは月の世界へ行く途中の高い山の上にりっぱな宮殿を持っていた。そして金と銀から出来たきらびやかな大広間には、きれいな衣裳やすばらしいおもちゃがいっぱい詰っていたんだぞ。われわれは全世界を我物にしていたんだぞ。判るかい？　こんなことは沢山なおとぎばなしの本できみもご存じだとは思うが……」

ロビン・グッドフェロウは、さも往時の追憶にたえかねるように眼をかがやかせました。そしてその頃フェアリー仲間がどんなことをして日常を過していたか？　ということを話し出しました。——自分らが草むらや林の中に隠れてどんないたずらをやったか？　また人家へ忍びこんで臼を廻したり、野に出て麦の穂を盗んだり、市場に現われてうらない師や見世物師やならず者に化けて、田舎者を偽《だま》したり、網の中へ木の魚を入れて漁師をたまげさせたり、丘の上でおもしろい音楽や輪踊りをやって美しい娘たちをたぶらかしたりしたことなどを、おとぎばなしよりさらに面白く話すのです。ポンピイは、本で読むのでなく、本当のフェアリーから聞かされるのですから、自分もその中の一人になった気がして、相手の手の動きや身振りを一心に見守りながら耳をかたむけていました。ロビンはさらに、夏の夕べ、聖ヨハネのお祭の晩に、方々の山でかがり火が燃される時、どんなに愉しい宴会をやったか？　また七年目に一度ずつ、麦の穂の一番いいのを奪い合うために、フェアリー仲間がどんなに激しい戦争をしたか？　ということを、あたかもその情景が眼のまえに現われてくるかのように語るのです。でポンピイ

も覚えずうっとり聴き入っていると
「ああとんでもない方へすべってしまった」
ロビンは急に気がついたように叫びました。そして今までの話を打ち消すような低い声で、先をつづけました。
「――ところがそのうちにね。どういう理由か、われわれはだんだんと尊敬されなくなってきたのだ。そしてわれわれが愛したトネリコのはえている丘の上には、大きな構えの別荘が建つし、麦畑には高い煙突のならんだ工場が出来る。川のほとりにはごうごうと音を立てて汽車が走るようになった。それにつれて人々も、われわれのことなんかまるで忘れたようにちっとも気をつけなくなり、もはや今日では夜、窓の外に一杯のミルクを出しておいてくれる者さえいなくなってしまった。ああ何という変りかたであろう。これを思うとまったく情けないよ……」
こんどはロビンは、哀れな詩でも読んでいるように、しんみりした口調で申し述べるのでした。そしておしまい頃には涙をこぼしているかのように、低い低い、聞えぬくらいの声になりました。ポンピイは、フェアリーたちは何百年何千年前のことでも知らなければならぬ事柄を子供らに教えるということを知っていましたから、一生懸命に耳をすましていたのでしたが、さてこのような次第になると、相手が気の毒であり、自分までなんだか淋しい気がするし、いったいどうしたらよいか慰めように困っていると
「愚痴はよしにして――」

とロビンが、やや元気を取り戻して云いました。

「――で、つまりわれわれにはもはや以前のようなことはやっておられなくなってきた。農夫がスキやクワを棄てて都会へ出て行ったように、われわれも住みなれた懐かしい丘から出てゆかねばならぬことになったのだ。さてこれから何になろう？　とわれわれは考えた。――歯車や、帽子や、リボンや、レッテルや、タバコや、ガラスびんや、靴や、マッチ箱や、いろんな品物が持ち出されたけれども、結局地の上には、われわれに向くようなしゃれたものはもはや何ひとつとしてないことが判ったので、われわれはその次には、天に在るもののことを考えはじめた。天上界にはさまざまなきれいな、ふしぎなものがある。雲や、虹や、月や、星や、オーロラや……で、そのいずれに決めようかと相談した。星こそりっぱであると主張する者があったが、星は同じ所でじっとしている。したがって何事であれ、定ったことがきらいなわれわれの気性に向かない。流星がよかろうということになったが、流星は時に足をふみはずして地上に落っこちることがあって、不用意に墜ちたならば、めったに天には帰れぬというから、これも見合わした。で、やっとほうきぼしに気づいた時、よかろう！　と満場一致で可決されたわけだ。それは夏の真暗な晩であったが、思い立ったのが吉日だから、われわれは丘の上からただちに、赤や、青や、緑や、花形になったのや、傘のように開いたのや、棒みたいのや、ひしゃく形や、小さいのや、大きいのや、……いろんな好き勝手のほうきぼしになって、そのまま天へ向かって舞い昇ったのだ。それがどんなに壮観であったことだろう！　そりゃとても人間の造った一番見事な花火でも、博覧会のイルミネーションでも、大艦隊のサーチライトでも、われわれのその夜の光景の万分の一にも及びはしない。マグネシヤのようにまぶしいのや、硝酸ストロンチュームの火焰のような真紅色に光ったのが、数千万とも数知れずに昇り出したとたん、その仕事にたずさわっている当のわれわれ自身がアッとたまげたほどだもの！」

ロビンは両手を大きく振って、演説のように、さもその回想にたえぬかのように云いました。そして感心しているポンピイのかおをちょっと見てから、つづけて行きました。
「天に上ってみると、これはまた、どっちへ行ってよいやら、眼が廻るような広さで、見当も何もつきゃしない。五分間で地球を一周したわれわれも、こんどはうっかりするとはぐれそうなのだ。で、いっしょにかたまって旅をつづけることにした。――こうして最初はてんで方角が判らないので困っていたが、近頃になってやっと一人歩きの自信ができた。といって、まだまだ知らない所は無数にある。きみがこの地球上から仰いで空ッポな場所だと思いこんでいる所にだって、きみが夢さら考えたことのないきれいな、奇妙なものでいっぱいなんだぞ。その応接にいそがしくて、からだがいくつあっても足りゃしない――でも近頃はだいぶ馴れて、昔のことを思い出して地球の近くにやってくることがある。真暗な晩に町の上を通りすぎてゆく赤や青の尾を曳いた星を見ることがあれば、それなんだよ。ところでわたしはゆうべも、海の方から山のてっぺんの岩をかすめて飛んで行ったが、ちょうど下の方にきらきらした灯が望まれたので、急になつかしくなって丘の上へ降りてみた。そうなるとこのまま帰るのは物惜しく、一度以前のような真似をしてみようと、そう思ったままに、いま歩いていたところさ。それからのことはきみが知っているとおりだ」

朝風に蝶のような軽い羽根をひらひらさせながら、ロビン・グッドフェロウは語り終りました。それはたいそう上手な表情で話したので、ポンピイは我を忘れて一心に聞いていたのです。で、ロビンが云い終って息をつくと、ポンピイもホッとして、そこで申し合わしたように、二人はかおを見合わせました。ロビンはちょっと笑いました。ポンピイも笑いました。それから二人は何をしてよいか判らずにモジモジしていましたが、やがてポンピイは思い当ったようにたずねました。

「で、こんどいつほうきぼしになるの？」

「いつでも」

ロビンは云いました。

「いまでも？」

ポンピイはすかさず問いました。

「ああいまでも――」

ロビンは答えましたが、すぐあわてて

「でも昼のうちは明るいからよく見えないよ」

「では今晩なるの？」

「ああ今晩ね……」

なぜだかロビンは困ったかおをして、その言葉の終りをはっきり申しません。ポンピイは疑ったわけでありませんが、もしかしてこれがただのロビン・グッドフェロウで、それはほうきぼしになったなんて、いいかげんなことを云っているような気がしたものですから
「あんたは、何にでも自由にからだが変えられるって、それはほんとうなの？」

とたずねてみました。

「どうしてさ。現にほうきぼしになっているじゃないか」

とロビンが不服そうに云いました。

「あ、そうだったけ。でもそのほかにと云っているんだよ」

「その他……にだって。そうさな、たいていのものには変ることができるな」

「じゃその証拠を見せてくれないか？」

ぶっきら棒にポンピイは申しこみました。眼の前に、おとぎばなしにあるのと同じことが見られたらどんなにすてきだろう、と考えて。

「何にでもなってみせるよ。お好み次第、お茶ノ子さいさいだ」

ロビンはこんどは威張りながらうなずきました。

「だって、何か規則があるのだろう」

とポンピイは念をおしました。

「うん、ないことはない」とロビンが受けつぎました。「でも、きみが持ち出すほどのものなら引受けていい」

ともかくフェアリー仲間の規則をこの機会にきいておこうと思って、ポンピイはポケットの上をおさえました。その一方にまるい、小さなものが探りあてられました。よしッ！　ポンピイは、手帳のかわりに、ちいさな銀色のかたまりを取り出しました。

「この中へはいっておくれ」

それは錫紙で包んだチョコレットでした。

「この中へ？」

ロビンは、要求の突飛さに眼をまるくしました。

「ああこの中へ」

ポンピイがうなずくと、ロビンはしきりに何か考え出しました。それはだいぶ長いあいだでしたから、ポンピイは待っているのにいらいらして、あんな大きなことを云っても本当は何もできないのではなかろうか、と思い返しながら

「はいられないの？」

と二度目に促しました。するとロビンは何か云いかけようとしましたが、投げつけるように

「よし、入ってみよう！」

と云い切ったのでした。そのせつなにおどろいたではありませんか、ロビンのからだ

は見る見る縮まって行って、虫のようになったかと思うと、パッ！　とチョコレットの中へ飛びこんでしまったのです。――いくらかは予期していたものの、余りにも思いがけぬ有様にポンピイは眼を三角にして、手のひらにあるチョコレットを見つめていました。が、しばらくして気を取り直すと

「ロビン・グッドフェロウさん！」

と呼んでみました。

けれどもチョコレットの中からは、何の返事もありません。それでもう一度大きな声で

「ほうきぼしのロビン・グッドフェロウさん！」

と呼んで、すぐ耳のそばへ持って行きました。やっぱり何の答えもありません。ただチョコレットがたいそう固く、小石のようになって、振ってみるとコトコトとその内部で音がするだけでした。で、いったいどうしたものか？　思案がつきかねてぼんやり突っ立っていると、市場がよいの人々がガヤガヤと高ら声で話しながら通りかかりました。家々の窓をあける音もきこえて、樹々の梢をいつか桃色に照らしていた朝日が、ポンピイの影をたいそう長く路上に引き伸ばしかけていました。ポンピイは、仕方がないままチョコレットを元のポケットに納めて、自分の家の方へ歩き出しました。

2

家へ帰ってから、その日一日じゅう、ポンピイは机の上においた小さな焦茶色のかたまりを、頬杖をつきながら見つめていました。そして折を見て人のいない所へそれを持って行っては、ロビン・グッドフェロウを呼び出そうとつとめましたが、チョコレットの中からはうんともすうとも返事がありません。ポンピイは少うし気味わるくなってきました。自分が、いやがっているロビンを無理やりにチョコレットの中へ押しこんだようで、気の毒に思えるし、またロビンも、何の気なしにはいってみたものの故障が生じて出られなくなったのかも知れないし、そうだとすれば早くどうかしたいとあせられるのでしたが、何とも方法がつきかねるのでした。

やがて夜がきた時、ポンピイは決心して、チョコレットを窓から外へ棄てようとしました。が、これも考えなおしました。自分が頼んでチョコレットの中へはいって貰ったのに、そんな粗末な扱いかたをすればロビンは怒るであろう――それにしてもいま頃はこの中でかれはどうしているだろうな？　ポンピイは毎朝鉢植の花びらの数をかぞえ直したり、夜になれば蝶々はどこで寝るのだろうと心配するような神経家でしたから、ひとたび今のように思いはじめると、寝床にはいったものの、おおかた一晩じゅう眠れなかったのです。そしていまにも家じゅうの道具がひとりでに踊り廻って、ハネて、壊れてしまいはすまいかとひやひやしていました。さいわい心配な永い夜は別に何事もなく白んできましたが、ポンピイはすぐ寝床から出て、窓枠に載っけておいたチョコレットをしらべてみました。それはやはり固くて、振ってみると音がしました――その夜中にロビンがこっそり抜け出て、天へ帰ってくれることを願っていたのに。むろんこんなポンピイの気づかいにはいつかよんだ本に、「何かのはずみにスクラッテルが人間の家へ宿ると飛んでもないことが起る」とかいてあったことがだいぶ手伝っていました。しかしこれはポンピイの思いちがいで、スクラッテルとロビン・グッドフェロウとはわけが違っています。スクラッテルは北の国の悪い神様で、まことにたちのよくない乱暴なことをやりますが、ロビンはただ楽しい声で歌をうたったり、いろんな色の光を放つろうそくを点したり、いたずらと云っても、先に述べたように、お勝手の臼を廻したり、徳利を踊らせたりするくらいの所でした。ポンピイはチョコレット問題で胸がいっぱいなので、思うにそこの区別が分けて考えられなかったのです。

　で、この朝もポンピイは、帽子を頭にのっけて散歩に出ようとしましたが、表に出てから急に引返してきました。きのうの日の出前のような事件が再び起ると心配のたねが増えるし、いやそれよりも、ロビンがチョコレットから抜け出て、街かどで自分を待伏せしているような気がしたからです。こうしてこの一日もポンピイは部屋に引きこもっていましたが、夜になった時、一部始終をみんなにきいて貰うことにしました。しかしその相手は、ポンピイの奇妙な煩悶の原因をそのままに受取ることができない種類の人々でした。そしてだれもかれもが一様に笑ってしまったのです。ポンピイが事件の核心であるチョコレットを取出したときでさえ、かれらはもっと大きな声を上げて笑いました。「これはね、人をかつぐために土で作ったチョコレットなんだよ。へんなことも何もありやしない。コトコト鳴っているのは、この素焼の中が空ッポになって、そこに土のカケラがはいっているからなんだ。それったけのことさ」

人々はこう噛んで含めるように説明しました。そんな贋チョコレットが世間にあることはポンピイは千万遍も承知しています。いま云っているのはそれでない、これがだれにもうなずけません。言葉と言葉とがもつれ合いました。何と云いかえてみても、人々はポンピイの言葉を信じなかったのです。

「それこそおとぎばなしだ！」

議論の終りに或る人が云いました。

「夢でも見たのだろう、近頃はいいお月夜がつづいているから」

ポンピイの云うことをいつもまじめにきいてくれる人でさえ、こう云い放ったのでした。しかしポンピイ自身には、たといどんな批評を受けようと、このチョコレットの中にロビン・グッドフェロウがはいっている、ということを支持せねばならぬ義務がありました。なぜなら、自分が事件の責任者であり、且つ証人であったからです。ポンピイはかたえの椅子にかけて、もうさっきの題目なんか忘れたように人々が別のことを語り交しているのをきいていましたが、やがて立ち上って壁ぎわに近寄りました。そして壁紙の花模様を指先でいじりながら、思いました。こんな連中よりは、あのムラ気で怒りん坊の、それでいておもしろい話をきかせてくれたロビンの方がどんなに好きだか判りやしない。

ポンピイはそれから庭先へ下りて行きました。ちょうど敷石を踏んだとき、一つの考えが浮びました。こうなればこわしてみるよりほかはない！　ポンピイは決心して、ポケットからチョコレットを取出すなり、敷石の上に落したのです。――が、小さなかたまりはどうにもなりません。靴の踵にあててくるくるとその上で廻ってみました。同じことです。もういっぺん、力をこめて石の表面に叩きつけました。やっぱりだめです。四度目に勢いっぱい石の上へ投げつけました。植込の中へはじき飛ばされただけで、疵一つもつきません。ポンピイは西空に残ったうすい光を背にして、樫の樹の下に立ちつくしたまま、この上はどうすればよいかと心を痛めていましたが、やがて窓の灯が樫の葉を照らすようになったので、家の中へはいることにしました。そしてこの夜は前日の疲れによるのか、すぐに眠ってしまいました。

3

次の朝、ポンピイはだいぶ寝坊をしました。眼がさめると、朝日が部屋じゅうに射しこんで、つぐみが鳴いていました。突然、チョコレットを鍛冶屋へ持ってゆこう、という考えが浮んだのです。で、たいへんな元気で飛び起きるなり、申しわけだけにかおを洗って、チョコレットを握ったまま街へ出て行きました。車や人影がせわしげに行き交うている向うに、トッテンカン、トッテンカンとひびいてくる音を耳にすると、ポンピ

イは駆け出しました。そして目指す鍛冶屋の軒下に鉄砲玉のように飛びこむなり
「これをこわしておくれ!」

と息せき切って云ったのです。

鍛冶屋はあっけに取られて、赤熱した鉄片も忘れてチョコレットに眼をそそいでいましたが、しばらくしてポンピイのかおをのぞきながら
「小さい旦那、落つきがかんじんだ。まあゆっくり話してみな」

と云いました。

「これをこわしておくれ、と云ってるんだよ」

とポンピイは云いました。

鍛冶屋は、言葉を受けついで、いぶかしそうにチョコレットを取上げました。

「これをこわせと……?」

「かたくてかたくて、どうしたって、こわれないのさ」

ポンピイはズボンのポケットに両手を突ッこんだまま、旦那ぶって云いそえました。

鍛冶屋は首をかしげて品物をしらべていましたが、思いあたったように笑い出して
「大将、これはね、こわしちゃいけないんだ。わざと固く作ってあるのよ。いたずらをしてだまかすために土で細工してあるんだ」

判り切ったことがまた持ち出されたので、ポンピイはいらいらして
「そりゃよく知っている。だってこれはそんなチョコレットとはわけが違うんだ。たべ

られるチョコレットがこんなに変ってしまったんだってば」

「たべられるチョコレットだって？　あたりまえよ。たべられないチョコなんて世間にあるもんじゃねえ。ちょうどそのたべられるチョコの真似をして作って贋チョコだ、といま云っているんじゃないか」

鍛冶屋は、さも道理が判らぬ子供だというふうに説明するのです。で、ポンピイはこの上は要点を明らかにしなければならぬと考えたので
「この中にはほうきぼしがはいっているんだよ」

と口に出しました。

「エ？」

鍛冶屋はびっくりして、ポンピイのかおを見つめました。ポンピイは、ロビン・グッドフェロウに逢った次第を手短かに話してうなずかせようとしましたが、鍛冶屋はかたえにいた弟子とかおを見合わして、笑い出したのです。こうして大人と子供がちっとも意味の通じない云い合いをやっているあいだ、表には、朝っぱらからいったい何事であろう、と暇な物見高い連中が集って耳をそば立てていました。その人々は自説を守って退かないポンピイを見て、一様に微笑をもらして眼と眼で示し合わせているのでした。

「なんだっていいや。あたいはこれを壊したいんだ。いくら叩いても投げつけてもいっこうどうにもならないもんだからね」

ポンピイが半泣きになって、両腕を大きく前にひろげ、訴えるように、しかし少しム

ッとした口調でこう云った時、やっと鍛冶屋は納得したのです。

「ようし、話がそうと決ればわけはねえ」

鍛冶屋は金床の上に、チョコレットを載っけるなり、金槌を取りました。

「いいかね、元の通りにはなりませんよ」

「いいとも！」

ポンピイは粗末な椅子にかけて、こんどは足を組みながら、軒下の人々をちらっと見てうなずきました。鍛冶屋は朝早くから店先を騒がした事件が結局これでけりがつくかと云った調子で、金槌をほんの少し振り上げると、馴れた手つきでトンと落したのです。けれどもそんなことでチョコレットがどうなるものですか！　面くらって鍛冶屋は二回目にやや強く金槌を落しました。同じことです。チョッと舌打ちして三回目を打ちました。同じこと！

「へんだなあ……」

鍛冶屋は首をよこに振って、チョコレットをいま一度取上げました。ポンピイが気づかわしそうにのぞきこんでいるので
「土くれかと思ったが焼物だね。それも相当にかたい瀬戸物らしい」

ひとりごとのように洩して、何か鉄片でも伸すつもりで金槌を打ちました。次には力一杯にガン！　チョコレットはビクともしません。

「どれ、――」

鍛冶屋の弟子が見るに見かねて、かれの仕事を中止し、歯がゆい様子で金槌を打ちました。やっぱりだめです。金槌は大きいのに換えられ、それから順々に大きいのが持ち出されて、鍛冶屋と弟子と小僧との三人がかわるがわるに打ってみました。店の前にはたくさんなかおがならんで、互いに驚いたり感心したりして、この有様をせり合いながら見ていましたが、その中から腕じまんらしい人がもどかしそうに出てきて、引ッたくるように金槌を取って打ちました。ゆうべポンピイの話をきいて笑った人物もそのなかにいました。

「なるほどポンピイ、そいつは少し奇態だわい」

こう云って土間にはいってくると、自分こそ壊してみせるという意気ごみで金槌を打ちましたが、チョコレットはビクともしません。

「しぶとい奴だなあ」

鍛冶屋が汗をふきふきこう云った時、店の前の街かどは黒山になって、ポンピイにはこの方が心配になってきました。チョコレット一箇を持ちこんだばかりに鍛冶屋の仕事のじゃまをして、しかもこんな大騒ぎになってきたからでした。で、「もういいから」と云ってみましたが、取りのぼした鍛冶屋は大きな声で打ち消してしまいました。「大丈夫、坊や、頼まれ仕事に退くような男ではねえ。悪魔憑きか何かは知らぬが、たわいもねえ駄菓子一つぶッつぶせない鍛冶屋がいったい何のためにおまんまを……いや、どこの世界にあろうかって云うんだ」

それはポンピイにたいするよりも、むしろ軒下に目白押しをしている人々にきかせるおどかしのようにひびきました。そして鍛冶屋は帳場のおくに看板のように立てかけてあった、奇妙なマサカリみたいな金槌を指しました。この大金槌は、鍛冶屋がこの地方で、或いは全世界でも、ただ一つのものか知れないとふだん自慢している代物でした。昔或る城の工事に入用であったのが先祖から伝わっている。そして大力の血統をひく鍛冶屋自身も、いつか或る特別な用向きに、一ぺんだけ振り上げたことがあるが、以来店の飾りにおいているというのでした。鍛冶屋はポンピイにきかせるふりをして、そんな来歴を表の人々に大声に広告したのでした。そして取りに行きました。本当を云えば、ポンピイを初め一同の者は、鍛冶屋が出たらめを述べているのではないか、もし事実だとしてもその金槌は実は木製ではなかろうか——でなければ、あんな大きな代物がどんな体育家にだって持ち上げられる道理はない、と思っていました。ところが、鍛冶屋が明るい表土間まで運んできたのをよく見ると、まがうかたもない正銘の鉄槌なのです。

ポンピイと人々が、チョコレットの硬さよりも、いまは鍛冶屋の怪力にびっくりしていると、鍛冶屋はこれ見よがしに、その大鉄槌を振り上げました。力瘤が出たかれの両腕はぶるぶると顫え、血走った両眼は、小癪なチョコレットをこの一撃の下に跡方もなくしてくれよう、という決意にきらめいていました。一同もこんどこそこわれると信じたのです。しかしポンピイならびに一件の行きがかりを知っている人たちには、座がざわめき立って事が決ろうとしているのがなんだか気味わるくもありました。が、いくらロビン・グッドフェロウが強くてもこの鉄槌にはかなうまい。だけど……こんな気がかりがあったものですから、ポンピイは念のために云いそえました。

「ほうきぼしがはいっているからね――用心して！」

鍛冶屋は受けながしていた一件のふしぎさを、先程からの仔細によってやや信じかけていましたが、いまは夢中なので、うなずきながらも耳に入れませんでした。由緒ある大鉄槌は電光のごとく打って下されました。鈍い地響がしてぐらぐらと家が揺れました。金床は半分ばかし土間にめりこんでしまいました。まあ何とした始末！　チョコレットはまだこわれなかったのです。ポンピイと人々は眼を三角にしてしまいました。しかし腹を立てて、青すじを出した鍛冶屋は叫びました。

「くそ！　いまいましい！」

とたんに大鉄槌が振り上りました。

「聖アントニゥス様、加護を垂れたまえ！」

鍛冶屋のかおが素早く上下左右にうごいて空間に十字を切りました。エイッという懸声諸共、地獄の底までぶち抜くいきおいに鉄槌はチョコレットの上に落ちました。

パッと人々がくもの子を散らすように逃げた時、鍛冶屋の家は、まあ、何という乱暴なことでしょう、半分吹き飛ばされてしまいました。そしてポンピイは真青になって街を走っていたところを、うしろから警官に抱きとめられたのでした。

☆　　☆　　☆

それから鍛冶屋がどうなったか？　そのみじんにつぶされた家をどう片づけたか？　そのあとには何があったか？　というようなことは大して必要でありませんから、はぶいておきます。ただこの出来事のあとでポンピイは考えました。あの明けがたに出逢ったロビン・グッドフェロウは本当のロビン・グッドフェロウであったかどうかと。もしかするとほうきぼしの方がロビンに化けていたのではあるまいか？　なぜなら、丘の住民の一人としてあの最後のやりかたは余りに無茶だから。それともただのロビンが、「自分はいまはほうきぼしだよ」なんてよいかげんなことを云って、チョコレットが爆発した勢で天へ昇ったのではないだろうか？　なぜかと云えば、あのしゅんかん、何かピカッと光ったものが二つに割れた鍛冶屋の屋根を真上に抜けた気がするし、その以前にも、自分が「ほうきぼしにはいつなるのか？」とたずねたとき、ロビンは急にあわててごまかしたようであったから。そしてほうきぼしになる機会を窺いながら歩いていた所へ自分が出くわしたのだろう。……

ポンピイは、いったいどっちであろう？　と考えましたが、いずれが本当ともきまらなかったのでした。で、この話もおしまいですが、一言しておきたいのは、以上話したのは実際に起ったことなのです。ただそれがいつ、どこであったかということだけがはっきりしていません。何しろ相手はほうきぼしなのですから、ねえ。——

星を売る店

日が山の端に隠れると、港の街には清らかな夕べがやってきた。私は、ワイシャツを取り変え、先日買ったすみれ色のバウを結んで外へ出た。

青々と繁ったプラタナスがフィルムの両はしの孔のようにならんでいる山本通りに差しかかると、海の方から、夕凪時にはめずらしく涼しい風が吹き上げてくる。教会の隣りのテニスコートでは、グリーンやピンクの子供らがバネ仕掛の人形のように縄飛びしている。樅の梢ごしに見える蔦をからませたヴェランダからはピアノのワルツが洩れてくる。

「そうだ」と気がついて、私は右ポケットに手を入れ、「もういっぺん練習してみよう」と、指先をすばやく働かして、「ＡＢＣ」の紙箱の中から、巻タバコを一本抜き出そうとした。

Ｔという男が、いったいどこで覚えたのか、ポケットに入れた紙箱の中から寸秒のあいだにタバコを抜き取る。先日私が湊川新開地の入口でスターを二箇買って、その一つをかれに手渡した時、奴さん、もうその中の一本を口に咥えている！　かれのポケットをしらべてみたが、たったいま入れられた箱があるばかし。しかもまさしく一本不足していて、錫紙は元のようにたたんであった。「こりゃカータ氏以上だ。ここへ加入して月給を貰ったらどうだ？」と私は、米国魔術家の演技がかかっている聚楽館の玄関を指した。今少し習練をつめば、Tはまだ買わぬうちに店先の品をポケットに納めているかも知れない。ところで先生、「奇術すなわち練習なり」とか何とか云って、再びポケットに手を入れたと思ったら、さらに一本、蠟びきの吸口をつけてまで取り出した。

私だっていくらか技術は覚えた。親指と薬ゆびが箱の両側をおさえ、中指が底を突き上げると同時に親ゆびがハネ上ってふたをあける。人差指を手つだわせて錫紙をめくって、シガレットの端をつまむ。しかしこれだけにも相当の暇がかかる。箱のふちはこわれるし、錫紙はめちゃくちゃになる。「でもこのあんばいなら」と私は抜き出した金口タバコを胸ポケットに入れて、さらに右のかくしに手を突っこんだ。こんどは暇取った上に、取り出したタバコはよじれていた。さらに試みた。もうてんでダメだ。……トアホテルの下に出ている。

これじゃタバコはみんな駄目になってしまうと気がついて、私は無難な一本に火をつけると、かどを曲って、広い坂路を下り出した。理髪館や、花屋や、教会や、小ホテルや、仕立屋や、浮世絵と刺繡を出した店や、女帽子店やが両がわにならんで、下方から玉子色のハドスンがリズミカルな音を立てて登ってくる。商館帰りのアルパカ服がやってくる。白い麻服にでっぷりした軀をつつんで、上等の葉巻の香を残してゆくヘルメットの老紳士があり、水兵服の片手をつり上げて他方の手でスカートをからげてせっせと帰途を急ぐ奥さんもある。チューインガムを嚙みながら、映画の話をして行きすぎる半ズボンの連れもあり、青い布を頭に巻いたインド人もその中にまじっている。——坂下には、自動車や電車の横がおや群衆やがごたごたもつれ合って、国々の色彩が交錯した海港のたそがれ模様が織り出されている。その上方、坂の中途から真正面の位置に、倉庫？　それとも建築中のビルディングか、何やら長方形と三角形のつみ重なりが見えて、そこへ山の合間から射しているらしい夕陽が桃色に当っている。いずこも青ばんでいる景色の中で、視線正面の一廓だけがキネオラマの舞台のように浮き出し、幾何学的模様に見える形と影の向うに、赤、黄、青の船体とエントツがひっかかっている。

「ここはキュービズムに描けるぞ」と思いながら坂を下っていたが、すぐ右方に、妙にきらきらした飾窓があったので、近づいて行った。

　蝶々のような婦人用の日傘が、ガラスの向うに花壇みたいに組合せてあった。これらにガスの光が水のように流れて、そこだけを、街上の夕方の光とはまるで異った、ちょうど水族館の窓に似た別世界に仕立てている。しかしその前まで行かぬうちに、私の眼は別なものをみとめた。青っぽいショーウィンドウから、二、三軒手前の、チャイナクォーターの小路の向うに黒だかりがあった。私はその方へ歩をまげた。

　てん足に紅いしゅすの沓をはいた娘さんや、潮風に焼けたひたいの下に緑色のガラスのような眼を光らせたセイラーや、はだしになった子供らが、レンガ建の倉庫の下を半円に取り巻いている。鉄の扉の前に黄いろのよごれた服を着て、赤い毛糸の玉がついた帽子をのっけた華人があぐらをかいて、色のはげた赤毛布の上に皿を三つならべていた。「一二三！」と声をかけて、伏せてある皿をのけると、下には黒いつぶが数箇ずつおいてある。「ほいッ！」とつぶをひとまとめに皿の下に入れて、他の皿も同様に左右に伏せた。一二三でまんなかの皿をのけると、そこは何にもなく、ヤッと左右の皿を取ると、つぶはちゃんと四箇ずつに分れて現われた。かれはさらに金だらいを取り上げてカンカンと叩いて、かたわらに何かをおおうていた更紗を除けた。そこには壺があって、その中から引き出したのが蛇の子である。太さはエンピツくらい。この蛇を右手につかんで、生きているということが見物に示された。きゅッ！　蛇が啼いたが、これは懐中かどこかでそんな笛を鳴らせたのであろう。かれはその次に、自身の鼻の孔へ蛇の頭を突っこんだ。蛇は次第におしこまれて、こんどはその頭部が、かれの喉の奥からつまみ出されている尾は、ひょいと耳たぶへひっかけられた。かれは帽子を取って前に差し出した。つまり鼻孔から口元まで蛇が通されたことになる。鼻の外に余ってぴんこぴんこしているへんなふくみ声で、「イノチガケ、イノチガケ」と寄金を促がした。

「おい！」

と肩をおされた。ふり返ると、派手な桃色の縞シャツを着た男が立っていた。

「やあ君か――」

「何をバカのように見とれているんだ」

「イノチガケのことだよ」

「何？」とNはからだを乗り出したが、帽子を差し出して、「イノチガケ、イノチガケ」を連発している男と、そのくちびるに蛇の頭が見えたので
「なるほど！　こりゃイノチガケには相違あんめえ」とズボンのポケットから銀貨をつまみ出して、Nは相手のよごれた絹シャッポの中に投げつけた。Nと私の足は本通りに出て、鉄道の方へ差しかかった。

「このあいだ君の創作をよんだよ。――ありゃ面白い。出たらめをかいて小づかいが取れるっていうから、愉快な話さ。あれをよんで、神戸にそんな事件があったかナ、と云っていた奴がいたぜ」

立てつづけにしゃべりながら、Nは立ち止って
「君は飯はまだ済まんのだろう」

「何か食わせるつもりかね」

「うちだっていい。おまえがどうするつもりでいるか余は知らんが、ただし、おまえが行く店よりもおれのうちの方がうまいものを食わせる――これはうけ合いだ」

元来た路へ踵を返した。先刻の小路へはいると、薄暗くなった中で、蛇つかい先生が布や金だらいを鞄の中へ片づけていた。

「イノチガケ！」

とNが声をかけると

「イノチガケ、イノチガケ」

と先方は答えて、飯をたべる格好をした。

「――この辺を通ると、黒い影がやにわに左右から飛びかかってきて、アッというまに箱の中へ詰められて、綱でぐるぐる巻きに縛られてスルスルと下ろされた井戸の底から、地下道が波止場の片すみまで連絡している気がするってさ」

紅い紙がべたべた貼りつけてある壁や、燻製の豚肉がぶら下がっている軒や、そこに点っている灯を映した水溜りがある狭苦しい、凸凹の石だたみの上を歩きながら、私は云った。

「たれが、たれがそんなことを云うんだい？」

「Mさ、――グランマースクールの坊やのことだよ」

「ウフフ、あいつの考えそうなこった。だがあんな男を盗んだって仕様があんめえ。働かせるわけに行くまいし、稚児さんにはとうが立ちすぎた。――それよりか君、このあいだは面白かったぜ。おれのうちの帳場でよ。知っているかい？」

「うん、新聞に載っていたね」

「先方は何しろでっかい奴だからな。最初はおとなしく歌を唄っていた。アコーデオンのうまい奴がいて、スペインの何とかいう曲を奏いたが、惚々するほどよかった。看板になって店をしまいかけた。さあ出ないと頑張るのだ。椅子を投げる、びんを投げる、皿を投げる、仲間の風琴をひったくって投げつける。仲間が抑えたって何したって効くもんか！　だしぬけにわけの判らんことを云って、おれとおやじの方へ突っかかってきやがった。するとおやじがピストルを差し向けたのさ。どうだ、そのとたん電気人形みたいに両手を上げてしまったよ。気がつくと、大将を制していた連中もみんなそろって大の男がお揃いのハンドアップさ。おれはふき出しちゃった。へんな奴は入れないことにしているが、店を開けている以上そうむげに断りもしかねるのでね」

そう述べているぐあいがすっかり一人前だ。

「えらいもんだね！」と私は口をはさんだ。

「何がよ」

「このあいだまでのNの坊ちゃんが、すでに山ノ手一流ホテルの帳場さんになっているからな」

「何を云ってやがる。そんなら云うぞ。君は、おまえはあのハーモニカとそれをつつんでいた石竹色とやらのハンカチを憶えているかい？　よもや忘れはせぬだろうナ」

「判った！　判った！　謝ったよ！」

と私はあわてて制した。てれかくしにさっきのＡＢＣの箱を取り出した。

「こりゃ、カリガリ博士の馬車じゃねえか」

Ｎはゆがんだタバコを一本抜き取った。そこで早業の一件を持ち出すと

「ハッハハッ、閑人もあったもんだ！　Ｔの奴、そうするとどこへでも持ち廻ってい

やがるんだな。つまりこういうあんばい式で……」

と云って、Nは紙箱を自身のポケットに入れてから一本抜き出したが、それは私がやるよりも暇がかかった上に、不手際であった。

「ありゃごまかしだぜ。そこに眼をつけなくちゃ」

Nは蠟マッチの火を口にしたシガレットに移しながら

「――全神戸に唯一つの謎あり、そは余輩のタバコ抜きなり、なんてぬかしているが、あれにはしごく簡単なたねがあるんだ。本当に箱から抜くんじゃないとおれは睨んどる。べらぼう奴、それにきまっているじゃねえか。あんな早業が実際に出来るものならだれでも小遣いに不便はしめえ。真に受ける奴の方がどうかしている。あいつは元来不器用もんで、マンドリンを半年もいじくっているが、いまだに満足な曲一つ弾けやしない。おれなら……そうさな、半日仕事よ」

二人は中山手通りに出た。テイルライトのルビーが鳶色の夕やみにうるみながら、向うの辻を曲って行った。

「これはトルコ巻かね。ゴミ臭いな」

とNは、金口タバコのけむを吐いた。

「――でもおれは好きだよ。この匂いはなんだな、飛切り上等のプレーンソーダと似合うね。それから、エノグでぬったような真青な空にそそり立っているミナレットや円屋根を連想させる。ピラミッドの代赭の稜角におきかえたって同じことよ」

「それはそうと自動車のエグゾーストの匂いにはニルヴァナがありはしないかね」

　と私は口に出した。

「うん、つまりこいつも頽廃《デケイ》だからナ。おれはこのガスの匂いと、Towstep Zaragoza——朝日館のオーケストラで活劇の初めに鳴らせていたやつよ、あの曲とのあいだに共通のものを感じる」

　そう云ってNは、かれみずから、「二十世紀の悲哀だ」と称するクイックマーチの一節を口笛で鳴らした。「そう思わんか」

「少し甘いが——」

「甘いたって、耽美主義はすなわちセンティメンタリズムさ。が、そのセメン樽にもピンからキリまである」

「ジャコっていうのは貴婦人向きだね」

「ジャコ？　ああタバコか？　ありゃ街の貴婦人向きだね。君にはサルタンスのお月様がいいんじゃないのかい？」

「アイシスは安くて、しかも品がいいよ」

　二人はいまのさっきフランクリンが曲った辻を折れて、生田の森のうしろにある小さなホテルの玄関へ上った。Nは廊下の突当りのドアを開けて、ジュッジュッと音がしている料理場の隣りにある厚い壁の部屋に案内して、頭の上のガスにポッと火を点けた。

七時頃、私はマニラ巻を咥えて、この近所に蓄音器店を開こうとしているKを訪れた。戸はすぐ開いた。店は九分どおり出来て、ペンキとワニスの香が鼻をつく。が、電燈がこうこうと床上に落ちているばかり、たれの姿もない。階段を登ると、ふすまを取り外した部屋の青畳のまんなかに、レコードや機械やポスター類をとりでにしてKが寝ころんで、タバコを喫っていた。

「君の好きそうなのがあるよ」

とKはのっそり起き上って、"Lion chase" というのをレコード盤にのっけた。

「星屑青く燃ゆるアビシニア高原の夜はふけて……」

針が止ったとき私は云った。

「――ライオンの唸り声がきこえてくるくらいなら、ついでに二、三発の銃声を加えたかったな」

次は、童話の王女様と花馬車に相乗りして、丘々の道を進んで行くような気持を起させる、鈴の音がまじった "Fairy land" ――その次は、いっこうわけの判らぬ "Gaslight sonata" ――時計の針は八時を廻っていた。私は日のくれがた、坂道の洋傘店の窓を見たときふと頭に浮んだ童話を、早く家へ帰ってかきつけておこうと思っていた。この機会を外したら、頭の中にたくさん溜っている「かかない物語」になってしまう気がした。

早々に立ち上ってKに失敬した。

出さかり時の通りをぬけて三角辻に出た。電車に乗ろうとしたが、なんとなく軽快な浮れ心地の夜である。歩くにこしたことはない。南がわのペーヴメントの上を西へ歩を進めた。この辺は人影がちらほら見えるきりだ。両側は植込につつまれた洋館で、薄暗い広い通りの左右に立ちならんでいるガス燈が、殊のほか静かな街区と調和している。「それから……どういうようにすじを運ぶかな」頭の中で私はおとぎばなしをまとめようとした。「おかまいなしにかき飛ばしてみようか」などと考えをめぐらせながらも、四辺を見廻さないではおられない。なぜって、おあつらえ向きの山ノ手の夏の夜なのだ。それに今晩はいつにないふしぎさが含まれて、そこらじゅうに、口では云えぬファンタジーが、たとえば薄い靄のようなものになって拡がっている気がする。行手の遠い辻に現われてすぐどこかへ消えてしまうギラギラ眼玉の自動車や、また前後からゴーッと通りすぎて行く明々したボギー電車の中にも、非常にきれいな夢――何かそんな感じの者が乗っているようだ。二条の軌道のまんなかにつづいた鉄柱の上にある二箇の燈火が、やはり二列の光の点線を空間に引いて、向うの坂の所から鋭角をえがいて下方へ折れまがっている。いつか映画で観た表現派の街を歩いているようだ。

私は、夢だったか、気まぐれな空想であったか、自分がちょうどそんな怪奇映画の都会にはいっていたことをよび起した。――見上げるばかりの急坂や、判断のつかぬ螺旋形の道路や、そうかと思うと通り抜けられぬほどつまった道や、グラウンドめく幅広な大通りがある夜の市街で、そのあいだを縫って、私の乗った明るい電車が走馬燈のように走っているのである。真新らしい大型のボギー車で、鏡のような天井板やきれいな窓ガラスを私はよく憶えている。が、乗客は自分のほか五、六人しかなく、いずれもりっぱな装をしていたが物思いに沈んでいるように一様にかおを伏せて、ただまぶしい車内の明りが、ガランとした腰掛の黒びろうどの上に落ちているだけであった。ゴーッと唸りながら、電車はどこへも停らずに全速力で走っている。私は運転手のそばに腰かけて、前面の広いガラスごしに展開してくる街景をおどろきながら見守っていた。やはり左右にガス燈がつづいているこの山手通りに似た所で、電柱の燈火が二列の光の線を前方に伸ばしていたが、街上にはまるで人影がない。すると行っても行っても先がつづいて無限に受け取られる燈火の線が、遥かのかなたで下方に折れているのに眼がとまった。と、見る見る近づいてくる。来た！　と思ううちにからだが宙に取り残され、電車は崖のような急坂の上からビューッとすべり落ちて行く……窓外のガス燈の列が、すじになってうしろへ飛び去ると、こんどは軌道が四十度近くに傾いて、細長い車体はくるくるときりもみのように、滅法界もなくごちゃごちゃと屋並がつまった所を家々の壁を削り取りはせぬかと案じられるくらいの狭い路を廻って走る……とたん、ガラス窓をかすめてきらきらした飾窓やその前にこみ合っている人影らしいものがこんがらがってすり抜けるが、見きわめようもない。と、電車はまた以前のように人通りのない、ガス燈に飾られた淋しい所を、しかもこんどは見上げるような斜面を一気に登っている。それは、ガス燈がいっせいに前方へ傾いて立ちならんでいることによって、判じられる。このしゅんかん、再び眼前に、電柱の燈火の折れ目が迫ってきて、電車はそこから軌道を直角にまげて、空間に飛び出しそうないきおいで落ちてゆく……

「いまうしろからきた電車に飛び乗ったら――」と私は考えた。「黒びろうど張りの座席があって、向うの緑色のシグナルが光っている所までゆくとウォーターシュートみたいな斜面があり、その下方にあの表現派めく都会が存在しているのでなかろうか？」私の足並は思わず早くなった。が、この時横切ろうとした辻の向うがわに、ふしぎな青色にかがやいている窓を見た。青い光に縁がある晩だ、こんどは何者であろう、と近づいてみると、何と、その小さいガラス窓の内部はきらきらした金米糖でいっぱいでないか！

　ふつうの宝石の大きさのものから、ボンボンのつぶくらいまで、色はとりどり、赤、紫、緑、黄、それらの中間色のあらゆる種類がある。これが三段になったガラス棚の上にのせられて、互いに競争するように光っている。うしろに色刷のポスターが下がっていた。アラビア風俗の白い頭巾と衣をつけた人物が五、六人集まって、かれらの頭上にある星屑を、先に袋がついた長い竿でかき集めているところである。これは御趣向だと思ったとたん、ルビーやエメラルドやトパーズやダイヤモンドやをぶちまいた画面の夜空に、次のような文字が白くぬかれていることに気がついた。

Do you want to suspect This

for a Moonshine?
Sorry, Egiptian Government
declare This is Innocent.

――一応問いただしておく必要があった。

店へはいってみると、花ガスの下の陳列箱の上に、おもちゃのレールに載った汽関車と風車が置いてある。背をこちらに向けていた店員が、ふいな客の入来に泡をくって「いらっしゃいませ」をやった。

「こりゃ何です――いったい？」

と私は、ぶっきら棒にガラス箱の中のコンペイ糖を指した。

「しばらくお待ち下さいませ」

なんだか女性めく、若い、色の白い男がつくり声で云ってから、かれの背後の棚にピラミッド形につみ上げてある小箱を一つ取った。その中から出したゼラティン紙の包みを破ると、かれの手のひらに、心持青く見えるコンペイ糖が一箇ころげ出た。かれはそれをつまんで、円形のレールの上にある汽車を示した。

「この汽車のエントツの中へ、このものを入れてお眼にかけます。それッ！」

とたんにピーと可愛らしい笛が鳴って、汽車が動き出した。

「たねも仕掛もございません。それにガラスの上に載っていますから電気がかようわけもありません。オッとどっこい！」

だんだん速力をまして、レールを外れそうになった汽関車を店員は両手でうけ止めた。コンペイ糖をエントツから取り出して私の手に移したが、案外重い代物である。中心部から矢のような光が射して、これがアレキサンドライトのように、見る位置によって色を変える。

「おあいにくとここにはございませんが」と店員はそばから云いそえた。「楽器でございます。たとえばマンドリンやギターのサウンドボックスの中に入れてみても、糸はひとりでに鳴ります。そのほかにどんなことができるか？　どうぞいまお眼にかけましたら次第によってお祭し下さいませ。この汽車にはごらんの通りゼンマイが取り外されています。それにまた汽笛の仕掛とて別に無い。それに笛が鳴ったのですから、奇態ではございませんか？——このものは召し上ることだって出来るのでございます。たとえばコクテールの中へお入れになっても、風味、体裁、なかなかしゃれたもので、さくらん坊だの乾ぶどうだのあんずの実だののたぐいとはまた段が異ります。少々ぜいたくでございますが、粉末にしてタバコの中へ巻きこまれますと、ちらちらと涼しい火花が散って、まこと斬新無類の夏向きのおタバコとなります。さらにこのままフラスコの中に入れて、アルコオルランプか何かで温めながら、少しずつ蒸気をお吸いなされるなら、オピァムに似た陶酔をおぼえ、その夢心地というのがまことにさわやかで、中毒のうれいなどは絶対になく、非常にむつかしい哲学書の内容なんかも、立所に判るそうでございます。奇妙なことに、紅いのはやはりストローベリ、青いのはペパーミント、みどり色のは何とかで、黄色はレモンの匂いと味とに似かよっているとのことでございます。もっともいくらかの癖を持っていますが、それもお馴れになると、かえって離れがたい魅力になるとか申しております」
「それで――」と待ちかねて私は口を挟んだ。

「いったい何物なんです？」

「星でございます」

「星だって？」

「あの天にある星か？　とおっしゃるのでございましょう」と相手は指で天井を指した。

「おうたがいはもっともでございます。手前どもにいたしましても、最初はふに落ちかねたものでございますが、いまもってお客様同様うたがっていると申し上げてもよいのでございます。けれども何しろ、あの窓に出ている絵ビラですが、あそこに示されているのと同じ手続きによって採集され、その事実なることはエジプト政府も夙に承認していると申しますから、星だということを信じないわけには、まいりかねるのでございます。ここにリー大尉と申すのはすぐる大戦に相当名を売った、飛行機乗だそうでございますが、このリー氏がなんでもカイロのバーで、隣席のアラビア人同志のあいだに交されていた、ふしぎな話を耳にしたのでございます。かれはその会話に語られていたことの真相をきわめるべく、アラビア人のひとりをやとって、エチオピア高原のどこかにある奇蹟の地を訪れたのでございますね。その結果が、あのポスターにえがかれたのとそっくりのことを、眼の前に見ることになったのでございます。――もっともいわれがあって、アラーが特にその地域の住民にかぎって今回許したもうことだというのでございます。この次第があって、星というものが初めて文明の光に浴することになったのでございます。さてそうとした時に、なぜ世間がそれを知っていないか？　これまたもっともな疑問でございましょう。世界じゅうで一等天に近い所だという前述の場所では、星を取ることについて何とかいう長老が取り締っているのだそうで、このハッサン・エラブサという男のきげんを取りむずばないことには、この星は手に入れがたいのでございます。こういう事情にあって、――当店はドイツの東洋更紗商人が経営しておりますが、いまここにあるだけの星を蒐め得たのは、めずらしいことだと同業者間にうわさされているほどでございます。こう申し上げたところで、はたして皆さんがどこまで信用あそばすやら……いやそんなことより、この小さな店をあずかっているわたくしにして、うちのあるじがいかような手段でこの品を集め、どれくらいのねだんで売るつもりやら、またこれから先、どうして行くつもりやら……そんなこと一切にまるで見当がつかないのでございます。この汽車は以前扱っていたおもちゃの一つでございますが、このエントツへ星を入れると汽笛がひびいて車輪が廻り出すことは、きのうやっとわたくしが発見したのでございます。同じりくつで風車も廻るわけですが、このためにはどこへ星を置くべきかがまだ見当がつきかねているわけでございます。見当さえつきましたら、風車だって何だって廻るに相違ありません。大量を使用すれば実物の汽車だって本物の風車だってうごきましょう。わたくしどものポケットの中へ、胸にも、両わきにも、ズボンの中にも詰めこんだなら、ひょっとして人間自身の昇天が起るかも知れません。――それはそういたしまして、あちらではあまりに星を採りすぎたために、天が淋しくなって、もう今日では遠方に残っている星だけがチラホラと光っているにすぎないと申します」

「なるほど！　――でも、候補地はぞくぞくと見つかっているのでしょう」

「候補地ですって？」

「そう、アンデス山、パミール台地、崑崙山、富士山というぐあいにね」

と私は云った。

「星遣いの術」について

「吾々は一秒間毎に孤独であり、存在はいつ終るとも知れぬ転化である。未来派の色彩と運動が眼まぐるしく交錯した世界、立体派の幾何学教科書の世界、さては青い月夜に影の映らぬ大鏡に向って、何もかいてない白い童話のページをよむダダイズムの世界……いや吾々の要求するところはもっと奇抜な世界である。もっともっと奇抜な……そしてそれによって、このノロノロしい地球の廻転を急激にしたい。このあくびに充ちた遊星上の人生を双曲線的大彗星の上にまで移したい。そこに吾々の理想がある。……」
(E. C. MOORE: The Red Comet Club and its Movement の序文から)

最近ボッシェンハイムというドイツ天文家によって、「銀河というのは、家屋や馬車や鳥や、その他さまざまの形をした氷塊の集合であって、吾々の頭上に落ちてくる雹は実にそこからくるのである」という説が唱えられていることは、読者の中の数人が知っていよう。われわれには x であるところの「明日」に、すなわち「今日」に、いかにしばしば夢が実現したかについては何人も知っている。が、この「銀河氷片説」ほどふしぎな意見にはまだ接したことがなかった。もっともそれが本当だとしても、われわれの日常生活にはさしずめ何の変化も起らぬ。ところが、荒稽性においてこれと姉妹説をなすもので、しかも近来理論的裏がきが与えられたばかりか、一般公衆の前に行われうるおどろくべき実験によって、まさに現実生活に根源的大革命をもたらそうとしているものがある。同じドイツの天文家カルル・カイネ博士に提唱された“Stellismus”であって、ニューヨークワールド紙の、いわゆる“Astromagic”に代表される新技術である。こう云うと或る人はすでに思いあたることでもあろう。しかし見るところ、こちらの新聞はただ三月中旬に東京時事が科学欄に五、六行の紹介をこころみたほかは、いずれも、何事も、知っていないかのようである。もっとも先月のサイエンティフィックアメリカン誌にこんなことが出ていた。「――Stellismus が幽幻きわまりなき新領土を伝えるにあたって障害をうけているのは、説かれるところが空想であり、実験が魔術や交霊術のたぐいを出ないと誤認されるからである。まことに吾人は、いかがわしい学説の流行を見ることと当今のごときを知らない。けれどもそれら似而非なるものと最も混同され易い名義を冠せられた Stellismus が、ペルテリー氏の月世界旅行や、英国新聞王の亡霊出現に関するコナン・ドイル卿の提言と同一視すべきでないことは、ただその真正なる実験が吾人の前に供された機会においてのみ判明する」云々。何にしても、Astromagic に関する何らの記載も今日まで我国に見られなかった以上、私はここにわずかな海外資料に頼って、以下少しく述べてみようと思う。

カルル・カイネ博士――ニース天文台のイルボア教授、コペンハーゲンのテンパー博士と共に、二十世紀天文学の三恩人として知られたその人は、現にハルツ天文台の台長である。齢七十に近いが想像力の豊富さは当代無比と称され、リールの「銀河からの人」トパーズの「第七半球奇談」などはヒントを同博士の論文上に得たと云われている。そんな文学の領域にも影響を及ぼした数多くの研究の中で世間に知られているのは、「虚無及びその傾向としての世界」という瞑想的断片集と、「円錐宇宙」と題された純数学的の研究である。いずれも比較的最近のものであるが、博士は後者の奇抜な宇宙論を提出した翌年である一九――年に、星界よりの輻射に関したこれもまた疑科学小説中の架空に似た意見を発表した。

それは一言にして云うと、星々の輻射によって地球上の物体にさまざまな作用が及ぼされるというのである。太陽の黒点及び宇宙線については申すまでもない、各遊星の位置の変化、内遊星のみちかけ、或いは流星群の接近によって、地表のアトモスフィアに何らかの影響が生じつつあることは、つとにウィルソン山のパブル教授その他によって注意されているが、我がカイネ博士にあっては、それらの作用はいっそう広範囲に及んでいる。地球に近い恒星は太陽であって、この天体がその強力な輻射線によって地球という一球面上に、幾十億年このかたさまざまな現象を生滅させ、ついに今日見らるるような自然界や人類文明を形成したことが事実ならば、われわれをさらにへだてた所にある他の無数の太陽、すなわち一般恒星界からも同様な働きが及ぼされつつあることを看過するわけにはゆかぬ。たとえば太陽の光線が花を咲かせるなら、星の光線とて同様である。われわれの身心が結局太陽によって創られたと云えば、星によっても似たものが育てられる。もっともそれらは太陽にくらべると極めて微力である。が、太陽の作用が概して単一的であり、それによってもこの錯然たる森羅万象が発生したことを思えば、その波長において、さらにその配合の無限な多様性において、変光星、星団、各種の星雲を取りまぜて包蔵する大恒星界よりもたらされる綜合的効果は、いったん厳正なまなこで観察する時には、太陽のそれとは比較にならぬ複雑多岐なものがあるに相違ない。事実、白昼よりも、夜間に好条件を持っている者の場合は、かれらが月や星から受けるところの影響は太陽下に受けるものよりもいちじるしい。或る種の月見草、蛾、蟻食い、夜間従業者などは夜が更けて月が冴え、或いは星がまばたきを増すにつれて能率を高める。或る種の蘭科植物、ベンケイソウ科、シャボテンなどは、昼間は駄目で、星々の光を受けて葉の中に有機酸を蓄える。又、人間にしても、インド及びチベットの山中に棲んでいる者は、日光下では姿はなく、かれらは星の下でのみ姿を見せる。このような次第は、より微弱であるが他のあらゆる事物の上にも云えるのである。現に一九——年へルクレス座に出現した新星が地上のガス燈に対して反応を及ぼしたことは、ドレスデンの素人天文家シュルテン氏によって発見された。先年南フランスに聖誕祭近くに野花が満開したのは、いまだ知られなかった土星族小彗星の磁気の感応によることが、ジャネー教授に解明された。まことに一彗星が地球に近接しつつあるとすれば、該彗星から発せられる波動に最も共鳴を起し易い条件におかれた都市aには、たちまち奇妙な現象が生じてくる。舞踏病やインフルエンザ患者が続出したなら、それは彗星の波長に感じやすい機構を持つ者が真先にやられたのである。郊外の競馬場で番狂わせが生じたのなら、その馬に彗星のリズムが乗り移ったからである。同じ馬をしていま一度奇勝を得させようとしてもムダである。尨大な天界の幽霊は次のしゅんかんb都の競争自動車のマグネット乃至気化装置に作用し、さらに国際条約地cに赴いている代表者それがしの脳組織に触れて、外交問題に新たな障害を惹起させているであろうからだ。「自分は禿頭なるが故にあの髪の生えた星とは何の関係もない」と豪語したローマ貴人は、その後三日にして頓死した。彗星或いは新星が事変を予告するとの云い伝えは、迷信であると片づけることはできない。最大の例証ベツレヘムの星の場合によっても容易に察しられるように、おおむね星々からの作用は、いわゆる「偶然の法則」下にあるものである。殊に最遠隔点から発せられているものの場合、普遍的で「合理的」な太陽下に見られるところとは逆方向に働くことが観取される。だから、われわれが地上の歴史ならびに身辺を通じて知っている起因不分明な大小の事件、さては索漠無味な現実生活への滋味とも云うべき夢乃至夢想、有形無形を問わず一切のもうろうたる消息を生み出す「神秘の夜」は、結局「神秘の星」に帰せられる。現今のわれわれには甚だ奇怪なこのような見解も、古代人にはきわめてふつうのことであった。世紀前六千年の頃スメール人はよくこの事実を知って、「星術」なる一種の実用科学を発見したが、その後におけるアッシリア、バビロン、ペルシアの学者たちでも、かれらの非凡な洞察力をもって、いわゆる原因結果の法則下にある地上に往々にして発生する異端的現象が、遼遠なる天上界に因を発していることを看破し、占星術すなわちスメール人の「星術」を継承していた。のみならずかれらの中には、みずから星の魔力を自在に駆使するところにまで理論と実践とを発展させていた者もあったのであるが、この貴重な知識は、やがて異常な力をもって擡頭した、「太陽方面よりの探索と研究」すなわち、エジプト第五王朝を始源とする、今日の天文学の開祖をなすところのものに圧倒されてしまったのである。とは云え、こうして荒唐無稽なものとして古代星学が退けられた現代にもなお、非合理的、脱線的なものが無数に残留しているとすれば、いやこの非合理性の存在こそ合理化を裏づけるものだとすれば、「太陽から出発した科学」と共に、「より遠隔にある無数の太陽を基台に置く科学」も認められなければならない。われわれが白昼よりも夜間の美しいことを、また、太陽の光よりも星光のロマンチックなることを知るならば、——更にあの青天なるものがわずか気球の到達しうる範囲内の薄層に仕組まれたカラクリである一事に思いいたるならば、太陽下の文明ようやく倦怠なる現時、表裏は転倒され、そこに建設さるべき、より本質的にして永遠なる「星光下の文明」に、われわれは想いを致さなければならぬ。

——以上がいわゆる Stellismus の要旨である。発表当時この意見は、一般世間からはむろんのこと、こんな題目の最大の同情者であるはずのメディクス博士にも一笑に附せられた。同博士はかれの心理学的見地によって、それは思うにハルツ天文台長の頭脳が老齢に及んで安全弁を磨損したことによると推測した。そうであったのに、その後二年を経過した一昨年の秋になって、先の童話天文論がまさに天地転倒の真実を含蓄しており、もし十分なる科学的指導を経たあかつきには、提唱者の言説と一致するであろうということが承認されたのである。というのは、Stellismus の可能が、彗星のようにライプチッヒに現われたシッカルト・ハインツェルという人物によって実証せられたからである。

荒誕な学説に見出された新事実をいち早く伝えた科学雑誌によると、前記シッカルト氏は一八――年フォールハングブルグに生れた。幼児から世の常ならぬことに多大の憧憬を抱いていたかれは、ゲッチンゲン工科大学を卒えると同時に、意を決してオランダの魔術家ヨハン・ジンを訪れ、やがてはその高弟となって欧米の各都市を巡遊した。大戦勃発の前年、スイス山中における自動車の奇禍によって恩師を失うに至ったが、このことは先人の追随を快しとしない、若い、「夢への巡礼者」の転機となった。かれはかつてアムステルダムで逢った、瑜伽僧からきいた東洋の妖術を究める目的をもってインドに遊び、シムラ近郊の廃寺に正七年間立て籠って、実践躬行の結果、ついに、「トリックならぬ魔法」の実在を確信するに至った。この後かれは、トランスヒマラヤの奥地にある道場へ出発することになる。……笑うべき迷信は怖るべき可能性であった。えたいの知れぬ巨大な機械がどうかした拍子にカタカタと動いて、ただちに止ったとき、不敵の求願者シッカルトも、さすがにおどろきと歓喜に茫然たるの他はなかった。――こうしてやがてヨーロッパに立ち帰ったかれ自身が、「アラビア夜話の魔鬼の再現」として喧伝されることになった。それは同時に、各国科学者間に論議を引き起す元になった。まことに劇場のステージ上のみでなく、白昼と雨天を除いたほか、いかなる日時と場所をも問わぬシッカルトの演技は、斬新とも驚異ともたとえられない種類である。紙製の大鳥をトワイライトの夕空遥かに舞い昇らせ、画中の風景や人物を生動せしめる。樹木の梢に一瞬にして衣裳をまとわせ、エジプト国旗から引き抜いた月と星にまばゆい金光を発せしめる。「バルブトリック」とアメリカ人に呼ばれている演技は、それぞれ単独の電球数箇をもってお手玉にする時、シッカルト氏の手を離れた電球だけがかれの手に落ちるまでのあいだ発光するのであるがなおミラクルマンは、家屋の側面を歩むことわれわれが街上を行くような姿勢であり、時には、雨降る夜天に向って発砲をこころみ、頭上をもって瞬時に晴朗な星月夜と化する。つけ加えたいのは、「二十世紀の奇蹟」と呼ばれ、それを行う者地球上に三名と定められた「星造りの花火」を、かれが最も簡単な条件の下に行うことである。

この「星造りの花火」について、知っている人が少ないようであるから一言する。マルセイユのポロという人が、一九――年に発明した一種の打上花火である。が、いまの評言を得たわけは、目撃者はただこれが人間わざに為されることとか！　と呆然たるほかない壮絶さによっている。装置としては小さな鋼鉄製の円筒に、ファンタシュームと名づける新元素その他二、三の混合物を入れて地中に埋没しておくと、程へて該円筒の上部のチューブから、いわゆる空中――メートル乃至――メートルの高度に上昇して一定時間を持続的にかがやく光玉が、数百箇あてに発射される。それ以外には何の説明も下されていない。――この星の製造を最も手軽にやってのけるシッカルト氏は、なお発明者ポロならびにその高弟であるカスミィ氏も企て及ばぬ彗星を創り出し、かれの円筒から生れた火工の火竜は、虹のような尾や金色の光芒を曳いて、真暗な夜しばしばフランス、オランダ、ロシアの上空を歴訪し、時に南下して、イタリア、スペインを迂廻し、イギリス上空を渡って、遠くスカンジナヴィアの辺域にまで現われて人々を驚喜せしめた。こんな夢幻界へ現代ヨーロッパを誘導飛躍せしめたシッカルト氏の技術は、カイネ博士の理論を想起させるに十分だった。しかもこの時、該魔術にたいする科学的解明が、当の天文学者によってつけられたのであった。美しき都ニュールンベルグの上天に燦爛と人造の星花が咲きみだれた一夜、夢を説く老博士は、夢を造る魔術王と会見した。これこそわれわれがかつて接した幻想的場面の最たるものと云うべきであったが、この時さすがの世紀の魔王も、カイネ博士が数時間にわたって述べたところをきいて、現代科学の進歩とその推理にただおどろいた。なぜなら、かれが現代文明と隔絶したヒマラヤの奥にある絶壁の中間を切り開いた石の街で、そこに集まる妖術者らについて修得した技術こそ、そして奇縁があってスマトラのカスミィ氏に直伝された煙火術こそは、かれの前にいる白髪の天文博士が説く Stellismus を実践化したものに他ならなかったからである。事は私にすべきでないと覚ったシッカルト氏の陳述によると、かれがインドにあって研究したアブラカブストラの奥儀は、十九世紀の妖術家として文明国にも名を知られているハッサン・カンとその一派が応用したものであり、それは遥かに数千年の昔にさかのぼって、アラビアの一予言者を開祖に持つところの、いわば現存せる世界唯一のアストロジーである。そしてこの一派の行者が常に呼び出している梵天の使者"Djinn"とは、他ならぬベーメ教授の声明によって、最近天体構造論の問題として取り上げられている鯨座の変光星ミラを指す。現代専門家があらゆる装備を動員してなお隔靴掻痒の観があるのに反して、アブラカブストラに伝えられた呪文によって、端的に、かの律動を把える時には……と云いかけたシッカルト氏が露台に立って、南方遥かの地平線上にまばたくミラに向って呼びかけると、俄然室内の電燈が物凄い真紅色に変じて、轟々たる旋風と共にあらゆる家具が目まぐるしい廻転を始めた。――カイネ、イルボア、メデイクスの三氏を筆頭に、現代学界のオーソリティ十三名の署名をつらねた、いわゆる「地球面を妖精境《ジニスタン》に化そうとする運動」（The Blue Rose Federation）が組織されたのは、この半年後のことである。発起人の中にはわれわれに親しいベルグソン教授の名が見られる。イギリスでは、「星造り花火」に縁故ふかいオリヴァ・ロッヂ、ホワイトヘッドが賛助員であり、我国では田中館博士あてに照会があったときいている。「青薔薇協会」の目標とするところは、われわれの世界をもって従来とは全く性質を異にした新文明に転換させることの上に存し、カイネ博士に引率された一隊は、宇宙的大魔宮殿の入口を調査するために近日中にインド奥地へ出発するはずであり、文明国最初のAstromagician シッカルト氏は、米国大統領の懇望に応じ、かれの最も奇抜なる方法によって大西洋を渡るべく目下仕度中である……と、最近のドイッチェツァイツング紙は報じている。

ハッサン・カンは、このあいだまで大森山王に居住していたインド人マティラム・ミスラ氏と関係がある。すなわち、同氏の祖父にあたる人が妖術家の弟子であった。そのため、ミスラ氏自身にもいく分梵天の眷族ジンを使うことができた。この次第についてきわめて興味ある実験談が、谷崎潤一郎及び芥川龍之介の両作家によってかかれていると云えば、読者は思い当ることであろう。次にシッカルト氏（シクハード氏とも呼ばれている）は、これもまさに奇縁である。というのは、一昨年の春神戸市にいた同名の紳士がその人だからである。インドからの帰途、身心の保養方々神戸に少時滞在した人について、私は一度或る雑誌にかいた。叙するに物語の形式を採ったから、人々はお伽噺として見過したかも知れないが、あの街の随所に発生した不可思議については、当時の人々にたずねてもらったら判るであろう。ところで、世界最初にAstromagic の試験に接した神戸市は、今回また、世界最初の Stellismus に関する科学的実験が行われる場所に選定されることになった。それは、この市街の背後にそびえている六甲山頂の天文台で、来る六月二十四日夜、彗星学の世界的権威である佐々木哲夫博士の手によって為されようとしている。すなわち、当夜地球に近接するポン彗星の波動を誘導し、そこに一種の幻影を発生させようという大がかりなものであるが、ここに、四月一日づけの神戸クロニクルは、Mysterious in Kobe という見出しで、左の意味を伝えている。

――そのクー・クラックス・クランを想わせる秘密結社は、ほぼ三十名と推定される内外の紳士淑女から組織され、かれらは、「黒頭巾のエコー氏」と呼ばれる、連続冒険映画の覆面怪人さながらの装いの人物に統率されている。赤色仮面をつけた会員は毎週木曜日の深夜を定めて、中山手通ＹＭＣＡの上の坂路のかどにある三階建の石造館に集合して、東洋古代の妖術教めく神秘な儀式を取り行うのである。入会志望者は或る複雑困難な試験を経てから、まず眼隠しされて螺旋形の階段をみちびかれ、真黒に塗りつぶされた暗箱めく室内に案内される。そしてその四隅に佇立している中世紀の甲冑を身に纏うた監視者の前で、中央の卓上にあるガラスびん中に入れた宣言書をよんで、誓約の署名をする。アラン・ポオの物語にある海賊の暗号のような羅列には、どんな意味が含まれているか？　「吾人は地上に夢の結晶を造ろうとする組合である」「未来の芸術は煙火術にある。吾人は真空管中に赤色の彗星のモデルを製造して、六月の夜の都会の空に打ち上げんことを要望する」こんなことばかりである。さて別室の大広間に、魔の方陣に配置された円卓上に載っているのは、積木、旗、サイコロ、カード、瀬戸物製の（バビロン城の）アストラルハンド、髑髏、着色された数学模型のような奇異な形体ばかり……ここで謎々遊びが始まるが、その時会員間に交される、「一本のビールびんの中に何箇の星を収容することができるか?」「彗星上の抛物線に反逆する楕円は月にたいしていかなる恋愛上の関係を持つか?」などいうパズルであって、しかもこの間、最も洗練された欧米魔術大家の舞台や、進歩した交霊会の席上におけるがようなことがひんぴんと発生するのである……。」

佐々木博士の実験が、どんなところから着手されているかの一斑をうかがうことができるであろうこれらについては、いずれ日を改めて述べることを約束して、私はこのペンを一まず置くことにする。

七話集

1　笑

朝日が桃色に大理石の円柱を照し出す頃、アポロは、その宮の奥に、ただならぬかおをして坐っていた。最初に参詣した者が、それを見つけて、おどろいて街に駆け戻った。

「どうしたのか？」

行人がその袖をとらえた。

「アポロのかおがただならぬ！」

かれはそう叫んで走りつづけた。人々は神殿に駆けつけた。

「いかにも！　アポロには相違ないが――」

市民はこれをもって不吉な前兆だと考えた。賢人たちはひたいを集めて、不可思議の起因をさぐろうとした。しかし何の判断も下されない。

「この上は、ディオニソスを呼ぶより外はない」

賢人たちはこう云って、外へ出た。そして市民らといっしょに、ディオニソスの居所を探し廻った。ディオニソスは丘の上を歩いていた。

「アポロのかおがただならぬのは、いったいどうしたわけか？」

最初に駆けつけた長老の一人が、ディオニソスの前でたずねた。

すると、ディオニソスは答えた。

「それは、笑いというものである」

こう云った時、ディオニソスのかおにはただならぬ変化が起った。それと共にかれを取りかこんだ賢人たちと市民らの顔々の上にも、同様な変化が起った。こうしてギリシアには明るい春がきた。

2　夕焼とバグダッドの酋長

バグダッドの酋長が、天幕から出たはずみに、赤い棒で背中を殴られた。振り向いたが、だれもいない。酋長はけげんなかおをしてしばらくそこに突立っていたが、やがて目を上げた拍子に、加害者を発見した。それは赤い夕焼であった。そこで酋長は再び天幕の中へ飛びこんで弓を手にするなり、白い馬に飛び乗って、一隊の部下をしりえに、沙漠の西へ向かって勇壮な突撃を開始した。

3　李白と七星

或る晩、李白が北斗七星をかぞえると、一箇足りなかった。その一箇が自分の筆入の中にはいっている気がしたので、竹筒を何回も振ってみたが、星は出なかった。どうもおかしいと思いながら、もういっぺん北斗七星をかぞえてみると、こんどはきっちり七箇であった。で、李白はそれはたぶん、雁が自分と星のあいだをさえぎったせいであろう、と人々に語った。

4　老子と金色の花弁

夜中に眼を醒した老子は、夕ぐれに城址を通り抜けた時、そこに金色の花びらが落ちていたことを思い出した。

老子は起き上って、城址に出かけた。しかしそこには、地平を離れたばかりの半片の月に照らされた欄干の影が、長く伸びているだけであった。たしかこの辺だったが……と老子は、がらんとした石だたみの上を探してみた。やはり何も見つからない。なぜあの時自分はひろわなかったのだろう、と思った。しかしその時自分が何か考えごとをしていたことに気づいたので、それはいったいどんな事柄であったかナと頭をひねってみたが、どうしても思い出せなかった。結局老子は、金色の花弁が落ちていたことさえ本当かどうか判らなくなって、石段を下りてきた。

5　荘子が壺を見失った話

荘子が、路ばたにころがっている青い壺を見た。

その壺がどこかに見覚えがあるので、かれは立止った。ハテ、これは昔の夢の中で見たのか、それとも友だちの家にあったのか……しきりに思い出そうとしていた時、壺の中から白い蝶がひとつ、ひらひらと飛び出して行った。しばらくして荘子がそれに気づいた時、蝶はむろん、壺もどこへ行ったのか見当らなかった。

6　墨子と木の鵲

墨子が三年間かかって木のかささぎを造った。それは飛ぶには飛んだが、わずか三日間で壊れてしまった。話というのはただそれだけである。

7　アリストファネスと白い帆

月のある夜、アリストファネスが歩いていると、コリント湾の鏡のようなおもてを、白い帆が辷ってくるのが見えた。いぶかしみながら見つめていると、帆は真正面から岸を乗りこえてきて、おどろいたアリストファネスのからだを風のように通りぬけて、うしろの丘の方へ消えてしまった。同時に、アリストファネスは、自分のからだから何か一つ足りなくなったものがあることに気がついた。しらべてみたが、別に何も欠けてはいない。ハテと、アリストファネスは、長いあいだ立止って考えていたが、気のせいかも知れないと思って元のように歩き出した。このとたん、それは帆を見る少し前に、頭の中に浮かびかかっていた或る思想であった、ということにかれは気がついた。

或る小路の話

キネマの月巷《ちまた》に昇る春なれば

それは、芝生の上にラケットを投げ出して、テニスコートが森蔭におおわれてしまう夕べのひとときを待った時代ですから、もう七、八年前になります。その春――私が中学三年生になった春休みのことだったと憶えています。私は、友達の前田と二人で、青い街燈が点《とも》った山手通りのアスファルトの上を、西の方へ歩いていました。

「きょうはサーズデイだね」と、ボーイスカウツの服に紅いネッカチーフを巻きつけた前田は云って、山の上にただようているトワイライトへ眼を上げました。

「そう」

私は答えてあたりを見まわしました。もうすっかり春の晩で、その上、うすい靄《もや》のようなものが下りていたので、どこかに初夏のけはいさえありました。私はこころもち汗ばんでいる背におぼえられる「これからはいい時候だ」ということに、今晩前田が紹介してくれるというひとのイメージを加えて、軽いざわめきを胸の中に打たしていました。

――私とは中学校にはいった時からの友達である前田は、品のいい細おもての少年で、だれに対しても愛想がよくて、いつもニコニコしていましたが、そうかと思うと、こちらから何か云いかけても返事しないので見ると、遠い運動場の隅の方を見やりながら何か考え事をしているような生徒でした。が、野球ばかりに耽《ふけ》っていて、二年に上る時に落第したので、彼のお父さんは思い切って、前田をその住いの近くにある西洋人の学校へ転校させてしまいました。その家というのは、いつかお話したことがある、山手通りの東端、三角形の小屋がある辻から、坂を少し下った街かどにある三階建の洋館（つまりコロニァルハウス）でしたが、そこは私の通学の道すじであったし、彼の家には自動車が好きで、いつも自動車屋のおもてに立って遅刻ばかりしている弟がいたので、私はやはり月に三度はそこへ遊びに行っていました。

で、それから一年たって、私が三年生になりかけた頃には、まだよく伸びていない頭を分けていることでみんなにからかわれていた前田も、以前とはすっかり違って、半ズボン服に赤と緑が入りまじったスコッチ地のハンティング帽をひっかけている姿が、一段と日本人離れをしてきました。それで、そんな前田がリーダーを細い革ひもでぶら下げ、樅の木に囲まれたグラマースクールの表門から、青い眼の学友と連れ立って――それらの仲間とちっとも異ならない発音ぶりで話しながら、出てくるのを見たというようなことが、毎日のように私の級中に伝えられ出しました。そのことが私にとって、彼を喜んでやることになったと共に、軽い嫉妬のもとにもなった、と改めて断わるまでもありません。自動車のラジエーターの上にくっついているマークを憶えたり、西洋人と知り合いになったりすることは、数多い級中でも自分こそ最適任者だと思いこんでいたのに、それがこれというとりえもない前田によって先取りされたのは、何と云っても口惜しかったからです。ここに或るひそかなアンビッションが起きました。そしていっそう気がかりな前田の噂を耳にした午後、彼の家で次のような言葉になって、それは現われました。

「シャンはいるかい？」

私は、それとなく西洋人の学校の模様をたずねてから、口に出しました。

「さあ……男かい、女かい」

悪い気持なんかちっともない前田は、姉さんのピアノの椅子からくるっとこちらへ、向き直りました。

「男の子はやんちゃばかりだが、女なら一人いいのがいるよ。混血児でね——ガスの光で育ったような顔をしているんだ」

とたんに私はハッとしました。それこそ自分が云わねばならぬ言葉でないか！　——というのは、今も述べたようなわけで、今回の事柄が何よりも自分の領分のものだということはともかくとして、私は現に、一週間ほど前に、まさしくそんな少女を見かけて、しかも前田が云った言葉とそっくりの感銘を受けたからなのです。

それはちょうど前田の家の上にある南北への坂道で、学校の帰りでした。山の端から射す桃色の夕日がプラタナスの影を長く引いている煉瓦《れんが》の上を、私が下りてくると、下からやってきた西洋の少女とぶっつかりかけました。私は、そばにある花屋の温室の中を覗きながら歩を進めていたので、先方もその同じ方を見ながらやってきたのでしょう。正面衝突しそうになって立止った二人は、双方から顔を見合い、私は、びっくりしたように見開いたまつげの長い二重まぶたの青い眼に心を捉われました。で、その時私がしたように、女の子も笑いかけて左へ避けました。五、六歩行きすぎて私が振返ったのは、云うまでもありません、いまの少女の菫《すみれ》のようなハイカラーさが、ひと目ではあきらめられぬものだったからです。

年は私より二つ三つ下で、紺色の服を着て、帽子もやはり同じ色でした。その濃い色合いがアーティフィシァルな顔の白さとよく調和して、たいそう品よく見えたのでした。が、顧みた時、うしろ姿の沓《くつ》の踵の所がもっと高踏的に私の心をそそり立てました。で、私はすぐにガスの光を連想して、続いてその顔にはどこかゆうべ泣いたようなところがあると思い、それはまた、殻を取り除いたにぬき玉子のデリケートな白い表面がちょっと指先の痕《あと》でよごれているような憂い——云わば *Craft-ebbing* なそれだと考えたのでした。この奇妙な形容詞は、ふだん女の子などには注意を払わないことにしていた私と、二、三の物わかりのいい仲間とのあいだに通用する符牒《ふちょう》なので、某所で手に入れた青い表紙の本にあった固有名詞から創案したものでした。例えば一人の少年のまなざしとか、彼の袖口から覗いている紅いスエーターとか、或いは全体の容姿とかによってかもし出されている特殊な感覚を指すのですが、これが成立に当っては、他に、事情的なものの、風景的なもの、不幸なもの、時には犯罪的なものさえ拒否しないところの雰囲気を条件とするのでした。で、その物わかりのいい相棒といっしょに、緑色の袴《はかま》やパラソルの中には決して見出されないと信じていた形而上学を、いまの外国少女の上に発見した時、私はいささかあわて気味でした。ところが、坂を下りて前田の家がすぐそこに見える広い通りに出た時、*Craft-ebbing* なものは、更に目覚ましい展開をしました。私の傍をかすめて一台のリムージンが通りすぎて、あとに撒き散らされた薄紫色のエグゾーストの中に、先刻の少女と共通した哀愁が嗅ぎつけられたからです。そしてこの情緒が私にとって、あの薔薇色の夕空を映した暗い室内で廻っているコロムビアレコードの歎きであり、シャンデリアの下で振られるタクトが織り出して行く序曲 "*Chief of Bagdad*" の高揚でもあったことは、云うまでもありません。

ふいな前田の言葉に打たれて、一も二もなく、あの少女に相違ないと決めてしまった私は、次の瞬間、もうこのどこまでも味なことをやってのける友達に心を曇らされかけましたが、気の早い彼はいっこうそんな事情には気がつかず、その少女を私に紹介しようと云い出しました。そうなると私はまた先を越されて、なんだかプライドをそこなわれたようであり、何よりの好都合で、事がこんなに運ぶために先日の前ぶれがあったのだというふうに思い直し、しかし表面は、そんな次第を別に重大視していない彼と同様な態度を装い、そのくせ、友達がそれから何を云ったかについてはまるで思い出せなかったのです。それればかりか、彼の家を出て、赤いランターンが下がったチャイナ・クォーターの狭い石甃《いしだたみ》の上を、口笛の「太湖船」に合わして歩いていた私は、やがてガスの光で育ったような少女と共にある公園の夜や、活動館《ムーヴィー》の客席を想像して、風船玉のように飛びかけていました。

が、それから数日たった木曜日の夕方、約束通り前田の家に出向いて、待っていた彼といっしょに外へ出た時、先日の気持はもうよほど薄らぎ、それよりも私は一種の気づかわしさに囚《とら》われていました。というのは、何事にせよそれが気に入ったとなると、一途《いちず》にそのことばかり考えて有頂天になり、さて時間がすぎると臆病なくらい実際的な立場に返って、あまりにも気紛れな自分をつくづくと後悔するのが私の癖でした。で、その時も私は、初めにも云ったように、自分には今晩から新しい西洋人の友だちが出来るということを意識して、胸をときめかせていたことはもちろんですが、一方、いま自分が思っているような少女なんか本当にいるわけでない、たとい前田が云うのと同じ人であったにしても、逢ってみればやっぱりどこかつまらないのは、これまでに自分が経験した綺麗な人や欲しい帽子などの場合と同じであろう――友達になったところで、いったい自分はどんなことをすればよいのだ！　世間の事は何もそう、お坊ちゃんの前田が考えているように面白いものではない……と、そんなことも思い合わせて、そしていつのまにかはみ出したこの考えがだんだん拡がってきて、突き当りに照明燈を受けたトアホテルのお伽噺《とぎばなし》のお城のような塔が見える坂道へ出た時、すっかり黙りこんだ私は、結局逢いになんか行く必要はないと、そこまで沈みこんでいました。が、前田がその方へ曲ろうとしないので、私は云いました。

「学校はこっちじゃないのか」

「うん」前田はかまわずに横切りながら、「裏から行くんだ」

私はそのままついて行きました。と、坂道から百メートルほど先へ行ってから、前田は急に、電車工事のために積み重なっている材木や石や、そこに点っている赤色のカンテラを踏み越えて、斜めに右側へ進みました。

「こんな所から行けるのかい？」

ちょっと興味をそそられた私が、背中にガス燈の光を浴びた前田がはいって行く暗い奥の方をうかがったわけは、ついぞこんな所にある露地などには気づかなかったからです。

右側は青ペンキ塗の板塀で、左がわにある鉄柵を通して、木間がくれに大きな邸宅が見え、その玄関に皎々《こうこう》と点っている電燈を受けた蘇鉄が、お化けのような影を砂利の上に落していました。それはいつか見たフィルムの青い月夜の屋敷を思い出させましたが、鉄柵と板塀とのあいだの細い弓形の通路を抜けて、屋敷の裏手に出た時、「こいつは面白い！」と私は叫びました。

私の眼前には手すりのついた急な石段があって、登りつめた所にガス燈が一本光って、なんだかごちゃごちゃしたものがある闇を背景にして、マントルの周囲に淡い虹色の円光をかけています。今日になって云ってみれば、つまり"*Cabinet of Dr. Caligary*"の舞台面のようになっていたのです。しかもそこらじゅうに充ちおぼめいている靄のために、それら異様な物象は、あの眠り男セザレが活躍するスクリーンの世界そっくりに現実を遊離しているので、私は立ち止りかけました。ここへ、シルクハットをかむり、蝙蝠《こうもり》のようなマントーを纏った人物がひょっくりと立ち現われるような気がしたからです。が、そんなことはいっこうに平気らしい前田が、ぴょんぴょんと、これも気のせいかバネ仕掛の人形の身振りで登って行く影について、自分も段々に差しかかると、更に別なものに気がつきました。

右がわはやはり板塀つづきの石段の左下に、テニスコートを二つ合わしたくらいの空地があって、この谷底めく場所に白いシャツが五、六枚、大きなユーニオンジャックの旗といっしょに、竿《さお》からぶら下がっています。その先方には、おもて側の黒い屋敷と接続した三階建があって、先のものが幽霊館めいているのにくらべて、こちらは開け放された窓々から明々とした光を投げています。その上に、何の目的を持ったものか、家の外側に四つも階段が付いて、階下には学校にあるような廊下が鉤形に曲りくねって、なんだか騒々しい音がその辺から聞えてきます。それは皿を洗っているようですが、といって、どこにも人影なんか見当らないのでした。へんだなあ……石段上で前田にたずねようとした私は、その先方にまた違ったものを見つけました。

洗濯物が乾してある空地と、この小高い所までの中間斜面が、キャベツ畠になって、堤の上にはポプラの木が五、六本、もうすっかりトワイライトがなくなった、しかしそこいっぱいに輝きそめた星々の下に黒い稜線を劃している山をバックにして、立ちならんでいます。おや、これが神戸なのかしら？　ふとそう思いましたが、なんだかばかされた気もするのでした。

「じゃ待っていてくれたまえ」

　ガス燈の少し先方から、前田が云いました。

　そこは長い板塀が跡切《とぎ》れて、牧場のような粗末な木柵があり、木立のかなたに灯が望まれました。学校の裏門なのです。そして前田の話では、灯のある所で例の少女がピンポンをやっているはずだと云うのでした。

「ちょっと！」

　柵の中へ走りかけた前田を呼びとめた私は、振り向いた彼のかおが闇に浮き出た時、「いや、いいんだ」と手を横に振りました。うっかりしていた私は気がついて、もし少女が出てきたらどう挨拶すればよいのか、それからわれわれはどこへ行くのかということを聞こうと思ったのです。が、瞬間にそれはどうでもいい了見に変ってしまいました。これは一つに薄い靄に充ちた小路のせいです。そうです、お腹には溜らないで口いっぱいに涼しい、いい香りが拡がるクリーム、ちょうどあれに似た夢と、そして歎きとがこの一区劃に含まれていました。しかも今の場合の自分に対する或る敵意を伴ったアイロニーさえも、そこにはいっしょになっていると解釈されるのでした。で、前田の姿が消えるなり踵《きびす》を返した私は、なるべく彼が隙取ることを内心に願いながら、ポプラの高い梢《こずえ》を見上げました。ガス燈の周囲には小っちゃな銀色の蛾が一匹、飛びめぐっていました。眼下の明るい家からは相変らずざわざわした物音が聞えていました。どこかではまた、フォックストロットのレコードが廻っている気配でした。そしてポプラの梢には星々が燦《きら》めいて、それらの瞬きが見詰めているうちにだんだん速くなってくるようでした。これら総ては、私にふと可笑しな童話劇を思わせました。私は、自分が、そんな意地悪で性急《せっかち》な作者の仕組んだ、けれどもこんなに手際よくできた舞台に立たされているのではないか？　と考えてみました。こんな題目は云うまでもなく、当時の私にはむつかしすぎるものでした。それで、ここへはいずれゆっくり一人でやってこようと考え直して、こんどは前田が早く出てくることを願い出しましたが、なかなか出てきません。ポプラの梢の星々はすでに考えられぬくらい迅速に瞬いていました。いよいよどうかなった！　と心にきめてそのまま帰ろうとした時、黒い木立の下に靴音がしました。

「居なかった」と前田は云いました。

…………

「どうしよう――元町へでも出てみようか？」

「うん」と私は頷いていっしょに歩き出しましたが、この時初めて、前田がさっきから機嫌が悪かったらしいことに気がつきました。が、私はそれをちょうどよいことに思ったのです。その前田が、別に自分を気の毒がりもしないように、自分もまた、前田をも、その他の誰をも、気の毒には思うまい……そんなことを考えて石段を下りかけた時、ちょうど正面の真黒い三角屋根の上に、そこを離れたばかりの大きな月が懸かっているのを見ました。

「まあまあ！」と私は心の中でつぶやきました。それがそんなにまんまるく、赤く、靄のために磨硝子《すりガラス》を通したようにぼやけて、いつも Rising Moon というものが感じさせる、あの遠い郊外の野で誰か自分の名を呼んでいる者があるような、奇妙なはろばろしさを起させたからです。が、とたん、ドン！　と胸板を突かれたように、私は、このキネオラマのような月が差し昇る春になればこそ、自分はガスの光で育ったような少女といっしょにぴかぴかしたロードスターに乗って、アスファルトの上を走るのでなかったか！　ということに思い当りました。何故これに気づかなかったのか？　この表通りの少し先に、自分がしょっちゅう出入している小工場があったのです。N氏がいたならば自動車一台くらい引き出すのはわけはない。と、誰にともない口惜しさが覚えられて急にまぶたが重くなってきましたが、しかし――と、それをこらえながら私は考えました。このへんに物悲しい気持は、もし自分がその少女の腕を執っていたとしたら、覚えられなかったかも知れぬ。だが、その少女が居たら、この月はもっと違った意味で見られたかも判らない――いったいどっちだろう？

カラクリのような小路を抜けて、無言のままの前田と肩をならべ、彼の、これもどうしてだか光っているらしい瞼を盗み見しながら、きらきらした飾窓が打ち続いている広い坂道を下り出してからも、へんな満足と物足りなさの交叉点に立った私は、赤い月と、その下の海に浮かんだ碇泊船のケビンから洩れる灯を見くらべて、迷っていました。

セピア色の村

　飛行場の横手の柵を抜けて、赤土に小石がまじったゆるい坂を下ると、さっきやって来た正門につづく道です。前には、ちょっと湖水の感じがする大きな沼の入江が伸びて、向うに、遥かな山ぎわまでヴァレイになった田舎の春景色が、一目に見渡されます。

　いつしか短くなった足元の影に気づいて、時計を出そうとすると、ブゥーンブゥーンという音が迫ってきました。

　眼を上げると、白いつばさの両端に日ノ丸をえがいたニューポールが、真珠色にかがやいている太陽の方へ突進してゆくところです。

「あの高さ、どれくらいでしょう?」と、お嬢さんは澄んだひとみをこちらに返しました。

「さあ……」

　と、私はまぶしさにハンティングのひさしを引いて、「八百メートル?　もっとあるでしょう」

とたん、プロペラーの刃がピカッと白金《プラチナ》のように光って、飛行機は広いルリ色のまんなかで、くるりと横転しながら、来た方に立ち直りました。お嬢さんはうしろから駆けてきながら、「インメルマンターンって云うんでしょう」

「いまのは、ルツールマンターンと申します」

「どこが違うの？」

「それは」と私は、ちょうどポケットから出したタバコの箱を飛行機の代りにして、説明しました。

「両方ともトンノーのようにあおむけになって、頭をやってきた方へ返しますが、インメルマンというのは、これを宙返り式にやるからして高度が変りません。いまのはダイヴしたでしょう。だから、最初の位置よりはずっと下方で立ち戻ります」

云いかけて、あるかないかの風を掌で囲いながら、タバコにマッチをつけた時、青や、黄や、緑や、灰や、紫が、キュービズムの画面のように入組んでいる野づらの中にある一つの奇妙な村落に、ふと眼がとまりました。

「ちょっと」私はこう云って、お嬢さんをかえりみました。

「あそこに村があるでしょう」

「どれ？」

「そら、あの森の手前に」

「ああ、あの靄がかかっている」お嬢さんはうなずきました。

「へんじゃありませんか？　あそこだけよけいにぼやけていますよ」

「そうね」と云って、お嬢さんの長いまつげのある眼がしばらくその方へそそがれました。「何か焚いているんじゃなくて……チョコレット色ね」

なるほど、そう云われてみると、それはまた全体くすんだような鳶色をしています。

「あの辺の地質のせいか判りませんよ」

「行ってみようか」

お嬢さんが云いました。

「行ってみるか」

と私は受けついで、しかしこの入江をどうして渡ろうか、と眺め下しました。それは向う岸まで百メートルもありませんが、どこにも橋がかかっていないのです。

「ボゥトがあってよ！」

お嬢さんが叫びました。

指された所、いかにも、堤の下の少し先方に、ねずみ色のボゥトがおっぽり出されています。

崖下の砂に飛び下りて駆け寄ると、少々ばかり淦《あか》がはいっているだけで、オールもクラッチもそろっています。

「ここで何をしたって大丈夫ね」とお嬢さんが口に出したのは、こんなに一段と低くなった場所だから黙って他人の船を借用してもとがめられやしない、という意味でしょう。

そのお嬢さんは艫の方に坐り、私はヅーと押し出すなり、ひらりと乗り移りました。

　ゆらゆらと小さな船体がゆれて、ぬるんだ春の水の感触をからだじゅうに伝えると、舷側の浮草がキラキラと光りました。しかし、それよりもっといいのは、私の正面に腰をおろしたお嬢さんの短いスカートが上に引きつられて、ぴっちりした沓下とのあいだに、白いふっくらしたふとももを覗かせていることです。その所へ、船の底に溜っている水の反射がチラチラと縞の目に映ります。指先を水にひたして横向きに何か考えているらしいお嬢さんに、そのような次第はいっこうに気がつかず、オールを握った私が、だまって愉しんでいるうちに、ボゥトの先はヅシンと向う岸に当りました。

「春はいいのね」

　噎《む》せ返るような麦畑の畦へ上った時、お嬢さんは遠い山並の方に眼を移しながら、云いました。

「そら、ソッピーズ」と私は云って、二人は、こんどは遥かに高く蜜蜂のように唸ってゆく奴を仰ぎました。

「さっきのS中尉ね、あのかた上手なの？」

「そうでしょう、きっと。すてきな長靴を穿いていますからね」

「上手だったら一度乗っけてもらいたいわ――だってインメルマンも、おしまいには墜っこったんでしょう」

「そりゃ戦争で射たれたんだもの、仕方がない」と私は、麦の穂を抜きながら云いました。

お嬢さんはそれを見守りながら、「ギネメル中尉もそうね」

「飛行通ですこと！」

「それくらいのこと……失敬よ」お嬢さんは睨みました。「このあいだ映画で観たの。まだ子供みたいな人ね。勲章を貰っている所が映ったのよ。おかしいワね、フランスでは大将が勲章をくれてからキスするのよ。ギネメル中尉もそうされたのよ。相手が白い髯もじゃの親爺でしょう――わたし噴き出しちゃった」

「有名なフランシェ・デスペレイ将軍です」

「あら、ごらんになって」

「いいや。それがつまり中世紀のナイト叙任式というやつです。剣で両肩をたたき、勲章をさずけてから抱きしめる。そばに松葉杖をついたウールトー大尉やフォンク少尉がいたはずです」

「それはあと。ギネメルの慰霊祭の時よ。海ぞいの飛行場には三色旗がはためいていたわ。あの人たちには好感持ててよ。だって飛行家らしいんですもの、勇ましくて、はかなくて――そして先のギネメル中尉はもうどこにもいないんですもの！」

「ここで一つやってみましょうか」

「何を？」

「レギオンドンノール授与式を」

「あなたがギネメル中尉ですよ」

「知らない」

そんなことを云って、青い麦畑のあいだをあっちに曲り、こっちに折れて、だいぶ歩いた私たちが気がつくと、かんじんの村がどこであったか判りませんでした。

「聞いてみようか」と私は立ち止って云いました。

「チョコレット色の村なんて知っている者はいないワ」

お嬢さんは笑って、すぐ前にあるひとかたまりの家々を指しながら、「でもたしかにここよ。わたし径をまがるたびに見当をつけてきたんですもの」

私にもそう思われるのですが、そこには見たところ、かくべつ水蒸気が多いようにも、また、煙が棚引いている模様もありません。

へんな気持で、二人は、紅い浮草の浮いた小さい池のそばから一足なかへはいってみましたが、そこにある白い土蔵も、藁葺の家も、その庭に遊んでいるヒヨコも、涎をたらしている牛小舎の牛も、丸い石を積上げた低い垣も、みんなあたりまえの村々に見かけるもので、いっこうにチョコレット色なんかしていません。

「こりゃ間違ったかな」

「どうあってもここよ。さっきどうしてあんなに見えたんでしょう……」

とお嬢さんは辺《あたり》を見廻しながら、「それに人がひとりもいないのね」

「畑へでも出かけているんでしょう」

私は答えて、通りすがりの二、三軒に眼をやってみましたが、本当にだれもいません。一人ぐらいは……と思って、こんどこそは人影がありそうな次の家の中をよく覗いてみました。やはり、開け放された障子を通して裏の方まで突抜けですが、人のけはいはありません。

この時、ふいに白いものがうしろから掠めてゆきました。

「まあ、びっくらしたわ！」

と振向いて笑ったお嬢さんの頬の片えくぼから、それが出たように見えました。前には水車がコットンコットン廻っています。向うの菜の花の上に、ヒラヒラと夢のように飛んでいるのはいまの蝶でしょうか……

飛行機の音はちっともしなくなり、ひばりの声だけがひびいてくる静かな春の午さがりです。

緑色の円筒

ガス燈と倉庫とのあいだを抜けた私が、同時に、くるくるとレンガ塀のおもてを走った自分の影法師を見た時、シュッ！　と小さなほうきぼしが頭の上をかすめて、プラタナスの梢にひッかかったのです。オヤと思うまにそれは落ちて、歩道の上で紅い火花を飛ばせました。すかしてみると、緑色をした長さ二十センチたらずの筒で、白い煙がモクモクと立ち昇っています。そいつを路上にすりつけて揉み消し、さて、ガス燈の下でかざしてみると、焦げたボール紙製の筒にA. C. C. FIREWORKS MFG Co. CHICAGOとよまれるのは、紛うかたもない、ロマンキャンドルと普通に呼ばれている鼠花火です。それにしてもどこからこんなものが飛んできたのだろう、と見廻してみましたが、ただ淋しいレンガ建の倉庫と、その上にチカチカしている星屑ばかり……緑色の筒に注意すると、矢じるしがあって、そこに糸の端が出ています。糸をひッぱると、パクッとふたが取れて、中から飛び出してきたのがひと巻きのペーパーです。紙面いっぱいに詰ったタイプライターの初めを見て、パチクリとまぶたが動きました。

Dear Taruho

To-night we are very happy to tell you who are the fantastic story-wright of moon and stars about the most fascinating enterprise. At present, however, we are not willing to tell our story and how the Romancandle containing this letter was flying to you……

タルホ君――

吾々は今晩、月と星のファンタスティックなお話の作者であるところの君に、最も愉快な企てをお知らせしたいと思う者だ。その吾々というのが何者であり、この手紙を入れたロマンキャンドルがどうして君の許へ飛んで行ったかなどについては、いまは云いたくない。それから、或いはまずく、きれぎれに語られるかも知れないこの用件が、君のイマジネーションによって適宜におぎなわれることをも希望する。実際、事柄は君がそれにたいして下すであろういかなる想像より、もっと面白いはずだからね。

さてタルホ君。この海港の或る所に奇異な街がある。君の「一千一秒物語」式の三角や菱形の家屋がつみ重なっていて、螺旋形の道路を歩いていると、いたずら好きのほうきぼしにオペラハットを叩き落されたり、土星の環がころがってきて足をすくったりする、と云ったら君はどう受け取るか？　きっと、「なんだ、それはおれの考えをそっくり盗んだおとぎばなしじゃないか」――ところが、これは君の創作でも、今回ドイツから輸入されたフィルムでもない。といって先の彗星なり土星なりを望遠鏡でうかがうものと混同していたら、吾々はふうてん病院の患者だが、そんな心配も無用である。すべては人工で作ったもの——だから、神戸市に存在していたって不合理ではあるまい。なお君には、吾々が君の趣味につけこんだ冗談をほざいているのだと受け取るかも知れぬ。が、よく考えて見たまえ。君がそんな種類のファンタジーを好んでいるならば、他にも似たような人間がいないとはきめていない筈だ。いや却ってそんな読者を予想しているからこそ、君好みの話をかくのじゃないかね。そしてこう述べている吾々が君の第一の読者——であるばかりか、こちらでこそ君が真似をしているのではないかと怪しんでいるくらいの読者であると申し上げたら。——が、いまは水掛論の暇はない。吾々は、こんど神戸に経営することになった街のことを、君に知らせば事足りる。

街というのは或る大きな倉庫の中にある。十五年以前に建てられたが、少うし不便な場所にあるので、現在は使われていない。そのレンガ建四層の内部をすっかりがらん洞にして、そこに組み立てたものだ。が、出来そくねの表現派のセットや、出たらめな構成主義者の世界塔のようなものだと早合点してもらったら困る。「どんなものでもそれが芸術を目的とするかぎりは、それ相当の美学の法則によって遊離化されてあらねばならぬ」というのが吾々の信条である。だから、この街も従来の何人がよく創案できたであろうと自慢することができるほど、へんてこにも巧緻をきわめた代物であるが、それだけに、たとえばジョルジョ・ディ・キリコの「大いなる形而上学」……いや輓近傾向芸術に見出される抽象や綜合を持ってきても、吾々の街を説明するには役立たぬであろう。

「星のねずみ落し」とは、この街の玄関口にあたるタンクのことだが、この直立した円筒の底が凹んで、中心から一本のガス燈が立っている。擂鉢状の床に星形がえがかれているが、この星のアントラー（角《つの》がた）の尖端に、云いかえて円筒の下部五ケ所に馬蹄形の入口があり、この上部に壁をめぐって、THE GREEN COMET CITY の十七文字が緑色にかがやいている。吾々の街の全部がそうであるように、星の漏斗も軽金属製であるが、街はこの円筒を取り巻いて盛り上っている。むろん縦横に家屋や道路がくみ重なった不思議な貝殻のようなものである。

たとえばAから入りこむとする――とたんに鼻の先に壁が落ちる。が、そこにある窓を抜けると螺旋状の通路に出る。表面についた梯子をよじ登ると、小さな家の内部に出る。ここからどこへ行けるだろうと壁を圧したはずみに家がくるりと上下に廻転して、煙突を通して別の家の中にすべりこむ――とたん、床が外れてエスカレータに受け止められ――これが滝のように下り出したことに泡をくって、谷向うに飛び移ると、そこが風車の羽根になって廻転し、元の入口から「ねずみ落し」の上へほうり出される。……

こう述べているように、まどろッこしいものでない。いま云った次第がくるくるとうつり巡って、やられた！　と思ったらもう擂鉢の上にのっている。他でもない。街全体がカレイドスコープの原理による機械になっている。すなわち、ネジ止めにされた骨組に、数百箇の別なフレームが取りつけられ、それらにたいして廻転自在な家屋や橋や道路が結合され、さらに複雑な運動をする数千箇のドアーや梯子や車や、その他のさまざまな細部がくッついている。明滅する燈火と止むを得ない箇所以外は電気仕掛ではなく、ただここに入りこんだ人間の重量と動作とによって運動を引き起すように仕組まれている。だから、市民がふえると街の廻転は幾何級数的に増大する。したがってカレイドスコープの幾何模様と同じく、緑色彗星塔中において全然同一状態が起りうるとは、ただ摺鉢の上へほうり出されるという一事をのぞけば、永遠に不可能であると云ってよい。それだから、一歩ふみこむとたんにカシャカシャと奥の方へ反響して、その全体が無気味にうごき出すところの、この半ば生きているような街にいろんな影が移りめぐって、飛んでもない組合せが展開されてくる魅力は、まったくそんな夢の中の経験だというの他はない。

けれどもうまくと云うよりははずみによって頂上に出るならば、その上は天上界になって星がいっぱい出ている。その星々のあいだを縫って緑色のほうきぼしが動いている。すでに気づかれたであろうように、この街は緑色のほうきぼしを目指してゲイムをきそう所である。で、もしほうきぼしが消えたならば、街の運動も停まってしまう。しかしそのことは数日目に起るものやら、数年を待たねばならぬものやら、街が磨滅するまでつづくものやら、吾々にも推断を許さぬのである。ともかく彗星が消えたら街の役目は果されたので、吾々は次なる題目にうつることになる。グリーンコメットシティなどは試みの中の試みにすぎない。吾々の目的は、グリーンコメットシティの他にレッドコメットシティ、ブルーコメットシティ、パープルコメットシティ、ブラックコメットシティ、イエロウコメットシティ……いろんな彗星倶楽部を都合十三種この地球上に経営する。最初の緑色彗星塔が一等小規模であって、その代り数が多い。現に吾々がこの神戸に今回設置したような町は、地球上にはすでに五十箇近く経営されているが、次の赤色彗星塔になるとその半数になり、以後だんだん減少して、しかし次第に大仕掛なものになって行く。そしてこれら十数種の彗星塔の試作を元にして建設されるところの第十三番目の市街を、ゴールドンコメットシティと称する。

金色彗星都はいずこに建てるか？　云ってみるなら、これまで多くの怪奇小説家に暗示をあたえた、しかも決して空想ではなくして実在する、熱帯圏の或る部分に介在する魔海である。これは最近某方面の探索によって判明したところの、吾々にのみ知られている所だ。むろんどの海図にも載っていない。その海洋の局所は死んだように海水がぬるんで、昔から行方不明になった船々が沈んでいる所である。ここへ行くには東洋の或る港から吾々の赤色の駆逐艦アンドロメダに乗って夕刻に出発する。そんな特別装置の船でなければ魔海が発見できないからである。さて駆逐艦はエメラルドグリーンの大まかなうねりの上を七日間航海をつづけて、おしまいの日の夕方からいよいよ魔海に接近する。と、俄かに風波が起って船体は弄ばれるようにピッチング、ロウリングをはじめる。ポオの物語にあるようなおそろしい渦があっちこっちに巻いている。多くの不幸な船はこの陥し罠に吸いこまれ、海底の鋸の歯をつらねたような間道を通って、とこしえに静かな死の圏内にバラバラになったかの女らの残骸を浮き上らせていたものである。——しかし一時間ほどたって、波のうねりが平らいでくると、吾々は、舷側にくだける波がしらが怪しい青紫色の燐光を放っていることに眼をうばわれるだろう。水はすでに油のようにねっとりして風はみじんもない。こうべを上げると、その星座をみだしたかのごとく不可思議な狂わしい位置を採ってきらめいている星々が見える。が、すぐにそれらはかき曇って、四辺はもうろうとして光るガスにおおわれてくる。闇の夜であればそこやここやに飛び交う色とりどりの鬼火があろうし、若しそこに青い月の光がにじみ出しておれば、吾々は駆逐艦の周りにぎっしりつまった、腐りつつある魚類や虹色のくらげや、また髪の毛のような藻のあいだに、幾世紀前のものとも知れぬ朽ちた船体と、その上に沈みもせず浮びもしないでひッかかっている骸骨のいくつかを発見するかも知れない。そのうちに真夜中近くなって、怪鳥の悲鳴に似たサイレンが、この魂をしめつけるような界域の寂莫をつんざいてひびき渡ると、吾々は行く手の空中にさんらんとアラベスクをえがいて明滅する無数の放射線が、互いに入りみだれて、眼も綾な矢車を織り出しているのを望見するであろう。双眼鏡を向けてみると、光の矢車の直下の海中に、鈍く金色に光った不規則な塊団がうかんでいるのがみとめられる。近づくにつれて、それが「ゴーゴンの首」であることに気づこう。そう、かしこがこの魔海の中心点、遠き昔に天界から落下したものとでも考えられるべき巨大な磁石が沈んでいる場所なのである。そして、測り知ることができない磁鉄の、直上に浮んでいるミジュサの首とは、周辺数キロにわたり、その高さは天を摩す人工の浮島——ゴールドンコメットシティそのものなのだ。美と死と腐敗との権化？　正視する者を立所に石に化す妖女の相貌に人々が戦慄をおぼえる頃、赤い駆逐艦の速力はようやくゆるんで、それは、遠くからはそんなに受け取れるおどろくべき海上パラダイスとして、阿片の夢のごとくに展けてくる。……あらゆる国々の珍奇な建物、輓近傾向芸術に見られる空想、さてはまだ吾々の脳裏にさまようている多種多様の建築物が、およそ空間形式中に想像なしうる限りの荒唐な形をとって、巨大な海底の磁塊に吸引された鉄粉さながら渾然と入りまじり、錯綜している一つの“Pandemonium”である。そしてメガネを手にした甲板上の船客が、虹の火竜がオーロラのようにダンスしている遥かな高所、昆虫の触角みたいに突き出したアームの先端にも、なお点々とイルミネートされた怪奇な家屋がならんでいることに胆を消した時、駆逐艦は、時計の針とは反対の向きにのろのろと廻っている、この金色にかがやく大氷山の奥深い洞門の中へはいってゆく。そして打ち仰いだ頭上の穹窿形にも、またさまざまな家屋がぎっしりと逆さに結晶のようにかかっているのだ。……

　これ以上は述べたくない。吾々が何を云おうとしているか？　おおよそ君には見当がついたことと信じるからである。それに具体的なことは、今夜にも君が出向いてくれるならば、納得がゆくように説明するつもりでいる。——ところでお逢いする場所であるが、これは君の判断にねがおうと思う。ともかく神戸市内の一帯に谷底のようになった区廓で、市街のまんなかだというのに原っパや赤土の崖や、古い墓地や、星空の下に山のすがたでも見つけぬかぎりはさっぱり見当のつかぬ迷路《メーズ》がある。と思いがけぬ所で明々した市電が通っている鉄橋の下へ出たりするが、この近くにある橋の下からどぶ川にそうた小路を北に進むと、青い月が射しているとちょっとロンドンの場末にきたような感じをあたえるアーチがある。その門をぬけると、向って右手に黒い壁がそそり立っている。すなわちフェアリーシティを収容した倉庫で、この建物を見つけさえしてくれたら、吾々は近頃は明方まで仕事をしているから、その時間中であるならば、お逢いすることができる。では待っている。

神戸市における緑色仮面の一団より

煌《きらめ》ける城

あさ、菊地の家へゆく。石野がきていた。

「ぼく、こんどタルホ君と、孔雀の卵とミルクとを持って象牙の塔へはいるんです」

来合わしていた森川君に云ったので、森川君はむつかしいかおをして考え出した。

「――そういうような気分なのです」

赤い沓下の少年詩人がつけ足して、まじめに半分白眼で天井を睨んだので、菊地がクスリと笑った。（八月六日）

☆

「奥平野の六ちゃんとこのうしろの、武《タケ》っていう家へ交渉してもらっている。あすこには噴水があるし、白孔雀がいるし、それに少年もいるからちょうどいいぐあいだと思うのだ。部屋を綺麗にして、もうあんな連中にやってこさせないようにして、否定（これは群盲に他ならぬ一般世間にたいする石野の常用句）していたらよい。それに主人が遠い所へ行っているので、宅には老人と子供ばかりで、さびしいと云っているくらいだから」

石野はそんなことを云った。夜、二度目にやってきた。大きい方の姉さんが昼間作ってくれたといって、赤い格子縞の蝶むすびネクタイを二本取り出した。それを揃えに結んでから元町の方へ散歩する。

「ぼくの探しているのは、七色の月光がたてとななめに射している家だ。迷宮《ラビリンス》の真昼にある家だ――そんな夢をゆうべ見たのです」

暗い坂道で、星空を見上げながら石野は云う。（七日）

☆

夜、石野が誘いにきて、いっしょに奥平野の森女学校へ出かける。そこの校長さんが、武の主人の留守中の用事をやっているのだそうである。

二人で借りる二階を私に見せようと云うのだったが、校長さんは、「夜だし、明日にした方がいいだろう」と云う。

「どうも有難うございました」と云って表へ出たが、石野は、あすにもそこへ引越すような話ぶりだ。その窓へ深緑色のカーテンを下げ、そこにおける夢がいつも清らかであるために、姉さんの部屋にある聖ポウロの胸像を借りてゆこう。ピアノを置いてぼくは赤い作曲をする。六ちゃんがサモワールを寄附しようと云うんだよ。そう云い出したので、私も、そこへ遊びにくることを許されるのは、最も親しい仲の友だち、わけても美しい少年と唯美主義のアルチストでなければならないと云うと、石野はそうだそうだ、

水色のミカヅキこそぼくらの真実だから、と云った。（八日）

☆

おひる前、石野のとこへ出かける。

しょげている。武さんから、病人があるのでお気の毒だが……と云って断りの使いがきたのだそうである。悲観してごはんが喉を通らないと云った。石野は、「でも武さん、ぼくらに好意は持っているのだ」と云って、その理由というのをクドクドと述べたてたが、私にはよく判らなかった。

二階の畳のまんなかに、鋏と画用紙と、糊と、青や赤や黄の布ぎれがちらばっている。これを拵えている時に武さんからの使いがきたので、そのまま放ちらかしたのであろう。それは、トリッピリズムと称する石野自身が考案した絵で、ただ画用紙にむちゃくちゃに切った布ぎれが貼りつけてあるだけである。五、六枚あるが、その一つをたずさえて、石野はこのあいだ蘆屋のMさんという院展画家の許へ出かけて、M氏の芸術を罵倒してきたのだそうである。

「まるで気ちがいですわネ」と、段梯子を上ってきた小さい方の姉さんが云う。

「Mやお前らに判るかい。Mは、ペダンチック幇間だ」と石野が云う。

夜、ハガキの速達が来る――

「近頃は角《カド》のあるものが好きで、お月さんが三角に、海は海色に、エントツがボール紙製に、夜が遠くの扉《ドア》のように見えるのです」（十日）

☆

十一時すぎに、石野が新しい洋服を着てやってきた。

「武さんの奥さんが気の毒がって、再度山《ふたたびさん》のお寺へ手紙を書いてくれた」と、大きな封筒にきれいなスミの字を書いたのをポケットから取り出した。

「そこは静かで広いし、好きな本はいくらでも読めるし、親切な小母さんが万事の世話をしてくれるし」そう云って、これから山の和尚さんの所へ出かけようと云う。

「この暑いのにかい！」と私はびっくりした。

庭の槲《かしわ》はカッと日光にかがやいている。この日中に二里の山道が登れるものか。それに、お寺なんか古いじゃないか、樹にはたくさん毛虫がいるし、と口に出すと、——石野は二つ以上の事柄は同時に考えられぬというふうに頭をおさえていたが、暫くして、「判りました！」と云って、はやその気になって止すことにしてしまった。（十一日）

☆

あさ出かけようとするところへ、石野から電話がかかってきた。これから舞子へ行くんだと答えると、ついでに家をさがしてみてくれと云う。

舞子では、申しわけだけにたずねてみた。

「もっと早かったらいくらでも明いてましたのに」うちわを片手にしたおばさんは、思いついて「そうや、ええとこがある。可愛らしい坊っちゃんが二人いやはる——あんたがたには持ってこいや」

「どこです?」

「そら、大きな松がある寺島さん――あんた、知っとってだっしゃろ」

なあんだと思った。あんな茶目助のどこが坊っちゃんだ、それにあそこの主人も奥さんもむかしから虫が好かぬ。――こんな女にわれわれの美学が判ってたまるものか、と軽蔑を感じた。

海へはいって帰ると、待ちかまえたように石野がやってきて、「家があったか」と云う。

「あることはあったが、幇間の家だ」

「あの辺はいいが、幇間の家が多いな。蘆屋の西洋人の家でも、君とぼくとならよろこんで置いてくれるのだが、そこへ親類の娘が五、六人行っているので、お母さんが心配してやらしてくれないんだよ」(十二日)

☆

午前、菊地のとこへ行く。

石野が作曲したピアノの譜があった。チタニャが星と月のある晩、隣国の森の中の城へ、豆の花や罌粟《けし》の実や、パックやコボルト連を引きつれて、白い馬に乗って、三角のおもちゃを奪いに行くというのを主題にしたのだそうである。

「弾いてみたか?」とたずねると、「こんなものを弾きよったら気狂いになりまっせ」と云う。

「六甲村の牧場のそばにある西洋館はどうでした」とたずねるので、「要領を得ん」と云うと、まるでこれやナと、菊地は器用に巻いたネビーカットの煙を輪に吐いて、「そんな家を借りていったい何をする気だろうな。象牙の塔なんか止しちゃったほうがいいんだ。そんな所へはいって風邪でもひいてもらったらたいへんだ」と云った。（十五日）

☆

先生さすがに弱ったかナと思っていると、やってきた。しかも玄関先から「すてきな家が見つかったよ。三角形の家が」と云いながら飛び込んできた。「みどりケ丘だ。そりゃいいとこだ。海は一尺に船があり、空気には音《オン》がない。家は三角のおもちゃだ」

靴を飛ばして上ってきて石野は、「その家は、或る画家がアトリエにするつもりで建てたのだそうだ、二、三年前にね。ところがその画家が、家が出来上るとすぐアイルランドへ行ってしまったので、そのまま放ちらかしてある。いまは、それを建てる時に援助した附近の富豪と、ぼくの大きい方の姉さんの友だちの坂田さんが管理しているが、いつでも貸してやろうと云うんだ。むろん家賃なんか要らない。で、都合がよかったらぼくは、ずっと住んでみてもいいと思うのだが、どうだろう」と相談を持ちかけてきた。いっしょになってお喋りしてしまったが、あとから情けなくなって、こんな水のおもてに絵をかくようなことを考えている人間は、早晩に自滅すべき種属かも知れぬと思われてきたりした。

しかし夕方になって表へ出て、透明な空気の向うできらきらしている灯を見ると、急に元気を取戻した。今まで石野の熱心さにくらべて煮え切らなかった自分の態度がすまない気がして、これから一生懸命に、象牙の塔のために骨を折らねばならぬ、と思った。

六ちゃんとこの裏門から二階へゆくと、六ちゃんは寝ころんで蓄音器のゼンマイを巻いていた。

「石野がいま帰ったところだよ。また家が見つかったたってね」六ちゃんはニヤリと笑った。「――それにこんどの家は三角だそうじゃないか。行くつもりかい?」

「さあ……もっとしっかりしたことが判らないとね」(二十日)

☆

三時頃、石野がきたので、ついてゆくと、家は本当にあった。

坂田さんの犬が近所の猫と心中した所だという池のそばから右へ折れて、くぬぎ林の中を少し行くと、「あれなんだ」と石野が指さした。いかにも、林が疎らになった所に、おもちゃみたいな赤屋根の西洋館があって、細長い箱形の三分の二まで急傾斜の屋根がかぶさっている。正面の白い壁にはドア、左右に四角い窓がある。家の前を半円形に取りかこんで、背の低いポプラが五、六株立って、どの木も、そこにあるさしわたし十五メートルほどの小池を見下している。ソーッと近づいて窓をうかがうと、赤いマントを着た白髯のおじいさんが、二、三世紀以前の金貨をかぞえていそうだ。ここから見渡すとなるほど、くぬぎの幹をとおして遥か斜面のはてにある海が、幅一尺の青い帯になって見え、そこには船があり、ひっそりした四辺の空気にはまったく何の音《オン》も見つからない。

　雑草にからまれた径を入口までゆくと、石野は、アッ鍵を忘れた、坂田さんは近いから取ってこようと云ったが、まあいいよと云って、家に注意した。

　窓には磨ガラスの戸が下りて外からはあかない。捨ててあるというのに、別に損じた箇所はなく、まだ新しいもののように見受けられる。――南がわの窓のすみに、ガラスが三角形に壊れている所があったので、草の中にあった木箱を踏台にして、家の内部をのぞいてみた。思いのほか広い。二十畳は敷けると受取れる家の中は、二つの部分になって、入口に通じたリノリューム張の床には、籐椅子、テーブル、ソーファ、黄いろい布をかけたピアノめいたものが置いてある。正面がピンク色の壁になって、ドアが二つある。その上方が二階である。つまり鋭角三角形の屋根裏を利用したもので、手すりが設けられ、そこからアトリエの床まで梯子がかかっている。おやと思って私はガラスのカケ目から眼を離して、箱を下りた。

　三角形の二階の正面に正方形の窓があったが、そこからふしぎな景色が見えた。――が、家の外側から眺めると、何の変哲もない六甲山と摩耶山とのさかい目、学校時代に毎日のように眼をやっていた所である。

「あの窓、別世界みたいだろう」と石野が云った。

　で、もういっぺんガラスのカケ目をのぞいたが、すると何か仕掛のある暗箱を通したかのように、どう考えても日本でない。遠眼鏡で見ている見知らぬ国である。左方には芝の生えた円い山腹があり、この四分ノ一弧の中程から右へかけて、石灰岩の山が堤形に伸びている。前後に重なった二つの山のあいだからは、さらに向うにある赤っちゃけた岩山の尖端がのぞいている。そこにはカルドーサ夫人の絵にある軽快及び憂愁と、キネオラマめく遊離性とがあった。じいっと見ていると、斜めになった日射を受けた芝地の黒い杉林の中から、緋色や青や金のよそおいをした王様の一隊が、繰り出されてきそうだ、今にも――

鍵を取ってくるために引返したが、池のそばまで出て、かおを上げると、もう雲片が桃色に染まって、涼しい風が吹いてくる。家は明日のことにしようと云って、そのまま青谷の方へ登りかけた。

「あの窓おかしいね。アイルランドへ行ったという人と関係があるのだろうか？」

「さあ、あすでもよく聞いてみよう。ぼくは二年前の夏に来たことがある。坂田さんは、夜になるとキレイな蛾が飛びこんできて気分がまるで昼間のようでないから、一度アトリエに泊ってごらんなさいと云ったことがある」

「ふうん、――で、あそこへはだれか掃除にやってくるの？」

「そんなことはない。ずっとほうってある」と云う――夜になるとこびとが大勢出てきて、いろんな色の光を放つろうそくを点して、トントンパタパタと掃除するのでなかろうか、と口に出したが、本当にそんな気がした。住んでみてもいいいと思った。この家に住むためにこそ、今までのいずれの家も駄目になったのであろう。だから、われわれの特権を行使するために、春がきたら少年の唇のような紅《くれない》の花を開く薔薇の垣根を造りたい。池を噴水仕掛にして青い月夜の水玉を見たいし、ツィンクルな星と三日月の晩には、三角屋根の下でギターをひきたい……などと話しながら、公園の堤へ上った。

振返ると、眼下の市街に灯が入って、港内の軍艦や汽船からもきらきらしている。それが昔、夢にどこかの高い岩の上から見下した都会のようだ。

「きょうは頭がおかしいぞ。この景色もなんだかさっきの窓から眺めているみたいだ」と石野をかえりみる。テーブルの上にセルロイドとブリキ製の街があって、豆電気が点っている。そこをおもちゃの電車が走っている。――それはどうだろうと云うと、石野は、「でも神戸にたいへんよく似ている。おかしいなと思ってよく考えてみたら、やっぱり神戸だったことが判った」と云う。

「でも、そう云うより他はないでないか。タルホ君によく似たタルホ君で、星は星型で、タバコの煙はタバコの煙色をしていて、けさ電車に乗れる女学生はあたかも電車に乗れる女学生のごとく乗っていた」

山裾づたいに布引にやってきて、帰ろうと思ったが、もう少し歩いてみようと水源池まで行った。

瀑布みたいな水門の上に登ると、赤と金と青と、水と、外国エハガキにある夕景だ。染め分けられた山々の所々に露出している石灰岩が、雪のように白く見える。

スリーカッスルを二人でふかしながら、大理石色をした池畔の歩道を進み出すと、思わずこんなことが浮かんできた。

——いつの時代、いずこの国とも知らぬふかい山の中に、ちょうどここと同じ池があって、その周りは大理石と雪花石膏の女神の像とに飾られていた。それは現在も、そのふかい山中に残っているけれども、だれも知らない。そしてその池と、いま眼の前にある池とが、底の方でつながっているのだ。たぶんこの池の底が鏡になって向う側の池のおもてを反射しているので、それで、こんなにまで四辺の山々がきれいに見えるのであろう。自分がいまなんでもない水源地の夕暮にやってきて、こんな想いをするのも、つまり自分がその忘れられた水郷のことをよく承知しているからだ。自分の心が以前にはそこに棲んでいて、それと似かよったこの夕べの水辺の風物に、ふと昔を偲んだのでないと、だれが云い得ようか?……

と、石野が立止った。どこからか音楽が聞えてくる。「オリエンタルダンスだ」と云うが、むしろ「エジプチァンミッドナイトパレイド」という曲に近い。

辺《あたり》を見廻したが、ただゴーゴーと鳴っている水門と、遠くにキラつく事務所の灯と、菫色に暮れ迫ってくる池のおもてばかりである。そして音楽は……というと、これは、クラジオレットや、ハーモニカや、バイオリンや、マンドリンをめちゃくちゃに鳴らしているような、まるでおもちゃ箱をぶちまけたような賑やかさである。——が、それが静かな山の夕ぐれの空気を顫わせて、遠くの遠くから伝わってくるせいか、そこには云知れぬ愁いがこめられて、聞いている悲しさと快さったらない。「これは、人々が忘れている遠いふるさとに残されているかずかずの夢である」と、石野が朗読口調で云ったが、私の頭にはふと、移り香のように残っていた記憶がよみがえった。

……ポン、ポンと花火がたえまなしにはじけているルリ色の大空と、人々につまった花飾りの箱が高い塔を昇降している所に、自分は佇んでいた。金モールの服に白い羽根のついた帽子をかむった少年音楽隊が、虹のような糸でからんだ太鼓や、笛や、奇妙な形のラッパやらをもって、今まで聞いたこともない曲を奏していた。私は思わず知らず足拍子を取って、ひとつの金色に光った、ラッパに目をそそいでいたが、それは他のものよりいっそうかがやかな色をして、まるで鳥のように微妙な音色を出しているのであった。

が、いま伝わってくる音楽の中にも、その金色のラッパの音色がまじっているように受取られた。ひょっとするとあの時の楽隊かも知れぬぞ、と思いかけたとき、石野が走り出した。行く手に、池をひょうたん形に締めくくって突出している濃い緑の山裾の向うがわから、音楽が聞えてくることが判った。

その方へいそいで、向う側に出るなり首を向けると、立木の茂った濃い緑色の山と、その右手にあるもう一つの山とのあいだに岩山があって、そのてっぺんにおもしろい恰好のお城がそびえている。

もう黒く見える岩山はボーッと中空のみどりに溶けこんだうすい紅色の中に、わずかに輪郭を見せているだけであるが、城そのものは、赤、緑、青むらさき、さまざまな色合にかがやいて、それはちょうどあわび貝のうち側のようである。

しかも城の左上に大きな宵の明星がかかって、この星は赤と紫のあいだをせわしく往ききしながら、どうかしたとたん、ギラッ！　と、真暗な晩の電車のスパーク色に光るのである。二人は、岩山の方へつづいている歩きにくい小径を、しゃにむに突き進んでいた。

両側の斜面に、杉の苗が縞模様に移植されているのが、黄いろいトワイライトの中にすかされ、ダイナマイトで毀したらしい石片がゴロゴロしている場所を抜けると、岩山の下まで出た。

頭上の城は、サラセン風だと解釈させる尖塔を三つそそり立たせ、真正面に、凸凹のついた弓やぐらに挟まれた金色の城門を開けている。そのあたりがひときわまばゆい虹色に照りはえている。

まっすぐによじ登り出したが、突出した岩かどのために、上方からの明りがさえぎられて、足場と云えば鋸の歯の上を渡るようだ。トゲのあるもので引っかいたり、岩角にぶっつけたりした掌で、ひたいの汗をぬぐいながら、やっと城門に着いた。

日はとっぷり暮れて、お城の中から洩れる灯が、外壁に映じて、互いにきそうように、ピカッピカッキラッキラッとかがやいている。下からいろんな色合に見えたのはこの壁なのである。

丘みたいな山の上なので、中庭などはない。城門からただちに蛇紋石の階段に通じている。

「別状ないか？」と石野が云う。「別状ない！　――王様、われらは金の沙漠からまいりました。そのつかいに海よりも青いエメラルドのついた剣を献上にまいりましたと、云ってみようよ」と私は、返答して、トントンと石段を登った。奇妙なスフィンクスがずらりとならんでいる廻廊があった。

「やあ！」と石野が云ったので、振返った。眼の下には、見も知らぬパノラマが拡がっているのだ。

神戸の灯も池のおもてもさらに無い。ただ鋸の歯のような山々の背が次から次へ重なって、はてはヴェールに包まれたようにぼやけている。その上はあさぎ色の月夜の空で、ふしぎな位置を取った星々が、疎らに、花を撒きこぼしたようにきらめいている。でも月はどこにも見えないのである。

「たいへん高い所らしいな。そら、あの山の頂に雪が見えている。石灰岩か知らん」と石野が云ったが、この青い幻燈に映されているような景色の中にも、またどこか、かつて自分がよく知っているものが含まれている気がする。――夢で見たのか知ら？　これにはむかしお母さんの背できいた子守歌のメロディがあると云ったらいいか。

馬蹄形になった段の一方からお城の中へはいったが、何とここは、――あんな小さな山の上にこんな所があったのかといぶかしまれる大広間だ。そこ一面には緋色の絨毯が敷きつめられて、白熱ガスのようなキレイな明るい光を放ったろうそくが、銀の燭台の上に何百本何千本とも数知れずに点されている。それらの灯が大理石の円柱や、柱飾りや窓飾りに照り返して、気が遠くなりそうにきらびやかで、眩しい。

音楽はこの広間いっぱいにやかましいくらいひびいているが、何人の姿も見えない。見廻していると、パチパチと拍手の音が聞えてきた。ドッと笑う声。チャラチャラと鈴が擦れ合うけはいもする。その方へ進んで行った。

大広間の突当りに、幅広い階段が出てきた。この両側には、うさぎの耳がついた青銅のスフィンクスがひかえている。中央に、黒い、夜のような色をした大きな扉がしまっている。

音楽はこの黒い扉の向うがわである。話声や足ぶみの音がする。黒いドアにはしかし、金具はおろか、簡単な唐草模様もついていない。

石野と私はかおを見合わせた。

「どれ、ひとつ当ってみるか」と、両方の手で扉をおしたとたん、フワッとからだが宙に浮いた。

「遣られた！」と私は叫んだ。そこは扉ではなかった。つまり黒い夜であった。私は我家の二階の窓から落ちたのである。腹立たしくなって石野をぶん殴ろうとしたが、いま時分かれがこんな所にいるわけはない。庭先のポプラの梢には、傾いてやや赤くなった月がかかっていた。だしぬけに、奇妙な可笑しさがこみ上げてきた。
ハッ、ハッ、ハッ、ハッ……ハッ、ハッ、ハッ、ハッ……
私は脇腹をおさえながら、月とポプラを見て笑いつづけた。(二十一日)

白鳩の記

大阪をかすみに没す別れかな――松瀬青々

飛行家がアメリカから帰ってきたという報道が新聞に大きく出て、それから毎日続けて掲載され始めた新帰朝者の経歴談や写真などを待ちかねるようになっていたわたしは、飛行大会の当日は、学校を休んでも見に行くつもりでした。ところが前夜から風雨になり、競馬場の、飛行機を入れた天幕が倒れて舵が破損したので、修理のために二日間が延期されました。飛行大会はいよいよ五月の三日、四日、五日に決定しました。

第一日は申し分のない良いお天気でした。連日の雨に洗われた路面には小石が現われて、そこへ久しぶりの晴れやかな日光が射していました。けれども学校を休ませたくなかったのでしょう。「まだ飛行機は故障が直っていないかも知れぬし、明日はちょうど日曜だから――」そんなことを母が云ったので、わたしは中止しなければなりませんでした。

翌朝新聞を拡げると、新帰朝青年飛行家は昨日の午前と午後の三回にわたって、実にたとえようのない堂々たる飛行ぶりを示して、数万の観衆を唸らせた……と、全くじっとしてはおられない写真を加えて、三面全体に載っているではありませんか！「そうれ見ろ」とわたしは、急に昨日の母の口出しが恨めしくなりました。そこできょうこそは母といっしょに出かけよう、とキモノを着換えていると、お腹が痛み出しました。静まるまで待とうと暫く横になっているうちに、時間がすぎてしまいました。何故なら、飛行家はきょうは午前中に、阪神沿線の鳴尾競馬場を出発して、大阪練兵場を経て、京都へ飛んで行く段取になっていたからです。

「朝のうちは電車も汽車もこんでいるだろうから、飛行機が帰ってくる午後にきめたらよかろう」そんな言葉に慰められたわたしは、着換えたキモノの絹臭さを身近に覚えながら、相変らずチクリチクリするお腹をおさえて、二階の畳の上に転がり、ちょうどいま頃だな、と飛行機が鳴尾を飛び立つ情景を、頭の中に描いていました。――わたしの住いの界隈は、お昼頃には妙にひっそりして、人足が途絶えるようなことがあります。やはりそんなふうな一刻で、白っちゃけた道路がいやに明るくなったり、そうでなくったりしているのを、わたしは明暗こもごもに移ろっている天井を介して、感じていました。廊下の外へ眼を向けると、いつのまに風が出たのか、白い雲がひっきりなしに西の方から繰り出されています。大空はこの頃、白い雲片と青い生地との半々にいろどられていました。「そら、風が出てきたでないか、きょうの飛行機は駄目ですよ」と階段を登ってきた母が、やはり山の方へ眼をやりながら、云いかけました。わたしには云い返すための材料がなく、またも計画がお流れになったことを、口惜しく思わずにおられません。

――が、その代り、明日は是が非でも出かけるんだ。それに明日はここにじっとしていたって、飛行機の方が飛んでくるのだから……しかし、ひょっとして飛行機はもう見られないのかも知れぬ、という気もしたのです。わたしは、それともなく、こんな春の日に突発する事件を考えていたようでした。いや昨日の飛行で、曾てのマース氏もアトウォーター氏もこれには及ばぬというほどの技倆を見せたほどの人の上に、そんなことが起ろうはずはない。それにこのあいだはK中尉とT中尉とが墜落して死んだばかりだのに……と安心しようとする心と、それともなく思いがけぬ何事かを予期せずにおられぬ心情とが、互いに縺れ合いました。

りんりんりんりんと号外の鈴音が表に聞えてきた時、わたしは茶の間で母と向い合って坐っていましたが、書生があわてて飛びこんできて、「飛行機乗が墜落して大怪我をしたんです」と云いました。

「それ見なさい。お前は飛行機、飛行機とやかましく云うけれど……」

母は、顔を合わすなり、叱るようにわたしに云いかけましたが、この時第二回の鈴音が聞えて、玄関に投げこまれた紙片は、「××氏遂に絶命」を伝えました。

「見に行かなくてよかった」

と父はその晩方、電灯の点った茶の間で、夕刊を伏せた時に云いました。

「どうや？　そんなところを見たかったか」

母の方を向いて附け加えました。母はあわてて首をよこに振るようにして、彼女の顔をしかめました。

わたしは間もなく、大阪の天王寺公園で開かれた全国発明品博覧会の一隅に陳列された、墜落した飛行機を見た時のことを、よく憶えています。そうです、わたしは、今日でもコートや日傘に塗ってあるゴムの香りを嗅ぐ時には、きっとあの日のことが眼前に呼び起されます。「××飛行記念館」と代赭地に白字で書かれた建物の舞台のような所に、飛行家の肖像をまんなかにして、当日の引伸し写真や、宮様がこの飛行機に対して追贈された、「白鳩」と墨で記した命名書や、ポケット型万国飛行免状などが並べられ、その前に破壊した機体が置いてありました。——が、その中心部から一尺ほど残してはじけているプロペラーや、ぐしゃぐしゃに縺れ絡んでいる針金や、ねじ曲ったパイプや、引き裂かれた、しかしまだ新らしいゴムの香がしている翼布や、へし折れた、けれども外国の木の匂いがしている黄いろいニス塗の支柱や、支柱の一端に付いている黒エナメル塗の金具や、……それらはなんだか玩具のように受取れて、こんなものが、いま日本国中の話題になっている大事件の中心物だとは考えにくいのでした。

——でもそのことは確かだ。此処にある太いタイアの滑走車や、ハンドルや発動機がちゃんと、あの写真にあるように完全な飛行機として結合されていた時、その全体は、雪のように真白く咲き乱れた競馬場のクローバーの上を、小さな鞠型の花々に宿した朝露を蹴って舞い上り、あのように勇ましく春風を切って高く高く飛んで行き、矢のように伏見の練兵場のまんなかに衝突して壊れてしまった！　――それがここへ持ってきてあるのではないか、とわたしは、そのきゃしゃな玩具のような飛行機が砂煙のうちに破壊するところを想像しながら、思ってみました。――じゃ、このゆがんでいる座席に、鳥打帽を逆さにかむって腰をかけて、この砕《くだ》けた黄いろいハンドルの環を握っていたその人は、何故ここにはいないのか？　わたしは、飛行機が残っているのに――そして飛行家がこの機械の傍で微笑を洩らした折に、彼の身につけていた茶革服も、スコッチ地の鳥打帽も、ちゃんとここに取り揃えて置いてあるにも拘らず、それら衣類の内容であるところの人が、ただその着衣の裏側をこのように血に染めたというそれだけのことで、もうどこにもいないということが、不思議でなりませんでした。そしてこのような空虚さを、この毀れた飛行機自身も感じているのであろうか？　と、物云わぬゴム引きの翼布や、砂塵をこうむった、しかし美しくニッケル鍍金《めっき》が施されている発動機や、継目の外れた黒塗のガソリンタンクに向って、問いかけたい気持でした。――更にまた、この大きな青ペンキ塗の細長い木框《クレイト》（それはうしろに置いてありました）の中に収まって、太平洋の波を渡り、日本に送られてきて、クローバー咲く海沿いの競馬場の一隅で組み立てられ、素晴らしい音を立てて飛んで行き、――日本に到着してまだひと月もたたないうちに――すでにこのように無惨に壊れてしまった、飛行機そのものの運命をも、わたしは考えずにおられませんでしたが、その次には、晴れ渡った大都の夏の空へひとみを向けました。

――この飛行機は、ひと月前に、煤煙濛々とした北の空から近づいてきて、通天閣上をめぐってちょうどこの真下まで飛んできた。自身が見下したであろう天王寺公園の一隅にいまは陳列されて、見る人々にいろんな想いをさせている――これはいったい何故かしら？　わたしには、いま現に見上げている空のどこかに、過ぐる日ここを飛んで行った飛行機のゴムの香と、発動機から撒きこぼされた排気の煙とが、まだ残っているように思われました。そしてそんな驚天動地があったにも拘らず、大空はどうして何事もなかったかのように、大きく、明るく、素知らぬ顔をしているのであろうかと、飛行機がその上で旋回したという通天閣のエッフェル塔の方を、幾度となく振り返りました。

「姉さん、飛行機はどんなふうだった？」

船場の姉の家へ帰るなり、わたしは問いかけました。

「怕い音がして、このちょうど向うを天王寺の方へ真直に飛んで行かはった。まあ速かったし。みんな物干で見たの」

それでわたしはすぐ物干場へ登って、頭上から天王寺方面へかけての煤煙によごれた、紫ばんだ空を眺め廻してみました。姉があとから梯子を登ってきて、飛行家の宿所であり、その葬式が出た所でもある堂島のTさん、これは飛行家の在米時代の友だそうですが、そのTさんの家へ届けたという彼女自作の短歌を、聞かせてくれました。「あの優しい白鳩も、かの君の名によって（高きつばさの背には乗らねど）後の世まで誉れを伝えられるであろう」という意味のものでしたが、姉はまた、

「あの人は詩人やし。短歌も詠みはったけれど、太平洋岸の小詩人という名で、明星やホトトギスにもアメリカから投稿していやはったそうや。古いのを探してみたら出てくるかも知れへん――」

　そんなことを附け加えたと記憶しています。が、月曜日の朝、学校でかおを合わした友だちに対しても、わたしはきのうの姉への質問と同様な問いを発せずにおられなかったのです。

「きみ、飛行機はどんなふうだった？」

「飛行機がきた、飛行機がきたと云うので見ると、たいへん高い所を飛んでいた。ちょうどお日さんのすぐ下へきたので、羽根が赤く透いて見えたワ」

　お父さんといっしょに五月四日に、尼崎へ出かけたという友だちにとって、こんな見聞談はわたしの前ではすでに三べんか四へん目であったにも拘らず、答えてくれました。

「赤って黄いろかい？」

「黄いろじゃない。もっと赤いの」

「茶褐色？」

　きのう天王寺公園で見たゴム臭い曲面と平面を元にして云ってみると、友だちは

「うん、茶褐色だ――でも、もっと赤いような……」

「鳶色かい」

「うん、そんな色でね。大阪の方へ飛んで行ったが、お父さんとぼくとはそれから宝塚

へ行って、帰ろうとしたら号外の鈴が鳴っていた――たいへんな人出だったよ。どこに行っても歩けないくらいだ」

「号外を見てびっくりしたかい？」

「びっくりしたよ。――京都のぼくの伯父さん、落ちるところを見ていたって。スーッと頭を下げて降りてきたと思ったら、バリバリという音がしたって――」

「バリバリって云ったの？」

「バリバリという大きな音がして、砂が舞い上って飛行機が見えなくなったので、みんなおどろいてドーッとその方へ走って行ったんだって……」

　わたしは、老若男女のおびただしい群衆に取り巻かれた伏見深草練兵場のかなたの空に、男山と天王山のあわいに高く、ポッチリと点に現われて、次第に大きく、梯子をよこにしたような機影を拡大してきて、ブーンという唸りと共に、先端にハンドルを握っている飛行家の姿を鮮やかに見せて急角度に降りてきた飛行機が、練兵場のまんなかで逆立になり、砂煙のうちに砕けたことを思うと、また、春の日というものの中には、いつもそういう椿事の予想が含まっているということにも気付くのでした。そしてそんな何云うともない胸騒ぎを、このK君もあの日どこかで感じたのであろうか？　と、横を向いた学校友だちの白い頰っぺたの端にあるまつげを見返しました。

　そのうちにわたしは、あんなに良く晴れた行く春の一日を、あんな機関油に滲んだパイプやヴァルヴがぎっしりと詰った発動機が、ゴム引き布を張った翼に取付けられている複葉飛行機を操縦して、クローバーの花の上から飛び上り、人々を驚かせ、――雨上りの日の太陽に薫る若葉に埋もれた野山の上を一直線に霞の向うへ消えて行って、そして再び帰ってこないのであったならば、何といいことであろう？　と思い始めていました。そして自分にはとうとう縁がなかったその日の気分を、活動写真のフィルムに記録されているものによって取戻そうと試みました。それは今日思い出しても身内が引き緊る思いがする……あの西村天囚博士作の琵琶歌でした。わたしの父は最初、わたしたちがもし出かけたのであったならば、汽車に轢かれた人を目撃せねばならなかったかのように、そんな口吻で当日の事件を取扱いましたが、次の日夕刊にいまの薩摩琵琶が発表された時には、わざわざわたしを呼びつけて、くすんくすんと鼻を詰らせ、勝手な節を付けて、感動的に、全歌詞を読んで聞かせてくれたのでした。

――〽開け行くわがすめらぎの大御代は、つばさなき身も天翔り、風に乗じて雲抜く、飛行術こそ目醒しけれ、に始まる弾奏が進んで、〽……大正二年夏のはじめの比《ころ》かとよ、錦を飾るふるさとの空澄み渡る五月四日――というところにくると、パッと観客席の電灯が消え、入れ代って始まった西洋楽器による勇壮なメロディー、――今更に耳にする曲でもありませんでしたが、ここで、こうして耳に入れると、何か特別な哀感をこめた、叙事詩風の目ざましさがあったので、その後わたしは、これを「飛行機の曲」と呼ぶことにしました。そんな旋律につれて、白幕のおもてには、返らぬ日の鳴尾競馬場が映り出しました。――薫風に飜える朝日の社旗――てんでに帽子を振っている群衆、――クローバーの白絨氈の上を、引き出されてくる飛行機——一団の人々に囲まれて歩いてくる飛行家、——彼は革服をつけて、革ゲートルを緊め、片手に鳥打帽を持っている。それらの衣類は天王寺公園で見たのと同じ品物です。——その短かい髭を生やした口元には、最初の新聞写真以来おなじみの片笑みが浮んでいる。——彼は飛行眼鏡なんか掛けない。彼はいよいよ坐席に腰かけて、鳥打帽を逆様にかぶり直してハンドルを執った。プロペラーが廻り出した。歓呼の波。一面に咲いた紫雲英《れんげ》やクローバーの上を飛行機は動き出した……それら物象は、白幕上で見るものだけに、不思議な遊離性をともない、しかも現実よりいっそうまざまざと動いているので、わたしはどう云ってよいか判らぬ気持でした。そしてまぼろしはいつもあっけなく終ってしまい、こんどこそ何物かをはっきり意識しようと心がまえている自分を、満足していいのかどうか決められぬ心持の中に、取り残すのでした。

——で、そんな記念フィルムが一巻、自分の手元にあって、いつでも映してみることができたら……と考えたわたしは、学用品の雑記帳のページの片隅に、一枚ずつ位置が変る飛行機の絵を描いて、パチパチと指先ではぐってみました。ＨＢの鉛筆で印したエの字、しかしこれが動くのですから、ゆうべ見た活動写真の、あの危っかしげに、しかし勇ましく健気に高い空へ昇った「白鳩号」を髣髴《ほうふつ》とさせました。——わたしは更に、ゼラティンペーパをフィルムの幅に切って、繋ぎ合わして、そこにエの字を描きつらねて、自分の小さな映写機にかけて廻してみました。送り孔がないのに無理やりに歯車で引かれる紙のフィルムは、すぐに脇へ逸れたり、切れたりしました。けれども、どうかしたはずみに二、三秒間進行して、エの字は動き、二階になって停止したりしました。こんなことだって、当時の本物の映写中にもよく出食わした故障を、飛行機が飛んでいる場面のつまずきを見せて、わたしを失望させませんでした。

わたしはまた、学校の行き帰りに目ぬき通りの蓄音器店の飾窓の前に佇んで、大阪練兵場到着の飛行家が、朝日新聞社長令嬢のふじ子さんから花環を貰っているところを、いつまでも眺めていたり、――飛行家の肖像を描くために、木炭紙を数十枚も反古にしたり、また、「白鳩号」の模型を作ってお日様の下にかざしてみたり、――その下方に青麦の畑地を想像して、「高空から見下すとただ春がすみ漠々、どこが馬場やら、見分けがつかない」と飛行家が述べているところを偲ぼうとしたり、――さては仮定の野づらを移行する機影を再現しようとしたり、自分のかおを玩具飛行機に差し寄せて、下翼のおもてに、上翼の影や支柱の影や針金の影が動くのを研究してみたり、おしまいには二階の縁側から墜落させてみたり、あのゴム引きの翼布の彎曲面の感じをつかまえたいので、有合せの木の枠に布を張って、その織目を自転車用のゴム糊で塗りつぶしてみたり……。

秋の一日、宇治方面へ遠足した時、曾ての春の日、「白鳩号」がつばさ鳴らしてその上を飛んで行ったところの、大和絵風の竹林を見て、また、「かみがたは優しい」とそれを眼にとめて飛行家が喜んだと聞いている、淀川下りの屋形船を眼にとめて、自分がどんな感想を懐いたか？　地勢検分のためにこの辺りへ自動車を駆ってきた一行が踏んだであろう、従って飛行家の靴が踏んだはずの、男山八幡宮の石甃の上に自分の靴を載せて、——また飛行家が社前で受けたお守りの白羽の矢を、自分も手にして、どんなことを思ったか？　これらは省略してよいでしょう。石清水八幡の白羽の矢は、大阪出発の飛行機の支柱に結び付けられました。こうして深草練兵場のかなた、澄み切った青空を背景に、約三千尺の高さに現われた飛行機は、真一文字に頭を下げて降りてきて、練兵場のまんなかの一本松の南側に激突、もんどり打って破壊したのでした。遠足みやげの白羽の矢は、わたしの手にかざされて空気を切って走り、そしておしまいに急角度に地面に投げつけられるのでした。

——真白いクローバーが咲いている所へ、ひょっくり現われて笑いかけたその人……彼の郷里、水戸在勝田の里へ行く途中の那珂川の渡場らしい所……そうかと思うと、アメリカ風景だと受取れる、下方に風車が見える青い青い空の只中を飛んでいる、方向舵と主翼に美しいカーヴをつけた「白鳩号」……さてはアメリカの田舎町、繁華な通り、巷の人々の行かいはソルトレークシティーであろうか、ニューオルリーンズであろうか……そんな夢も、わたしは見たことがありました。

いつのまにか、次の春になりかけていました。そしてわたしが入学した街の東外れにある中学校からは、六甲山が手に取るように眺められるのでした。赤屋根の学校へ入学願書を持って行ったその日から、東方の山並にひとみを向けて、「曾てここに在ろうとした」ことに想いを馳せるのが、わたしの仕事になっていました。というのは、中途で躓いた都市連絡飛行の第三日目に、アメリカ帰りの飛行家は、この西から東へ長く連なっている山脈の向う、二楽荘の建物が白く光っている所の左側、それぞれに物柔らかなカーヴを描いた褐色や藍や、灰緑が打ち重なっている辺りにあるゴルフ場を上空から訪れて、記念スタンプを投下するはずだったからでした。わたしはまたも紫色に霞んできた山上の空へ、黄いろい翼の飛行機を描がこうとしました。

やがて廻ってきた五月四日は、一年前の通りにうららかな日でした。——海辺の競馬場には紫雲英やクローバーが咲き乱れていることだろう。小豆色に塗られた阪神電車は、あの飛行機を見ようとする人々を満載した午前と同じように走っていることであろう。淀川を挟んで天王山と向い合った男山は新緑に埋もれて、まどろんでいるような山々を周囲に持った京都の街は、——法事を打ちやって清水の舞台で、午後四時まで飛行機を待ちあぐんだという常光院の和尚さんが聞かせてくれたように——去年のきょうのいま頃は、雲片一つないお天気の下に、老幼男女が雑沓していたことであろう……登校したわたしは、何かじっとしておられぬ気がして、次から次へ思いをめぐらせました。二階教室の窓の外には霞んだ山々が見えて、級友が読み上げているリーディングの声が途切れると、窓下の石垣の向うの小流れの音が聞えます。雲雀の唄もどこかに響いて、そこへ吹きこんできて何かなしに焦っているわたしの頰に戯れる微風も、一年前のことを思い出しているようです。わたしは、いま一時間経てば深草に向って飛んで行った時刻だなと思い、その時大阪を出発した飛行機が小さく消えて行った所には、じいっと大空の一点を見詰めていると浮んでくる……あのくるくる廻転している無数の巴形《ともえがた》や切れては他のものと繋がる輪違いの形を採って、一種の暗愁が含まれていたのでないか？　飛行機の帰りを待ってお弁当を拡げたり摘草をしたりしていた人々は、ライラック色に霞んだ山崎のかなたに、かげろうのおどろき——そんなものを通じて、うつつともなく椿事を感じたのでないかしら？……わたしはいますぐに何事かを、この場合に適切な何事かを思い当るまで、時刻をこのままにとどめたいと思いました。けれども春風はついに何事も教えず、フィルムの映写と同様に、待ちかまえていたこの五月四日が、空しく過ぎてしまいました。

　春風不為吹愁去　はるかぜうれいを吹きもやらず
　春日偏能惹恨長　はるの日はうらみとともに長し

後日になって賈至《かし》の詩を見付けた時、自分の春風怨はこれだった！　とわたしは気がつきましたが、あの二周年記念日には、わたしは朝日紙上に鳥井素水氏の追憶文を読んで、次のような七行をノートブックに書きとどめました。

　淀川堤の菫の花も
　雲に入った無心のひばりも
　いまなお去年のごとくであるが、
　大空に或る物が鳴り

天地間何物もなくなってしまったように
あの一箇の勇士は
現代の或る物をおどろかせて
一年前の春の霞に消えてしまった

瞑想の主題がどこにあって、何事を解釈しようとわたしが焦慮していたかを、あなたは察して下さることでしょう。——「太平洋の潮風に梅ひらく水戸は詩の国、そこに育った道之介君は少年詩人であった」と旧友をして語らしめている人は、後年、飛行機の研究に入った時、日本から禅の本を取りよせてひそかに読み耽っていたということが、根岸派の俳人である彼の兄君によって洩らされていました。

わたしが朝日党になったのは、この新聞社が、京阪神三都連絡飛行の主催者であったからです。その計画は或る歴史的な時期に為されました。それより早くてもいけなかったし、遅れてもいけなかったという種類でした。しかも風雨が上って青葉若葉に風かおる一日のことでなければならない。これこそ『存在と時間』の著者のいわゆる Geschehen に相当するものであるからだ。何故、白羽の矢を結び付けた飛行機が練兵場のまんなかに突き当ったのか？　そして天と地は何事もなかった以前のさまに復したのか？　波紋はしかし見えぬ所に大きく拡がり、現代の人心に或る形而上的な影響を与えずにはおさまらないのでした。——わたしが春洋丸を好きになったのも、それが桜咲く頃に飛行家を乗せて帰ってきた新造船であったからです。

　こうしてヴィラコブレーの空に輝く金色のプロペラーの刃に寄せるフランス少年の夢を、わたしたちは、鳴尾競馬場に年々に咲くクローバーの絨氈の中に織り込もうとしていました。わたしは、土地のわずかな起伏につれて両翼をゆるがせる機体を押して行くのに、有頂天になっていました。わたしはブリリアントなアート・スミス氏とも握手しました。しかし、最初の飛行家及びその機械から受けたものに較べてみると、そこには常に何物かが欠けていました。次第に自分から遠ざかり、消えかかるものを捉えようと焦慮するわたしは、あるいは紫檀色のプロペラーを撫で、あるいは草花を鼻先にあてがいあるいはあの吹奏曲を口笛に吹いて、昔の霞を切って飛んで行った蝶形尾翼をそなえた複葉飛行機と、その先端でハンドルを握っている人——今も自分の心の中に、風立ち易い春の一日のように、何かを暗示して微笑している *Takeishi-Kôha* を描こうとするのでした。

「タルホと虚空」

……むき出しのお日様が山の端に落ちて、辺りがキネオラマの舞台のような灯に飾られ出すと、その頭の中にいきいきとよみがえってくるという我友オットーの考えの二、三をあげてみると、或る夜、宿題を釈こうとしてふと開いた字引のページに見つかった、――それは二次曲線の説明図でしたが、これを眼にとめてかれは云いました。

宇宙とは、こんな円錐体であって、ふつうの星々は円錐面にそうて円乃至楕円の軌道を採ってめぐっているが、彗星とは抛物線あるいは双曲線によるものである。そして円錐の頂点には……オットーはしかし、ここまでしか述べませんでした。

さらに、フランスの航空学者ペルテリー氏が月へ行く機械を発明した、ということを伝えた夕刊記事から、「ぼくにはもっと斬新な方法がある」と云って、オットーは卓上にあった紙片の両端に月と地球とをえがき、紙を折りたたんで、両者を幾何学の証明のように重ね合してしまいました。

「シラノ・ド・ベルジュラックの方法も、ジュール・ベルヌのやり方も、ウェルズの手段も、実行に移して大怪我をしたロードマン・ローの流星花火もみんな旧式である」とその晩、われわれが愛している山ノ手の夜を散歩している時に、かれは申しました。

「ぼくが考察するに、この世界は無数の薄板の重なりによって構成されている。それらはきわめて薄く、だから、薄板面にたいして直角に進む者には見えないけど、横を向いたら見える。しかしその角度は非常に微妙な点に限定されているから、よこの方を見たというだけでは、薄板の実在をたしかめることはできない。そして現実はわれわれが知っているとおり、何の奇もないものであるが、薄板界はいわば夢の世界であって、いったんその中へ入りこむならどんなことでも行われ得る。ぼくの月世界旅行はこの薄板界という別箇の存在を通路とするから、恐ろしい闇を片側にともなって輝いているコペルニクス山も、タイコ山も、虹の入江も、雲の海もすぐお隣りである。――いったいここにきみとぼくという二人が、この限定された時間と空間の中にいることが事実であるなら、それと同様、同じきみとぼくが、また別な時間と空間の中に存在することも可能ではないか――若しそれが夢であるなら、いまここに、このわれわれが歩いているというのもひとしく夢でなければならない……」

青い眼の友だちは片手を振って、実際にその薄板の世界がそこに見えているかのように説くのです。――しかしむろん、その時かれが思いついたものであることは私にも判りました。オットーの遣りかたはいつだってその通りであるし、また、袋小路やその他さまざまな迷路があって、お昼でもちょっと現実離れのしたこの界隈に、その夜は特に濃い靄が下りて、ガス燈は傍まで行かないと見えぬくらいでしたから、私の頭にも幻想めいたことが浮びかかっていたのです。そう云えばやはりこんな晩、次のような宇宙観がオットーによって語られました。

一口に云うと、空間が果しなく、そこに千万無量の星々がちらばっているとは錯覚だ、とかれは云うのです。そしてなぜそんな間違った考えが起ってきたかということについて、かれは——すなわち、かれ自身の言葉を借りると、「アリストテレスの流儀とは正反対のロジック」をもって、うっかりしているとこちらの方が本当だと信じられるくらいの周到さで説きはじめるのでした。で、今日でも私は、そんな新学説がやがて現われるのではないかと思うことがあります。なぜなら、オットーの考えが実現してゆくような気が確かにするからであります。未来派など知らなかった以前からオットーはそんな奇異なモザイク張《ばり》の絵を描いていましたし、トリスタン・ツァラの「アンチピリン氏の天上旅行」のようなマニフェストも、そのニュースを耳にする幾年前からかれは話していました。カリガリ博士やアルゴール星のフィルムにしても、すでにその頃具体的な月世界旅行などに興味を失っていたわれわれには、もっと抽象的な方法で月球漫遊の気分が捉えられないであろうか、と相談したことがあるのですから、ドイツの芸術家連よりも却って進歩的であったと云えないでしょうか？

——が、さてオットーによると、ウェルトの真相は案外に小っぽけな四角い箱、それの内角の和がいずれも四直角より小なるところの四辺形にかこまれた六面体に他なりません。このいびつな箱のまんなかに地球があって、この球体は箱自身にそなわっている磁力、或るいはその部分に取りつけられたゼンマイ仕掛によって、その軸を中心に廻転しているのです。そして星や月というのは、じつは箱の表面にあけられた孔にすぎません。では月がみちかけしたり、四季につれて星座が移りめぐるのは何かと云えば、それは、星形や月形の孔の明けかたと、地球の廻転軸の変化によるのであって、そのため同じ距離にある細かな孔にすぎないものをもって、途方もない遠距離に散在する、それ自身光を放つ巨体だとする誤謬が発生してきているのです。――そしてこの考えは或る夜の夢から直観したので、しかも夢のすじというのは、私が砲弾型の飛行機に搭乗して得意になって星の世界へ舵を向けたのを観測していると、ハッという短時間に星に到達し、しかもスーッとそこを抜けて、この時初めて判った、いびつな箱である宇宙の外へ飛び出してしまったことにあるというので、かれはこの思想に、「タルホと虚空」という名をつけると申しました。虚空とは箱の外部を指し、しかもそこが何であるかは、（常に好ましからぬ太陽と合せて）また別に考究さるべき題目である、とかれはつけ加えるのでした。

星澄む郷《さと》

「汽車がこの山脈に差しかかった頃」と、私はハヴァナに火を点じながら、車窓の友に云いかけた。

「――そこは妙にぎくしゃくした岩だらけの区域になっていました。私は、われわれの子供の頃にお馴染の、ジョルジュ＝メリエス氏のパテェ兄弟の着色されたフィルムのことを思い出したのです」

「よく判ります」と旅の友がうなずいた。「あのお伽劇の映画で観たように、いまにも機関車の釜の中から鬼が飛び出して、汽車は峯々谷々をめちゃくちゃに突走り、乗客たちの頭髪を真白に変えてしまうのではないかと案じられた、とおっしゃるのでしょう。そうです、われわれはあの時に鋸山に入りこんだのです」

「それにしても」と私は受けついだ。「岩々の向うには崩れた溶鑛爐のようなものが見えましたし、毒々しい色に染まった谷底には、朽ちた汽関車やケイブルカーめくものがころがっていました」

「今日のような夕暮どきには、よくそんなまぼろしを見る人があります。あなたのお眼にもそれがとまったとすれば、わたしは、よほど考え直さねばなりますまい」

「いったいそれは何だとおっしゃるのです?」

と私は待ちかねて云った。

「何であるかは知りません。ただわたしは、若しもそんなものをごらんになったのならば、それらはまだ汽車も電信機もなかった時代の代物だ、と申上げるばかりです。つまり当時この山脈の中にあった鉱山の残像だ、ということになりましょうか」

「なるほど、あの一刻に胸を襲った淋しさはただ折ふしの夢の中でのみ覗い得るものです。まぼろしの汽関車が――私の気持の上からこう呼ぶことをお許し下さい――あの汽車が面白い形の煙突からけむりを吐いて、トンネルを抜け、嶮しい谷間に懸かった橋や、崖ぎわにそうて登って行った昔のことがお判りでしたら、どうかお話し下さいませんか」

「その頃、麓のステーションから、あなたのおっしゃるアプト式の汽車に乗って出発した旅人で、帰ってきた者はないと云われています。星ケ城という恐ろしい所がありました。そこはわれわれの列車も間もなく通ることになっています」

　胸元から時計を出しかけた友に、私は重ねて云った。

「一人も帰ってきた者がないとは? それは乗務員も合わしてなのですか? そんな汽車がどうして経営されていたのです? また、その鉱山と星ケ城とやらのあいだには、

つづけた。
「ふしぎな鉱山が営まれていた頃のことか……」相手は、真暗な窓外に眼をやりながら
「それとも後の話か、わたしはよく存じません。何しろわたしどもはほんとうにくだらない用事に追いまくられて、月日を送っている身分ですからね。けれども根拠をお求めになるのでしたら、この伝説を調査している学術団体があります、――ともかく当時、鋸山の奥にはメロ僧正という者の城塞があった。そうでなくとも鋸山の名の通りに峻嶮な山々の、接近を許さぬ一角にその館は立っていた。城塞からは夜ごと日ごと何を焚くとも見当のつかぬ煙が立昇って、晴れた空の下ではのろしのように眺まれるのが、夜に入ると光芒を放ち、その切れ目に奇妙な尖塔を覗かせる紅焔は、峰々へ谺《こだま》する叫び声に応じて餡ったり起き上ったりしている。しかもこの辺《あたり》の空に月が現われたことがない。その代り、地獄画のような火焔の城と対照して涙を催すばかりに澄んだ、綺麗な、そう、色とりどりな宝玉の屑を鏤めた豪奢無類なおとぎの広間の懸幕に似た星空におおわれていました。――一方、星月夜の直下にある城から白馬にまたがった覆面の一隊が現われ、風のように絶壁を渡り、谷間を抜け、交通の要所へ出没しました。旧山道はこの列車がいま登っているレールから南寄りの所に、残っていますが……」と、友人は反対側の窓べを指した――
「白馬の一隊は時に王城の地、またさらに遠方の諸侯の領地に現われることがあって、

そのつどに金銀財宝、美女の掠奪をほしいままにする。いや最後の物件は訂正せねばなりません。美人ではないのです。一般婦人でさえも彼らの対象になっていませんでした。なぜなら、女装によって旅人は難をまぬがれたと伝えられているからです。ここいらからして、わたしは、星ケ城の主人にたいする現代の病理学的解釈が生じてきているのでないか、と思うのですが、それは、メロとはギュー男爵に他ならぬと云うのです。――この人物についてはお聞き及びのことでしょう。その世紀におけるわが国土にあって、かれほど輝かな半生を持った者はないと云われています。かれは若年にして、数多くの戦場で武勲を上げました。ジャンヌ＝ダークの護衛役も勤めた。ところがその後に、かれはぷっつりと世間との交渉を断って、居城に籠って明けくれ音楽と香料と色彩のうちに隠遁生活を送るようになったのです。そして傍きらびやかな寺院や劇場を建て、幾百人の坊様や役者を召しかかえました。外出には一箇中隊の騎兵を引率し、また、百合の花を表紙に刺繡した書物の中に埋もれて、何事かの研究に耽ったり……この裏面にかれは、美しい少年の死ぎわの顔を見る愉しみのために、また、玻璃管に入れたそれら犠牲者の眼や足や血やを、自分に富と知識とを与えてくれる悪魔に献じるため、じつに八百のいたいけな生命を奪ったと云い伝えられます」

「ペローのおとぎばなしのモデルだという人物でしょう。存じています。けれども実説青髯男爵は宗教裁判に廻されて、火あぶりになったのではありませんか」

「その青髯のギューが何を隠そう赤髯のメロだ、と云うのです。山塞はギューの曾ての親友、名将ドンによって包囲されました。決死隊が絶壁を攀じ登って突入した時、星ケ城の爆発と共に一切は美しい星空に微塵となって飛び散ってしまったのです」

「何、星ケ城の星の夜の爆発？　なんとエスセチックな出来事でしょう！」

「そうなのです。数世紀前の或る夜半に起った幻想的カタストロフについて、最近の調査はすこぶる有利な材料をもたらせています。そして青髯の領地の鉱山は、星ケ城を築くための口実であったことも判明しました」

私たちはしかしこの時、鋭い汽笛と共に立上った他の乗客たちにならって、窓を開かねばならなかった。汽車は先刻よりいっそう急な勾配に差しかかって苦しげな喘ぎを出しているので、私は事故であろうかと思いながら首を突き出した。釜のふたが開けられ、汽罐の焔をかたえの岩肌に紅く映じて、いましも底知れぬ谿谷を渡ろうとする汽関車の方から、ようやくトンネルを抜け出た後尾までの弓形に沿うて、一列に無数の白い顔々が差し出されていた。他でもない。私たちの前には、忽然として、鮫の歯に似たジグザグ状に天空を衝く峰々のつらなりから成ったパノラマが拡げられているでないか。その峰々から汽車の窓明りが吸いこまれている眼の下までは一抹の暗黒に塗りつぶされているが、山々のふしぎな形は、怪しいほどくっきりとその上にかぶさっている清朗な星空によってよみ取られた。今宵もここに見当らぬ月は或いは屏風のように立巡らされたかなたに匿《かくま》われているのでもあろうが、本当に、覚えず十字を切りたい身慄いと同時に、この区廓に名づけられた名称を、さこそと私は頷かずにおられなかった。まことに母の背に聞いた子守唄のメロディを偲ばす懐かしさでありながら、そこいっぱいに散りこぼれた星屑は、メロ僧正の兇手にかかった小天使たちの瞳のごとく冴えて恨みを帯び、ピケーのあの「歎きの星ケ城」に不協和音をもって表現された鬼哭啾々を解明していたからだ。車窓それぞれの嘆声を耳にしながら、私が、それ自身うずくまる巨大な妖鬼と受取れる峯にたいして、夜もすがら燃えさかっている焔の城と、昔もまたこんな夜、かれらの言語に絶する終焉に向かってひそかに絶壁を匍い登って行った勇士らの姿をえがいていると、友の手が軽く私の肩を叩いて、左のかた、それは天降った星のかたまりかと見えるものを指して、云った。

「あそこに気の利いたホテルがあります。ついでに次の駅でお降りになって、明日、星ケ城の跡へ登ってみる気はありませんか？　ケイブルカーの窓から峯々谷々を眺められたなら、おとぎばなしはいっそう確かな位置をお心の中に占めるだろうと思います」

天体嗜好症

つまり彼らは、太陽の暗示のない夢を織り出そうとしているのだ。
——ヒュネカァ「月光発狂者」

……それはどう云いましょうか？　その性質として伝統を持っていないもの。たとい伝統はあっても、それがしきたりの附随感を与えないような類《たぐい》を指しているのでした。だから一面に、それらは虚無的であり、機械的だとも云えます。で、たとえば、ポプラに囲まれた校庭で私どもが交わしていた話題について説明してみるならば、赤い毛布を背に載っけた曲馬団の象よりも、ぴかぴかした鍵に飾られたクラリネットの方がいいのです。しかしその象は馬よりはよく、クラリネットよりは自動車の方がよく、自動車よりも、あの麦畑に影を落して飛んでいる、黄いろい翼を持った、危険感をそそり立てるライト式飛行機の方が、より条件に叶《かな》っています。映画のフィルムも何かしらへんなものである限り、これらの仲間に加えてもよいが、それも絵が連続しているものよりも、タイトルの清麗《せいれい》な横文字の部分がハイカラーなのでした。——私どもは別にそんな美学を口に出して論じたことはありません。けれども、そんな事物の感じかたに当方が異存なかった点をかえりみると、私の方にもあった同様な生来の傾向を、我が友オットーが啓発してくれたのだろうと、そう今日になって思い合わされるのです。

　こういう私どもにとって、当時、大抵の映画館で余興として行われていた、あの人工であるために、本当の自然物よりもいっそうきれいに、奇妙に浮き上った風景が、電気光線によって夕暮になったり、イナビカリがしたり、また虹《にじ》が現われたりするキネオラマが、どんなに心を惹《ひ》くものであったかは、いまさら云うまでもありません。実際、おしまいには、現実に背《そむ》く白いスクリーン上のまぼろしよりも、かえってその幕がきりきりと捲き上って、その奥にブリキやボール紙やペンキで仕組まれた、「マルタ島の絶景」や「アルプス山」を見せてくれる時間のために、活動小屋へお百度を踏んでいた私どもは、やがて二人の考案に成った小さなキネオラマを、卓上のボール箱の中に仕組んでみようと相談したのでした。そしてそれから私どもが、オットーの住いである洋館ばかりがごちゃごちゃと詰った坂道の中途にある、ネムの木の下の家の一室で耽《ふけ》り始めた酔狂沙汰については、いろんな挿話がありますが、ともかく試作として、「ゼネバ湖畔」「アラビア魔宮殿」「ピラミッドの夢」などをかぞえてから、「旅順海戦」という題目に移ったのです。

　私がその頃より更に以前に、程近い海水浴場の興行として観《み》たものでした。長方形に区切られた旅順港外の舞台へ、ざあざあ動く波を分けて現われた軍艦や、月が雲に隠れて暗澹とした中に行き交うサーチライトや、小屋じゅうにひびく大音響もろともに、正面の砲台から放たれた砲弾が水坊主を立てて海中へ落下するさまや……全くそれは、

「全世界に紹介するために十年余の歳月を費して完成した」という広告通りに素晴らしいものを、真似ようとしたのです。ところが三カ月あまりかかって、やっと、「世界的驚異・コスモテリオン旅順海戦館」と軍艦色の地に白抜きした建物が出来上った時、箱の中の小豆《あずき》がこぼれる波の音につれて、切紙細工の旅順港に、海戦将棋の駒を利用した鉛の駆逐艦や水雷艇が現われました。これら船艇は、花火の音に合わして砲台に向って砲撃を開始しました。が、赤いジェラチン紙をかぶせた手《て》提《さげ》電灯で作った夕焼がすぎて、月が昇ると、その下方の波は、本当の旅順海戦館で見た波がしらのように光りませんでした。更に、細かな孔《あな》をあけた円板を灯に当てながら廻すことによって、雨の夜は成功しましたが、サーチライトに照らされた水雷艇の感じが、まるで出なかったのでした。で、ひと月ほどの再考が始まり、しかも緑色の鉛筆を下くちびるにあてて黙っていたオットーは、ついにポートアーサーの実演は中止しようと云いました。——その代りに、と彼は青い瞳を輝かせて、私どもの次なる題目、「ハーヴァード氏の月世界旅行」の概念について語り出しました。そしてこのことがやがて、“*Uranoia*”とオットー自身が命名した私どもの奇妙な永遠癖の罹《かか》り始めでもあったのでした。(——と云って、いつかきらきらした夜景を前に誰かと接吻しようとした時、この同じ瞬間に同一のことが行われているのかも知れない、遠い星の都会の夜におけるもう一人の自分とその愛人との上に想いを馳《は》せた……ということを話されたあなたは、やはりそれに似た一つであるところの、私どもの宇宙的郷愁をお笑いにはならぬはずです。)

そこで、彼がどういうようにそこを語ったか？　なんでもこの街の公園のように、サーカスや、モーターサイクルの曲芸や、ミュートスコープや、ムーヴィホールが立ちならんだ――しかしこの街の娯楽センターに何倍も輪をかけたくらい面白い所だ、と云いましたから、たぶんオットーが以前住んでいた外国の都会なのでしょう。ところで、「ハーヴァード氏の月世界」はそのルナーパークの片隅にあるのです。外見は天文台を模した円屋根であって、この小屋の背後からは、赤い月が懸っている晩方には本当にその月の方へ通じているように見える鉄骨製アームが斜めに高く伸びて、そこに――と云いかけて彼は、Travelling to the Moon と電飾《イルミネーション》で表わされた空中文字を指先で書きました。そしてこの塔を、月世界通いのケイブルカーが昇降しているが、むろんこれは看板で、月世界旅行は円屋根の内部にあるキネオラマにすぎない。しかもキネオラマでも、自分はまだ見ないが、君の云う旅順海戦館より遥かに素晴らしい、大仕掛なものだ、とオットーは続けるのでした。しかし聞いているうちに、話の内容が、どうも赤い牡鶏《おんどり》のマークが付いたパテェ会社のフィルムで見たものに似ていることが、私にわかってきました。何故なら、ハーヴァード氏の月世界旅行というのも、天文博士や気紛れ男が砲弾乃至《ないし》巨《おお》きなシャボン玉の内部へはいって、月へ昇って行くことを仕組んだ映画と同様に、青い郊外の景色を下方に押しやって、雲の層や星だらけの空間を抜けてひょうひょうと舞い上って行き、上方から近づいてきた眼鼻のついたお月様の口の中へ吸いこまれたかと思うと、そのとたんに一変した、槍のように尖った山々が聳《そび》えている所へ、きれいな花が咲いたり、珍奇な鳥が飛んできたり、そうしてとどのつまり岩の割れ目から立ち現われた怪物に追っかけられるのでしたから。――で、その怪物に追いつめられ、顔をしかめたお月様の口から吐き出されて、再び星だらけの空間を真逆様《まつさかさま》に落ちて行き、こんどは地球の、真赤な火を吐いている噴火口の中へ……というところまできた時、私は、待ちかねて、次のように口を挟《はさ》みました。

「月の世界では御殿へ行って、そこでは女の人が大勢ダンスをするのかい？」

一つには、「まだいろんなことがあって……」と云ってそこが略されたからですが、またそんなフィルムには、決ったようにいまのような舞踏があって、月世界という世の常を離れた場所に、いわゆる「現世的な」女の人が出てきたりするのが、何か調和を壊《こわ》すように、私には受け取られていたからでした。と、オットーは云いました。

「うん、あれは感心しないね。剣で刺されてパッと煙になって消える鬼や、ニューッと生えてくるお化けキノコなんかはいいが、――でも映画ではひとりの人間が月へ行く。ところがハーヴァード氏のキネオラマは、旅行者は出さないで、見物一同を旅行者に変えてしまう。それが値打なんだ。お月様が現われても、それが舞台いっぱいに拡がって、その大きな口の中へ本当に呑みこまれたのかと思うよ。僕らもそうしようじゃないか？しかし月姫なんかは出さないんだ。最初の丘や森が廻って行くところは、青いジェラチンペーパにそんな絵を描いて、幻灯で映せばわけはない。星空は、乾板が包んである黒い羅紗紙《らしやがみ》に針の孔をあけたら出来る……」

さらに彼はすでに考えていたのか、その時すぐだったか、次の日であったかは忘れましたが、テーブルの抽斗《ひきだし》から、ボール箱いっぱいのビルタ（金属片組立玩具）と、別の箱に百箇以上溜められた豆電球と、紙製の三日月二枚を取り出したのです。――その頃はまだきわめて珍らしかった組立玩具は、彼がニュールンベルグの伯父さんから送ってもらったものでした。が、云うまでもなく、月世界旅行館の広告塔を作るためには不足なので、ほかの友達の許《もと》から苦心して集めたのだ、と説明がつきました。それから、クリスマス用の豆電球は空中文字を綴るためで、紙製の月は、学校前の文房具屋で以前から貰うことを約束しておいたもの――と云ったらわかる通り、あの削ると、脆《もろ》い、甘い香りがする粉をこぼすバワリア製の色鉛筆の台紙なのでしたが、この二枚の月は、今回の意匠換えにさいして、キネオラマ館の正面両側へ貼りつける算段なのです。

「ねえ、この月の横顔はいいね――花王石鹼のもあるが、ありゃまずいよ」

と彼は、さも見恍《みと》れたように紙製のお月様二枚を差し出しましたが、それらは共に左向きなので、右向きの顔もなければ都合が悪い、と私は口添えしました。

「そうだ、月同志は向い合っていなければならん、――でも手で描いたりしちゃ駄目だ」

「印刷してあるからいいんだ」

私はそんな返事をして、一例として、学校の近所の自動車屋の硝子戸《ガラスど》に貼ってある、箒星《ほうきぼし》を泛《うか》ばせた濃緑の空間を背景に、タイアが地球を包み込んでいるポスターを持ち出しました。と、全くそうだ、と頷《うなず》いたオットーは

「土星ってハイカラだね」

「すてきだよ」

「ほうきぼしもいいな」

「ほうきぼしもいい」

「きみ見たかい？」

「見た――きみは？」

「だいぶ前だ。夜中すぎに、北寄りの東のそらの果にぼーっと幽霊みたいに浮き出したかと思うと、また見ているうちに薄らいでしまったので少うし怖かったよ」

オットーは、彼が以前にいた外国の街で、夜明近くの冷えた露台でパジャマ姿で天際をうかがったことを想わせる様子をして、附け足しました。

「ハリー彗星だろう――あんなものが宙を走っているのはへんちきりんだ」

ともかくこんなふうな会話が交されて、それが奇妙に私の頭に残ったのです。というのは、私は今まで、お月様や星やほうきぼしはいいことはいいけれども、それでもそんな類《たぐ》いを、自動車や映画と同様に好きだと宣言するのは、可笑《おか》しいのでないかと考えていたのです。ところがきょうの対話の模様では、どうやら正面切って好きだと云ってもかまわないことが判ったからでした。オットーも同じであったかして、一度いまのような話を交えてからは、彼は、キネオラマの舞台や照明や幕を拵《こしら》えるひまに、ボール紙の屑を集めて、何に使うともなく、星形や、月形や、彗星形や、環のついた土星形を切り抜き始めました。それが私にも感染して、さまざまな紙製天体は、二、三日も経つと、テーブルの上や、下や、大学のペナントが止めてある壁面や、部屋じゅうに散らかり、天井から糸をつけてぶら下がって、後片付けをするアマさんをして、途方に暮れさせました。——そう云えば、そんな手慰みをやり始めた最初の日、いろんな種類をひと通り、広い楕円形のテーブルの上に置きならべたオットーは、ちょっと見とれるような眼付をしてから、「天に在るものはなんだってこんなにいいんだろうね」と私を顧みたものです。そしてこの折のことですが、前々から彼に聞きただそうとしてつい忘れていた件に気がついて、私はこう云いました。

「だって、お日様はつまんないじゃないか？」

これはオットーの話から、実際天に在るものはどれもへんてこで、そしてきれいで、面白いかしら……と自分の心に念のために問うてみた時に気づいたことで、土星や流星や星霧や、また、理科教室にある地球儀なんかは、星や月と同様にたいへん良かったけれども、あのお日様だけは、なんだか俗っぽくて、夜景にあるガス灯と、それに照らされた家の壁や人影の組合せの邪魔になるように受け取られたからなのでした。ところが、抜け目のないオットーは、そんな次第もすでに考慮していたと見えて、次のような造作もない言葉で片付けてしまいました。

「そりゃ青空が悪いんだ。お日様だって真暗な空間でぎらぎらしているのはいいよ。きみ、あの赤い三角屋根のお菓子屋の壁に懸っている絵を知っているだろう——」

こんどは私のために引用された絵は、私が学校の行き帰りにきっと立ち止って、暫く眺め入って、ほしいなと思っているものでしたが、それなのに、いっこうそんな好見本に気づかなかったことを、友だちの返答に一言もなかっただけに、私には口惜しく思われました。そしてネムの木がある家を出た時、まだ時刻は遅くなかったので、念のために坂下の西洋菓子店の前まで出向いてみましたが、スターやマシマロウを入れた塔形硝子壜をきらきらさせている花ガスの灯の下に、樫製《かしせい》の額ぶちにおさまって掛けられたフレンチメキストのポスターを見た時、いかにもいかにも！　と私は二度目の感心をする他はなかったのでした。――それは、谿谷《けいこく》上に突き出した天文台のバルコニーから、赤い円錐帽に緑色の衣をつけた天文学者のおじいさんが、向うの険しい岩山の上からこちらへ笑いかけている太陽の方へ、三脚架に載った鏡筒を向けているところでした。なるほどオットーが云う、真黒い空間であるところの夜のような空の生地や、そこにならんだゴシック字の傍に浮んでいる、コロナの頭巾《ずきん》をかむったお日様の眼元や頬の辺《あた》りの色艶や、その光を受けた天文博士の白髯《しろひげ》と衣裳の明暗の具合が、この場合は、どうしても太陽でなければならない効果を織り出しているのでした。

「望遠鏡を見に行かないか？」

月曜日の朝、かおを合わすなりオットーは云いました。――その前の土曜日の晩、われわれのハーヴァード氏の塔に輝やかな豆電灯が点《とも》ったのですが、日曜は余所《よそ》へ出かけたので、私は彼とは逢わなかったのでした。

「どこなんだ」

「A山だ――Eっていう人がこんどロンドンから買って帰ったんだ。A山に円屋根を作ったんだよ」

「ヘーエ、――ハンドルもついているの？」

「むろん！　ぼく土星を見たよ、これっぱかしだ」

とオットーは、親ゆびと人差指とを曲げて小さい輪をこしらえました。

「どんな色をしていた？」

「黄いろと紫がいっしょになったような――」

「環も見えたかい？」

「ああハッキリ――輪が一段と薄くなっている部分から、土星の本体がすいて見えるところなんか、きみに見せたら何というか知れないよ」

ちょうどベルが鳴ったので、彼は「じゃ、あとで」と云い棄てて、運動場のスタンドの段々を駆け上って行きましたが、あとに残った私は、まあいつのまにそんな紳士と彼は知合いになったのであろう？　と不思議に思いました。それにA山に天文台ができたなんて、また聞かない話です。しかしそこへ行くたびに、思いもかけぬ所にテニスコートや温室や花畠を見つけるから――と云うのは、この海までの斜面になっている市街の山際にあるその丘の周囲には、事実そのようにややこしく、たとえば、「わたしの生れた町、北ドイツ、オーステンオール……」とでも云いたい趣きを見せて、ごちゃごちゃと明治時代からの小さな西洋館が取り巻いているのでした。——そんな奥の方にあったなら、人々に知られないのも当然かも知れぬ、と私は思い返しました。そしておそらく、まだいろんな材料が置いてある、新しいペンキの香に充ちた円屋根の下で、我を忘れて望遠鏡の筒口に片眼をおし当てているオットーと、レンズの視野に映じた星々に詰った虚空《こくう》を背景に、意気な環をつけて斜めに浮んでいる土星と、——そしてきっと短かい口《くち》髭《ひげ》があるハイカラーな、しかし落着いた四十すぎの紳士であるに相違ないE氏とを、想像してみました。

やがてお日様が頭の上に半円をえがいて山の端へ落ち、その辺りにただようていたトワイライトの影も薄れかけた刻限、オットーと私とは、トアホテルの下まで立ち現われました。ここから西へまっすぐに、谷のような所を抜けると、A山の下に出られます。その近道を示すように、正面の丘上に我物顔にきらめきそめているアーク灯がありました。けれどもわざと左へ折れた私どもは、広い坂道を、自動車や人影が縺れ合っている元居留地の入口まで下りてきて、ウイスキやシャボンの広告が貼《は》ってある塀の所から、カーヴを曲ってきた電車に飛び乗ったのでした。

初夏近い晩は、もうすっかりその気分でした。坂を下ってきた私の背には汗が覚えられ、窓から見える商店の飾窓の前には、未来派の絵のように交錯《こうさく》している人影がありました。そして吊革を持った私は、筋向いに掛けている西洋婦人の香水のかおりを感じながら、いま半時間も経って自分の眼前にひろげられる魔法のような機械類にみちた円屋根の内部と、E氏がそこで聞かせてくれる天上界の事共と、そんな別世界を今晩望遠鏡によって窺《うかが》っている自分たちの住む地球という星の不思議さと、そしてそれこそ流星花火に乗って、白い銀河を越してプーッと飛んで行きたい気持を起させるであろう、円屋根の手すりから眺めた狂わしい都会の夜景……を、胸元にひらつくネクタイの夢心地のうちに描いていました。「ここだよ」と促されて気がつくと、両側の腰掛に詰っていた乗客はたった二、三人になって、がらあきの緑色の天鵞絨《ビロード》の上に、天井の電灯がへんに侘《わび》しげな光を落していました。むろんA山を東にする、――さっき云った坂からの近道はこれを西方に見るのでしたから――そこまで迂回してきた終点だと思って、私は下りたのですが、電車道はなおも真直に続いていますし、レールと交叉する坦々とした広い通りがあって、その両側には青いガス灯が間をおいて、どこまでもずらりと点っているのです。そしてこの陽気だというのに、よくドイツの古典画などで見受けるような、葉のない、瘤《こぶ》だらけの大きな樹々が、降るような星空の下に透《す》かされます。おや、こんな所が神戸に在ったのかな、と思いましたが、振り向いたオットーの白いかおが、煙草を持っているかどうかを問いかけました。私のポケットの箱も空っぽだったので、彼は、「ちょっと待ってくれたまえ」と云って駆け出すと、二十メートルほど先の、鉄柵の内部に植込を見せた暗い屋敷の向う側へ、消えてしまいました。

　彼がこんな場所を、まるで学校前の公園のように心得ているのが訝《いぶか》しくて、私はすぐあとを追ってみましたが、その煉瓦塀《れんがべい》に挟まれた露路は、すぐ突き当りになって、そこにも一本のガス灯が立っていました。ところで、そこいらに充ちている靄《もや》のせいか、水っぽいガスの光には淡い円光が懸って、それが煉瓦塀の側面に反射している具合が、どこかで観た奇妙な芝居の舞台を想わせるのでした。そして私は、この狭苦しい通路を鍵形に曲って行った所にある煙草屋というのは、きっと青硝子からできていて、内部に点った灯のために、きらきらと全体が竜宮の模型のように輝いているのでないかしら……ふとそんなことを思ってみました。この時ガス灯の下にひょっくり影法師が現われて、ぱたぱたと駆けてくるなり、私の手に小さな紙箱を握らせました。「これしかないんだ」

むろんシガレットですが、ひと口喫ってみるとまるで薄荷《はっか》です。いや、お腹にはたまらないで、口の中いっぱいに涼しいかおりが拡がるクリームです。ガス灯の下へ行って紙箱をしらべると、銀紙のおもてに"Starry Night"とありますが、裏面にぎっしり詰っている細字は、虫眼鏡でもなければ読めそうにありません。

「どこ製だろうか?」

「へんだね」

云い交して歩き出しましたが、不思議な街には私ども二人の他には人影がなく、ただ頭上の星屑と、歩道にそうて打ち連らなっているガス灯とが、互いにチカチカ、キラキラ瞬《また》き交しているばかりです。

やがて右も左も同様に邸宅ばかりが立ちならんでいる辻へ出ましたが、その向う側には、何か工場めく四角い煉瓦建が聳《そび》えて、皎々《こうこう》と灯が洩れている高い窓からは、ビーン、ビーンと、唸《うな》りとも電流の音ともつかぬ微《かす》かな響きがしています。「ここ何だろう」と、その下へきた時、私は云いかけました。

――が、オットーは、「さあ何かな」と気のない返事をして、薄荷入りシガレットの吸いさしを棄てただけでした。

私どもはまた新らしいのに火をつけて、スパ、スパとふかしながら、相変らず寂しい、しかしうっとりする街上を真直に突き切って行きました。互いに鏡に反射しているような辻を、何回通り抜けたことでしょうか？　私にはこれがフィルムの中のことで、自分らがそんな奇妙な映画劇の一役を勤めているのでないか、というように思われてきました。しかし、これも何か考え事をして機嫌が悪くなっているらしいオットーの様子には、何事を問うのもためらわれ、ただ黙ってついて行くより他はありませんでした。……と、友だちはやにわに、操《あやつ》り人形の仕草でストップしました。

「そら！」

と、彼は晴れやかな声で注意しました――

「あそこなんだよ――道はうしろの方から登るのだ」

指し示されたこの辻の左向う、銀梨子地《ぎんなしじ》の星空の下に、そこを半円形に区切っているポプラらしいものが生えた丘と、そのてっぺんに載っかっている、オットーの服の色と同じ緑色の灯影が洩れた円屋根の影とが透かされました。

月光騎手

「南太平洋鉄道I――市の西南に月夜村というのがある。沙漠中の一寒村にすぎないが、満月の頃になると、この附近に現われる“Moon Riders”というものによって、近頃とみに著名となり、都から続々と物好きな人士がつめかけている。自分が該村を訪問したのは昨年九月のことであったが、好都合に最も鮮明に評判の幻影を目撃することができた。

「土地の者の案内によって、自分の他三名の紳士と二名の婦人とを加えた一隊は、夜もすがら銀の洪水をアリゾナの沙上にもたらす月が、ムーンシャインヴィレジの直上に差しかかった刻限、馬を駆って遠からぬ丘上におもむいた。振り返ると、寂寞たる沙漠の夜にちらちらとまばたくオレンヂ色の燈影をこぼした全村は、吾人の眼下に青い月光をあびて、さながら水底のフェアリーランドをほうふつとせしめた。やや待つうちに馬どもの耳が一様にビリリッと顫えると同時に、物におびえたようないななきが一斉に発せられた。

「視よ！　月明の下、波頭をなして打ちつづいた丘陵のかなたに、一種夢幻的リズムをともなう発砲の音が聞え出したと思ううちに、チョークの点々のようなものが陸続と地平線に出現して、吾人の前方を横切りはじめた。後ずさりする乗馬を制しながら双眼鏡の焦点を合わせると、前方遥かに見ゆるものは、いずれも白馬に跨った白装束の騎手である。その数幾百千とも知れず地平線下から繰り出されてくる一隊が、おのおの上方に、夢のごとく消ゆる小銃或いは拳銃と受取れるものの白煙をあげ、丘々の稜線にそうて波動形に進行するさまは恍惚とさせるに十分である。気がつくと、吾人の側方からも同様な白色の一隊が前進しつつあって、これら二隊はついに正面衝突することになった。中世の海戦に見るごとく互いの先端を突き合わした二列が折れちがって、先頭同士が馬首をならべると、あとにしたがう者も相互いに接近したまま、峻烈な相互の発砲を開始した。青い月光の下、沙上に引き廻される二条の白線は、離れ行きちがい、螺旋にもつれ、その間に諸々から死傷者を花のごとくにまきちらす。……こんな次第が約二十分間つづいたであろうか？　大円をえがいて左右に相別れた二隊の先頭がふたたび吾人の前面でぶっつかると、そのまま馬首をこちらに向けて、堆積砂岩層の濛々とした土けむりを立てながら、おどろくべき急速力に突進してきた。来たな、と思った時、向かい合ってピストルを乱発している先頭は直前の砂丘を、砂塵をあげて降りつつあった。身をかわすいとまもあらばこそ、月光騎手は吾人のただ中に突入し、四辺は馬の蹄にかき飛ばされる砂塵におおわれた。

「吾人は何の跡もついていない沙上に落ちる月影と、事知らぬげに眼下にまばたくムーンシャインヴィレジとを見たのである。月光騎手の擦過は風のごときものであったから、これら白衣のあるじがすべて骸骨であることなどは、見きわめるべくもなかった。――なお始終一時間とおぼえられた始末が、わずか数分時にすぎなかったことも附記されねばならぬ。開拓時代にこの近ぺんで、プエブロインディアン相手の悽愴な争闘が半年あまりつづいたことがある。当時の幻影が或る空間点に保存されて、そのものが満月の光に誘導されて再現する。――活発無類な蜃気楼の調査に当ったそれがし博士が解明したと云うけれども、これは案内人のでたらめらしい。たとい現代の学理上、そのような推断が可能であるにしても、目下の吾人にはなお承認しがたいのである。インディアンとの白兵戦と云えば、何も該地域に限られてはいない。したがって幻影は他所にも現われてよいはずである。――何にせよ、不思議なことは請合ってよい。月下に縦横に展開される乗馬隊の運動が、まだ見ぬ者には伝えようがないほど変幻をきわめる。したがって、これが曾て現実に行われた戦闘の残像であろうかと疑われるほどである。それに土地の者の話によると、周期的に出現していた幻影は、近年とみに鮮明を欠きつつあるということであるから、今後数年はつづくであろう機会を取り逃さないように、是非に見ておかれんことを希望する。

☆　☆　☆

英国旅行家はこのように語り終って、発火石づきフューズの火をうつし、ゆるやかに舞い昇る紫煙の花文字を見守った。

海の彼方

岸打つ波はさらさらと
日はまだ出でぬ磯ぎわに

あの唱歌の節につれて呼び出されてくる、紺色のジャケツを着た少年というのは、この瀬戸内海の入口にそうた小さな都会の小学生だった私が、自分より二つほど年上として知っていたのですから、友だちという感じ、――いや、かれが私の前に現われたのはひっくるめて七回ぐらいだったと憶えていますから、ほんのちょっとした知り合いだった、と云う方が適当です。かりに西村としましょう――もっと違った、ふつうにない名前のようでしたが、ともかくこの西村が自分と同じ学校の上級生だということは誰かに私は聞いていました。しかし学校ではまるでかれの姿を見たことがなかったから、私が気をつけ出した頃、西村はすでに卒業していたのでしょう。

或る日の学校帰りに、いつものように麻縄やチャンの臭いがしている橋ぎわから、家と水とのあいだにある狭い石だたみの上へ下りて、ロープをまたいだり、コールタールの樽を避けたり、浮桟橋に出て、シュートン、シュートンと爆発をはじめている石油発動機船のエンジンをのぞいたりしていた時に、連れの学校友だちがひょっくりそのことを持ち出したのです。西村にたずねさえすれば目下思案中の舵の取りつけかた、（むろんわれわれが、その頃夢中になっていたおもちゃ船のことです）さらに舵輪から船尾の舵にまでどんなふうに絲を引けばよいかを教えてくれるだろうし、微かにマストを揺りながら港の口へ波を切ってはいってくる白塗の、いい恰好をした本物の千鳥丸にも載せてくれるか知れない……と、そんなことまでつけ足されたので、学校道具を家へほうりこむなり私はすぐその友だちとつれ立って、何か汽船に関係がある家にいるという西村に逢いに行った次第でありました。

　港の入口の西がわ、真鍮の棒がならんだ窓のある家は、私は以前から知っていました。友だちは金文字のついたガラス戸をおして内部へはいり、私はこちらの石炭の山の所で待っていました。思いがけなかったのは、やがてかおを見せた西村君が、――かれはおじさんの所にいると聞いたので、たぶんその家の子供のようになっているのだろうと想像していたのに、いま出てきた西村君は、傷んだジャケットに、これもつぎだらけの羅紗のズボンをはいて、おまけにはだしではありませんか！　頭の髪がまた西洋の子供のように伸ばされ、その下にあるまつげの長い白いかおが、なぜか私に南京玉を感じさせました。絲を通した針先で一つ一つひろってゆく、あの黄色や白や赤や青の、まんなかに孔のあいたつぶつぶのことです。そんな西村が私の友だちといっしょにニコニコ笑いかけて、――が、別にうれしそうでもない様子でこちらにやってきたので、私はすぐ可哀相な外国の船乗りの子のことを頭に浮かべたのでした。こちらからは別に何も云いかけませんでしたが、西村自身も数少ない言葉で私の友だちとどんなことを話し合っていたか知ら……何にせよ、その声が濁ったようにゆっくりしたひびきをもって、これもやっぱり南京玉を聯想させたのです。しょっちゅうナイフで木片を削っているようなところがあるな、と初対面の西村君について、私はあとからつけ足して考えましたが、あの日かれは石炭山のそばで、古びた水兵帽を左の手先でもってくるくる廻していました。友だちが懐からハンカチを取り出すと、西村はシャッポを頭にのっけてハンカチを受取り、素早くあのねずみを折って、ぴょいと飛ばせたんです。まるで生きているようだったので、私と友だちは笑いました。西村も茶目を剝いてちょっと舌を出しました。しかしゆっくり歩いていた私たちが、このとき二すじ道が鋭角形に行き合っている箇所へ差しかかったので、西村は何とも云わずに反対側――いまやってきた所の裏がわへ登って行ってしまったのです。なんだかあっけなさを覚えた私は、それでもしばらくかれのうしろ姿を見守っていました。というのは、さっきの家の背後にある貝殻だらけの丘の上に通じている磨りへったレンガの段々を、背をかがめて、ズボンを膝小僧までまくし上げた恰好で登ってゆく西村が、いつか傷んだ、疵だらけの薄紫色のフィルムの中に観たシーン――親のない子が船に売られて、難船したり知らぬ国々をさまようたりする次第を仕組んだものでしたが、そこに出てくる少年が、凸凹したイタリアの港町の裏道を歩くところとそっくりそのままであったからです。

西村はきっと働いているので、ほかの子供らのように遊ぶ時間がないのだろう、と私は考えました。しかもその仕事というのは、船を造ることでも、機械を運転することでもなく、やはりあの活動写真に出てきたような帆船に乗ることだと察しられました。そして茶褐色にぬられた舵輪がある甲板のカーヴの上で、荒々しい男どもにまじって綱をあんでいる西村の姿を、——またかれの肩を鞭で打った鬚もじゃの船長や、船体を乗りこえてゆく恐ろしい波や、泳ぎつかれて岩間に倒れているかれを救けた親切な燈台守や、巡り合わして抱き合ったかれのお母さんを、……実際におじさんに叱られて表へ突き出され、青い電気に照らされたような月夜のセメント樽の傍で泣いているかも知れないかれの影と合わして、私はいつしか本当にしかけているのでした。

——が、これらの事情は、小さい船の舵の取つけかたもいっしょに、私にはとうとう西村から聞き質《ただ》す折なしにすぎてしまったのです。むろん夕陽の射した坂道や、波止場の風見車が廻っている下でわれわれは逢いました。しかも二回目に会った時、西村はいつのまに知っていたのか私の名前を呼びかけてくれたのでしたが、そんなに馴々しくしながらも、いそぎの用があるかのようにすぐどこかへ姿をかくしてしまうことによって、まとまった話を交す暇がなかったからです。が、この帆船の少年である西村からただ一つ、私は最初の日に滑稽無類だったねずみの作りかたを教わったことがありました。ところがあれは、ハンカチをくるくるとたたみこんでねずみの胴体だけは誰にも作れますが、そのあたまとしっぽになるはしをたぐり出すことがむつかしくて、そのため私は以後いくたびとなく西村を探したものです。と、そんな時かれの姿はどこにも見つけることができないのです。そのくせ、こちらが何も考えないで歩いていたりすると、ひょっくりとかれは、やはりはだし姿で呼びかけて、「ねずみを教えようか」と云うのでした。たしかにひと秋の話だったと憶えているあいだに、そんなことが五、六回くり返されて、それから西村はふっつりと姿を見せなくなってしまいました。私はそのことについて、初めに西村の許へつれて行ってくれた友だちにたずねてみました。

「よそへ行っている」と、友だちはそっけなく答えました。

「よそってどこ？」と聞くと

「とおい所――」

なぜかそれだけしか答えたくないように、つんとしてかれが云ったので、その遠い所が海であるか陸であるかについては、私には判らなかったのでした。

その西村がまたひょっくりと、はだしと水兵帽の姿で、南京玉のように悲しく私を呼びとめたのは一年もすぎてからのことでしたろうか。どこへ行っていたのかとたずねるいとまもなしに、私はねずみの一件を持ち出しました。そしてわれわれは船造り場の材木が積んである所に腰をおろし、西村はズボンのポケットから石油の臭いのするよごれた、コバルト色のハンカチを取り出し、膝の上でしわを伸ばして、三べんほど、私がまだ覚え切らないねずみの折り方を伝授してくれました。私は、以前とはちがって、声にもからだつきにも、大人のような所が加わってきた西村が、お兄さんぶった落つきをもって、膝の上で青ハンカチをたたんで青ねずみを作っているそのよわよわしい肩先を見ていると、なぜか西村はこれから先も難儀ばかりするだろうというようなことが考え合わされ、自分もいっしょに抱き合って泣いてみたいような心ぼそい、たよりない気持におそわれてくるのでした。が、ねずみの作りかたはもう判ったか？　とたずねた西村に私がうなずいたので、二人は立上って、もう用事がすんだ人のように互いに笑い交しながら、さよならとも云わずに離れてゆきました。

☆　　☆　　☆

久しぶりに秋晴れの波止場に出てみた私は、波にたわむれている一羽の白鷗にふとかみの日をよび起しました。しかし折からけたたましい唸りをたてて頭の上に迫ってきた大型の飛行艇は、私をして、いまは外国の港で立派な青年として活動している西村を確信させるのでした。私の口笛には、米国出征軍がうたう、壮快なラッパの音がはいったあの“Over There”が出てきました。

童話の天文学者

科学的幻想を語る作家としての私に手紙をくれた最初の一人が、M・Nであった。用件は、私の創作した海外著述に関する質問であったが、この読者にかかれた小説がやがて私の手に届いた。神戸のたそがれどきに、山手の迷路《メーズ》の奥から、映画劇「カリガリ博士」に現われる夢遊病者セザレに似た黒ずくめの扮装の「黒猫」及び、絹帽をかむってドレスコウトの襟に新月章を光らせたやはり仮面の「三日月」こんな両人物が立現われて、街頭やホテルで奇抜ないたずらをやる。風説は拡まったが結局、人間も自動車も街路樹もみんな眼に見えぬ魔法の糸につなぎ通して、自身は山の向うへ逃げてしまうトワイライトの神秘だ、とするのほかはなかった。

――こんなすじのものであった。ドイツローマン派を現代情緒で色上げしたM・Nの気稟に、私は同族を感じたものである。が、ここで我党の芸術理論を述べようとするのでない。私は、神戸市の一部で最近注目すべき出来事として伝えられている、広島高等学校理科一年M・N君、すなわち先の物語の作者によって現実に経験された幻覚事件を告げれば足りるのである。瘋癲病院長の人形騒動を夢想しがちな青年が、神戸の一夜、現実と夢幻とのあいだに介在する形而上学的遊園にまぎれこんで、白髯緑衣の天文博士と対面したと云えば、何と受取られるか知ら？　現に始終をもって一学徒の酔狂だときめる者に当事者の伯父がある。前夜のＭ・Ｎ君が卓上の壺を三毛猫と取りちがえたことから、それと同様の錯覚だと解釈するのはＭ・Ｎ君の義兄である。そうしてみると、われわれにも、当夜初めて神戸のエキゾティクな界隈をうろつき廻った空想家が、ガス燈の光に魅せられて見たところの幻影だ、ときめてよいかも知れない。しかしここにＡ社神戸支局のＴ君がいる。――幽霊屋敷をたしかめに出かけた豪傑の前に何事も起らなかったからと云って、それは或る種の超自然的現象を否定する理由にはならぬ、と同君は説く。その豪傑の上には受信機などという精緻な装置が期待されなかったわけである。――かつて評判になった北野町の異人館の怪にたいする意見を新たにして、Ｔ君は今回も過分の紙面を費して、本社から注意を受けたほどであった。これ以外に、Ｍ・Ｎをつれて東大心理学教室におもむいた人がいる。広島高等学校のＮ教授である。Ｔ君によれば、同校の化学教授Ｓ氏、前記二教授の先輩である東大のＩ博士もこのことに多大の関心を持っていると云うから、近いうちに、われわれには何か具体的な報告がきけるかも知れない。で、私は本すじに立戻らねばならぬ。しかし私は当時在京中のために、行きちがいとなって主人公にまだ会っていない。そうは云いながら、義兄が神戸へ転任したために憧れの街を歩くことができたＭ・Ｎが、坂道から眼にうつした花火の元へ近寄ろうとして、……ふしぎな露路から、整然とガス燈が点った清澄な洋風の路上に突出され……行っても来ても走馬燈のように同じ所がくり出されてくる、猫の子一匹の姿もない界隈のかなたの高所に緑色の燈影をみとめ……その丘上の円屋根の内部で白髯の天文学者と対座するに至った径路は、つまり風変りなセットの説明以上のものではない。で、私は、いずれの記事にも扱ってない、M・Nの前における天文学者の口説を、一夕、T君から、ノウトを傍えに置いて聞かされたままに、綴ってみようと思う。

「ここは地球上のどこでもない。が、同時にどこにも在って、行こうと思えば何人も行ける所である。そして私は現実の世界に或る奇妙な滋味——夢の結晶とでも云うべきものを提供しようとしている一学究にすぎない」——こんなところから天文学者は、かれの「薄板説」をM・N君に向って説き出した。

　現実世界の時計の針が刻む秒と秒とのあいだに、或るふしぎな黒板が挟まっている。そのものはたいそう薄い。肉眼ではみとめることができない。けれどもそれらの拡がりは宏大無辺である。かりに「夢の板」と名づける。というのは、この超絶的な存在をもって、古い記録にあるようにこの現実界にもまださまざまなふかしぎが発生していた頃、空気中にまじって一面にひろがっていたファンタシューム化合物が、そんな眼に見えぬ結晶となったものだ、と自分は解釈するからである。故に昔、電気のように四辺に充ちて樹木や山や水や、生物体に作用していた夢が凝結したものであるところのそれら黒板中には、いまもって吾々にはうかがい知ることを許さぬワンダーが発生しつつあるはずである。肉眼で見えぬものを何によってみとめるか？　一口に云うなら、それは、まっすぐに進む者には見えない、けれども、よこを向いた者には見られるとでも云う条件の下にある。しかし、それが眼にとまる角度は非常に微妙な所にかかっている。ふつうに横を向いただけではみとめられない。すなわち、古来からこの超絶的存在物をうかがい得た者、千万人中の一人だと云えると共に、何人も毎日幾十回幾百回となく繰返してそれを見ているが、ただそのことを意識しないのだとされる所以である。——吾々が道を歩いている時、飾窓や音楽や、人や、自然物に気をひかれてひょいと首をまげさせられる。これは、実は、春の野辺に立つ糸遊のごとくに、デリケートな薄板が、それら物象を借りての誘惑なのである。若しもこんな時、吾々の視線が適当な角度に合致したならば、吾々はその音楽なり容貌なり花なりを媒介として、はても知られぬ美の王国へはいることを許されるはずであるが、おおむねの場合、かおをまげる運動がかすめた切点によってのみ黒板を瞥見する。だから、その奥に無数に重なり合って存在している無限界など全く気づかないですぎてしまう。そうかと云って、先も述べたように、この別個な存在を全然知らないわけでもない。よく脇見する人がある。これなどは、黒板がちらッとかれの網膜上をかすめただけでもすでに異常な感覚が与えられるので、この瞬間の何云うともない夢心地を無意識裡に求めているのだ、と説明される。それがかれの素質なのである。このような性向は、いわゆる「実用主義」と逆に行こうとするものであるが、本人自身も気がついていない生得の傾向に能動力をあたえる魔力が、もともと薄板界には具わっている。――この魔力の発揚は白昼よりも夜間により強力に施行される。薄板界は遊離的存在の例に洩れず、太陽の光にはいちじるしく活力を削減され、その代りに、トワイライトの刻限、さらに地表が月および星の光を受けた時に最もその本領を発揮する。月光が蟹や貝類に及ぼすところの化学的作用、夜行性動物にそなわる磁気的性能、これらを伝説化した妖精族。そのほか、古来から吾々が知ってきた「夜の不可思議性」は、結局いま述べた点からして解明さるべき素材なのである。

「月光の中にいぶかしきものあり」――まことに千夜一夜譚をはじめ、グリム兄弟の蒐集や、アンデルセンなどに代表される幽婉な記述の記者らは、薄板界をうかがい得たのみか、進んでそこへ侵入する能力を持っていたのであるまいか？

そのように説く人に依れば、それら夢の故里は厳として客観的に存在する。セカンドのきざみにつれて、「あらゆる美と不思議が目醒しかった黄金時代」このかた重ねられてきた魔法の枠中には、従来に汲出されたくらいでは及びもつかぬ神秘がまだまだ千万無量に蔵され、それらが千万倍のわり合いで影響し合って、新様式を創成しつつある。

――ここにくると、以上の次第を当夜きかされたM・Nと同じく、ガスライト青き幾何学的街区とは、実は薄板界であることがうなずかれるはずである。花火の方を振り向いたとたん、M・Nには薄板界が捉えられ、そのまま我知らずに超絶対的存在内へ飛びこんだことになる。

「今晩、あの極東の港では、碇泊軍艦上に舞踏会が催され、花火が打上げられている。

この普通の煙花がたちまちどこにも知らなかった変幻の度を増してきたというのは、取りもなおさず貴君の眼に、薄板界がキャッチされたことを意味する」

円錐帽を打振った天文学者は、そう云って、こんどはかれ自身の上に話を移した。

「私はゲッチンゲン大学にいるスイス生れの数学者であり、かつ天文家である。名を明せば或いは貴君は思い当るか知れない。――いや、いずれ現実界で改めてお眼にかかろう。ところで、この私であるかれは、かねてから、人間はなぜ脇見をしたがるか？　ということに思索を凝していた。かれには生来そのようなお道楽がある。この性向が現今の職業を選ばせ、傍ら『エーテルスコープ』だの『月光鏡』だのの発明者となった所以でもある。さて数年前の秋の或る夜、銀河上の或る空隙を観測していた時、――天球面のこの特殊な箇所は暗黒物質の集合だと云われている。かれによれば！　白鳥座の首にそうたサドル星のそばの暗所は、南十字星の東南部の『石炭袋《コールサック》』と同様、宇宙から虚無への間道に他ならぬ。

当夜かれは、『薄板界』存在の裏づけを握った。天球の外側と薄板との関係について、貴君に簡単な概念を与えておきたいが、それは少し複雑な話になるから、いずれ正式の発表を待ってもらいたい――その後、理論を固めるために、かれは相変らず内密な実験にしたがっていたが、ようやく、不完全な形式によってではあるが、黒板の一部を利用する方法を見つけた。薄板界に自身を置くことができるようになったのである。しかし今日まで、そこに他の何人の姿も見かけぬので、時期尚早の感がないでもなかった。けれどもそれは杞憂であった。今夜迎え得た貴君は、何人も条件さえそなわるならば、いつでもこの新領土の住民になることができることを確証した。」

童顔の老博士は、次に、自身が使用し、M・Nもまた受答えしつつある不思議なコトバの上に及んだ。そしてこのような夢の板の内部では、国家や人種の制限は受けず、ただ各人の心情の色合による差異があるのみだと述べたが、なお、——薄板界はフィルターを用いて写真に撮ることができる。このようにして外部から眺めた「縦の存在」は蜜蜂の巣箱中の枠のかさなりのようである。——青いガス燈にかざられた幾何学めく街は、博士自身の趣味によるし、同時にM・Nのそれでもある。このように薄板界は、それにたいして働きかける人格に応じておもむきを変える。単なる場所のみか、それは花となり、匂いとなり、美女となり、光となり、空気となり、星にさえ変化するが、今夜の会見は一つに、同様な夢を抱いた博士とM・Nとが双方から作用し合った結果であり、この意味で、現実世界にあっては最も純粋な恋愛状態を除いては絶対に得られぬ暗合だと云ってよかろう。——したがってこの第三存在内の情勢についていま少し知り得たならば、いま語りつつある場所をもって、月光に照らされたチグリス、ユーフラテスの流れが下方に見渡されるバビロンの空中都市に変換することができる。潜水艦「ノーチラス」の窓べをかすめる海底の都市、アトランティスの楼門の前、さらに星を凌いで屹立するバベルの塔……自分の理想は世界中の人々を夕方の散策に、そんな各自の楽園に遊ばしめることにかかっている。現に実験室に組立中の変換装置を用いると、青い波の上に人魚に取巻かれて揺れている赤い帆をつけた船が見えかけている……。

緑衣の博士がこう云った時、M・N君の腕時計の針は午前二時を指していた。そしてM・Nが日本神戸市葺合の義兄の仮寓に戻ってきたのは、それをすぎる五分後のことであった。

北極光

Aurora borealis

こんど逢ったとき、かれにはどこか可笑しな手つきが見られました。後になって判ったところによると、かれはコカインを使用していたのですが、阿片もその頃少しはやっていたのだそうです。

何にせよ、宇宙空間の一方向へ進んだものがどうしてその反対側から戻ってくるか？という問題にたいするアインシュタインの比喩を私が考えていた時に、かれが私を誘いにきたのでした。いつでも困った折の例にならって、このたびも半年あまりの月日を北海道の端にある郷里の町にすごしたかれは、つい数日前に"Ultima Thule"からの出京をしたのでした。そのようなへんぴに生まれたことについて、かれは常になげいていました。「どうせゴーチエみたいな行きかたしかおれには出来ない。それについては南海に生まれたおまえの極楽トンボ性を羨ましく思う」かれは大雪に包まれた町から書いてよこしました。私は、車中からの電報を受取りましたが、いっしょにシャンパンを抜こうと定められた銀座のライオンへは出かけなかったのです。

「ことしはオーロラが見えた」とかれは云って、本当に目撃したのか、それとも遠い海からの帰来者にそれを聞いたのか、例の鼻のうごきを手つだわせながら一人合点する早口でつづけました。「あれは余りきれいなものじゃないさ。パッパッとうごいて何か絶望をそそるね」

「………」

産業博覧会のヂオラマに観る、取りとめもない埠頭とその向うの暗い海から成った荒涼とした景色を、私は思い合わしました。先輩に当るT氏がヨーロッパへ発つ送別会があった夕べのことでしたが、そんな二階のさわぎを耳にして、かれは銀座のライオンの卓で、また次のように云いました。

「パリにもウヰーンにもおれは行きたくない。南米の、世界の果のような感じがする都会へ行ってみたいな」……そしてそんなコロンビアかボリビアかは知らないけれども、高い山の上にある街の話を聞かせました。そこではすべての色彩が鮮かなこと、土というものが見られぬこと、寄席も芝居も真夜中の十二時から始まること、初めて出かけた者は高山病のために四、五日寝なければならぬことなどを。

それから……そう、この数週後の夜、人気者の小婦人がいる東中野の狭苦しい酒場の椅子に、かれと私とが坐っていました。

「お月様なんか、君はつくづく見たことはなかろうな」

そう云ってかれは、私の返事を待つまでもなく、人差指を自身の首すじのうしろに廻して、「お月様の光線もこの辺にはいっていてこそおいらに用があるんでね」

　紅い服をつけたヨッちゃんが、椅子から立上ったかれと私との相撲取めく容積について、まあ！　と感嘆しました。

「これからはこうさ」とかれは私をかえりみました。「――どうだ、あと五年くらい生きたらそれで十分じゃないか」

　私にはアルコホリズム、かれにはさらに加えられた Gastronomy ――この二つがやがてもたらすであろう結果を指したのでしょう。なら、云いそえねばなりませんが、私は、胃袋を重くすることにかかわりのある用件は、すべて支持することはできません。それから程へて新宿駅の、両側に灯のついた長い地下道を通っていた時、かれの帰省中にみんなで汽車まで送りこんで、無理に故郷へ帰らせた或る仲間の話を私が持ち出すと、「おしまいにはだれだってそうなるさ」とかれは笑いました。そして「出発する」というハガキをよこしたきりでどこにも居なくなり、おそらくもう地上には見つからないであろうところの他の一人のことを、かれは私に聞かせました。イルミネートされた広場に出て、銀座へ出るためにバスに乗りましたが、乗客はかれと私だけの、真新しい車がきらきらした街を縫って走り出した時、私は、山高帽にインバネスをひっかけているかれの上にふと、De Quincey という字を感じました。

　なにもかれが英国著者に似ているというのではありません。かと云って、「あんなものこそおれは書きたいのだ」とかれがしょっちゅう口に出しているデ＝クィンシーの短篇“Suspiria”や“Walking Stewart”をよび起したわけでありません。私はむしろ、自分の育った南の港町で或る時見た外国紳士を思い出したのです。五、六年前の夜、私がいたサロンへ数人の連れといっしょにドヤドヤとはいってきたその紳士は、文字どおり灰色の髪とエメラルドグリーンの眼をしていて、顔は、柘榴石と云えばよいか、粘土製とたとえるべきか、何とも知れぬ、此の世ならぬ色合いなのでした。その際立ったアトモスフィアは、なにかその人物には地球の引力が作用していないのだと想像させたほどです。——血色のいい、まるまるした顔と、大柄なからだの今晩の友は、気がつくと骸骨であったような外国紳士とはむろん異なっています。けれども、一方、こちらもやはり、胸腺淋巴質の生残りというような点において、新しい観音様との連絡が見られたのでした。それでバスにゆられながらかれと短い会話をやり取りしていた私には、次のような幻想が追われていました。……若しもこんなバスに、こうもりのようなインバネスをつけた人物が乗りこんでいて、その顔が観音様とそっくりだったなら、ふとこの次第に気づいた他の乗客らはいったいどんな感じがするであろうか？　きっとそのとたんに眼をおおいたいものがあるに相違ない。薄い灰色のズボンに、やはりそれとは判らぬほど薄い紫色のコートをまとって、ダービをかむっていたら、……或いは黄いろいチョッキと緑色の襟飾りの配合であっても、同じ親戚すじではなかろうか？　このように今後の社会におけるエフェクトは、何かそれがもう不吉に近いような点に狙われねばならぬ。そして以上のことは、私の補足によると、死の香をふり撒くというよりはむしろ、真空管中の或る放射線の光とひびきに近いものであらねばならぬのでした。

　その夜遅く、銀座うらの酒場の、棕櫚の葉がダンセーニ卿の舞台面のように赤い光を受けた棕櫚の下で、かれは、シルクハットをかむった、少うし病的に見える少年紳士を私に紹介しました。それは、探偵作家の部類に入ると一般に見られているO・W氏でした。私も雑誌で読んだ同氏の『父を失う話』を、かれはしきりに推称して、そのために一文を書きたいと云っていましたが、その夜も云うのです。「あんなおやじは世間にあるさ。おまえやおれなどが出る家だな」

　O・W氏の短篇は、お母さんはどこにいるのか判らず、ただ友だちのような、他人のような、ひょっとして悪人でないかとうたがわれる若いお父さんといっしょにアパート暮しをしている少年が、或る日波止場においてけ堀にされて、お父さんは汽船で発ってしまうことを書いたものですが、つまりこの話の効果をかれは云っているのです。かれの早く亡くなった父は漁場の持主であり、かれは少年時代からずっと下宿生活だったと云いますから、それなら私自身はどうかと云えば……私のお父さんは何も友だちのようではないし、赤いネクタイをして、口笛で“*Youngman's Fancy*”を吹くわけでないし、ましてどこかの小父さんでなかったろうかという懸念などさらに挟めませんが、お祖父さんは、旅廻り見世物師でした。

　さて当夜の会話のつづきを手繰ってみると、かれはどこで聞いたのか、いやそれは自身勝手に考え出したことに相違ありません。なぜって、私が知っている所はかれの云うところと正反対だったからです。――つまりベルグソン教授がたいそう落ちつきのない人物だということをかれは私に聞かせて、自分でしきりにそのことに感心するのでした。そして“L'Évolution Créatrice”という著述のどうどうめぐりなこと、また、哲学者に近頃云うことがないらしいのはそれでよいのであって、だれでも何も云うことがない時には何も云わないのはしごく結構な次第であるとつけ足して、相変らず悦に入っているのでした。――ポオは当時勃興しかかった自然科学にたいして、こいつはいい！　と飛びついたのであって、したがって現代に生まれ合わしても相当な仕事をやる男であろう、とかれは云いました。また、「偉いということは、その男が人事不省になって担架にかつぎ上げられている度合と正比例する」と私が口に出したのにたいして、かれは『悪の華』の著者を上げて、「あの男なんかは全身繃帯に包まれて、指先でつついても崩れるばかりになっている。その実奴さんはフランス人なるが故にポオにくらべるとまだスヰートな所があって、そこがおいらの気に食わないんだ」とつけ足し、さらにルイ・アラゴン一派の運動については、「あれらはただおいらに素材を提供してくれるだけのことさ」と云いました。――が、後日かれの旧友が語るところによると、そんな意見はかれの私に対する御世辞であって、ご自身はスヰートネスから決して離れられない男であるし、したがって天へ昇るような気がする、しかしただそれだけのことにすぎないアラゴンの詩が大好きで、事実またアラゴン風なものはかれにとってより扱われ易い素材になっているのだそうでした。

かれはその後二、三回滝ノ川の奥までさそいにきてくれましたが、私は出かけませんでした。或る夜、大塚から帰ってくると、鞄の中がかき廻してありました。留守中にかれがやってきて、ベルグソンの "Introduction à la Métaphysique" を持って行ったのだとあとで判りました。——その後もうかれとは逢いませんでした。ふいに、あまり例のない内臓の病気に取りつかれたかれは、前後三回の手術をうけました。

「医者から以後絶対の禁酒を云いわたされたが、もう何の未練もない。いまは口に入れてもらうひとつぶの氷がどんなにうまいことか。起きられるようになったら、さっそくあの紅いストローベリーのソーダ水を飲もうと思っている」と細かな鉛筆字をならべたハガキが届きました。数日たって私は、二、三の友だちといっしょに古川橋ぎわの病院をおとずれましたが、かれはいまよく眠っているとのことで、玄関から引きかえしたのです。さらに数日たって、幾十年ぶりの風雨がくるとの警報が出ました。私は何のきざしとてない静かなその夜の星模様を、庭に立って仰いでいましたが、お湯屋の煙突を右からななめにかすめて、紅い流星が奔《はし》りました。この同じ時刻に、かれは、そこより他へは移しようがなかったという麻布の小さな病院の一室で、「たいへん眠い」と云ったまま、愛誦するポオの詩を実践して、月の山々をこえ、影の林を下り、エルドラドーを索めて騎り行くために、旅立ってしまいました。

「戸外が本当に風雨の夜、かれに縁がある銀座横丁の「ロシア」の階上に、かれの知人たちが集まっていました。しかしそれらの人々は、かれにはもう為すべき何事もなかったであろうと最初のだれかに云われたことを、おのおののスピーチにおいても訂正しない模様でした。スモーキングを着た故人の叔父さんさえも、国の方できき容れられぬ何一つとてなかったかれに、今後生きていたところで別にすることはないであろう、との意をユーモラスに述べて一同を笑わせました。演説の順が廻っているあいだ、最近の友として何かを思いつかねばならぬ私はあせっていました。すると隣にいた青年学者が云うのでした。「居ても居なくてもどっちでもよい存在で、かれがあったから、これはということがまとまらぬのは当り前である」と。なるほど、かれの筐底に発見されたソシァルサイエンスの五十冊は、おどろくべきことであると報告されましたが、北方の紳士の実際は、ホフマンスタールの夕暮から、「もうしもうしお月様」のラフォルグをとおして、ダンセーニ卿の夢物語につながっている幾頁を踊ったにすぎぬのかも知れません。暗い海のかなたにちらちらするあの光はたしかに“Merry Dancers”と申しました。かれもおそらく複数だったのでしょう。故人についてはいずれ短文を書きたいから、とそれだけを述べて私は坐りました。こんどは右隣にいるガラス細工めく人が云うのです。

「それはA Shadowless Gentlemanという題にするんだね」

その後、詩人Y・S氏の許へ送られていたかれの詩稿中から、次の一葉が辞世に当ると云って示されました。

　アフロディトは水の泡
泡より出でて泡にかえる

記憶

その夜、私は普段の自分ではないことに気づこうとしていました。あの都会の初夏の宵によくある静かな空気に、口にくわえたハヴァナが程よくいぶって、新しいカラーは首すじに痛いくらいであったにかかわらず、どこかに心持が落ちつきません。それで考えてみると、自分には何か忘れごとがあるらしいのです。といって、今朝からのことや、また数日前にさかのぼる必要がある忘れ物などはないはずでした。それならば、緑色の粉を頬にたたきつけたひとがいなかったことであるか？　いやいや、室内におけるほんの短時間にだけ入用な poupée が、いっしょに連れ立って歩くなどという種類でないことは私の持論です。つまりそれらは、われわれの activité métaphysicale を拒否し且つ無効にみちびく効果であるから、音楽と同様、或る時間にのみ有用である。というのはその特別な時間をのぞくほかは不吉なものに他ならないということになります。だから、共に談話を交えたり散歩したり出来るのはもっと他の者、すなわち私においては二、三の知友にかぎられていました——そしてこのような相棒は現に肩をならべて歩いていたのであって、しかもかれが何か云いかけるのにたいしても、これとは又性質を異にする忘れ物に気づこうとあせっている自分自身が、よく私に判っているのでした。

――ですから、友人には別に注意を向けていませんでしたが、やがて忘れ物に気づかせたのがどうやらその辺にあるらしいと順序をたどったところによると、我友は、この晩、次のようなことを私にきかせようとしていたのです。

われわれがムーヴィを観たいと思えば任意の映画館へ出向かねばならぬ。同様に、最寄の小窓においてシガレットは求められるのである。そしてこの映画館なりタバコ屋は何かといえば、espace であって、temps ではない。このように、espace とは、自分ひとりのためにでなく、広く複数の働きかけに応じてそなえられた形式であるからして、Socialité であると云うことができる。若しもわれわれが単数の場合は、この単数は居ながらに映画を観たり、喫煙したり、その他のどんなことをもするわけであるから、そこに espace の必要は毫もみとめられず、この故をもって「連帯性」を持たない人間の前には、「空間」もまた存在しない。

なるほど！　と私はうなずきました。そのような着目からたいそう便利な心理飛行機が考案されるような気がしたからでした。――他の何者も必要でない場合にわれわれが何者にでも有りうるとは、こりゃ少しも億劫な話でない、と受けついで私は考えました。いったい espace とは互いに排除することによって成立しているものでないか。われわれにおいて外出に一種の気はずかしさがおぼえられるのは、つまりは相排除し合っている各部分をかさね合わそうとするからだ。この脅迫観念が限界を突破すると、こんどはあべこべにあちらこちら駆けずり廻って倦まないことに得意を覚えるようになる。これらは「空間に憑かれた人々」と云うべきである——いやそんなことを云い出すなら……と私は、ふらちなことを云う男もあったものだというふうに友だちの横顔を見かえしたのです。そんなことが有り得るなら、複数が単数の集合であるかぎり、われわれはこのままでありながら、いつどこにも存在しているわけでないか？

しかしそうかと云って、時空の或る一点を占めているこの自分以外に、他の自分が全く存在しないということが正当だとも考えられぬのでした。——われわれはいつどこにもいる。にもかかわらず不安があるのは……そうだ！　その全部の中で特に注意している部分がある——présent とはまさにそのような対象で、futur ならびに passé は、この présent を決定する物差ではなかろうか？　とたんに忘れ物の件がこれにからみつきました。そして私は、自分がいつどこにも存在しているにかかわらず、なぜ比較的最近の一つの忘れ物が捉え得ないのだろうか、と考えはじめました。が、これも要するに現在の限界をぼかして、微尺儀を適宜に前後に移動させればよいわけでしたが、奇妙な数刻の努力も、結局いつかも今夜のように遠い街かどに交錯する群衆を見ながら何かを思い出そうとしていたのだ、というような回答しかもたらしませんでした。それで私は考えました。いつかもこんなことがあった気がするのは、この世界であるかぎり昔とても他の世界では有りようがなかったからだし、その、他の世界というのも、この世界から演繹したものであるかぎりこの世界のことでないかと。そして思い出そうとする当体が、実は一枚の三色版にすぎなかったことに気づいたのでした。

六月の夕べなど、電燈が点った頃、その光が分析されて、卓上の書物も、壁面にとめたペナントも、その前に座している人物も、かたえのキャビネットも、みんなモザイックみたいにきれぎれとなり、窓外に銀星を浮かべたトワイライトに融けこんで、すべての物象が等しく限界を失って遠い火星や星雲が散在する方にまでつながり、いわゆる“Matériel Transcendantalisme”を実現する瞬間があるものです。それは文字通り束の間に消えるし、また、われわれが街の方へそぞろ歩きに出かける時刻まで持続していることもあります。こんな晩には、自動車のエンジンボックスの騒音中にも、街かどを曲る電車のスパークの中にも、自分がよく知っているものがあって、宝石店の前を行き交う婦人たちのからだが、窓のスペクトラムに射しぬかれて透きとおり、X線写真のように肋骨をぼやけさせているのが見えるように覚えられたり、また、公園の方へ行くと、緑色の灯がついたトーァリストビュアローで天体旅行の切符が販売されているけはいがしたりするものです。そしてわれわれは、遠い未来の都会の夜を散歩しているのでなかろうか、もしくはここはすでに地球とは異なった世界ではなかったろうかなどと考えをめぐらせ、おしまいには、このわれわれがはたして現存しているのであろうかと疑いだすと、光によって透明になった建物も、切紙細工の自動車や群衆も、おしなべて実体のないエーテルが立体的存在の虚空に投影しているファンタジーと観じられて来て、いま少しでそのことが立証されそうな気がする……私が云おうとするのもちょうどそんな夜なので、やはり電燈の光に分解された部屋から下町の方へ出かけたのでしたが、或る街かどでおどろくべきものを見たので、私は立止りました。次の瞬間、夏の夜の都会には無数の光と影が縺れ合っていたばかりでしたが、私の不安はいましがた焔のように輝いたボギー電車がまがって行った辻向うへ自分をいざなって、そこにきらきらした絵草紙店を見つけたのでした。そしてはからずも眼に止めたエハガキというのは―― *Severini* か、*Rusolo* か、それとも *Carra* であったか、ともかくそんな初期未来派作品に属する三色版に他ならないのでした。「モンマルトルの夜」だったか、「ミラノ停車場」だったか、「女帽子店」だったかは憶えていませんが、前記のだれかの手になったものであることは確かでした。なぜなら、およそ未来派運動の中に二つの相反する傾向が流れているとは私の持論です。一口に云うと、①レントゲンみたいな知覚の集注によって真実不可思議なわれわれの芸術可能の分野をもたらそうとしているもの。②ただ外形的な刺激を追って素材のつぎはぎをやっている偶然性に依存するもの。以上の二種類に分たれるということです。そしてその夜私が眼にしたものは、光と運動によってこわれた形態が連続の秘密を物語っているたぐいであっても、いささかの具象的粗笨をもそこに許していない点において、明らかに前者にはいるのでした。私は、こういう種類の制作をもってModification にすぎないとする某氏の頭脳を思い合わせていました。あの時自分にはよく反駁されませんでしたが、その組合せであるから好ましいのだという考えは、今日とてさらに撤回の要はないのでした。それで、この問題をいつしかいまの題目として扱っていた私は、自分自身に生来そなわっているそのような抽象癖、——切紙細工によって成立する抽象界は、夜の街角をまがって行く電車、或る窓から眺めたキュービズムめく一角、照明を受けた博覧会の建物、さては夜更けのヘッドライトの前面に織り出されてくる木立や家屋やによって暗示されますが——そのような嗜好はいったい何に拠るのだろうか？　という方へ考えを向けました。そしてふいに、「生理学にたいする物理学」というアイデアをつかんだのでした。そうだ！　生理学はただ行われているべきものにすぎないけれども、云いかえると、それは必然性の世界であるが、物理学とは、そんな現実を超えてさらに別箇の消息が取扱わるべきところ、無限なるわれわれの可能性の世界を意味していなければならぬ。幸福論から離れることができない一般人が生理学にとどまっていると云うのは、私にはもはや議論の余地がないことのように思われてきました。

すなわち私は、今夜もいつかのような、或いはその夜だったかも知れぬ向うの影と光の縺れを見つめて、胸を張りながら、この人間性の特質についての意見を友だちに述べようとしているのでした。

附記——*Prof. Bergson* が、記憶には、体験として取り容れられてゆくものと、或る時期に属してその後はどうしても取戻すことのできないものとの二種があると申してい

ますが、私はこの云い方に何か心の扉を叩くものを感じています。全く、青い夕方の向うにイルミネーションの矢車を見たり、プラタナスの下に佇んだりした時、音楽のように明暗とりどりに浮かんできて、軽い焦慮にわれわれを捉えるのは何物でしょう？　それは或る夜すれちがった白いかお、どこかにただようていた香水の匂い、赤い雄鶏のマークがついたフィルムの切れはし、三月の野面に移動して行く飛行船の影、また、競馬場の日光が織り出していた現代的衣服の線と襞のアラベスク……しかも或る夜見えそめていたおどろくべきものは、次の瞬間には、影絵になって交錯している群衆でしかないのです。われわれの愁いは、求めるものがそのいずれでもないことに兆すのではないでしょうか？

それは果して何物か？　そしてわれわれの或る時期に事実存在したのかどうか？　ということは心理学や形而上学の対象でありましょう。けれどもわれわれには、うっかりとそれを見逃してきたように思われ、それならばこそいまさら追究するのだし、またあのとき限りに見失われたにせよ、将来世界はきっとあのものを取戻すことであろうなどと考えずにおられません。そして私の場合、——メトロポリタンの前をまがってゆくボギー電車のポールからこぼれ落ちたもの、星屑のあいだを移動する郵便機の黄いろい花火、月高い時刻倉庫の向うの方に、それから黒ずくめの婦人たちやピータアパンやその他の人形共といっしょに裏梯子を下りて、モータボートに乗移った夜半すぎに——たしかにそれは在ったのです。けれども時移って今日では、深夜の都会の上空でマグネシヤの光弾は炸裂しないし、縞の仮面をつけた紳士が美少年を誘拐することもなく、あの男が月へ行く機械の組立に夢中になるようなこともないのです――たといそんなことがどこかの片隅で行われていようと、伝え方の些少の変化によってさえたちまち崩落し、正反対のものになってしまうほど傷みやすく敏感な小宇宙的形像が、はたしてあの当時のわれわれにおけるようにキャッチされ、刹那的にせよ完結自足することがありうるか知ら？　これがベッケルの“Hinfälligkeit des Schönen”でしょうか？　再びそれを示そうとはしない都会のなげきはここにかかって、追究につれてそのものから離れてゆくばかりな私の絶望の記載が重なりました。私がベルグソン教授をもって容易ならぬ人物だと考えるのも、実にこの点にあります。全くわれわれは或る時、日常生活には考えも及ばない消息があることに気づいてよい――そしてこんな消息の前では、われわれがふだん「現実」という一つ言葉をかぶせて満足しているたぐいが、何とうすっぺらなものになってしまうかを知るべきであります。

放熱器

雨があがった朝、わたしはお父さんとならんで歩きながら、問いかけました。字がある所へ針がやってきて時間を示すことはよく判るけれど、長い針が「分」を知らせるとはどういうわけかと。お父さんは答えるのです。もう少し大きくなるとひとりでに判ると。――このとたんわたしはぬかるみに足をすべらし、お父さんはいち早くわたしの片腕を引き上げました。わたしの半ズボンの膝小僧には泥がつきました。カッケンブス空気銃の革ケイスを持ち直したお父さんは、ハンカチを出しました。

……こんなことがあった日ですから、もうよほど以前の話です。ともかく頭の上には碧い空が見え出して、郊外電車を降りた二人づれは、石英が光っている広いひとすじ道を歩いていました。わたしはその突きあたりに競馬場があることを知っていましたが、かたえの藁だらけの小屋の方から、恰好のいい茶色の馬がひとりの男につれられてやってきて、すれちがう時わたしは、馬のつやつやした胴にSと白く抜いた濃い緑色のキレがかけてあるのを見ました。二人がわきへそれて、曲りくねった村里の道を通っていた時、お父さんは先刻からしきりにしらべていた地図をポケットに入れ、水溜りを飛びこえると、とある家と家とのあいだを抜けました。なんでも近頃外国から帰ってきた人をたずねてみようというのでしたが、二人がはいって行ったのは、ペンキの香がする博覧会の建物のようながらんとした所でした。この裏かたには一面に陽が射し、金や緑の粉がムンムン渦巻いている花ざかりの野原があって、そのあっちこっちに白い、大きな箱が散らばっていました。そしてお父さんの旧友だという人は、或る箱に近づいてふたを取りのけました。内部には枠が幾枚ともなくはいって、それには薄墨色の穴だの、たいそう壊れ易い薄いものが張られていました。

競馬場への路上で拾った蹄鉄を見るたびに、馬の腹がけのSの字と、そして例の奇妙な枠のことが浮かびました。むろん枠については蜜蜂の家だとお父さんから教えられていました。そしてあの時自分は、ぶんぶん飛びまわっている焦茶色の小さなものにビクビクしていたし、そんな蜜蜂はお父さんの友だちの肩先や頭にいっぱい止り、こうやってこちらから仲よしになりさえすれば決して刺したりなんかしない、と聞かされたことが思い合わされます。が、しかし蜜蜂と孔だらけの枠のあいだにどんな関係があるのだろう？　そこにはそれだけの理由があるにしても、なぜあんな奇妙なものでなければならないのか、それがわたしに納得されぬのでした。わたしがお父さんといっしょに暮していた大都会を離れて、別の海べの小さな町にお母さんと住むようになってからも、さきの疑念はしばしばよび起されました。田舎の住いの二階の張出窓の横などに孔だらけのものが見つかって、わたしはそれに石を投げてみたり、人に頼んで取ってもらったりすることがあったからです。こちらで何と力んでみたところで、蜜蜂が勝手にあんなものを作るのであるから、六角形の水晶と同様致しかたのない話だ、とわたしは思っていました。が、さてその通りだとしても、この孔だらけの巣があんな箱の中に作られるとすると、いささかふしぎになってきました。自由にぬきさしできる枠があったら、せっかく作られた薄墨色のものはそのたびごとに壊れねばならぬ。それなのにあの時、お父さんの友だちが枠を引きぬいたが、かくべつ枠に張られていたものがつぶれたように見えなかった。蜜蜂も怒りはしなかった。そんならあれはどんなふうに仕組まれているのかな？　こんどあんな箱がどこかで見つかったらよくしらべてみよう、とわたしは考えるのでしたが、この次第がいつか別なことに変りかけていました。それは自動車の正面にくっついているものでした。

お父さんが居残っていた大都会には、以前、紫ばんだ乳色のけむりを吐き出して走る乗合自動車がありました。ガスの臭いで頭痛が起ると云って、人々はあまり好んでいませんでしたが、わたしにとっては、茶臼山のウオーターシュートや天王寺公園のメリーゴーラウンドと同じ程度に好ましいものでした。わたしは、箱形自動車の青塗のボディについている金色の星のマークや、それがラッパを鳴らしてコバルト色の夕やみの向うから、お化けみたいな眼玉を光らせてやってくるところなどを色鉛筆でかいていました。こんな絵にはむろん、正面のヘッドライトに挟まれた、どうやら金属製らしい「蜜蜂の巣」もつけ加えられました。けれども特にこの「蜜蜂の巣」が、しめった地面におもしろい形をつけるゴムタイアや、運転手が握っているハンドルの輪よりもいっそう注意を引きはじめたのは、やはり海べの町へ引越してからのことでした。日曜ごとに神戸の方から、何とも云えぬハイカラーな臭いをまきちらす、小さいけれども、青塗のバスとはくらべものにならぬ、りっぱな自動車がやってきて、三角旗を竿の先にひらつかせた海岸の旅館の前にとまりました。そんな時友だちは、自動車に乗ってきた金髪の子供たちや、かれらの一人が手にしている小さなヨットの方に注意を向けていましたが、わたしは、むしろいつか見た飛行機の羽根みたいにピッチリと張られた幌や、昆虫のまなこのようなヘッドライトに心をうばわれました。それから前にしゃがみこんで、「蜜蜂の巣」をのぞき込むのでしたが、その奥の方は真暗で、ただ機械油とガスと埃とがいっしょになった暖かい臭いがしているだけでした。それで、そっと表面に手をあててみると、たいへん熱を持っています。自動車は時に動かなくなり、運転手と主人の西洋人とがかわるがわる、「蜜蜂の巣」の下方にあるハンドルを廻していました。そんな時には前方のおおいが開けられ、わたしは、何か簡単すぎてあっけない気がする発動機と、その前部にある扇風機を見るのでした。が、例の「蜜蜂の巣」は裏側から見ても同じことで、向うの景色が見えるほど孔々は突きぬけていました。

すでに此の国で試験が始まっていた飛行機の発動機も、自動車のそれと同じであることを、わたしは知っていました。三月の野に影を落して飛んでいた単葉式飛行機の羽根が折れて、搭乗の士官が二人ぎせいになったことがあってすぐの話でした。アメリカから新しい機械をたずさえて帰朝した飛行家があって、以前蹄鉄をひろった道の向うにある競馬場で、その飛行会が開催されました。写真でみると、この飛行機は三箇の滑走車がついた大型な複葉式で、発動機の前に座席がありました。だから、操縦者の背のちょうどうしろに長方形の「蜜蜂の巣」がついていました。わたしは実物を見たときのことをよく憶えています。五月のはじめの晴れた午前、青麦の上につばさ鳴らして、遠くへ飛んで行った飛行機はふたたび帰ってこなかったのでした。そしてわたしは後日、記念品として陳列された墜落破壊した機体と向かい合っていたのです。翼布にぬられたゴムや、ワニスの匂いとまじった外国の木材の高い香りが、こんなおもちゃのような機械が持っている或るきゃしゃな、ハイカラーさをよけいにそそって、わたしは、まだこんなにゴムやワニスの香がプンプンしているのに、これに乗っていた飛行家がどこにもいないというのはなぜであろうか？　などと思案したものでした。ハンドルや座席や、針金や、滑走装置のパイプやはごちゃごちゃにこんがらかっていましたが、「蜜蜂の巣」はただニッケルのふちがゆがんでいるばかりでした。

「あれは何をするものかしら？」

　わたしはそれを指して、連れそっていた家の書生に云いかけました。

「さあ……機械を冷すのでしょう――あそこを風が通って」

　とかれは、そこにくっつけられた「放熱器《ラジエーター》」という説明の名札を見ながら、答えるのでした。そして自身がこの飛行機を練兵場で観た当日を、思い出したのでしょう。

「――Vron Vron Vrrrrr……砂煙をたててハンドルを握って何万の人出の前を滑走するのはいいなあ。ぼくも飛行家になろうか知ら」

――あんな孔を風がぬけたところで仕様がないじゃないか？　とわたしは、それ以上は考えようとしない相手に不満をおぼえて考えました。――そんなら発動機の塵除けであろうか？　いや「蜜蜂の巣」は却って埃を集めるようなものだ。それに放熱器と説明してあるところを見ると、どうしても機械と直接の関係がなければならぬ。……それだけに、そんな見当のつかぬ代物であっただけに、即ちそんな奇妙なものがついているから、自動車や飛行機の上には、友だちに判らせることが困難な、或る特殊なエフェクトが織出されているのだということが、私にはよく判っていました。――このカーティス式飛行機の模型を作り上げて、それを手に持って学芸会で飛行機の話をした時でした。「蜜蜂の巣」は長方形の木片にワニスをぬって代用されていました。それで講話が終ってから、「こちらから見てきらきらしているものがあったが、あれはガラスなのか」という質問を受けました。せっかくのものがガラスに見られました。けれどもともかく他の者がそれを注意し、しかもこの相手は自分の好きな少女でしたから、わたしは得意でした。

「蜜蜂の巣」の中には水が通っているとは、どこかで聞いたようでしたが、この次第はやがてお母さんが買ってくれた飛行機の本によってたしかめられました。赤いクロース張の表紙に、フランスの野の上を飛んでいるファルマン式飛行機の彩色画が貼りつけてある英語の本は、子供向きに書かれた解説書でした。それですぐ発動機の章までできて、わたしは、いわゆる「オットー氏エンジン」の原理を知ったのでした。そしてそんな電気の火花を用いてペトロールのガスを爆発させる仕組の動力においては、機械そのものの過熱をふせぐために、二重にしたシリンダーの壁にたえず水を循環させる必要があり、問題の「蜜蜂の巣」とは、他ならぬこの水を急速に冷却させる装置であることを了解したのでした。これですっかりよめました。同じ放熱器にも、モーターサイクルや、機関銃に見うけられる鍔《フィン》、飛行機用発動機にもこの種のものがありますが、こんなたくさん重ねられた鍔は、これはただ風当りをよくするだけのものでした。ヴァルブやパイプがごちゃごちゃしている飛行機用発動機の中にも、蒸気機関と同様なピストンがうごいているということといっしょに、「蜜蜂の巣」のたね明しはなんだかあっけない次第でした。けれども、それだけ知識をあたえられたので、その当座わたしはほとんど有頂天になっていました。どんな紙きれにもオットー氏エンジンの断面をえがいていました。うしろからふいにやってきた英語の先生が、その紙を取上げました。かれは上下にひっくら返していましたが、見当がつきません。「あきれたもんだ！」とおしまいに先生は云いました。「この生徒は自転車屋さんになろうと思って、いまから一生懸命だよ」ドッと教室じゅうに笑いが起りました。

☆　☆　☆

「こいつはなかなかダンディだよ」

先日、わたしはよその乗用車の前面にある銀灰色の孔だらけのおもてを指先で叩きながら、申しました。

「――それほどまでのことをしなくてよさそうなものなのに、あえてそんな細工がしてあるような代物だからね。しかし、そんなものである以上、他のものでは有りようがなかったわけだ。螺旋などはまだ常識的だ。が、こいつは、どこからか手をつけて作られた代物であるくせに、どこにも手をつけさせぬものを持っている」

すると相手が云いました。

「蜂だって初めは円筒を作るだけだろう。それが重なるからあんなものになる……」

次の日、わたしはもういっぺん口に出しました。

「自動車の正面にある蜜蜂の巣はしゃれている」

友だちは相槌を打ちました。

「あそこには夢が棲んでいるね」

飛行機の哲理

先だってある雑誌で、T大佐の飛行機思い出ばなしをよみました。貴君も知っておられるように、吾々がまだ小学生であって、だれも飛行機とはどんなものか、うわさと写真のほかには知らなかった頃に、大尉だったこの人は、H少佐といっしょにヨーロッパへ出張したのでした。そして半年ほどのあいだ飛行術を習得してきたのですが、当時の追憶談なのです。

パリー近郊のアンリ・ファルマン飛行学校——と云っても、野原の片すみにあるおそまつな二、三の小屋にすぎなかったのでしょうが、そこへ朝はやくからオートバイに跨って乗りつける。そして順番を待っていると、お昼頃までにやっと一回——それも遅刻した日は取逃してしまうことになる——あのおもちゃのような機械に載っけられて、千メートルほど向うの森を一周してくる。むろん、先生の肩ごしに廻した右手で軽く昇降舵のレバーにふれているだけで、方向舵のかげんはただ先生の足先のうごきを見て判断するよりほかはない。エンジンについてはまるで何事もおしえられないまま、同様なことを十数回くり返すと、「単独でやってみよ」ということになって、それが無事にすむと、卒業である。これは、飛行学校が数台しかない機械をこわされることを極度に恐れているせいと、一日もはやく生徒を追い出して新入生を迎えねばならぬ事情によるのです。そんなわけで大尉はふた月目にアントァネット単葉機の学校へはいりましたが、この飛行機の名前は優しかったけれども、実際の操縦装置は少なからず面倒なものでした。そのため、評判のよいブレリオ氏の学校へ鞍がえしましたが、まだ滑走練習に移らぬうちに召電がきたので、いそいでシベリア鉄道で帰ってきたのです。そういうわけで、注文しておいたブレリオ単葉機の荷が到着した時、T大尉は天幕張の格納庫に寝泊りして、夜どおし考えながら組立てたという始末でした。大尉らの試験の模様を新聞紙上によむ私たちは、飛行機とはなんと故障ばかり起す機械だろうと思いましたが、当時の飛行機は事実そのように、少しの風にも得堪えぬ春の野べの胡蝶のようにきゃしゃなところがあって、そこにこそ私たちの心を高鳴らせるものがあったのでしたが、大尉たちにしてもエンジンのことなどよく知っている者はなかったと申します。あちらこちらを金槌でコツコツやってみて、ゆるんだ箇所ができると、初めてここから外されるのだな、と判った、と追憶談に述懐されています。しかし、着陸が無事にできたならもう一人前の飛行家だったのですし、いつの頃にか練習用にも使用されなくなった百馬力が、少数の天才者にしか扱えない競争機だったのですから、T大尉の場合のようなことは、本場の飛行家たちの上に及ぼしても別に間違いではなかったはずです。そしてあの星型のグノーム廻転式発動機が、ゴムびきの翼やその間に引かれたピアノ線とよく調和していた飛行機は、けたたましい音を立ててイッシーレームリノーの並木を越えて、ともすると畠の縞目の上に坐りがちでした。私は、畠というものを好みません。けれどもいったんいまのように考えてみた田園ならば、なかなかしゃれたものだと思うのです。そう云えば、こんな畠の端に咲きならぶスヰートピーがありますが、あの花の色を見たり、甘い香を嗅ぐと、奇妙にフランス飛行機の絹張りのつばさを私は思い出します。あとで考えたのですが、初期の飛行機は地を離れようとすればこそ、地に届きたがり、その辺の事情は人々から「草刈機」だと云われていた通りなのです。そんな関係がスヰートピーと飛行機とを結びつけているのでしょう。そしてそのようなファルマンでありブレリオであったから、フランスの野の斜面や木立やが、私の頭の中に、自分が画家ででもあったかのような執拗さをもって描かれてくるのでした。

昨年のこと、「ツェッペリン伯」号から撮影したフィルム中に、ライン沿岸の麦畑が出てきた時、私はずっとむかし私たちの先生が、H少佐からきいたところだと云って、「刈入れどきの黄金色に実った麦畑の上を、自分の操縦する飛行機の影を見ながら飛んでゆく愉快さ」について、教室で話してくれたことを思い出しました。H少佐はドイツで、グラデー式単葉とライト式複葉との操縦をならってきた人です。グラデー式は、私もそばへ寄って見たことがありますが、一本の竹が飛行機の芯棒になって尾部を支えているというしごく無造作なものでした。その竹がゆがまないように針金が枠形に張られています。そしてプロペラーはただの鉄製のアームの両端に取りつけられた真鍮板なのでした。搭乗席は針金でつるされた木綿の腰かけです。こんな竹トンボの親方のようなものに乗って、H少佐は代々木練兵場を縦横に走り廻りました。けれども、大切な輸入品をこわしてはならぬとの命令があったせいか、それとも機械が簡単すぎていたためか、T大尉のファルマン式複葉のように高く昇りませんでした。T大尉はみんなに一度は仰がせましたが、H少佐の方は、人々が身をかがめなければ判らぬくらいの高さにしか浮き上りませんでした。

　このグラデー式飛行機が、後に大阪の天王寺公園の発明品博覧会に出品されていましたが、私がその周囲をめぐって、眼をとじたり、眼をあけたり、少し、離れて見直したり、これは、自分に最も好ましい事物に接した時にだれもがやってみる仕ぐさです。思うに大好きな物を眼前にしているそのことが奇蹟のように覚えられ、こうして私たちには自己の感覚を一応うたがってみなければ納まらなくなるし、それと共に、何も永久に与えられたのでないこの貴重な少時を最も有効に過さねばならぬという義務を感じるところから、それは出ているのでしょう。

　私が、まだ眼の前に大好きな飛行機が消えずにあるだろうかと、眼をとじたり開けたりしていた時に、私の父がいいました。「なるほど、これは墜ちそうなものだな」

　似た言葉は今日だってしばしば飛行機見学者のあいだに囁かれます。「ひこうきには針金が引ッぱってあるし、まるでおもちゃみたいなものやな」――こう洩らしたのは私の姉です。この理由は、考えてみると、鳥でもないのに空中に舞い昇るというのは、うそのことには相違ない。だから世の父親とか一般婦人とかいう人生にあって何が真実であるかをよく承知している人々の場合、おもちゃの感じをそそられるのでしょう。事実、博覧会の天井につるされていた、発動機のないドイツ戦闘機をステッキで指して、「これは模型である。本物はもっと大きい」とかれの子供に説明していた紳士を、私は見たことがありました。

　概念だけをあたえられた場合、どのように内容を定めようと比較的自由です。けれどもいったん実物を示されると、相手は出来上っているただそれだけのもので、それ以外の何物でもありません。ここに発生するところの失望のせいだとも解釈されます。人間の作ったものにかぎりません。噂にきいていた人物や風景の実際にぶッつかって、期待に外れた気持におそわれない者はおそらくないでしょう。しかしこれを持ち出すなら、常に何かのまねであるかぎり模型にほかならぬ機械一般の場合にうつすと、事はいっそう明白であります。二十世紀に生れたエァロプレーンが、名称も示すような広い平面をそなえていることで、かつての私たちをしてどんなにそれを不思議な、したがって不安な機械だと受取らせたかはよく憶えています。こんな「空中飛行器」の構造は、それが機械だという先入主によるのか、金属でなければならぬように私たちをして思わせたものです。（もっともこの最初の直観は、あの当時におけるロマンチックな予想より遥かあっけないものとなって現今実現していますが）——それなのに、飛行機はただ木ギレや針金で組立られたものだったから、私たちをして、「これはいわば鳥の羽根をまねたもの、あるいは凧の一種であるから、まだ十分に（抽象的な）機械になっていないのでなかろうか」と考え直させたくらいです。だから、そんな完全な機械ではない代物、つまり巨きな箱凧に発動機がついていることの上には——どう云えばよいか、あるしゃれた、冒険的な気分があって、同時に一種の痛ましさと、万難に打ち克とうとする人間意力の健気さとが感じ取られたものでした。それは、飛行機がそのように構成されるより他はなかったことによります。「他に道がなかったもの」とは、吾々によって発明され実地に試されようとしている機械であることを意味します。まさにそのようなものであれば、吾々にはいっそうそのものをマスターせねばならぬ責務があって、そこに由来する味気なさなのです。絶望感だとしてもよいでしょう。このような飛行機について私たちは運命的なものを感じないわけにはゆきませんでした。私は或るアメリカ製の複葉飛行機が天下の春を一変させてしまったことを知っています。雨上りの澄んだ青空に白いちぎれ雲がうかんでいるお昼前に、その飛行機は唸りをたてて、先端にハンドルの輪を握ってキッと前方をにらんでいる飛行家をのせ、私たちが住まっていた水の都から数十マイル離れた花のみやこへ真一文字に飛んで行ったのでした。けれども約束の時間になっても、摘草をしながら待っていた私たちの頭上へは帰ってきませんでした。飛行機は先方の練兵場のかげろうをおどろかせて、砂塵の中に壊れてしまったからです。天地はその後、何事もなかったような以前に立返りましたが、その日飛行機によって歪みを与えられた天上や地上の物象は、幾春をすごしても元通りにならぬように思われました。それは何のせいか？　子供であった私にはこれという解釈の糸口を見つけることができませんでしたが、それはきっと、あのカーティス式複葉の翼のカーヴや、aspect ratio（翼幅と翼長の比）や、そのおもてに塗られていたゴムの香りや、それから滑走車のタイヤが触れたり離れたりしたところの――競馬場のトラックに咲きみだれていたクローバー――そんな可憐な草花にも関係がある或物だ、と私は考えたのでした。五月になると真白いじゅうたんを打ちひろげるうまごやしの花にあんなにもよく調和した飛行機を、私はその後どこにも知りません。

　貴君は、飛行機の翼の骨組がどんなものか知っておられるでしょう。それは胴体の構造と同じく、きわめて簡単な、それも少し心許ない気がする木片を、ニカワと釘と針金でもって組合せたもので、「なんだ、こんなかぼそいものか」と思わせるたぐいです。現今の飛行機ではこの木ギレが軽金属になって、構造がやや複雑になっているだけであります。ある目的のためには或る方法しかないことを示す例ですが、それも一つは、次の理由によると私は考えています。――芸術家における補充性と呼ばれているものの作用、たとえば最初の飛行機の形をどんなものにするか、どこから手をつけようかという場合には、やはり発明家乃至製作技師の生れつきの癖に頼らねばならぬのではないかと。そんな好みの表れとして、私はブレリオ式単葉機を挙げます。なぜなら、あの頃飛行機と云えば、あの格子組の胴体と大きなカーヴを持った翼が頭に浮びましたが、それは又、いかにも「空中飛行器」というロマンチックな機械を代表していたからです。そして自転車用のゴム輪を二ツならべて前方に取りつけた蜻蛉のような機体は、ちょび髭のルイ・ブレリオ氏に操縦されて、青い波がしらとすれすれに英仏海峡をこえて、ドーバーの崖上で尾部をヘシ折ったことや、また、ペグーの世界最初の逆転飛行にふさわしいものでした。

三箇の小さなゴム輪の上に載っかっているカーティス氏の複葉飛行機も、前方に突き出た昇降舵と十字形の尾翼とがつり合って、いかにも「空中飛行器」らしいものでした。ライト兄弟の飛行機には滑走車がついていません。この飛行機はレールの滑車の上にのっけられます。滑車には綱がついて出発台の前方から引きかえしてくると、うしろにたてられたヤグラの上からおもりで引っぱられています。プロペラーが廻って軌道の上を飛行機がすべり出すと、搭乗していない方のきょうだいが、翼の端をつかまえて顚覆をふせぎながらいっしょに走りました。

ライト式は、カーティス式と共に、いかにもアメリカ気質を代弁している飛行機でした。そして開放された坐席に、ハンティングをさかさにして背広姿で、メガネもかけずにハンドルを握った人には、ただ無造作だとは片づけられぬ当時の心意気が見られました。「愛する女の唇よりも心を揚げるウィルバー・ライトに捧ぐ」詩人マリネッティが献辞をかいたのも無理はありません。

出発

――二時すぎにはなっていたでしょう。ゴム風船の紅やむらさきや、紙リボンや、U字形の白い胸や、Vの字にひらいた背中やらが、風ぐるまになって、たえまのないコルクの栓が飛ぶ音の中で、廻転していました。うしろから肩を叩く者があります。それは、高いカラーのあいだに、駝鳥づらを板挟みにした、このナイトクラブの主人でした。いやに落ちつき払ったかれのしゃがれ声が、私の耳元でささやきます。ちょっとおかおをお貸し下さるまいかと。私は立上りました。そしてすぐに戻ってくることをテーブルの仲間に告げると、何も彼もがきらきらと魔宮のように渦巻いている所を、少しばかりの千鳥足で通りぬけ、階段を登って、棕櫚の下をくぐり、廊下をいくつか、――いったいこの屋形がいつのまにこんなに膨脹したのであろうと、いぶかしまれるような場所を、主人についてゆきました。足の運びにつれてふわふわとゆらぐ例の駝鳥の毛が、何か私に特におもしろいものを見せようと約束しているかのようでした。二人はこうして、とあるドアの前にやってきましたが、主人は扉をノックするなり、私を押しこむようにして、そして内部へよろけこんだ私の背後では、カチッと鍵の音がしたのでした。

見廻しましたが、ここは妙に冷いやりとした、うらさびしい部屋でした。明りと云っても、しみだらけの天井から一つしか下がっていないし、広いがらんとした床には家具はおろか、椅子一箇も見当らぬのです。けれども総勢十五、六人、――いやもっといたでしょう。ともかく二十名から三十名までのあいだと受取られる異様な身なりの人々が、――何かちらりと見た眼には余りはえない旅芸人の一団のようでしたが、そんな人々が一列にずらりと立ちならんで、これらにたいして、場末の酒場のおやじのようなムサくるしい赤らがおの男が、荒い縞シャツの腕をたくし上げて、片手に手帳を持ち点検をやっているのでした。この男は、私が新規にはいってきたのを見ると、鉛筆でもって、無愛想に、こっちへこいという合図をしました。私は、ともかくその列へ加入せねばならぬ情勢なので、自分も一等びりの所にならびました。いまそれらの人々はみすぼらしいなりであると申しましたが、実は、部屋の燈火が暗い上に、みんな力なく沈みこんで、影みたいにがっかりしたふうであったことから取ちがえたのです。むろん、ボロ服を纏った者もいました。しかしおおむねは、絹や上等の羅紗から出来たりっぱな装いをしていて、子供もいたし、貴婦人めいたひとも、銀行家めく人物も、それから革服をつけた自動車の選手のような風体もありました。たいていスートケイスをさげて、中には、額縁だの鳥籠だのを、さも大事そうに抱えている者もみとめられました。それで、そんな仮装だとも、このたび当倶楽部の企てに応募した芸人だとも解釈されぬままに、私は、人々の尋常ならぬ沈みこみぐあいと合わして、ハテな、と頭をかしげました。まったく、打ちひしがれた、というのが当っていなかったら、何かどぎついものに通り抜けられた跡ででもあるかのように、一様に首と手をたらし、これら全体の様子と云ったらいまにも消え入るばかり、どうにかこうにかそこに立っていると云ったあんばいなのでした。そのくせ、共通してへんにしゃちほこばったところを持っているのですから、かれらがときどき身動きでもしなかったら、風変りに仕立てられた一聯の人形だと見まちがえたかも知れぬのです。私は、隣の紳士を注意しましたが、その容貌は真青で、灰色の脣のあいだから舌の先をのぞかせています。こんな中でひとり元気なのは縞シャツの男でした。此奴だけがただ一つの生物であるかのように、いそがしく床の上に大柄な影をうごかせていましたが、気がつくと、かれは点呼に取りかかっていました。

元気のない人々は、各自にだらりと垂れたあごを大儀そうに引上げて、微かな返答をしました。白眼を剥いたまま頷くだけの者もいました。そうすると、土方の親分みたいな男は、怖い眼をその方にそそいで、あたかも埠頭場の手下どもに向かって為すところのように、しかし、さすが用心ぶかい低声で、それでもそんなに荒々しく呼び直すのでした。

そうこうするうちに、親方が幾度呶鳴っても、いっこうに返事が出ない情勢になっていました。たしかに人名に相違ないひと綴りをかれは連呼して全列を見廻していましたが、とたん気がついて、私があわてて返事しました。みんなにならってよほど弱々しい声を出したつもりでしたが、まだ強すぎるものだったと見え、親方はおどろいたふうをしてこちらをきっと見つめました。私はしかし、序の口で狂言からつまみ出されたくありませんでした。私は先方に視線を合わさないで、いまにも自分はぶっ倒れそうだという風をよそおっていました。親方はひっかかったようです。いやそう思われたのは束の間で、次の名をよみはじめたかれは、急にずかずかと私の前にやってくるなり、手帳のページを前方へひるがえしました。そして身をかがめて、私のかおを覗きこむようにしました。私はしかし、やはりうなじを垂れて、眼を半ばとじつづけることを頑張りとおしました。親方は口の中でブツブツ云いながら、私の頰か手かにさわりそうでしたが、再び手帳に眼を移すと、こんどは、私にまるで憶えのない町名だの、番地だの、日付だの、心当りのない姓名だの、品物の名だのをもって、たたみ重ねてきました。私はやはり首をたれて、苦しそうに〝yes〟だけを答えました。

親方は、鉛筆をあごに当ててしばらく考えているふうでしたが、やがて廻れ右をして元の位置へ戻りました。それは、まだ疑わしいけれども、若し間違いでもあれば面倒になるので、ひと通りの取調べをやった以上片づけてしまうのが得策だと決心したかのようでした。ともかく一同の数が合ったので、親方は、――さきほどからそんな様子が見えていましたが、かれはたえず廊下の方に気をくばって、こうして勢ぞろいが出来てからも、――いや静かな人々のあいだにさすがこの時軽いざわめきが起ったので、親方はうろたえたようにかれの口元に指をあてがって、シッと一同を制したのです。そしてドアの方へ寄って、しばらく外のけはいを窺っているふうでしたが、そこに鍵がかかっているのをたしかめてから、一同へ向きなおって、反対側のドアから出てゆくように命令しました。

私が、その冷ややかな一団のしんがりについて、ぞろぞろと部屋を出ようとした時、天井の明りがピリリと顫えて、あたかも遠くで大砲が発たれたような、またカミナリとも受取れる陰気な音がどろどろと轟きました。薄よごれた狭い廊下がつづいて、きたない階段をいくつも下りました。おしまいに行止りになりましたが、忘れ物のないことを見届けてあとを追ってきた親方が、かれの手にしていた三叉の鉾の柄でもって、床に嵌まっていた鉄板を引き起しました。その円い孔の下にあった梯子を手さぐりに、一人ずつが影のように沈んでゆきました。真暗な所にくぐり戸があって、いやに湿っぽい夜気が流れこんできました。外は半ば朽ちた桟橋で、これとすれすれにどぶんどぶん寄せている真黒い河波の上には、緑色の安全燈を点したモーターボウトがつながれていました。

船の上には、黒い影が二つうずくまっていました。その者共は、一同が船に乗りはじめた時、追立てるようにして桟橋に現われた親方と何か云い交しましたが、これがカン高い、笛みたいな声で、いずこの国の言葉とも見当をつけさせないのでした。そして黒い影の一方が、"OK"と返事すると、ひっそりした空気に、発動機の音とスクルーの波音が起りました。ボウトがうごき出したとき、あや目も判らぬ桟橋の所に、ポッチリと紅い葉巻の火がとまっていました。つまり親方は、われわれ一同を二つの影に引渡したということになるのでしょう。それよりも、沈みそうにぎっしりと一同を満載したボウトが、河を下っていた時に、――それは、向う岸に取残されたもののように照明を受けていた塔からの反射で判ったのですが、私の隣には、今まで気づかなかったかおがありました。この人物もむろん黙りこくって、膝の上に両肘をついて、ひたいをおさえていました。そして鉛色のくまのついた瞼は、上向きの三日月形にとじられていましたが、かれがおし込んだように冠っているシルクハットの下には繃帯が見えて、しかもそのあたりから夥しい血がにじみ出しているのでした。その次第をややおどろいていまさらに見つめながら、私は、これでいったい平気なのか知ら、どこかに見覚えのある人だが、自分の知っているだれかであるならばいよいよほうっておけないでないかと、自問自答していました。ボウトはそのうちに海上に出て、夜目にもしるい波がしらのすじを引いて、前に後に大きくゆれ出しました。私のネッカチーフがハタハタと翻り出しました。ふり返ると、ところどころに照明を受けた建物を取まぜた都会が、明暗の模様おもしろく、切紙細工のようにつらなっています。強い風――それも何かサイフォンの口から出たような、此の世ならぬ風がまともに吹きつけてきたとたん、私は、折からシルクハットを払い落された隣の紳士が、何人であったかに思い当って、叫びました。――

"Oh! Here you are!"

相手は、力なく開いた眼をこちらに向けましたが、かれも次の瞬間

"Bless me! Monsieur Taruho――"

と口ごもりながら立上ってきました。

ボウトは急廻転して、私は手を差し伸べようとした紳士の方へ、よろめき倒れかかりましたが、眼前にはふしぎな形をした駆逐艦が横たわっているのでした。そしていましも解纜に迫ったらしい甲板からは、閃々と青い火光が立昇って、その前を忙しげに行き交う水兵らのからだは、何と！　どれもこれもレントゲンにあてられたように、肋骨を見せて透きとおっているではありませんか。――しかしこの時私は、ようやく酔からさめた私は、頭を先に舷側から飛び込んで、波止場の方へ向かって力の限りに、腕におぼえのクロールを切っていました。

似而非物語

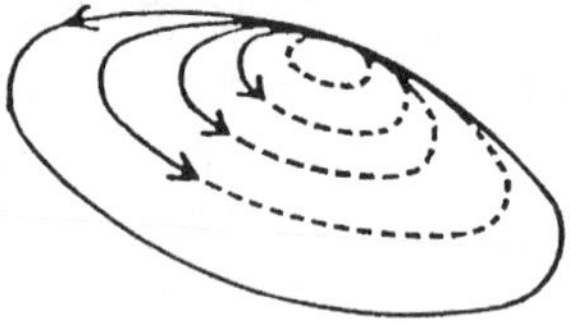

あなたは上図を何と解されるか？　これだけ云って、あとはあなたの想像に委せてしまった方が、われわれがまだこのものについてよく知っていない今日ではいいのですけれども、それでは漠然すぎるから、云ってみると、――これは或る秋の夜、ルビー色のラウダナムをしたたらせたグラスを前にしたわれわれに、ようやく程よい感興がもたらされた時に、（むろんこんな場合ほどにあてにならぬものはなく、だからしてこんな話題になったのだ、そういうことにもなりかねますが）ともかくそんな時間に、T・Y氏が有合せの紙片に鉛筆でえがいてみせたものなのです。

一口に申しますと、Pという天文学者の宇宙なのです。しかし別に宇宙がこんな形をしているというのではありません。貝殻状のなかの矢じるしがついている線をもって、「世界線」あるいは「意識線」という言葉が使われているそうですが、これとてふつうの意識を意味するのでないことはむろんです。私はけさ新聞の一隅によんだことをT・Y氏に語ったのでした。

それは、外国の某所で目下組立中の反射大望遠鏡についての報道でしたが、この鏡が完成した暁には、それによってわれわれ人類は、現在所有する最大の光学機械が探りうるところにくらべて、さらに数倍の深淵をつらぬくことができるはずでした。ところがT・Y氏は、それについて私に云うのです。「幾層倍の深淵というよりむしろ幾分の一か浅いところの深淵を調査しようとするものであるかも知れぬ」と。そして「P氏空間論」を語り出したのでした。

私は初めに、そんなT・Y氏の口調にならってかき綴ろうとしましたが、やがてそのことの不可能をさとらずにおられませんでした。それでここにこんな云いかたをしていますが、さて、この図に現わされているように、私たちの世界線（むろんミンコフスキーの世界線ではなく、これが何物であるかはいまのところ想像してみるよりほかはありません。T・Y氏もそう云ったのです）この世界線は従来考えられるように無際限に伸びて、したがってそれにともなって影のような世界点のつらなり（点線ですが、これも何事を意味するのか目下のところ不明です）を増大してゆくものではない。初めのうちこそ世界点の方が有力であるが、それは次第に世界線に圧迫され、ついに追いつかれてしまった時を限界として、世界点は消滅する。しかもこんな次第は遼遠な未来における予測ではなくて、現に、私たちの世界線はすでに世界点を征服して自らの出発点に立ち帰っている……P博士は以上のように説いて、その世界線がいついかにして出発点へ帰ったかを決定しようとする仕事に取りかかっているのだそうです。若しそのことが決定されなければ、私たちが時に循環論法に陥ったり脅迫観念にとらわれるように、外界においても回収のつかない紛糾が持ち来されるであろう。すなわち、事は心理学的な比喩ではなくして、物理学的対象である或物なのです。それは云いかえると、「無限」を知るためには双眼鏡を執ればよい、そこには自分自身のうしろ姿が映るであろうと云われていますが、すでに私たちの大望遠鏡においてはそのことが行われている。しかもここを通りぬけたならば、循環は延長と誤認されて、同一視野が二重にも三重にも置かれてくる。天文学上の仕事として云ってみると、新らしい反射鏡についてT・Y氏が述べたことを意味します。すなわち、私たちが現に見ている遠方の星の中の或る者は幽霊星である。云いかえると、それは二重に見ている、すでに一度見たところの星である。

——こういうことを述べてから、T・Y氏はさらに一つの図をかきました。そして「これはいまのP博士の楕円的宇宙と対立するQ教授の双曲線的宇宙である」と云って説明しましたが、それはだいたい次のようなことでした。

宇宙は、その頂点を一つにした無数の円錐の集合であって、各電気粒子はおのおのが所属する円錐面を螺旋形に移行して頂点に寄り集まろうとしている、というのです。したがって宇宙の中心部には密度が詰まってくるに反して、円錐の底部では密度が次第に稀薄になる。一方、円錐の頂点附近の密度が限界に達すると、電気粒子が互いに吸引し合って、そこかしこに凝結体を形成するに至る。これがいわゆる星雲の誕生である。各星雲は螺旋をえがきながらより速やかに円錐の頂点めざして昇ってゆくが、円錐がつぼまってくるにつれて星雲同志も互いに接近し、反発作用の結果、或る者は突きやられて軌道が楕円乃至円にまで変化する。場合によっては抛物線的軌道になり、双曲線的軌道に突きやられる。これは稀有なことであるが、何しろ多数の中ではそういうことが起らぬとは云えぬのである。そして若しいったんこんな状態が発生すると、同じエヴェントは円錐の対称点にも起ることになり、これが伝播して大勢を支配するに至る。ここで時間の流れが逆になって、円錐の頂点へ向うことが、円錐の底部、宇宙の外へ平均しようとすることになる。まさしく！　世界の現状はそこに置かれて、すべての事物はあらゆる機会において、限界はすぐそこに見えてしかも行きつくす能わざる界域へ向っての永久の脱出である……。

☽

T・Y氏と私とは或る偶然な機会から知り合いました。それから今日まで約十年になろうとしていますが、その間この紳士は折にふれていまのような、哲学や自然科学に関した話をして、――たとい私がそれらにたいしてどれほど酬いるところがあったかは疑問としても――常に私を啓発することを怠りませんでした。「左の手袋を裏返しにしてそれがやはり左の手袋として通用する空間」を知ったのもかれからです。北極が南極でありり南極とは北極に他ならぬメービゥス氏平面や、地平線の方へ錨をつり下げるロバチェフスキーの世界や、自身の大質量のために生じた大曲率に包まれて、その当体が見えないという巨星のことや……これら、いつどこでしらべたのであろうとそのたびごとに思わせるところのかれの話や、それにたいするかれの意見は、けれどもそんなたぐいであるだけに間違いがないように努められているせいか――かれの他の友人連も云っていることですが――どうも、そうでなくとも難解なものをいっそう不明ならしめる傾向が見られました。たとえばロケット問題にしても、それがはたして或る天体へ到着するかどうかという段になると、かれは（いまさっきまでニスノー・ペルテリー氏の方程式を持ち出して、“l' Astronautique”を論議していたくせに）ロケットの方でもってわれわれの自惚れさかげんにあきれて途中で進行を止めてしまうだろう、と云ってひるがえさないのでした。――そう云えばあなたは、若しあなたが私のかくものに注意しておられる人だとすれば、「星を造る人」という短篇が私にあることを思い出して下さるでしょう。

この作は、これもいまから十年ほど以前に、神戸の夏の夜に、シッカルトというドイツ人によって為された打上花火のことをかいたものですが、そしてあれをよまれたかたは、きっと私の出たらめに生れた童話だと受け取られたことでしょうが、それも無理はありません。というのは、あの事件は近ぺんの大阪や京都にも知れていないし、当の神戸市民だって大部分は全然そのことを知らなかったと云ってよいのです。知っている者があっても、今日そのことについて質問を受けたならば、外国の興行師の余り見栄えのしないヨタであったかのように答えるはずです。この理由について、童話にはあのように大げさに装飾しましたが、次のようなことがつたえられています。それは、ともかく火薬に相違ない材料をつい先日までの敵国人に大仕掛に取り扱わせようというのだから当然問題が生じるはずで、いや事実それは生じたが或る人が独裁に許可したのだと。なるほどそうきけば、この花火の紹介は最初一回新聞に出たきりで、取り消しが伝えられ、いハいハすったもんだがあっていよいよ事が行われたのは、諏訪山に住む某氏の誕生日の余興という名目の下であったし、時の市長の辞職もこの直後の話でした。それはともかくとして、この「星造りの花火」というのは、――これについても此国では、いや海外でも知っている人は尠いようですから、この機会に一言してみると――これは二十世紀の奇蹟と呼ばれているもので、ポロというフランス人がサハラ沙漠の奥地に建てた実験所に永年立て籠って発明したもの、しかもその不可思議な技術を会得している者は全世界に三人をかぞえるだけである。それればかりか、度々くり返して実験することは出来ないという条件の下に置かれています。原理としては、小さな鋳鉄製の円筒――これは何の仕掛とてみとめられない簡単なものだそうですが、この円筒の中へ、Carbonide fantaste と名づけられるもの、その他二、三の混合物を入れて放置しておくと、円筒の上部から、それが天空遥かな高所へ昇って一定の時間を輝きつづける光玉を射ち出すという以外に、何の説明も下されていません。何人もその謎を釈くことができない。この難題に熱中した一人にコナン・ドイルがありますが、例のオリヴァ・ロッジ卿も秘密を探ろうとしてついに"My dear chap, the Cylinder!"として手を引くほかはなかったのです。ところで、前記シッカルト氏というのは、これはインドの奥地で東洋の古代魔術の研究をしていたという人物で、世界に三人だと云う星を造る仲間とは違うのですが、これも現代文明世界から絶縁したヒマラヤ山の奥にある——夢に見るとても行けない場所のような大絶壁の中間を切り開いた石の街だそうです。そこで逢った前記「世界の三人」の中の一人から花火の技術をならった。そればかりでなく、この独創的な篤志家は、原発明者もまだ手をつけていない彗星を造ることに成功して、かれの帰国後の話ですが(神戸へはインドの帰途に足をのばして数カ月間滞在したのです)かれの円筒から生れた虹のような尾をひいた彗星が、真暗な夜しばしばフランス、イタリア、遠くスカンディナヴィアの天空まで訪れることがあった、と私はドイツの新聞の片すみでよんだことがあります。この「ポロ氏の煙火術」について伝えられている別な挿話を、ついでに紹介しておきましょう。

第一次大戦の終り頃の話であるが、西部戦線で幾夜かをつづけて、フランス軍の陣地からふしぎな光弾が射ち上げられたというのです。一部兵士らのあいだに幽霊玉としてさわがれたけれども、その光りものは、いち早くスコットという英国工兵大尉によって分光写真に撮られていた。その後この次第がどういう結果になったかは不明であるが、戦後、スコット大尉は、ロンドンの或る倶楽部の談話室で、はからずもかつての戦場で見た奇異な光弾を思い合わせると同時に、それとは密接な関係があるらしい一連の話を耳にした。この話がいわゆる“Polo's series”と呼ばれているものですが、そのことをつたえたアメリカの通俗科学雑誌には、次のように記載されていました。――まず（1）は、西部戦線の光弾。（2）は、同じく戦争たけなわの頃、こちらはモロッコの奥地にある廃墟、かつて守備兵がアラビア人に包囲されて全滅したという因縁つきの砦から、夜々赤や緑の火の玉が舞い上って沙漠の旅人をおどかしたという話。（3）は、やはりそれと前後した頃、南アフリカ沿岸を航行中であった英国汽船が、夜半大陸の上空にあたかも火山の爆発に似た無数の彩光がみだれ飛ぶ怪奇な光景を目撃したということ。（4）は、アリゾナの辺域で花火の研究をしている亡命ロシア人があって、この隠者が作ったという星条旗、天空にゆれうごく光彩陸離たる巨きな光の旗が、独立祭の夜ユタの谿谷から遠くタクソン市の上空まで流れてきたという風説。……これら一連に示される謎は、ならべられるところのものは、大尉をしてセネガルまで赴いてみようとの好奇心をそそるに十分であった――と米国記者はつづけていいました――その結果、ヴェルデ岬群島中の一つに奇妙な化学実験室の跡が発見されたが、スコット大尉はこの手がかりによって、いよいよ問題のポロのシリーズが収斂している箇所に向って出発することになった。それはいったいどこかと云うと、そこは二十世紀の文明とは絶縁されたトランスヒマラヤの奥なのである。フランス政府が研究援助をしていたポロ氏も、アリゾナの化学者もついには出向かねばならなかった所である。そう云えば近来しきりな各国探検隊のヒマラヤ登攀の企ても或いは目的の一半をここに持つのかも知れない。現代物理学の謎である量子問題がたわいもなくほぐれてしまう魔神の街。人為によって雷電や嵐や豪雨や虹の輪が引き起されている界域。吾人はいまのところすべてをもって、「ポロの神秘」と云うほかに適当な言葉を知らないのである。

☽

シッカルト氏が彗星を作り出すことはうそではありません。その三箇が神戸の夜天に現われたのを私は知っています。それから一ケ月ほどたって、淡路島の燈台の前の海中に落ちた「花火と人魂との混血児」は、たしかに消え残っていた人工彗星であろうと解釈されました。——この件についてもT・Y氏はすでに知っていました。そして人工星のスペクトラムにみとめられる秘密、すなわち、これはさきの一連のエピソードではなく、純粋な理論物理学的探究の対象であるところの「ポロ級線」について説明してくれましたが、これがまた私をしていっそう糸口を縺らかせてしまう役目しか果しませんでした。というのは、そのような理論が呑みこめなかったことはそれとしても、つまり「星造りの花火」は将来においてならいざ知らず、今日のところはただ——とT・Y氏は申しました——人騒がせな、けれどもなかなか入念に仕組まれたペテンである。そうすると、あの夜私たち、ともかく数千の者が等しく目撃したのは、何者であったか？ そういっそう見当がつかなくなるではありませんか。そのものは、——風変りな花火として見逃されたことによっても察しられるように——何も眼を見張らせるというたぐいではありませんでした。けれども、世にあってこのような種類に注意を払わぬ流儀の人々ならいざ知らず、私たちには、もはや悲しい気分をそそるほど高所へそれらが昇ることや、それらの透きとおった色彩は、どうしても尋常の花火だとは解せしめなかったのです。そしてこんなものが一時にたくさん昇ったらば、それはなるほど二十世紀の奇蹟に相違ない、ということはよく納得できたのでした。しかも次のような事共に思い当る時にはなおさらです。それは、二、三箇しか使用されなかったらしい例のシリンダーのありかがその後ずいぶん探索されたが、だれも見つけたとはきくことがなかった点や、また当の技術者シッカルト氏が花火が上った前日にすでに神戸港を解纜していたことや……。詮索は他日に任して次の題目に移りましょう。それは、T・Y氏からきかされた「貝殻状宇宙」の発見者に関する別な話です。実はP博士の名は三年ほど前に私は耳にしたことがあります。やはりT・Y氏とつれ立って、かれの学校友だちであるT技師を三鷹村の東京天文台に訪れた折でしたが、その日、——Prof. Palle 或いは Dr. P. とつたえられるのみでどこの何人やらいっこうに不明な理論物理学者が計画した或る不思議な形而上学的都市について、T技師の口から洩れた時、私はむろんのこと、さすが物識りのT・Y氏も唖然としたものでした。

T・Y氏と私が天文台をおとずれた夜、T技師がだしぬけに私の方へ向って、Hassan Khan という魔法遣いについて質問したことに、それは始まります。この名前はあなたはたぶんご承知でしょう。いまから約八十年前にカルカッタに住んでいたという人物であって、その当人に関係した話が、谷崎潤一郎、芥川龍之介両氏の短篇にも取り入れられていますが、そしてこの二作家がかいているような事柄は事実かどうか、ともかくハッサン・カンが実在の人物だったことは、ヴィンセント・スミス及びジョン・オーマン、その他の著名な東方研究家や旅行者の記載にみとめられるところなのです。そして私たちにとっていまの場合興味あることは、このハッサン・カンが妖術を修得した道場というのが、やはりさっき云った星造りのシッカルト氏と同じく、ヒマラヤ山の奥に屹立している高さの知れない絶壁の中間にある石の街であったと、前記の著述の一つに記されていました。ところで当夜、天文学とは云えこれは子午線天文学というきわめて地味な部門に携さわっているT技師が、どうして先のような突飛な質問を私に向ってしたかというとそれは、T氏自らの言葉を借りると、それをたずねなければならぬような或る一事を、最近コペンハーゲンから到着したパンフレットによってよんだからなのでした。次のような事柄です。

谷崎氏の小説中にも取り扱われているように、このハッサン・カンは、私たちにおける地球の代りに、「須弥世界」——すなわち中央に塔のようにそびえた大高山があり、これを取り囲んで輪形になって山脈や海がつらなっているところの不思議な箱庭式世界の実在を信じ、自らジンと呼ぶ、これは梵天の眷属だと云いますが、そんな魔神の力を借りて現在知覚されているような天文学的宇宙を消滅させるのです。同時に入れ代ってキネマの二重うつしのようにそこに出現する須弥界、無数の梵天や竜神や天人や、夜叉や、さまざまな悪鬼羅刹が極彩色の曼荼羅を展開している所に遊行する……ここに一派の本旨をおいているのです。ところが、現代の西洋の科学者でありながら、進んでこの幻想の須弥界の可能性についての理論を打ち建てたばかりか、ハッサン・カン一派の妖術に暗示を得たと云われる方法によって、現代的須弥界を虚空の一角に顕現させた人物がいると云うのでした。そしてこんな二十世紀須弥山の絶頂では、――そうです、いきおい話をそこに持ってこなければならなかったT技師は、しかめづらに微笑をまじえて、私に向って云いましたっけ。これはあなたには重大なことかも知れないから、記されていたままを述べるがと。すなわち、そのお伽の世界では、五色の雲に乗った天人だの、鉾をかざした夜叉だの、迦陵頻迦だのいうものの代りに、さまざまな科学的天体のおばけが現われる。それらは熱も密度も色彩もかがやきも、全く現代天文学の対象となっている天体の模型と云うべきものだが、中には鉛筆の広告画にあるような眼鼻をつけたお月様があり、コロナの頭巾をかむって笑っている太陽があり、さらに空間を飛んで行くのがくらげか発光魚かのように見えて、物理的なものか生理的なものかいっこう見当のつかぬものもある。このような、発光エビ、まんぼう、つるうなぎ、提燈あんこうに似たほうきぼしのいくつかは捕獲されて、五月幟りの鯉のように竿の先につながれているが、これらを空中馬として遊覧船を索かせて、須弥世界の上天を飛翔しながら全景を俯瞰することができる。ほうきぼしが飼われている絶頂附近は段々の星畑になって、一面に小形の星が栽培されている。こんな畑は空中にある。すなわち、針金にとおされた無数の星が縦横の縞目にならんで、赤や紫や緑の眼もあやな光を放ちながら微かにふるえているが、この有様はまず大規模なゴム風船屋と花壇とが化合して開店されたと想像してよいであろう。星は燈火の代用となり、食料ともなる。フラスコの中へ入れて蒸発させながら少しずつ吸うのであって、経験者の云うところによるとガス臭くて評判ほどの代物でないが、かと云って、その酔心地の軽快と奇異さはなかなかもって阿片ごときの及ぶところでない。自分も色合いによって数種こころみたけれど、緑色の星は薄荷くさく、紅い星はストローベリー、黄いろい星にシトロンの味があったのは、気のせいだろうか？　もっともこんな星の常用は心身を惰弱にみちびくとあって近く禁止されるとも云われている。

　申すまでもなくこんな次第は、私が以前から作品中に企ててきた童話の世界に甚だ似かよっています。同様なことがT技師にも思いあたられた結果が、上記の質問になったのでしょう。T技師は、天文学関係の新着の文書中にあった異質の小冊子を見た時、私のかいているものもてっきりこの伝説にヒントを得たものだと考え、しかも天文学の専門家である自分にいま漸く知られたことをどうして私が夙くから知っていたのであろう？　そんな不審を起したからのようでした。そして事が偶然の暗合だと判るに及んで、

T技師は、一つの時代における夢想が伝わるべき所には伝わるという事実に、いまさら感じるところがあるかのようでした。さてそうであるならば、そんなフェアリーランドについて、あなたはいま少し詳しく知ることを望まれるでしょう。

"Palle City" ——T技師から洩らされて、そのことは自分にとっても、T・Y氏にとっても、まるッきり覚えのない言葉ではありませんでした。あれはたしかにカリガリ博士のフィルムが製作された頃、この映画を紹介した外国雑誌の一隅によんだのが最初でしたが、その記事によると、夢遊病者セザレが活動する不可思議に入り組んだ結晶形のような世界は、ランゲ教授の美学と共に、パル博士という理論物理学者の説くところに暗示を受けたもので、したがっていびつな平行六面体や三稜形やジグザグや円弧から構成された街を「パルシティ」と名づける。こんなことがかいてありました。その後、折にふれて明らかにされてきたところによると、「パルの都」は表現派映画のセットとはまた性質の異ったもののようでした。というのは、いまの言葉は、大戦直後のヨーロッパに魔語のごとく伝えられてきたのであり、アメリカ人は "City of Upside-down" あるいは "City of Tupy-Turvy" と呼ぶが、このものはともかく地球上のどこかに在る。ということは、私たちがこのうつし身をもって行くことができる街なのです。むろんそのためには、"The White Moon Line" と称する航路によらねばなりませんが、そこは考えも及ばぬ奇絶怪絶の場所であると共に、恍惚とするような夢幻的界域でもある。たとえば、スクリーンに投影された見知らぬ風景中にまぎれこむような次第をもって、その旅路は開始される。ファントムと受け取られたものはおどろくべき別箇の現存在であり、岩石巍峨とした荒涼たる所である。ここに繋留された奇妙な形の飛行船に搭乗して出発するのであるが、その旅路は、途方途徹もない巨大な巻貝の内部とも解釈される螺旋形の道である。すなわち海底の風景のように青ざめた、凍てついた茫々たる森林や原野が、われわれの日常の空間観念を転倒して下方にも、側面にも、上方にも、飛行船を取り巻く空洞の壁として俯瞰される。しかもこのような旅程をたどること幾千夜、それは冥府におもむく亡者たちが感ずるであろうような、魂をしめつける寂寥の時間である。大岩壁の真暗な隙間をぬけ、真紅の火焔を吐く鯨群を思わせる重畳たる火山脈の上をすれすれにすぎると、飛行船は突如開放されて、陰鬱な螺旋の先端から飛び出る。ここはあたかも磁石にくッついた鉄粉のごとく、奇々怪々な建物が大円錐の絶頂をうずめて水晶の群簇のように密着しているパルの都である。……ただこんなことがつけ加えられている以外に、何事をも知ることができません。この題目は新奇な刺激を求めている人々の心をそそるに申し分のないものでした。或る者は、それはスカンディナヴィアのどこかに建設されたパラダイスだと云う。他の者は、具体的な何物も存在しているわけでない、それは秘密結社の標語にすぎぬからだと云う。ところがさまざまな取沙汰が交されているうちに、或る夏、パリー在住の各方面の代表者十数名が、それもホテルのロビーや自宅や街上の自動車や、郊外の別荘や、その他まちまちの所にいた人々が申し合せたように、夕刻の或る瞬間に姿を消して、以後数週間いずこに求めても姿がなかったという事件が起りました。“Affaire de Platane”と呼ばれていますが、つまり夕風が鈴懸の梢をうごかしはじめた頃おいに突発した、神秘な出来事である、というほどの意味でしょう。時節柄当局をしてうろたえさせたとつたえられていますが、実は、パル教授の招待によって超絶世界への避暑旅行としゃれこんだのである、と云い出されました。むろんそれらお客様の失踪中、またそれからのちにも、いわゆる「白い月のかよい路」について官憲のまなこは集注されていましたが、いずこに捉えてよいものか、名の通りの空漠さに、かれらの探索は無駄に終らねばなりませんでした。それはそうとして、今夜T技師によって提出されたほうきぼしやお月様のお化けが出没する界域とは、すなわちいまの「パル都市」に他ならなかったのでした。

　ではその街はどう解釈されるべきか? これについては、今日のところ、「どこにもない、しかしどこかにあるパラダイスだ」とお茶をにごすよりほかはありますまい。つまりパル教授によってX次元的存在中に建設されたものは、日常概念の対象としてそれをつかまえようとするわれわれの触れることのできない或物を意味します。若しも私たちの概念中にそのものを取り容れたならば、それだけに何らかの実用を意味することになります。しかし、そんな卑近性のいかなる片すみをも目標にしないことによってこそ、パル教授の可能性は示されたのでありましょうから。そんなこともT技師とT・Y氏とのあいだに出ました。そしてついにその議論が一段落を告げ、われわれが自動車を待っていた時でしたが、T・Y氏は少し怒っている口調で云ったのです——それは例の早口をいっそう早くした云いかたでしたが――未知の函数をわれわれが発見した時には、こんどは事実の方が却ってそれに慕い寄ってくるようになる、だから袖珍天体が飛び廻っても差し支えないわけだ、そんな意味にきき取れました。私だって別にきげんがよいというわけではありませんでした。というのは、このすぐ前に、T氏が明々とした図書室から持ってきてくれたパンフレットを見たことです。そのページには、南海の奇妙な巻貝だと云えばよいか、ネコザメの卵だと申すのが適当か、眼の前に示されてみるとうなずけるが、さもなければいったい何を元にして出来たのだろうと思われるような奇異な発光体の写真が数葉はさまれていました。それぞれに光を放っているハダカイワシ、ホウネンエイ、チョウチンアンコウ、深海イカ、オビクラゲ、ヒカリボヤを前に、私は目がくらむようでした。若しもいったんこんなものを承認したなら、そのとたん、自分を取り巻いているユークリッド形態群がお話にもならぬみじめさにちぢまってしまうことが、よく判ったからでした。

青い箱と紅い骸骨

A Study in Grey

山と海とのあいだの斜面にその都会はあるが、山も西方になると急に低まって、起伏する無数の丘々の重なりになってしまう。そんな奥の方には、よくこのような場所にありがちの、夕方から忙しくざわめき出すような建物が散らばっている。私はいつか丘々のあいだの池の一つで機械水雷の実験があった時、初めてそこへ出かけて、こんな箇所へ、青くぼやけた夕景に、新世界への出発者を見送ってしずしずと登ってくる行列について、考えてみたことがある。あちらこちらに散在している池々の面白味については、いつだったかその上を飛んだアメリカの女流飛行家によっても洩らされていたが、全く青い月の光が降り注いでいたならば、土まんじゅうや十字架が並んでいる丸い丘懐でバークレーの認識論を語りたい、と思わせる類《たぐい》なのである。そんな時には、あるいは向うの建物の方から流れてくる白い靄《もや》があったにしても、それこそダンセーニ卿の小品に出てくる預言者のように取澄して、「これはまだこの丘々を見ないで死んだ人々の霊である。それゆえ夕暮がくると、霧はこうして泣きながら丘々のあいだをさまようのだ」と口外してもよいであろう。ただこんなセリフの前に少々困るのは、この靄ないし霧が、まだ愛すべき丘々を見なかったかどうかはともかくとして、本当に、「死んだ人々の変形したもの」には相違なく、したがってそれは少々臭い上に、普通の霧よりは重いであろうから、水のように低い所を求めて流れてしまうことにある。——もっともこれとて私に目撃されたことでない。けれども、静かな夕方であれば、殊に春から夏へかけての季節だったら、あの都会では風がほとんど吹かないので、出かけさえすれば誰にだって見られるものに相違ないと、私は信じている。それに、似かよった事柄について、私は聞いている——

それは、いまいう丘々とは反対の東方の、しかし同じ山裾であるが、ここにも新世界への受付口がある。この辺は私の学校の近辺であるから、私はわりあいに地理に詳しい。西方に較べると、もう本当の山懐に属している部分だから、そこから海までのあいだが狭くなって、傾斜も急なので、夕方など山際の高い煙突から吐き出された、白い、しめっぽい煙が、ずっと下方の人家のあたりまでただようてきて、風向きによると、数時間も各戸の庭や座敷を閉じこめてしまうことがある。私はそんなにして、たびたび追いのけることができない侵入者に閉口させられている人々の話を耳にしているが、この次第は問題になって、市の当局者への抗議となった。それで、あれはウェーデキントを読んでいた時だったが、私は次のようなドラマを考えてみた。市議会員か何か、しかし別にふだん悪いことをしていた人物でなく、むしろ人格者として評判があったそれがし氏が亡くなったので、みんなが送って行って焼いたところが、その竈《かまど》から、いやはや何とも云いようがない臭い煙が出た。しかもやがて消えるだろうと思っていた臭味が日増しにひどくなってくるので、マスクが鼻と口をおおうた附近の住民の代表が談判を持ちこむ。やはりマスクをつけた係員が出てきて、おいらのせいでないと云う。殴り合いが始まる。そこへサーベルをつかんで駆けつけたお巡りさんが、みんなマスクをつけている。おしまいに一つの都会じゅうがマスクをつけて、二手に分れて、大乱闘の渦に巻きこまれてしまう……。煙そのものについては、ウェーデキントよりもっとやさしいものを読んでいた時に、私はまた考えた。

知己友人が声を揃えてうたう讃美歌に送られて、住み馴れた都会の灯を遠く下方に、まるでそれがパノラマ風景であったかのように眺めながら、あの高い煙突から立ち昇って行く煙たちは、いったいどんなことになるのであろうか？　――涼しい星空に紛れて、測り知れぬ愉《たの》しい国土に到着する……楽しい国どころか、ゆうべあんなに素晴らしかった幻想劇の舞台をもって、これは何の変哲もない散文的な場所に変えてしまうところの、翌日のお日様が差し昇った時、煙は煙突のお膝元の村里に、鶏どもが餌をついばんでいる庭先に、自らを発見するのかも知れない。そして何のまとまったことも思考できない惨めなきれぎれになってしまうまで、幾日もその辺をうろつき廻っていなければならぬのかも知れぬ。――これに反して、首尾よく旅路に乗出したと思われた他の仲間とても、つまりは五十歩百歩の窪地か木立の梢にひっかかって、雨や嵐に融けてしまわねばならなくなる。まぐれあたりの大旅行した者とて、なにも地球の外へ抜け出せるわけではなかろう。こうして煙たちは、以前の拘束された生活中におけると同様に、ここにあっても、新世界がやはり一つの比喩としてしか成立しないということを、さとるに到った――けれども、この思いつきはどこかつまらないので、私は書いてみる気になれなかった。

それは第一に、アレゴリーめいている。せいぜいがチェホフみたいに、池のおもてに小石を投げてみてその波紋を眺めた以上のものではない。何故なら、なるほど神の御許《みもと》への旅路についた煙たちは、村里や窪地に低迷してしまうことであろう。けれども、たとえば或る物を写真に撮るとは、先方が大気中に残して行くスペクトルを、乾板やフィルムが、ちょっとの間遮《さえぎ》ることにほかならない。硝子板ないし可撓《かとうせい》性透明物質に施された感光乳剤の表面にとどめられた飛跡だけが残って、それ以外のものは逃げてしまう。こんな作業を指して科学と呼び、分析と称するのであれば、煙たちにあってもそんな功利的な罠《わな》から逃れ去る部分があることは、否みがたい。もしそうであるならば、未だ測り知られぬ微妙なものこそ、まさに光線よりもなお速く、ミンコフスキー時空などを絶したいずこかへ入りこんでしまうであろう。そういうことをも顧慮に入れねばならないのである。

もし、われわれの周囲に色彩というものが可能ならば、――灰色こそ代表的なものであろう。衣服や建物や部屋などにあっても、灰色ないし灰色的効果を出すものが、今後の世界における標準となるであろう。——私はそんなことを、先日友人と語り合った。それで、たとえばここに人とか書物とかに接した場合にも、その人物がどんな色の衣服をつけていたか、その本の表紙がどんな色であったか、あとになってよく思い出せぬようなものがあったなら、それこそまことの衣服であり、装幀だと云うべきである、と私は主張した。

それならば、このようなものはいっそ白であったらいけないのか？　というように、私たちによれば、古来白ほどに大いなる色はなかったのである。しかも今やわれわれの求めるところとは、「既に色彩でないような色彩」である。云うところは、もはや、きれいだとか、快いとか、落着いているとかいうことを超えたものである。それは、絶望感をそそり立てるようなもの、まだ何人にも取扱われていない別世界への飛躍を促せるようなもの、でなければならない。

このような感覚ないし情緒について、「消《け》なば消ぬべき」という伝統がある。そう云うならば、そんなものでもあろう。曇った中空を横切って行く銀色の飛行船もいいし、水も空もけじめのつかぬ薄紫の明方に一隻浮かんでいる白色の軍艦もいい。私は或る時、やはり一面灰色に曇った海上に浮いているボートを見たことがある。それには緑色の服を着た人が乗っていて、銀鼠《ぎんねず》の背景に紛れこみそうでいながら、しかもくっきりと浮かび出していたことに、何かそれが奇妙な昆虫であるかのような、軽やかな、未来的高揚感がそそられたことを憶えている。あのジョルジュ＝デ＝キリコという画家が好んで用いるところの、それは初春のローマやギリシアの海岸の色だというくすんだ緑や乳白色なども、やはり同様な未来的目標を持つものだろうと、信じている。青い月夜の額縁に嵌められた愛すべき丘々は、以上のような事柄を語っていた折に、私の頭の中に引き出されてきたのだった。いつか、『歯車』の作者が、こんな丘々の幻燈画を、私に思い出させたことがある。

——自分の乗った自動車のラジエーターの上部のマスコットが翼であったり、ふいに頭上を掠《かす》めたのが飛行機であり、買おうとした巻煙草が「エヤシップ」ばかりだったり、人げの無いホテルの夜半の廊下で頻りに鳥の羽ばたきがしたり、夜汽車の窓から決まって遠くの火事が目撃されたり、何気なしにフォークをつけた冷肉のふちに白い虫が這っていたり……あの作品にはそんな気味悪いことばかり書き並べられてあるが、思い合わしてみると、私があの時聞いたことも、そんなにしてすでにその頃、この作家の周辺に次第に色濃く立増《たちまさ》りつつあった鬼気の現われだったのかも知れない。「——あまりお客様がやってこない時にはね、街の方を向いて、おうい、おういと両手を上げて呼ぶんだそうだ。すると翌日にはきっとお客様が入来すると云う」——『歯車』の作者は、紫色になった歯並を覗かせるあたり、スフィンクスめく微笑を見せて、私にそう教えた。そして私は、丘の上に突立って、両手を差し上げて招いている逆さU、即ち∩の字形の脚をした人影と、彼の下方に、靄の底にきらきらしている都会の灯と、更にその向うの海の水平線上から今しも昇ろうとして、ほんの少し蒲鉾形に背を見せている赤い月から成った画面を、想像した。

愛すべき丘々ではなかったが、さっきもちょっと述べた学校時代の懐かしい思い出がある東方の郊外へ、このあいだ久方ぶりにその都会へ帰省した機会に、私は出向いてみた。あの当時にも、昔とはずいぶん変ったと先輩たちに云われていたが、それでも、雲の影によって恋人のおもざしのように明暗とりどりに変化する遠い野づらが眺められる櫟林《くぬぎばやし》が所々にあって、faire l'école buissonnière の秘密な遊戯にまで私たちを誘うような谷が、その奥の方に残されていた。ところが今は全くそんな跡形もなくなり、一帯の剝き出しの、だだっぴろい斜面に、ただ縦横に広い新道路が付けられているにすぎなかった。私はそんな、道と云っても、掘り返した赤土を均《なら》しただけの場所を登って行ったが、数日前に風雨があったかのような泥濘《ぬかるみ》なのだ。気をつけてみると、それらの凹凸はすべていろんな種類のタイアの跡であった。こんな場所に何用があってこのように自動車が行ききしたものか、いっこうに腑《ふ》に落ちなかったが、自分が辿っている道と交叉するいっそう広い道路に出た時、その脇に、まっさらなクリーム色のロードスターが一台置き去りにされているのを見た。すると右手にある境界の石垣の下にも、まだ新しい一台のトラックが、雑草の中に乗り入れたように棄ててあることに、気がついた。人影はどこにもなく、そのトラックの上には、青ペンキ塗の大きな木箱が一箇積まれていた。はて、これは何だろう？　そう思って近付こうとしたが、このとたん、程近く迫った山裾に、凸字形をした灰色の別荘風な建物を眼にとめた。うつろな眼のようないくつかの陰気な窓が、こちらに向けられていた。私はこの建物に憶えがあるようであった。そしてあのフカの館であることに思い当った。私は以前その不思議な屋敷で、今から考えてもあれはどういう仕組になっていたのか？　狐につままれた気がする目に逢ったのである。

フカのお父さんというのは、鱶《フカ》汽船会社の社長であった。当時はすでに世を去っていたが、ヨーロッパ大戦のさなか、オレンジ色のまんなかに跳ね踊る青い鱶がついた旗を翻《ひるがえ》した船をして、しばしばUボートが出没する地中海を突破せしめたことで、有名な人であった。灰色の館は、このお父さんが博打場《ばくちば》として建てたのだという噂だったが、そんな一般人には用事のない辺鄙《へんぴ》な山裾の屋敷へ、ここからは遥か下方に青い帯になって見える海が、櫟林の屛風《びょうぶ》を利用した秘密な水路として引きこまれてあった！　こんなことを云っても本当にされるかしら？　しかし私はそんな細い入江を、確かに見たのである。

夏の一日、私は、時折そんな思いがけない家庭や風変りな人物の許へ私をつれて行くマキ＝イシノに案内されて、出かけたのだったが、櫟林の奥の話声がする繁みや、トランプのカードが散らばっていたりする窪地については、かなり詳しいつもりだった私も、ひょっくりと眼前に現われた宏壮な館を見て、ひどく驚いた。秘密の会合所として作られたと、その時イシノが話した理由によるのかどうか、門などは無かった。われわれは柵を乗り越して中庭へはいり、潜り戸のような箇所から訪れたのである。そこは広い、シナ風の陶器を敷きつめた廊下で、頭の上には精巧な中世紀の貿易船の模型がぶら下がっていた。マキの声がまるで無人館のような奥の方へ反響すると、それがあたかも魔法の掛声であったかのように、われわれの前には、館の主人が音もなく立ち現われていた。見たところ、こんな場所に引き籠って憂鬱な詩作に耽っている男のようでなかった。スネーク模様の薄いスエターの下に、白いフランネルの太目のズボンを穿き、頭なども細い髪をきれいに撫でつけているさまが、今の先まで肱掛椅子に倚って外国の漫画雑誌を拡げていた明るさであった。この人物を「フカ」と呼ぶわけは、彼の父の汽船会社の通称の他に、彼には頤《あご》がないことによるのだと私は耳にしていた。しかし、そうでなくともこれは面白い暗合だとその時思ったのは、初めて見たフカはこんな家族には有りがちのタイプで、それは私が「白鱶」と呼ぶことにしている、別に取得のない、けれども突発的に何を仕出かすか判らないような種類に属していたからだ。こんなわけだったから、やがて彼とのあいだにやり取りされ出した会話というのも、しごく当りまえな、つまり平凡無味の、従って甚だ気詰りなものでしかなかった。この櫟林のどんづまりにある奇妙な館の静かな夏の午後に、大きな掛時計の重錘がのろのろ揺れて、フカの背の上方にあるゴシック風の窓には絶えずきらきらする槲《かしわ》の梢があった。私は、こんな時計の振子をうたったフカの詩を、マキの家で読んだことを思い出した。この男は総体に、五月雨《さみだれ》のリズムとか、灯が点った頃の場末の巷《ちまた》とか、いま云った永い夏の午後の時計の振子とか、そういうどうにもならぬ、遣り切れない気持を伝えるのがなかなかうまい。私はそんなことを思っていた。マキはそのあいだにも、いっこう飽きもせずに、ムーヴィーや運動に関した愚にもつかぬ話題をフカとやり取りしているので、私は、自分の方こそどう仕様もない立場におしこまれて、マキの横顔に対して、チェッ、何だってこんな退屈な所へ案内しやがったのだ！　という腹立たしさを覚える傍、フカが手にしたパイプの先から花文字を絡《から》ませて立ち昇っている灰青色のミクスチュアの煙を、いらいらした気持で睨んでいた。ジジジーンとどこかでベルが響いた。するとフカは立上った。

「どうぞ椅子をお持ちになって、こちら側へ席を移して下さいませんか」――その声は、何か待っているものが来た時のようにいきいきしていたが、全くこの言葉と同時に、蜥蜴《とかげ》のように眠りかけていた屋敷じゅうの空気が、一変したのである。われわれの籐椅子が、廊下のかたえにあった執事の仕事場とでも云いたい、一段と高くなった所へ運ばれるなり、忽ち石だたみの廊下の一方から清らかな水が流れてきて、見るうちにそこを潺々《せんせん》の音を立てる浅い急流と化した。

これは思いつきだ！　水は山から引いているのだな、そう思って私は、この馬鹿げた、しかしなかなか気の利いた仕掛に対して、フカへのお世辞の一つも述べたくなった。小流れは十分間ほど続いて止ったが、塵と惰気が治まり、辺《あたり》に涼風がみちみちてきた。フカはこの時再び立上ると、ひたいに右手を当てるようにして、しんみりした口調で云った。

「実は先日妹を亡くしましてね」

この言葉は、今までどこか落着かなかったフカの挙動を釈明するものであったが、同時に私をして、たったいま初めて聞いたフカの妹、しかもすでに故人であるフカの妹の葬式が、実は今日なのだ、そういうことをも覚《さと》らせたのである。廊下の突当りにがやがやと人声がした。そして今までどこにいたのか、廊下の外れを横切って行く大勢の年若い男女が認められた。とたん私は、おや、あいつも！　と思った。脳裡にこんな考えが閃《ひらめ》いた。――それは、フカは、今日まで自分が想像していたように、普通のメランコリな、気儘《きまま》な、金持の青年としてこんな別荘に籠っていたわけでなく、むしろそれは表面の話であり、あんな上流社会の良からぬ子女のあいだでは既に親分格の人間でなかったろうか？　フカがたいそう愛して、この櫟林の奥の館にいっしょに暮していたらしい妹についても、私はまるで知らないわけでなかった。ずっと以前、私は、自身の妹と非常に巧みに踊るという、自分と同年輩の少年の噂を聞いたことを思い出したからである。その兄妹の踊り振りを見ると、どんな気むずかし屋の老人だって、お伽噺の挿絵に接したかのように、ついニッコリしてしまうというのであった。それから更に二、三年前には、考えてみれば確かにこのフカの館だと察しられる郊外の別荘で、主人とその息子の両者から悪いことを仕かけられたために、自殺した小間使いがあったという話を耳にした。しかもその若い婦人が身を投げた所が、わずか一呎の深さしかなかったのに、成功したのだとも附け加えられていたから、あるいはこの廊下の人工谿流でなかったろうか？　――こんなふうに辿《たど》って行くと、私には、幼い時から仲よしであった兄妹が、成長につれて次第に手のつけられぬ代物になり、父の死後はこんな辺鄙《へんぴ》な別荘を根城として、勝手放題なことをやっていたのだということ、従ってその相棒が欠けた時、生き残った兄は、ふだん兄妹と親しかった者共を集めて、水入らずの葬式を行おうとしているのだ、そういうことについては、もはや疑う余地はないようであった。

マキと私はフカに乞われるまま、廊下を曲った所にあった広間にはいった。そこは真正面にステージを置いて椅子席があり、この上方に、やはり馬蹄形に舞台を取巻いた二階があった。フカのお父さんの物好きさを証明する一例であろうが、こんな椅子席には、いまやケバケバしい装いをした女の子や、気障《きざ》っぽい、傲慢な面付きの若者らがいっぱい詰って、彼らのパウダーや髪油や、香水や絹の匂いや、各自の体臭やらが入り雑り、噎《む》せ返って、眼まいがするような雰囲気を織り出している。マキは知合いのかおを見付けて、すぐその方へ紛れてしまったが、私は取り残されて、一等前列の右端で、困ったふうにして坐っていた。やがてフカの友人らに奏されているのであろう、甘ったるい、むせぶようなオーケストラの葬送曲が始まった。そして舞台に垂れていた黒天鵞絨《くろビロード》の幕が静々と上った。そこには、蠟燭の灯を照り返す花束や人形や玩具類に埋もれて、牧師が着るような、黒い、だぶだぶのガウンをつけた人物が突立っていた。両眼の周りを白く塗っているので見当がつきかねたが、よく注意すると先刻のフカであった。音楽が低まると同時に、フカは、海豚《いるか》のような声であるが、しかし聞いていると涙が滲み出てくるような哀切な情感に溢れた声音を張り上げて、長く曳くように、何かうたっていた。それは次のような意味であった。

いとしい妹よ
もうおまえの心臓に笛のような音はしないでしょう
それでよかった！
けれどもおまえはお兄さまたちを去らねばならなくなった
おまえと白いロードスターに乗り、また蠟燭の下で遊んだりしたお友だちといっしょに
おまえをここまで送ってきたが
羽根のある人がお迎えにきていらっしゃる
お兄さまたちはこれ以上行けないのだ
それでは愛する妹よ
きげんよく羽根のある人にお伴をなさい

こんなフカのかたえに、黒い柩掛《ひつぎかけ》をかけた棺があって、その上に真紅色のドレスをつけた大型の人形が寝かせてあった。あたかも亡妹に対するかのように、兄は等身大の人形を撫でさすりながら、繰り返しくり返しモナディをうたっているのであるが、私はふと、人形の沓下《くつした》を脱がせた両脚や、よく見えないけれども、そのかおの辺《あたり》の紅や緑に腑

に落ちないものを感じた。とたんに私はぎょっとした。人形だとばかり思いこんでいたのは、実は屍体なのであった。その時、兄の手は次第になきがらの肩先に及んで、その次にひたいを撫で始めていたが、そのため、今までこちら側に垂れていた金粉を振り撒いた髪がかき除けられた。

そこは半ば骸骨に化している！　何故なら美しく化粧されていたが、唇と鼻先とはこの八月の数日中に、すでに葡萄色のぺらぺらしたものに変質して、そのあたりを強く撫で下し、撫で上げられる度毎に、上に下に捲くられるのであった。そしてこの下部に、ぎっしりと耳の根まで食いしばられた真白い歯並を、何かそれが人間ではない他の動物であったかのように、私の方へ見せるからであった。香煙や脂粉や汗の臭いにまじって、口では云えぬ異様な効果を嗅覚に訴えていたものが、実はここから発散しているのだ、と私は初めて覚《さと》った。それは厭な瞬間であった。何人にも恋人はある。しかもその相手がいったんこんな始末になる――そうならないと誰が断言できるか！　と脅迫的に考えさせられることは、実際堪らなかった。――しかしこれだけのことであったら、私は我慢したはずである。私がついに席を立って、馬蹄形になった二階の方へ逃げ出したのは、フカがそのうちに壇を飛び下りて、「可哀そうな妹のために何か一言を……」と口籠りながら、たった今までべたべたした石榴《ざくろ》色のかおを撫で廻していた手でもって、アッと云うまもなく私の片肘をつかまえたからである。私は覚えずからだを椅子の背におし付けた。するとさすがに気づいたかして、フカは胸ポケットからハンカチを出したが、それでもって我が手をよく拭わないうちに、こんどは私の隣にいた人物の肘をつかんで、舞台へ引き上げようとした。

二階では、ご同様に逃げてきたらしい四、五人の、蜻蛉みたいに頭を光らせた連中が、フカの仕草について些《いささ》か激昂の口調で談じていた。彼らの一人がシガレットケースを私の前に差し出した。有難うと云って私は、その強い香りのする埃及巻《エジプトまき》をヤケにふかしていたが、そのうちに、階下がいやに騒々しいので首を伸ばした。椅子はみんな傍えに取りのけられて、まんなかの空所には滅茶苦茶な舞踏会が始まっているのだった。私は、世にこんな淫らさもあったのかと感心した。それは、悲しいばかりに澄んだ、かつ軽やかな、同時に玩具箱をぶちまけたように賑やかなものであった。いま読者に対して、ピアノのキーを叩いて示すわけに行かないけれども、私が知っている範囲では〝Two step, Zaragoza〟というマーチが、その日自分が目撃した葬送舞踏会の感じに近いと思う。その曲は南方のメロディであろうが、私は、少くともいま指摘したい点から云うならば、なにも西班牙《スペイン》情調でなく、われわれの文明が今後久しい世紀を経て到達するであろうもの、云わばその時地上に打ち建てられる最後の都市の姿が、もはや夜とも昼とも云いがたい世界黄昏《たそがれ》の光線の中に透き通って聳《そび》えているさまが描かれるのである。

手すりから覗くと、広間の隅にソーファで作った方陣があって、その中で一人の中年の紳士が大口をあけて、彼を取り囲んだ丸裸の女の子たちから、山盛りのアイスクリームの匙を八方上下から突きつけられていた。こんな光景を眼にとめたのと申し合わしたように、こんどは驚くべし！　階段の下り口へ、私自身のお父さんが、何か時間に遅れたという恰好で、あたふたと登ってきた。——が、これは別に思いがけぬことでないかも知れない。どこかのお父さんめく人物はこの時刻にはあちらこちらに見受けられたし、それに第一、子供という存在にどこで何を仕出かすか判らぬ所があるように、世間の父という者はむしろよりいっそう、よそでは何をしているか判らぬものを持っているからである。お父さんは、傍のソーファにいた少女に何か云いかけたが、相手にされなかったので、お父さんはこそこそとどこかへ姿を隠してしまった。

　私がその次にお父さんを認めたのは、彼が二階の向う側からこちらを眺めていた時であった。しかしお父さんは私と眼が合うなり、視線を逸《そ》らして踵《きびす》を返し、そのまま廊下へ出て行こうとした。とたん何物かを見付けたらしく、あわてて私に向かって片手を上げた。私がその方へ行くと、廊下の外は青い夜になって、いつのまにか雨まで降り出し、それら雨粒がルビーのように赤く光っていた。不思議な水路はこの時眼下に見られたのであるが、そこに繋がれているヨットから紅蓮《ぐれん》の火焰が噴き出していた。見る見るそれはくぬぎの木やコンクリートの堤を切紙細工のように浮き出させて、燃え上ってきた。これはフカが妹へのはなむけでないのか、船中には先刻ステージに置き放しになっていた柩となきがらを運びこまれているのではないのか？　最初のうちはそうとしか考えられなかった。それでおりからコバルト色の夕闇の向うから、木の間越しに爛々とした火光が射してきたが、私はすぐに「消火光線」を装備した消防自動車だと察した。そして露台に溢れていた連中に向かって、かおを伏せるように怒鳴った。私はせっかく大成功裡に終りつつある葬儀に、こんな邪魔物がはいることを気づかった。直視すると眼を傷める消火光線とは、あとで考えると可笑《おか》しい話であるが、これは何か小説で読んだことを、数日前の新聞の特だねであったかのように取り違えたのだ。しかし普通の消防車であったにしても、あんなに驀進してこられる道などはないはずだから、あれはいち早く高所の出火を認めた港内の碇泊船が差し向けたサーチライトだったのかも知れない。ヨットは実はお客様を載せてきたものである、と私は気がついたが、その水際までかなり隔たっていると思ったのに、どうしたわけか、こんどは掘割とは反対側の広間の内部から、黒煙が濛々と渦巻き上ってきた。しかし私は一等落ちついているつもりであった。それでいつか学校の火事の際に先生からそうされたように、こんな急場にまだ手を拍《たた》いて燥《はしや》いでいる女共に向かって、「逃げろ」「逃げろ」と怒鳴りながら、片っぱしから頬っぺを殴っていた。そのうち片方の靴を飛ばしてしまった。ふと見ると、先刻と同じように、やはり二階の向う側で、お父さんも何か探し物をしているようにうろうろしていた。粉々に砕けて飛び散るスレート屋根のパチパチいう霰《あられ》のような音にまじって、何かキャスタネットを打ち鳴らしているような、紐に通した貝殻をかちゃかちゃさせているような、妙な音が階下に起っていた。首をのばすと、もう何人の姿も無い広間のまんなかで、真紅色の衣裳をつけたフカの妹が、焔に照らされて交錯した影をリノリュームの上に落しながら、操人形みたいにひとりで踊っているのであった。

お父さんにそのことを知らそうかと思った。しかしひとしきり渦巻いて迫ってきた煙は、ソーファのうしろにあった片靴をつかんだ私を、階段の下へ追いやってしまった。私はよろよろと煙に噎《む》せんで駈け降りてくる人々の中に、お父さんを見付けようと焦っていた。なかなか出てこない。お父さんはとうとう現われた。同時に、階段の横手から紅い衣の骸骨がひょっくり出てきた。覚えず身を退いた私の前で、紅い骸骨は廻れ右をして、コトコト階段を登り出した。お父さんは階段の中段でお化けと鉢合せをした。とたんお父さんはジャンピングの選手のように骸骨の上を跳びこえて、ひょろひょろとよろけてくるなり、私の両腕をつかまえてへたばってしまった。

だしぬけに山の方で、カミナリでも落ちたような大きな音がした。紙片がきりきりと渦を巻いて走った。私は吹き落された帽子をあわてて追っかけた。遠くの林が鳴り出していた。向うに見えるうつろな眼のような窓がある建物、しかしそれはフカの館でも何でもなく、ただ火葬場であるところの灰色の凸の字の背後からは、黒い雲が煙のように湧き出して、天日をおおうて頭の上に拡がりかけている。

薄い街

——現在一般に使用されているカラーは、われわれがカラーを見ているのではなく、却ってカラーの方がわれわれを見ているように思われます。カラーは、或る色合いだと判る程度で十分なのではありませんか？　その他の何事にせよ、きれいだとか、おもしろいとか、快いとか、悲しいとか、そんな概念的な気持をそそるうちはどうですかね。われわれの要求する所は、もはやきれいだとも、きれいでないとも云えぬもの、面白いのかつまらないのか判らないようなものではないのでしょうか？

——それならば私がつい先日までいた都会のことをお話しましょう。私は相当の期間あの風変りな都市に居住していましたから、その習慣上あなたとご同様に、いまこんなに口をきいているのさえ億劫千万なのです。けれどもあの街の輪郭だけでもお伝えすることができれば嬉しいです。いったいあの街ではよほど原始的な連中以外は、対話を交しません。それに笑ったり喋ったりすると刑法に触れるのです。笑う者、大声を出す者、演説をする者は勿論ですが、話相手の他の者にも聞えるような声を出しても罰せられます。話題としては、人々に元気を与えるすべて、自己及びその周辺にとどまる事柄などは一切禁じられています。しかし今も云うように、口でもって話をするのは極く少数者で、大部分の市民は瞼や指先を動かしたり、あるいは指先で壁面なりテーブルの表面なりをコツコツ叩くことによって、互いに意を通じます。また、いまあなたと交しているような対話にしても、三分間以上にわたることは許されないのです。三人以上集合することも禁止されています。

——文字はあるのですか？

——あります。しかしそれは数学的記号だと云った方がよいでしょう。また大型のオルゴールが街の到る所で鳴っています。これはつまり告知板であり広告ビラでもあるわけです。街と申しますが、これは立体派の墓地とでも喩えたい所で、人影なんかは殆ど見当りません。そしてただ平べったい箱だの、円錐だの、円筒だのが、のろのろと廻ったり、思い出したように跳ね返ったりしている場所に、そんな金属盤から発せられる音がポロンポロンと鳴り響いているのは、何とも云えぬ侘しい気持をそそり立てるものです。また、細いフィルムに孔を打ち出して行くタイプライターがあります。これは手紙の役目をします。

——人名も数字なのですか？

——人名は番号であって、これにそれぞれ固有速度とか自我の振動数とかを示す数字を加えて、登録されています。

――そういう人々の衣服は？

――カラーは総じて薄くなければならぬというご意見が理想的に行われているのですから、衣服についてのわれわれの概念は、そこでは当て嵌らぬようです。街の燈火がトワイライトに交錯する時刻、薄羽《うすば》蜉蝣《かげろう》の翅に似た衣服は、見る位置によって蛋白石みたいに変化するので、人々は何か光を包んだ小量の物質だという感じを与えます。このような人々のなかで、私には性別がつきかねたものです。ところが正規の市民にだって、性別はいざという時でないと区別がつきかねるのだそうです。そしてこのいざがあそこでは挨拶代りに使われています。そのためには辻々には「挨拶箱」というのが設けられています。これは、ドアを開けてから十秒目にベルが鳴りますが、それまでに出てしまうのが紳士淑女です。お互いの黙認でドアに手をかけるだけなら、もっと尊敬されるのです。

――そんなら、すでに知り合っている間柄ならよいが、若し知らぬ者同士が初めて挨拶を交そうとした場合、同性の組合せだったらどうしますか？

――方法はいくらだって見付かるわけだし、また適宜に発明すればよいではありませんか。つまりそんな場合に性別が判って、一等簡便な方法が採られるであろうと云うまでのことです。この点はわれわれのあいだに現に行われている事情と少しも異なっていません。しかし近頃は全く性別を決定しかねるような連中が増加していると申しますから、この場合はどうなるのか、それは私の臆測の限りではありません。そこでは、人々は普段は蝙蝠のように、即ち私がいまこうしているように、逆さにぶら下がっているのです。

——あなたはよっぽど軽業をお習いになったのだと思っていました。苦しくはありませんか？

——私には椅子にかけている方が辛いのです。ただ食事の時は止むを得ずに椅子にかけますが。その他は、電車の中だって乗客はみんな逆さにぶら下がっているのですからね。このスッリートカーからの眺めについて、一言申さねばなりますまい。そこには街路樹を初めどんな青いものの影一つも見えません。以前にはシャボテンぐらいは許可されていたそうですが、私が行った頃にはそれすら厳禁されて、種類の如何を問わず、芽生えを見つけることにも奨励金が出ましたから、青いものは摘み取られて、根絶してしまったわけです。

——電車はどんなものですか？

——実際は電車であるやら何であるやら見当がつきません。何故なら、立体的万華鏡とでもいう具合に、部分々々が如何様にも組み合って、どんなふうにも展開して行くように構成されている都会では、家屋だの道路だの交通機関だののあいだに区別を立てようとすることそもそもが、無理だからです。たとえば、細長い小屋だと見たものが辷り出したので、初めてそれが電車だったことが判ったり、いくつかの建物同士がくっついて電車に変化することもあり、そうかと思うと、道路の一部分が分離して「平面電車」

になったりする……坂道がエスカレーターに変化したり、十字路が廻転板に入れ代ったりするのはざらに見られる所で、高所から高所へ、低地から高所へ、高所から低地へかけ渡す風車式の道路もあります。先程も述べた通り、そんなさまざまの幾何学的形体が自動的に千変万化し、随所からの放電火花がそれら物象に映じて、そして人通りと云えばめったに無い場所における、このままどこかへ消え入ってしまいたいような快い寂寥感は、それこそあの都会を俟って初めて人類に与えられたものだと云わねばなりますまい。街は一見したところ、月世界のように重畳起伏していますが、これは空間中における運動を有効ならしむるためと、重力を極度に利用しようとすることに出ています。或る箇所はナイフの刃のように窄《すぼ》まっており、或る場所には想像もつかぬジグザグやスパイラルロードがあります。こんな坂だけの都会は時に青硝子製ではないのかと疑われることがあります。かなたこなたに点っている菫色の信号燈のせいなのですが、この特殊な燈火は、その前を横切る物体や人体をX線のように透き徹らせるのです。そしてコンディションの良い夜、薄紫色の燈火はその周囲の物象の奥の奥まで染みこみます。同様な現象がお隣の燈火の周りにも起って、こうして全都会のあらゆる物象が等しくその限界を喪失して、一様に連続してゆらめく奇異なアラベスクになってしまいます。私はそんな光景を最初に目撃した時、未来派の連中の先見に感服したものです。ボッチョーニでしたか、「各物体にはその本来の力線を無限に伸ばそうとする傾向がある」と云っていますが、青硝子製の都市にはそのことが証明されていて、そしてわれわれは、立体万華鏡の只中にいるような気がします。

——人々は何を食べているのですか？

——それが行人の衣服に見られる seatless-slacks（尻なしズボン）及びさっき申し上げた椅子なのです。椅子は実は食卓であって、圧力計とチューブが付いています。チューブからは栄養ガスが、身体内へ供給されます。つまりわれわれの身体における出口が、入口になっているわけです。ガスにもさまざまな種類があり、それらは別々に、あるいは適宜に混合されて、おのおのの容器からゴム管によって椅子にまで導かれますが、一般的なガスは政府の供給するところであって、街かどにはそのスタンドが設けられています。

——では、そんな楽なものを摂っているのならば、われわれのあいだにあるような消化器疾患はないわけですね。

——その通りです。けれども嗜好に偏したり、節制を怠ったりしたために、故障を生じることがあります。これの治療には特別のガスをもってしますが、その効目がない場合には専門医が必要です。治療者は原始的な男性でありさえすれば、誰だってかまいません。これはしかし未開人に属して、郊外に居住しています。ところでさすがの市民もこの未開人から出てきたものである限り、さあという時には蛮族の世話にならないわけに行きません。云い換えると、原始人自身にそなわっている注射器によって、体内に霊液を受けて、健康を恢復するわけです。もっともこの始末はきわめて不名誉な話になっているので、極秘裡に行われます。

——そんな街の人々はいったい何を目的にしているのでしょう？

——さあ……それが判っているくらいならば、何もこんな都会など出来なかったのではありますまいか。あそこには「消滅局」という機関があって、第何号は何日何時までに消滅すべし、という課税が各自に割り当てられます。また郊外に子供が生まれた場合にも、適当な近親者乃至その代理が、入り代りに消滅しなければならぬことになっています。刑罰というのもただ一箇所「消滅させるべし」があるだけです。この規則は刑法に触れなくとも、各自に申込みさえすれば、然るべき調査の後で適用を受けることができます。こうして「消滅」とは一般道徳の原則になっていると考えてよろしい。これらの連中は、云わばスペクトラムの端っこで崩壊しかかっている人々なのです。われわれの分光器によって捉えるべく困難な人々とは、また「菫色の人々」だと申しましょうか？　街の上方を真空にして、ガンマ線にでもなって飛び出してしまいたいのでしょう、きっと。

——そこはいったいどこなんです。

——どこでも！

——どこでもですって？

——そうです。この街は地球上に到る所にあります。ただ目下のところたいへん薄いだけです。だんだん濃くなってきましょう。

リビアの月夜

寝苦しさのあまりホテルを抜け出した私は、いつのまにどうしたものか、ナイルの対岸まできてしまって、昼間案内された道を、心覚えのままにたどっていました。

近頃、新たに発掘されたらしい石材が積み上げてある一区廓を通りすぎると、巨きな巨きな、砂岩の立像が、南北にならんで突立っていました。お月様はこのとき頭上に冴え返って、しかもどういう加減か、その光っている半球面の火口《クレイタ》や繞壁平原《ウオールドプレイン》を無気味なくらいまざまざと見せて、恰も、ファン・ラングレン、リチオン、グルマルディなどいう、月面学《セレノグラフィ》の始祖に当る坊様たちの手に成った、素朴な、誇張的な見取図そっくりにうかがわれるのでした。それにこの妖異な月球の周り一面といったら、赤や紫や緑や、かれらの星座を乱したのではあるまいかと疑われるのみか、手を伸ばしさえすれば、それら色とりどりな大つぶの宝石が掌のうちにつかめそうなエジプトの星空、世にもおどろくべきプロデューサーの手になった舞台装置です。

私がいま打ち仰いでいる二基の、でっかい像は、すでに二千五百年前に、大歴史家へロドトスも触れているそうですが、ギリシア人のあいだでは「メムノンの柱」と呼ばれていました。メムノンは、あのトロイを援助におもむいた勇者です。彼は奮戦してたびたび手柄を樹てましたが、ついにアキレスとの一騎討ちになった時、それぞれに両人の母に当るエオスとテティスが互いに息子を気遣ってゼウスに迫り、大神が二人の運命を秤にかけたところ、メムノンの皿がさがりました。彼はアキレスに討たれ、ゼウスはエオスの悲しみを見るに忍びないで、息子メムノンを不死においたと伝えられます。――実は初めのうちは、アメンホテプの像か、あるいはメムノンのそれかと考えられていたところ、この巨像が日の出にさいして奇妙な、――とても人間の出すものとは思えない、それでいて耳にした総ての人々の心を打つ声で嘆き悲しむということから、メムノンが、彼の母なる曙の女神エオスに挨拶を送っているのだろうということになったのです。

このメムノンの朝の唄は、例のローマのハドリアヌス帝も、皇后のサビアといっしょに待ちかまえていて、期待は十分に酬いられましたが、其の後、セプティミウス・セヴェルス帝の代とかに、くずれ落ちていた上部をつくろってから、音は全くしなくなった。だから、「メムノン節」は、ご両人の肩や首すじにあるヒビ割れの中の夜露が、朝日に暖められて膨れることに出ていた、と解釈してもよろしいでしょう……ここにきて、我と我身に向かって解説を述べていた私は、おや？　と思わずにおられませんでした。というのは、この一対の砂岩像は、（アメンホテプでもメムノンでもなく）本当はアメノフィス三世の像なのですが、それもいまは只の瓦礫の小山……しかもその場所がエジプトも表玄関のダフネー辺《あたり》であったことに、思い当ったからでした。

そんなら、この眼の前に立っている巨人らは何であろう？　こんなものは昼間は全く気付かなかった。私はどこもかしこも青い幻燈に映っているような景色の中に、黙々とそそり立っている黒い二柱を、かわるがわるに見上げました。この砂岩のメムノン――いや、王冠を戴いたアメノフィス三世の高さが十二メートルだということも、どうやらその通りだと思われるのでしたが、なお、「南側の像では、手の中指の長さは一・三八m」と憶えているところを、目測で確めようとした時、自分の靴先に何物かがコツン！と当りました。おや？　――犬も歩くとぶっつかる棒ではありません。といって石ころでもない。細長い、つるつるした白っぽい代物です。私は何気なく取上げてみました。

なあんだバカバカしい！　つぶやくより早く捨てようとしました。駱駝の、古い骨らしいものであったからです。けれども、露にぬれた骨きれは、真上にあるお月様の光を照り返して、このまま打ちゃるには惜しい風情をそなえていました。で、私はその次に、先とはいっそう広い範囲にわたって、辺を見廻したのでした。

ちょうど向うに、昼間の騒々しい、がさつな連中の足跡にみだされていない砂の斜面がありました。その方へ五、六歩近寄りながら、私は右手にした骨を投じました。白っぽい乾いた肢骨の一片はくるくると、あのオーストラリア土人の狩道具のように廻転しながら飛んで行きました――

サクッ！　軽い音を立てると、駱駝の骨は、きれいな、まるで縞馬の背を見るように風の過ぎた跡が波形についている砂のおもてに、半分が突きささりました。私はそこで身をかがめて、お昼のきらきらした眩しい遠景を見る時のように、両手を合わして、眼の周りをかこったのでした。自分は何事を企てているのでしょうか？　他でもありません。私はその骨をもって、いや、その骨の落ちた箇所を、遠い沙漠のまんなかだと思いこもうとしたにすぎません。そのため、自分の掌によって適当な額縁を作って、双生児のアメノフィス三世をはじめ、附近にあるごちゃごちゃした邪魔物をおおい隠す必要があったのです。

そうしてみると、ここはもう本当に寂莫たるサハラの真只中でした。砂の丘々が月の光に煙って、限りも知らずに打ちつづいています。何の物音もしない、何人もこない、恐ろしいような所に、ただ一片の乾からびた骨が、上膊骨か、大腿骨か、それとも胸骨かが、月光を吸いながらじっとしています。

そして中空の月の無言の移動につれて、骨の下側に出来た影も、また少しずつ動いています。……

「なるほどな！」と私はひとりごとを云いました。私は、この駱駝の古い骨を見た瞬間、ダンセーニ卿の『失くした絹帽』という一幕物を思い出したのでした。なぜかというと、ダンセーニは若い頃、陸軍大尉としてボーア戦争に出征したというし、第一次大戦にも熱い近東国に駐屯したと聞いています。そのせいか、あんな神々と、王と、匿された宝物の話をはじめとして、アラビアだとかサハラだとかを彼の舞台に好んで採り入れます。

『ロウスト＝シルクハット』もその一つで、その中に出てくる詩人が失恋者をつかまえて、次のように説くのです。

「何という果報者だ」と詩人は、頭をかかえて嘆いている紳士に向かって、申しました。「きみは志願兵になってアフリカへ行くがいい。そして茫漠たる黄金色の砂に、無慙にもきみ自身の若い戦死体をゆだねてしまうのだ。きみの骨のそばを冷然とベタヰイ族が通って、これまた紅閨夢裡の人というようなことを思ってみる。……暗夜には獅子の吠え声が聞える……何とすてきでないか。こんなすばらしいローマンチックが、またと容易に手に入るとでもきみは思っているのか！」

このセリフを思い合わした私は、いつのまにかその駱駝の骨をもって、自分の親友の肋骨の一片でもあるかのように思いこんでいました。

十年前に行方不明になった親友なんか、私の上にあろう筈はありません。けれども、そんな主人公が実際あったかのように、私は勝手に空想してみたのです。そしてつづけて、かれが幼少の折からどんなに優しく気高かったか、そのような彼と自分とはどんなに愉しい、仲のよい年月を送ってきたかということを、頭の中に造って行きました。「一切は終った。ぼくは銃剣を取ってスーダンへ行くよ」と云って、自分の手を彼が握りしめた最後の晩のこと……あとになって、いきさつを私から伝えられて泣きくずれた相手の女のひとのことまで、順送りに私は想像してゆきました。すると、十年前に行きがた知れずになった友人をたずねあぐんでいた自分が、とうとう今夜、この沙漠の月明りに一片の白骨をみとめ、そうしてわが友もこうして既にひと昔まえにこのような無名の勇士の一人と化してしまったのだ、とこうきめても差支えないようでした。私はやおら身を起して、骨の方へ近寄りました。

「おお異域の鬼よ！」

私は親友のかたみを両手に抱き上げたのです。私の双眼は涙でいっぱいでした。とたん、細長い骨の内部でコトリと何かが鳴りました。

せっかくの狂言がけし飛んでしまいました。私はこんどは、骨の方を査べ出したのです。

よほど古くてカラカラでした。それで、内側で欠けた部分があって、空洞の中で音を立てるのだろうと思いました。それにしては、振るたびにコトコトと動いているのは、何かもっと重い、まとまったもののようです。私は手頃な石を二つ持ってきて、その一つの平たいおもてに骨をのっけました。他の一つでゴツンと打ちました。骨は脆くもまんなかから折れましたが、同時に私は、ギョッとして飛びすさりました。

「うっかりも出来んぞ」

退くとたんに、つまずいてうしろへひっくり返った私は、起き上りながら、立ちさわぐ胸の中で思いました。二つに折れた骨の内部から黒いものがころがり出たのです。それはてっきり沙漠名物の毒虫だと察しられました。

「何にせよ、五千年の秘密が封じられている土地だ――」

私はエジプト紙巻の丸罐やチーク材の葉巻函についているレッテルそのままな月光と星模様の空の下を、ぎざぎざな鋸の歯で区切っている左手の絶壁の方へ眼をやりながら、思いました。

懸崖は、「女王の谷」あるいは「死の谷」と呼ばれている古い王たちの墳墓がある所です。そしてこの上からは、リビア沙漠が物すさまじい波頭をつらねて拡がっています。私は昼間見物したツータンカ・アーメン王の墓塋を思いうかべていました。そして、そこで発見された雪花石膏の壺のおもてに、「王の墓をあばく者に死の速やかなるつばさは到らん」という文字が彫り付けてあったにかかわらず、柩を開いて間もなく毒蚊に刺されて高熱が続き、「もう終りだ、呼び声が聞える」と云って死んでしまった御大のカーナヴォン卿を考えに上していました。第二番目は、王墓公開の時に一番乗りをした南阿の富豪ウルフ・ヨエルです。これはナイル河でボゥトがひっくり返って溺死しました。次は、アメリカの鉄道業者グールトで、お墓見学の時にカゼを引いたのが元になっています。それから、ご本尊のミイラにレントゲンを当てていたダグラス・レイド。「ファラオのたたり」を劇に仕組んでいたシッギンス。カーナヴォン卿の義弟のハーヴァード大佐の狂死。……つい先日も、第十九番目の犠牲としてウェストベリ卿が、――彼はホワード・カーターの秘書として発掘に加わったのでしたが、この八十歳に近い老紳士が、「こんな恐ろしい目に逢っては一刻も生きておられぬ。出口だ出口だ、出口がほしい」との走りがきの紙片をテーブルの上に残して、倫敦のアパートの八階の窓から飛降自殺をした。そんな報道が新聞に出ていたでないか。それに彼の息子リチャード・ベセルといえば、前年に同じ住いのベッドの中で、一夜のうちに原因不明の死をとげている。ウェストベリ卿の葬式の当日には霊柩車が八歳の少年を轢き殺した。——眼前に月をあびて黙念とそそり立っているアメノフィス三世が、さむけを催させました。私はあわてて初めの考えのあとをつけ加えました。「何しろそんな土地柄なのだ。秘密があばかれる時には不思議も起ろうと云うもの。夜も更けて行くのにこんな所にまごまごしていたら、それこそこんどはこちら様へお鉢が廻ってくる」

　折れた骨片と、そこから飛び出した黒いものをそのままに、踵を返そうとしましたが、考えなおすと、遥々この土地までやってきて、一夜の気まぐれ歩きに、有りうべからざる「メムノンの柱」に行き当ったことはともかくとして、たまたま靴先にひっかけた古びた駱駝の骨におどかされて退却したとあっては、面目次第もありません。

　よしッ！　と勇気を奮い起して、私はライターを点じました。月は真上にあってお昼のように明るかったとは云いながら、いっこうに動こうとはしない毒虫のけはいを探るには不足でした。それに火を持っておれば心丈夫というものです。そろそろと炎の舌を虫へ近づけました。奴さんは魚型水雷みたいな形をして、全身に斑点がついています。

　繭かな？　それにしても毒々しい代物だわいと思いましたが、まゆであるならば、何者かが飛び出すまでには余裕があります。そう安心をすると、私はいっそうまなこを引き寄せました。

　オヤオヤと、私はまゆをつまみ上げて、小さな赤橙色の火焔のそばに持って行きました。斑点と見たのは、実は、赤や青や代赭《たいしゃ》で、おどろくばかり丹念にえがきこまれている人や動物や器物の絵模様だったのです。

「こりゃ宝物だぞ」胸をおどらせながら、私は、世にも珍奇な細工品を鼻の先にあててみました。何とも云えない、夢を見ているような、はるかな、佳《よ》い香りがするのです。

ハテナ？

☆　　☆　　☆

Clof, clop, cloch,
cloffete,
cloppete
clocchete,
chchch
病気に罹った噴水を歌った、こんな未来派の詩がありますね。ちょうどそれと同じような、とぎれがちな噴水の音が中庭でしていました。
「……そうすると先生、これは貴族だということになるんですね」
いま、向かい合わせに坐っている老紳士は、カイロから連れ立ってきたハーヴァード大学の教授です。私が夢遊病者のように、えたいの知れぬ「メムノンの柱」をひとめぐりして帰ってきた時、博士は皎々とした電燈の下で、相変らず先刻と同じ姿勢で甲虫と取組んでいました。私は取りあえず、これこそ掘出しものの、駱駝の骨の中にはいっていた佳い香りがするミニアチュールを提出したのでした。すると、それはちいさなミイラの棺であることが知れました。そして慎重にそのおおいが外された時、果して、これはこれはとびっくりする他はない豆ミイラが現われたのでした。

「さよう」と博士は、豆ミイラに拡大鏡をあてながら云いました。「爪や眼に金《きん》めっきが施してあるところを見ると、一般貴族よりも更に高貴な身分になりますな。わしにはよく判らんが、ここにあるのは人形かな」

「こりゃまあ！」と私は、博士の手から拡大鏡を取って、示された箇所にあてたときに叫びました。

「豆ミイラの胸元に青い人型棺と豆箱がついている」

「それがミイラの召使、シャワブティじゃ。箱の中身はスカラベ、すなわち甲虫、木乃《ミイ》伊《ラ》のお守りじゃ」

と博士は、相も変らず落ちつき払って云いました。

「このミイラは手を組んでいます」

「婦人じゃな」

「これは整ったかおだ！」

「――どれ……」と先生は、私から虫メガネを取りました。「なるほど、しかし髪の毛がエジプト人にしては赤すぎる……というと、心当りがないでもござらぬ」

「心当りとは先生のご親戚すじにでも」

「そう、わしの姪ぐらいに当ろうかの。おおそうじゃ、ミイラの棺にある銘文を読んでみて下され。いびつな楕円型の枠が、そこここに見える筈じゃから」

虫メガネは博士の手からまた私の手へ、電燈はもっと近く、豆ミイラの棺の真上に引き寄せられました。

「あります、あります。一方に柄の付いたワクでしょう。ワク入りの文字があります」と私は云いました。

「それが、エジプト王の名を示すカルトゥーシュというものじゃ。それもわしが思うに、1815年、有名なフィレーのオベリスクに見られた二箇のカルトゥーシュのうちの一つだ。即ち一方の第四、第三、第一の文字が、こちらの第二、第四、第五の文字と一致しておったもので、それぞれに獅子、蛇、鎧戸に当っている。LとOとPとして、われらの偉大なるシャンポリオンが解読したところじゃ」

「獅子がLなのですか」

「さよう！　そのLが第四番目に、Oが第三番目に、Pが第一番目についている人名とは何じゃろう？　PTOLEMAIOSじゃ。これに準じてLを第二番目に、Oを第四番目に、Pを第五番目としている名に思い当ればよいわけじゃ」

「私にはロゼッタ石の持ち合わせがありません」

「形だけでよい。初めから順次に読んでみなされ」

私は眼をこすって、眉をひき寄せ、ピンセットで挟み上げた棺のふたを埋めている象形文字群中の、さらに小さなくぎりのなかを凝視しました。

「初めが三角」

「それはつのだ。Kである。Qと読んでも差支えない。ハイ、その次」と博士は云いました。

「牝獅子、Lですね。第三番目は庖丁を立てたようなものです」

「それは迷路を意味する。Eじゃ」

「ひもを結んだような蛇です」

「よろしい、Oじゃ」

「次は土台石の四角」

「P――鎧戸じゃ」

「例の鷹です」

「Aじゃ」

「………」

「何じゃな？」

「徳利を倒して、一方へ柄をつけたようなものです」

「紐の輪のTじゃ――その次がシガーじゃろう」

「いかにもツェッペリン飛行船」

「それは人間の口、Rじゃ。それから再び鷹のAじゃ——よし、それだけを綴ってみなされ」

と博士は私を促しました。

窓の外は真青なお月様——

Clof, clop, cloch,
cloffete,
cloppete
clocchete,
chchch

噴水は相かわらず咳をしつづけています。

お化けに近づく人

「そろそろ怪しい物共がはびこってきて、われわれの周りを取巻くのが判りませんか」
――ファウスト二部・第一幕・広々としたる広間

あなあわれ
恋のイカルスが
落っこった
空色の瞳の湖水へ

かれは初めは、こんなふうな詩を書いていたのだそうです。そしてそのことはかれにとってふさわしいことだったのに、やがて柄にもない方面へ踏み出そうとしたから、ついに「悲壮劇」が発生したのだと、かれの昔からの友人は云っています。かれらによると、つまりそんなふうに変りかけたかれは、たとえば「北海道××で」と書けばよい所を、「曾て北方の或る都会で」というぐあいにやったからであり、若しいったんわれわれのうちにこのような病癖が嵩じて、しかもそこにある逆説について認識不足であった時は、われわれのよって立つ現実性はいよいよ稀薄となり、ついに六月の夜の流星雨となる木星族彗星の運命を招かねばならぬのは当然だと云うのでした。彗星と云えば、最初に逢った時でしたが、かれはこんな質問をしました。

「どこからかやってきた大彗星につられて、地球が太陽系を抜け出してしまうようなことには、可能性があるのかね」

「いやそんなことは絶対に起り得ない。元来彗星の質量なんか問題にならないから」

そう答えたのは別に私でありません。けれどもいまになってみると、この説明はよしかれをして地球にたいする彗星の無力を知らしめるものではあっても、決して彗星自体にそなわる薄命性についてかれの顧慮を促せるものではなかったと云えます。とは云えこの最初の日、かれをつれてきた紳士と私との対話を、かたえに寝そべりながらきいていて、時に何か物を払いのける印象をあたえる早口で意見を差しはさむかれは、丸々とした、血色のよい大柄な男でした。そしてたとえば、「そばに侍らした美少年の頭髪で手を拭うローマ人の御馳走の食べかた」というような題目について論じる時、かれのつややかな頬はいきいきと輝くのでした。これは私にはいささか意外なことでしたが、かれも又私にたいして同じことを感じたのかも知れません。物判りのよい男でしたから、私についてはすぐに、「これはこれでよいのだ」と思ったことでしょう。かれの云いぐさを借りるまでもなく、私たちの対象が人生にあるうちは、われわれは痩せていたってかまわない。けれどもそこは既に通りこした。そうだとすれば、メヒストフェレス一族は太っちょだ、とかれは主張することでしょう。

かれは或る日、なぜ近代文学がノンセンスに走らねばならなかったかを論じて、ロード・ダンセーニの作品に及んだ時、例の早口で私に云いました。「おまえのかくものなんか、おれはその代表だと考えるね。おまえにはノンセンス以外に何もありゃしないのだから。ところであの連中だね」とかれは言葉をつぎました。「一生懸命だがどうも毛が三本たらぬ感じだ」

これは、かれがその頃出入していた銀座裏の或る酒場に集まる若い一群を指すのでした。しかし、かれはそんなことを云いながら、そのグループにはたいそう好意を寄せて、かれらが関係している探偵小説を主とした雑誌の愛読者をもって自ら任じていました。先年自動車事故のために死んだW氏をかれが私に紹介したのも、紅い光を受けた棕櫚の葉が壁に映っているその同じ酒場でした。また、グループを離れて、それゆえ腰に一本たばさんだ感じがするJという作者についても、かれはそのJの作が載っている雑誌を私の前にひろげて、注意をうながしました。

それは「不思議」という題の短篇でした。ビルディングの最上層に住んで部屋から一歩も出たことがないくせに、人の為すこと考えることをみんな承知して、その度合は当人以上でないかと思われるような、そんな友人にたいして恐怖を抱いた主人公が、意を決して相手を殺害に出かける。ところが友人の部屋の卓上に吸いさしのタバコが煙を上げているばかり、「君は利口な男だが、惜しいことに一歩おくれたよ」と走りがきした紙片が載っている。相手の姿はない。隠れる場所も逃げる路もないはずである。正面の窓をあけてみると、スーツケースを下げた相手が、いましも自分を見下してニヤニヤ笑いながら空間を昇ってゆくところであった。そこでよめた。「そら、昔からよくあるでないか。三日月に腰かけてへんな笑い方をする細長い先生がいるが、あいつだったのだ！」――こんなすじでしたが、走りよみしている私のそばから、かれは会心の笑を見せながら云いそえるのです。

「こりゃ何だな、おいら子供の時からマッチのレッテルなんかで見ている……あれがあるからなんだね。やられた！　と思ったよ。しかしどうもたねがありそうなんだが、判らん。ともかく面白いところをねらっている男だよ」

同じJの「ジャマイカ氏の実験」についてもかれはきかせました。或る晩がた、新宿駅で省線電車を待っていたら、腕をうしろに組んでぶらりぶらりとプラットフォームを直角方向に往来していた西洋人が、ついと無心のまま向う側のフォームまで空間を渡ってしまった。びっくりして、こちらは地下道を通って追っかけて、ただしてみると、相手はいっこうに覚えがないと云う。隣のフォームにいたことはなるほど知っているが、それがいつこちら側へきたのかそれは自分にも判らない、と答える。いやそんなはずはない、あなたは空中歩行術を体得しておられるのだから、どうか伝授していただきたいと無理に西洋人の住いまでついて行く。そしてさまざまに説き伏せて、テーブルを二つ、距離をへだててならべ、そのあいだを渡らせようとしたら、たちまち落っこった！

かれはその他、ダンセーニや、ワイルドや、ポオや、ホフマンや、エーエルスや、ビャースや、また、ウエルズの或る作を語る暇々に、こんどかくつもりだと云う物語のすじをきかせました。しかしそんな、例えば美人の眼の中に宝石が隠されていたとか、乞食がぐしゃぐしゃに崩れて、そのどろどろしたかたまりの上に眼玉が光っていたとかいう話は、かれの意気ごみと得意さにくらべるといささか間が抜けている、と私は思わずにおられませんでした。もっともかれ自身、いわゆる北方からの便りの中で述べていました。「おれはどうしてこんな風雪にとじこめられた陰気な所に故郷を持ったのであろう。おれはいくらあがいてもゴオチエのような方法でしか行けない。こんな点で明るい南方に生まれたおまえの極楽トンボ性をうらやむ」と。極楽トンボとは、実は、屈託なげにきらきらした夜の銀座界隈を飛び廻っているかれにたいする私の評言なのでしたが、たといかれが何かまじめな勉強をしている時間について云ってみても、どうやらそれは、「近代文学の困った数ページをひとり踊りしたにすぎない。初めからこんどのことが判っていたなら、そのきゅうくつなシャツを脱がせてやりたかった」という点にみんなの意見が一致しました。かれらは、かれの云うことはどれもどこかに書いてあったことであり、その行いは空ッポで、見せびらかしで、つけやきばであり、しかもそんな次第すらおいらがさんざんにいじめたり泣かせたりした末にかれをして習得せしめたところのものである、と云うのでした。なるほどそう耳にしてみると、（いったいそんなことを云う手合がかれにくらべてどれだけダンディだったかは疑問ですが）このぬっとした奴の芸術が、今後いかように発展を俟ったところが、“Pen, Pencil, and Poison”の主人公の審美的折衷主義を出ないのはたしかだ、と私にも考えられました。そのことは、沙良峰夫といういともはかなげなペンネームや、コカインをしませた綿を鼻孔へ差しこんでいる手つきや、先のとがった靴や、黒びろうどで縁取った上衣などをかえりみてもうなずけます。鴉片溺愛のデ゠クィンシーや毒殺者ウエーンライトを持ち出すことは、かれをして有頂天にさせました。かれは、自分も“Some Passage from the Life of Egmet Bommot”を出すのだと云って、白と金と緑とから成立つべきその装幀について、私にきかせました。

しばらくかれは姿を見せなくなりました。足の関節を病んでいるとの噂でしたが、次には、郷里へ帰っているということが知れてきました。かれの家は網元だが、両親は夙くに失くなり、いまではかれの妹と、祖父と、そして十年間も外へ出ないで本ばかり読んでいる人間嫌いの叔父さんとかがそこにいるのだという話でした。半年ほどたってかれは再び上京しました。その折かれは、いわゆる北方の或る町の酒場で偶然眼にふれた冊子で読んだ私の小品を、しきりにほめて、その中の文句、「旦那、へんな奴らがはびこってきやした。こんな晩には切上げる方が利口でげすよ」をくり返し述べて、例のごとくうれしげでした。次に逢った時、かれは山高帽をあみだにかむって、妙なインバネスをひっかけていました。この帽子は、私の提言にもとづいて先夜、私の姿が見えなくなるなり、ただちに帽子店へ飛びこんで買ったのだとかれは云いました。マントーは、従来持っていた二重廻しの下半分を自身で切り取ったものでした。食べるにも飲むにもかれは相変らず達者でした。もっとも、せっかく腹中におさめたものは、表に出て風に当ったとたんに嘔き戻してしまうのではありましたが。――しかし、こんどはいよいよ仕事に取りかかるのだと云って、なかなか愉しげに見えました。が、時はすでに遅かったのです。私はその後一回しかかれと話を交すことができませんでした。なぜなら、全く不意にかれを訪れたのは、このたびの無理な出京を追うてきた北方の使者ではありません。それは、かれが日頃から霧の深い夜に場末の酒場かどこかで逢うことを願っていた男、こうもりみたいな羽根のある人物に他ならなかったからです。しかもかれと議論するのではなく、かれを迎えにきたのであったところのその人物は、かれを引き立てて、ネオンサインを映した街の石だたみの隙間からもろともに降りて行ったのでした。

☆　　☆　　☆

或る夜、雨には風が加わっていました。私たちは、かれが東京で最初にくぐった酒場だという銀座横丁の「ロシア」の二階に集まっていました。かれを襲うたあまり例のない内臓の疾患についてみんなはいくらか詳細に知りたかったのでしょうが、説明役は、「同じことだから」とそんなわけの判らぬことを云って、中途で座に坐ってしまいました。「これから生きていてもさて何をする所があったか?」と最初の一人が云ったことに、もはや何人もつけ足すものがないようでした。それのみか、「殺すわけにも行かなかったんだからな」と思っている者さえあるようでした。一同はしばらく窓ガラスを打つ雨の音をきいていましたが、ふいに一人が口に出しました。

「まるで化物だよ。あいつがあの山高をかむってさ、手製のトンビをひっかけ、電車に飛び乗ってつり革を持とうとしたら、そこにいた女が顔色を変えて逃げたとよ」

ドッと笑声が上りました。もう集まっている必要はなかったので、人々は散りかけていました。狭い階段を降りると、おもてのドアは風にあふられて、しぶきが吹きこんでいました。

「ひやぁ！ 嵐じゃねえか。追悼会がこんな晩だとはどこまで手を焼かせやがる野郎なんだろう」

と一人が腹立たしそうに叫びました。

「しかし晩年には」と私は、さっきから考えていたことに結末をつけるように云いました。「あの、影を買ってくるくると巻いてポケットへしまいこんだ男の弟子のようなところがあったぜ」

「そうだ、あの男には影がなかったからな」

面を向けようもない横なぐりの、土砂降りの街に、再び笑いがひびきました。

赤い雄鶏

あるいは Pathé

水ッぽいガスの火光が照らしていた舞台の上にコトコトひびいた靴音は、本当の土を踏んでいる音よりも、いっそう好ましく思われました。それで後の日いわゆる“Awakening of Spring”にあったわたくしどもの、秘密に咲く青いムンデルブルーメを偲ばす或る企ての中に採用されていました。ガスの灯の下に観たのはどんな筋でしたろうか？　何にせよ英語の芝居で、いま云ったコトコトという靴のかかとの音を立てて立現われた二人づれの少年が、樅の木の下に置いてあった、写真館のステューディオにあるような青草の上へ、かれらのびろうどの半ズボンの腰をおろして、互いに接吻を交したことには間違いなかったのです。同じ舞台には別な時、白いスクリーンが張られていましたが、ここで憶えていることも引き出してよいでしょう。

といっても、――機関車の釜のなかから鬼が飛び出し、とたんに汽車が絶壁やら噴火口やら、さらに月の世界やらにかけてめちゃくちゃな驀進を開始したり、――奇妙な鳥形の飛行機が立木に衝突してパッと黄いろい煙を上げたり、――青い海の中を珊瑚の林へ向かってこぼれ落ちてゆく色とりどりのマシマロウみたいな船員や荷物を、ぬッとかたえから現われた巨きなおばけ鮫がパクリパクリ食べてしまったりする……あのたあいない、たんねんに一コマずつ彩色の筆跡がうかがわれるパテェ兄弟のフィルムなのですが、私が特にここに述べたいのは、そんな一つの絵物語の中に出てきた男です。それは両袖がひらいた、オレンジ色のコウトをつけた悪人の若い弟子でした。そして先端に玉がくっついているので、だからたえずピラピラと顫えている弓形の針金みたいな飾りを、かれは襟のうしろに附けていました。この人物はおしまいに山中で眠ってしまうのです。するとその枕べから、ニューと木が生え出して、見るうちにそれは成長して、枝の一端で熟睡している男の襟元にあるリボンをひっかけ、なお伸びて大木となったから、睡眠者をついに宙ぶらりんに吊してしまいます。喉を締めつけられて踠《もが》いていた色の白い、女みたいな男は動かなくなって、首にかかったリボンのよじれるのにつれて、ぶらりんぶらりんとからだの向きを変えている時、例の襟のうしろから雉の頸飾りみたいに張出した玉のついた弧線も、ピリッピリッと痙攣していました。——これったけなのです。しかしこれが、わたくしどもの「大鏡やその他さまざまな器物を使用する体格検査ならびにその他のいろんな姿態の会」の項目中に含まれていたことに思い至ると、あんなピカピカする赤や紫や緑の星を鏤《ちりば》めた、レースと絹ずくめのお伽劇の衣裳を着けて、白粉と紅とをかおに塗って、あんな淋しい、だれも居ない山の中で夜霧や凬に打たれてぶら下がっていたら……しかもその衣服は少うしよごれていなければならない、などとわたくしどもに考えられていたに相違ありません。――また、これは私一人が観たものでしたが、自動車が水中へおっこちて爆発すると、（たぶん人形を使ってそんなに仕組まれていたのでしょう）乗っていた人物がうつ伏せに水に浮かんでゆらゆらと揺れていましたが、そこに在る奇妙な感覚のために、これも倶楽部の条目の一つとして提出しようと思い、ついそのままになったことに私は思い当ります。過ぎ去ってみれば何事も、復活祭の色玉子、サーカスの天幕に写っていた馬の影、風のために動いた野原に置きっぱなしの単葉飛行機、ミルク色の夜霧の奥から、こちらの足の運びにつれて近づいてきた緑色の門燈、この都会の上をきらきらした流星が過ぎて行った六月の夜の夢のきれっぱし……になりますけれども、それでも、あの港の街の星多い夜、山ぎわの方へ出かけて、色の白い人とすれちがったり、ひっそりしたレンガの段々の中途に点っている電燈や、蔦におおわれたポーチのかなたを覗ったりするとそんな建物の二階で、今夜もあんな倶楽部がかつてのわたくしどもにおけるよりはずっと目覚ましく、且ついっそうに落着いて、また伝えるに困難なデリカシイをもって、ヒステリックにさえ、新時代の少年少女らによって継承されている気がしてならないのです。友だちによると、そんな想いがするというのも「夢が滞っている夜」のせいです。全くこんな時刻には、深い木立の向うの家の奥で美しい少年の咽喉が締められているような、また、失心した女の子がトランクの中へ詰め込まれているようなけはいが感じられるのです。

☆

☆

☆

二階のヴェランダにアーチが三つならんだ建物は、夜どおし白光を放ってげらげら笑いつづけているアーク燈の下をまがり、その砂利路の突当りに、木立がくれに立っていました。むろんずっと以前にそれは取払われました。公園そのものも、わたくしどもが散歩していた頃にくらべると面目を改めましたから、今日では、私は、昔日の木造家屋についても、「この辺だった」と云えるばかりです。この建物、さっきも申したように、わたくしどもより年上の子供らの語学おさらいの劇や、音楽会が催され、またスクリーンが張られたりしていたのですから、kursaal（公会堂）と云ったものに相違ありません。いつかお父さんから、「学校だ」と聞かされたように憶えています。そして私がその内部へ最初にはいったのはお父さんといっしょでした。ベンチがならんでいる所はがらんとしていました。こんなことから私は想像しましたが、私のお父さんは、たぶん、私などまだ生まれず、したがってお母さんと結婚しない以前からあの建物に縁を持っていたのでなかろうかと。根拠はありません。しかしお父さんがアコーデオンの名手であり、何に彼につけて英語を使うくせがあったことなどに思い当ると、なぜかいまのように考えられるのです。お父さんは子供の頃から此処へ出入をしていたのだ、というふうに。ですから、その木造館は、表側はさほどでないが、裏手に廻るとずいぶん傷んでいることが判る古い建物で、藍や桃色の粗い縞目のシャツがよく乾してあるバルコニーなどは、緑色のペイントが剥げてほとんど真白になっていました。そして直下の陰気な小窓からは、――私がハトさんという紳士の自動車に乗ってその前を横ぎる時など、捲毛のそばかすだらけの西洋の子供のかおが覗いていたりしました。

ハトさんとは、なぜそんな呼びかたをしたのか、たぶん鳩みたいなパチクリした眼を持っていたからでしょう。この人は、私の家からはそんなに遠くない本町通りにある醸造家の息子でした。そして馬車形の、動き出すとたんに故障を起すような自動車をあの小都会では一等先に輸入して、いつもどこかの辻にストップして黒山に取囲まれている人物でした。ポオの物語に出てくる真紅色のお化けみたいなかおをして、乾板を入れた皿をコトコト動かせる仕事を真暗な所で私に見せた最初の人も、やはりこのハトさんでした。

建物の後半部は、こういうわけで、私には少からずふしぎな場所になっていました。しかしそこへはついに入りこむ機会が与えられずに過ぎてしまいました。お父さんと連れ立っている時、私は、表がわの椅子席で用事がすむのを待っていなければならないのでした。舞台を馬蹄形に取巻いた二階へは自由に上られたものの、こんな時にも、正面両側のドアに鍵がかかって、奥へ行くことができませんでした。ところで、椅子席や二階桟敷に行けるのは、そこに何人の姿も見えぬ昼間に制限されていました。そうでない折、すなわち何か催し物がある時には切符がないと入場を許されないのでした。それで私は或る友人から、「切符がなくても入りこむ方法」を教わっていました。どういう手段かと云うと、なるべくきげんの悪い、怒ったようなかおをしながら受付へ行って、そしてこの建物に関係のある実業家の名前を告げて、その紳士の許からやってきたのだとか、或いは当人から表口でそう云うがよいと教えられてやってきたのだ、という風を見せるのです。この冒険を実行するには、なるたけ混雑している時刻を見計らわねばならぬ、と注意がつけ足されていました。私はしかし、すでにカチカチと快い鋼鉄製の歯車のリズムを伝える映写機の廻転が始まって、機械場のドアの隙間から洩れる強烈な日光が反対側の壁に落ちているひっそりした時間であっても、建物の前を行きつ戻りつしたあげくに、思い切っていまの手段を試みました。なぜなら、あの紫がかった鋭い火光がフィルムの嵌った小さな矩形の孔を照射している所には夢がありましたし、そんな機械に使用されている電気の臭い――熱した薬品や焼けたヒューズからかもし出されているものが胸を打って、私をして辛抱しきれなくするのが常だったからです。しかしこんな場合であっても、直ぐに、でなかったら、しばらく私のかおを見詰めてから、「よろしいお通りなさい」と承認する検札人には変りありませんでした。――この秘密はむろん、私と案出者以外に口外されてはなりませんでした。それで或る抜目のない第三者に感づかれそうになった時まで、数年間を通じて、よく有効に行使することができました。ですから、学校仲間などは、私ら二人と活動写真関係者らとのあいだに特別なわけがあるように思い込んでいました。私にしてみると、あのカチカチと鋼鉄の歯車の嚙み合う音をつたえる、そして電気やガスの熱した雰囲気をもたらせる映写機といっしょならば、どんな遠い地方の町々を巡業してもかまわないと思っていたのですから、そんな学友間の取沙汰が不都合なはずはありません。それで、「君は活動の会社とは親戚だね」などと云いかける者に対して、「うん、そうだよ」と私は空うそぶいていました。しかもこんなにぞっこん打ちこんでいる自分だったのに、それほど好きな映写機にさわってみたことは、とりわけ、案外に重たく、しかしいったん廻り出すとスルスルとはずみに乗って、次から次へ動く滑らかな歯車の律動を手に伝えるあのハンドルを握ってみたことは、まだ片方の指でかぞえるくらいしかなかったのです。わたくしどもには、幾巻かのフィルムを映写すると、またやってきた時のようにいず方かへ去ってしまう渡鳥のような巡業隊員のあいだに知人はなかったからです。わたくしどもは、ただ建物の管理人の息子を知っていたばかりです。

管理人の息子は私より五つばかし年上で、映写会の晩にはきっと、どこからでも直ぐ判るひょろ長い姿を見せていました。そしてかれと同様にかおを出していないことはないわたくしどもについて、かれはどんなふうに思っていたか？　たぶん「熱心だなあ」と感心しているほかには、例の入場方法には感づいていない模様でした。馬蹄形の手すりにもたれたかれは、あっちこっちのペナントやポスターを指して、それらに含まれている字数を一目で当てるように私らに云いつけました。そしてうまく云いあてると、その胸ポケットに大事にしまってあるフィルム、そのうちの極く短い、二つか三つ絵のつながったきれっぱしを、思い惑ったあげくに、ほうびとしてくれるのでした。こんな時刻には、どうかした拍子にゆらめく只の白幕にすぎないスクリーンのおもてに、箒とバケツを携えた人物によって、まんべんなく水が塗られていました。それは最初、投影を鮮明にするためだと解釈されましたが、或いは幕のしわを伸ばすためだったのかも知れません。箒を持った人物が舞台にいなかったら、投影試験でしょう、ただの白い枠がスクリーンに映って、その光道に立ちはだかった子供らの大坊主小坊主や、手首で作られた狐や、犬の首や、その他のシルウエットが動いていました。かどを円く取ったこんな明るい映像の矩形には、映写機の枠に嵌められているアスベストのふちも共に拡大して投じられているので、したがって周辺が滑らかでなく、あたかもボール紙をくり抜いた孔のように見えるのでした。わたくしどもを惹きつけている活動写真独特の感覚があったわけです。そう云えば画中の人物や風景のうごきがほんの少しずつ異なっている無数のミニアチャーの連続から成立したセルロイドのリボンが、ふしぎな道路の両がわに果しなくつづいている街路樹に似た孔を連ならせているのならば、――そうです、左右四つあての送り孔に飾られて、それぞれに独立した小さな別世界を構成している一コマ一コマの魅力は、たとえばそれらの容器として使っている化粧箱――姉さんに貰ったびろうど張の小函に残っている香水の匂い、その香をもって喩えてみたいほどの懐かしさと、そして驚異なのでした。そして強力な光を発する映写機の前面にきっちりとはめこまれたそんな三十六ミリの幅を持った薄膜は、まるできれいな容貌のようにわたくしどもの胸をとどろかせます。そんなたぐいだったからこそ、一コマずつ切断されたのが、香水をふりまいた紙サックに入れられていたことを、私は述べなければなりません。

「この一片を水にしめらせてお日様の光に当ててごらんなさい」

　夏の夕方、そんな小さな透明写真のキレを指先に差しかざした男が、取囲む子供らに説明していました。そして翌日、私が学校の庭で、ゆうべ買った紙袋からフィルムのきれはしを出して、水にしめして、教えられたことをためしている生徒の掌の上を見ると、事実！　かれの掌上の小さなぴらぴらした、写真中の樹木の枝は微かに揺れ、その下方の馬車も少しずつ動いているのでした。送り孔が左右に四つあてにある一コマにもこんな魔法が封じこめられていたのです。或る放課後、私はハッと胸をつかれねばなりませんでした。何であったかというと、わたくしどもが背伸びをして映写室の四角い窓を覗きこむ時に眼にとまるような、あんな長い連続したフィルムなのです。あなたにもたぶん憶えがあるはずです。レンズの前をパタパタ廻る扇形のシャッターと共に、ハンドルによって操られるのを待つばかりに映写機にはめこまれたあのセルロイドのリボン、――それは黒地に橙がかった独特の赤色で浮出したパテェ・フレールの唐草模様の輪廓と、それに囲まれた幾層かのゴシック文字、これを両側から護持している同様に赤い雄鶏のマークでしたが、そんな一聯が放課後の教室で、その連続した微細画をしかめつらで凝視している先生の手先に持たれて、するすると巻き上っている一端を床にまで届かせていたのです。この長いフィルムは、先に公会堂へはいる方法を教えてくれた友人の所有品でした。かれは、街角に貼られる活動大写真のビラをいち早く見つけることで、私とは功績を張り合っていましたが、そのかたわら、――この方面ではどんな手だてが講じられているのか不審でなりませんでしたが――かれといえば、いまの黒地に赤のパテェは云うに及ばず、黒地に白抜きのゴーモン会社、黒地に緑文字がならんだミラノ会社……およそ私の念頭から離れぬフエヴァリット群を、これらもいち早く自身の手に集めるという腕を持っていました。或る時、それは昼間わたくしどもの町を沢山な馬が塵を上げて通り、そしてやがて青電気に照らされているような月夜の郊外で夜どおし機関銃と小銃の音がしていた明くる朝でしたが、かれは、真鍮の薬莢がつながったものを幾箇も鞄に入れて学校へ持ってきました。こんな品物が容易に手に入らないことは私は知っていました。「人にあげることはできん。何発射ったかをしらべて、ケースは返さなければならぬ」と革臭い軍曹が私に云ったからです。それなのにかれは、「貰ったんだ」とただそれだけ答えて、そして私の方へは、折々どうかした拍子にかれに見られるあざらしみたいな表情の盗み見をしたのでした。ともかくとしてかれは、かれ自身の言葉によると、「飛行機の羽根みたいにぴっちり張られているハトさんの自動車の幌」なのですが、これに倣ったそれぞれの云い方を持っているところの、短いエントツを持つ、肩を張った急行機関車だの、発射の反動によって煙硝のけむり中で撥ね返る野砲だの、絆創膏の罐についている赤十字だの……そんなたぐいに並々ならぬ愛着を寄せていました。しかも少し可笑しいと思える程度においてなのでした。私は一度、大型の五線紙をうずめて、自分の唱歌帳にあるかぎりの楽譜をごちゃごちゃにつめこみ、さらに知っている限りの音楽記号をつけ加えたことがありました。あのニッケル鍍金の鍵が沢山ついているクラリネットと共に、大型の複雑な楽譜がわたくしどもの憧れの的でしたから、そんな外国のマーチの楽譜を作ってみよう、と私は思ったのです。すると、いつのまに感づいたのでしょう。私が遊戯の時間に教室へ戻ってくると、私の机に坐ったかれが、大いそぎに、大あわてに、私がでたらめに作製した贋楽譜を、かれ自身の唱歌帳にうつし取っているのでした。

しかし正真正銘のパテェ会社のフィルムの一聯を眼の前に見た時、私はかれに、完全に、いい、いして遣られました。どこで手に入れたかとたずねる余裕などありません。私は一も二もなく、譲ってもらう約束をして、その場からかれを自分の家の前につれてきたのでした。そしてこの時、表で待っていた級友から、無理やりに母からせびり取ったお金と引換えに受取ったものが、実は最初に見たところの三分の一の長さであったことは、数カ月も後になってやっと気づいたのでした。

管理人の息子は、サーチライトみたいな光線が出る窓と、さらに小さな覗き窓とこの大小の窓しかない狭い、暑苦しい機械場で手伝っていることがありました。それは、フィルムを巻返したり、ゴム管のついた金属製の円筒の中へ黒と白との粒を入れて、ギプスで密閉したりする仕事でした。紫色の炎が立つほどよくいこった炭火の上にのっけられた円筒が熱してくるにつれて、何ともいえないきゃしゃな、ハイカラーな臭いがしきりと鼻を衝いてくることを私は知っていました。この香は、フィルムのきれはしを燃した時に残るにおいと共に、わたくしどもをしていつもそんな臭いのする所に居たいことを願わせるものでした。それは、私の考えによると、およそわたくしどもの胸を打つほどの機械、水雷艇やブレリオ式飛行機がそうであるように、ここにも火災を起しがちな、斬新な、活動写真機の臭いであったのです。いつか中休みの時間に、白幕の前に出てきた男が云いました。映写中にフィルムが切れると、観客一同が機械場の方を振り向いてさわぎますが、それを制止する目的だったのでしょう、かれは「機械から出る光線を直接眼に受けると眼がつぶれる惧れがあるから、どうかうしろの方を見ないようにして下さい」この言葉はていねいでしたが、明らかに一同をおどしたのでした。管理人の息子だってわたくしどもに云いきかせました。「ハンドルを廻す手をちょっとでもゆるめると、いっぺんにフィルムに火が移る」と。両方の云いぐさはむろん本当でありません。しかしまたそんな誇張をしてよいほど、当時の活動写真には危険がともない、そこがつまりわたくしどもを惹きつけていたのです。さていまのふたりの言葉は、共に電気火花を光源にする映写機を指していますから、これによってみると、虹色の隈をスクリーンに作って明暗とめどもないガスの火花はこれより以前の話だと云うことになります。そうだったら、いやそうであったから、管理人の息子は、機械場の床に新聞紙をひろげて、炭素棒《カーボン》の先端をヤスリでゴシゴシ尖らせていました。また、円いブリキ罐から取出した一巻のフィルムを素早くうつ伏せにして、――というのは、こんなひと巻きもわたくしどもにはフエヴァリットであり、したがってやはり寵愛の小犬や猫に似て、持ち上げるとくずれやすい、案外にずっしりした重さを手に感じさせてそのふちから解けかかるのを、その隙を与えずに素早く平面上に伏せて、巻目の同心円にそうて、指先でもって圧しながら丹念にぐるぐるとかれは廻していました。この仕ぐさは、たぶんフィルムが締りすぎているのをほごすのだと受取られましたが、或いはかれ自身もわけを知らず、ただわたくしどもに見せつけるために、技師のまねごとをやっていたのかも知れません。なぜと云えば、いまの動作はいつも係りの技師がいない時に、さもその必要があるかのように、わたくしどもに示されるのが常だったからです。それから、あの蓮根の切口のような、いやそれよりスープに浮かんでいるオークラです。あの截り口に似た孔があいた巻框にはめられたフィルムの輪が極く小さいものだったら、かれはやはりさも一人前を気取った得意げな様子で、小窓からスクリーンの方をうかがいながら、しかし技師につき添われて、かれのいわゆる「手をゆるめるとたちまち引火するハンドル」を廻していました。かれのポケットにあるフィルムが、こんな折の小細工であることはわたくしどもに判っていました。私はそれとなく気をくばっていましたが、或る一巻、たとえば「汽車泥棒」の絵などは、林中にたむろしている悪人ばらを警官隊が取巻いて交戦の後に悪漢が捕縛される所でおしまいになるのでしたが、この結末の場面は映写のたびごとに尻きれトンボとなり、五、六回目になると、そこは思い切ってちぎられましたから、向うに警官の姿が点々と見えたとたんにもう終ってしまいました。同様な仕事は、中途で切れた箇所にもこれ幸いとおこなわれました。私は一度、機械場の隅ッこに寄って、からだで匿《かくま》うようにして、ガラガラと騒々しい音を立てて巻返しをやっていたかれが、ピラピラと手許に巻きこまれてきたセルロイドの一端を、アッというまにむしり取ってポケットに突込んだのを見たことがあるからでした。

或る時、私が管理人の息子に従いて、狭い機械場にはいると、黒眼鏡をかけた色のあさぐろい男が、うしろの棚の上にあった小形のフィルムケースの中から、人差指と親指とで作った輪くらいの大きさのものを取り出しました。無口な相手は私にその品を手渡したのでありません。ただそのフィルムの輪の値段だと受取られる数をかれの指で示したにすぎません。かれはきっと管理人の息子を通して、私がフィルムには目も鼻もないということを聞いたのでしょう。次の日の昼間に、私が表二階の部屋へ上ってゆくと、黒眼鏡の男は両腕を頸のうしろにまわして、壁ぎわの寝台の上にひっくり返っていました。かれは何か小唄をうたっていましたが、私の姿を見るとおもむろに立上って、きのうのフィルムの輪をテーブルの抽斗から大切そうに取り出しました。そしてこの一端をひっぱって反対側の壁の下にくっつけるように命じました。私がその通りにすると、スルスルと伸ばされた全部の長さが、正方形の部屋の一辺と他辺の半ばまであることをかれは確めました。そこでしばらく勘定するような風をしていましたが、やがて思い切ったように、巻きこんだフィルムの輪をさらに小さな輪に引き締めながら、こちらの手に渡し、私からはお金を受取りました。このフィルムはお父さんに一応見せねばならないのでした。するとお父さんは、私にその一端をひっ張らせて、黒眼鏡の男と同様なことをこころみるのです。「こちらは牛が角を振り立てているところだが、おまえの方はどうなっているか」とかれは小さな写真を判じにくそうに見詰めながら、云いかけました。

たずねられてみると、それは帰途によくしらべたところでしたが、磨りへって薄くなっている画中の動作はあまり香しくないのでした。つまり動きがないのです。私はしかしそれを正直に述べると次回に差しさわりが生じるので、「牛は闘牛士に飛びかかっている」と返事をしました。お父さんは、「それならばよし。今晩お前の機械にかけて映してみるがよかろう」と云って、抑えていたフィルムの端を、くるくると私の手元までひとりでに巻き返ってくるように、離しました。

よごれたベッドが壁ぎわにある二階の宿直部屋で、また一度次のようなことが起りました。

例の管理人の息子の友人に、ケーニッヒカールマーチや、歌劇マルタの抜萃や、スコットランドの円舞曲を上手に口笛で吹く若者がいました。かれのかおは、いつも口先をとんがらせているせいか蛸のように見えましたが、からだは尾長猿の感じで、そればかりか、或る時シャツを着換えているのを見たら、背に赤いボツボツが一面に出来ていました。けれどもそんなことに似合わず、この男の口笛にはいつもうっとりさせられるのでした。自分にはなかなかおぼえ込まれない或る半音下る箇所なんか、甘く、柔らかく、微妙であり、どうしてあんな巧みな節廻しと美しい音色が出るのかふしぎなくらいでした。或る土曜日の午後、私が例の表二階へ上ってゆくと、かれはよごれたベッドに腰かけて、ニッケル鍍金の鍵がたくさんついたクラリネットをいじっていました。私がはいってきたのでビクッとした様子でしたが、不意な入来者が楽手ではなかったので、安心して、また元のように低い音で何かとぎれに吹きはじめました。そのうちに、かれは短く微かな音で五、六音つづけて鳴らせると、「これは何と云っているのか判るかい？」と改めて私に向かってたずねるのでした。判りません。黒坊主のついた棒が五本だけ平凡にゆっくり上下するようなものだったからです。かれは同じことを三回ほど繰返してから、「こう云っているのさ」と、こんどは自分の言葉でそれを私に教えました。他に友だちがいたらいっしょになって囃し立てれば、かれが赤くなって、それですんでしまう事柄に属していましたが、だんだんと相手の言葉がしつこくなってきたと思うと、私はやにわに両腕をつかまれました。その胸を私はおしのけて、擦りぬけ、かれを壁ぎわに突きやって階段を駆け下りました。しばらく経って二階へ様子を見に行って鍵穴からのぞくと、ちょうどこちらを向いて以前と同じ寝台のふちに腰かけている上半身が見えて、そのかおは俯《うつむ》いて、たぶん私がさっき噛みついたのか知れません、自身の手首の所を恨めしげにじいっと見つめていました。そして私が窺っていた間じゅうそんな姿勢はまるで泣いてでもいるかのように動きませんでした。夕方、私が友だちといっしょに出会すと、かれは素知らぬかおをしていましたが、どうかしたはずみに私を睨んで拳固を示しながら、「ほんとうに、ぶん殴ってやろうかと思った」と口惜しそうに、おどかすように、云いましたが、この時もかれは何事かを後悔して、眼に涙がたまっているようにうかがわれました。……

お父さんが私に云った「おまえの機械」というのは、ドイツ製のおもちゃの映写機なのでした。私の活動マニアはみんなに知れわたっていましたし、したがって活動写真巡業隊にくっついて家を飛び出しそうないきおいでしたから、気遣ったお母さんが、私のためにふんぱつしてくれたのです。かの女のつもりでは、自分の家にうつす機械があったならば、毎晩のように家を空けることはないであろう。ところで、世にこんな流儀の人々にはまるで何事も判っていないのです。なぜなら、ただの彩色画にすぎないツエッペリン飛行船や汽車がぐるぐる循環する「子供騙し」が、そのいったいどの点が、あのがっちりと組み重なっている歯車の抵抗をおぼえさせて滑らかに廻転するハンドルがついた実物映写機にくらべられるのか！　また、ちっぽけな石油ランプと、カーボンの尖端から白日に背いて迸る火花とのあいだにどんなつながりがあるというのか！　たとえば風景の複製を見ても、それが写真なのか、それとも写真のようにえがかれた絵であるか判断なし能わぬというのは、いつだっていまのような、明白な次第を混同してはばからぬ無神経者流を指すのです。とは云いながら、ともかくおもちゃの映写機においても、カチカチと音をたてる金属片のいいかおりがしていました。だから、大都会の玩具屋からの現品が私にとどいて、紙リボンの屑の中から取出された時、「いつもそんなかおをしているとよい」とお母さんがそばから云ったくらい私が嬉しかったのは、事実でした。この機械が、あのナイフで削る時甘いかおりがする粉をこぼす赤鉛筆と同様に、バワリア製だということを私は知っていました。艶出されたワニス塗の台に止めてある菱形のマークにそうあったからです。同じボール箱の中には、環につながれた幾本のフィルムのほかに、幾箇の一つづきの幻燈の種板がはいっていました。鵠が赤ん坊をつれてくる順序だの、猫の洗濯日だの、蛙の水泳競技会だのに関するものでしたが、そんな長方形のガラス板を鼻の先に持っていっても、やはり西洋のハイカラーなエノグの匂いがするのでした。――私の機械がこんなたあいもない漫画やフィルムを映すだけの代物だとしても、この内部に灯を点じてみると熱せられたエナメルの香がしました。そして私はいつしか活動写真のビラを貼りつけた部屋で、ねじ廻しを手にして、小さな映写機のバネや歯車やハンドルやを解いたり組立てたりすることで、もうひとかどの映写技師を気取っているのでした。こんなことがありました。公会堂の二階に或る人影をみとめた夜、私は映写会がはねるなり家へ駆け戻って、往来に面した窓ぎわへ、自分の小さな映写機をのっけました。そして別にボール紙で作っていたアーバン式映写機の輪廓をそれにつけそえました。そうして待つ間もなく、大ぜいの足音がして、公園から帰ってくる連中が表を通り出しました。まだかまだかと思っていると、とうとう或るグループの一人が、私の家を見て、灯影の射した窓に映っている奇妙な影絵を眼にとめたけはいでした。――レンズの前でくるくる廻る大小の扇形は、もしそれがこわれたりした時には、タバコの紙箱をぺちゃんこにしたもので代用にされたりしましたが、こんな廻転シャッターは、オークラの截り口のような巻框と共に、あの当時の映写機の特色でした。私が機械場をのぞいて、また大都会の飾窓の内部に眺めてきてはしょっちゅう工夫をこらしていた、木片とボール紙の映写機にも、むろんそのシャッターとフィルム巻はそなわっていました。その蓮根の切り口のような巻取框のシルウエットが、夜ふけの窓にうつっていたのです。そんなへんな形のものは他にありません。ハトさんは、たとえアーバン式とかシンプレックス式とかそのように受取らないでも、幻燈よりいっそう高級な機械を私が手に入れたと思ったのでしょう。足音のほかにはひっそりした街上に、かれの唇から発せられたひょうきんな声がひびきました。「あっ、活動の機械がある。これは本物だ！」

ハトさんは、私の映写機は知っていました。私がそれを見せた時、レンズの面にかれはちょっと舌の先をあてて、「レンズは冷たいほど品質がよい。さすがにこれは舶来品だ」と私に教えましたが、はやそのことを忘れたのか、或いは私がいよいよ本物を手に入れたと受取ったのでしょう。ハトさんはそのようにあわて者で、しかもあとではけろりとすべてを忘れていました。びっくり函をかれに見せた時、それは暗箱の外観をしていたものですから、ハトさんは鼻をクンクンといわせて、「買ってもらったか」と云いながら検べようとしました。とたん、毛のついた蛇の頭がピョコンと飛び出してかれの鼻がしらに衝突しました。縁無し眼鏡はさいわい壊れなかったものの、瀬戸物のお化けの頭はうしろのガラス戸に当って、そこへすじをつけてしまいました。ハトさんはまた、活動写真がある晩にはきっと馬蹄形の二階のはしに、したがってそこからはスクリーンがいびつにしか見えぬ代りに、だれが来ているかは一目で見渡せる場所に陣取って、小休みもなくあちらこちらを物色している模様でした。電燈が消えてもそれはつづけられている模様でした。それにこんなハトさんは、フィルムがすでに三、四本うつされてからやっと公会堂の入口へかおを出すのを常としました。どういうわけかと云えば、私はかれといっしょに観にゆこうと約束したことがあるので知ったのですが、活動に出かけることはお昼すぎから判っているはずなのに、いざ時刻がくると急にソワソワして姿見の前に立って、香水を振りかけ、それを終ってもう一ぺんくり返し、そして襟元を正し、絹地の首巻をあらためて掛け直して、そしてついに両肩が俄雨に逢ったように香水でビショ濡れになってしまうまで、何や彼やと手間取っていることによるのでした。

女と男が出てくるようなものや、一般少女らが手を拍《たた》いて喜ぶ外国の風景や、そんなたぐいに、わたしどもは興味を持っていませんでした。近眼の自転車乗が街上に大騒動をひき起す滑稽劇だって、他の仲間のようには私は好きでありません。ホテルの火事や汽車の衝突ですらもなく、それは実に、わたくしどもの会心の世界は、白煙の中で敵味方がバタバタと仆れる場面にありました。相棒の級友などは、頭に羽根をつけたインディアンの酋長が崖を転落する所だの、星条旗の下で奮戦している駐屯軍だの、そんなまねがたいそう上手でした。取りわけ私にとって目覚ましかったのはポートアーサーの攻囲戦でした。そこではヒラヒラする日章旗の下で機関銃を射っている一隊が危機に瀕しました。聖アンドレーフの海軍旗を翻した軍艦がマストを折られ、煙突を吹き飛ばされて、沈没しました。ここには口では云えぬ独特な感覚がありました。私はそんな時幾度も眼を閉じてみなければ納まりません。そして閉じたまなこを再びあけて見直すような対象であれば、それがいつもあっけなく過ぎてしまうものをこんどはしっかり捉えようと、私はまた眼を閉じて、改めてスクリーンを見据えるのでした。

　このような陸戦、乃至火災を起して次第に傾く軍艦において特色を発揮する感覚とは、どう説明すればよいでしょう？　それら情景を現実から切り離して、そのためいっそう淡く、だからいっそう鮮明に表現する技術がもたらせる雰囲気全般であり、しかもこのアトモスフィアは、日頃から人形であり玩具であるところの軍隊や軍艦が、かれらの危機において動く戦争場面に最も高潮されるものであるからだ、とでも申しましょうか。同様な感覚は、あの、ちらちらとレンズの前を遮るシャッターのために、リズミカルでありながら連続的ではなく、断続的にまばたくスクリーン、絶えず雨みたいなものが降っているふしぎな窓の中にも存在していました。また、くらがりで蜜柑をたべる習慣があるせいか、甘酸っぱく、それにタバコの煙の臭いがまじっている椅子席にも、それは発見されました。玄関口の明りに照らされているビラ絵にも見つかりました。つまりわたしどもが好きなのは、そんな一つの人工的な青白さでした。ですから、口ではよく伝えられぬものを捉えようとするわたしどもにはいきおい種々な手段が講ぜられずにおられません。たとえば、例の級友は、私の小さい映写機の石油ランプ、私自身もこれには不満を持っているランプの代用として、カルシュームカーバイトによる火光を勧めたことがありました。自転車用のガスランプを前にかれは云うのです。

「ほんとうの映写機にもこれが使ってあるが、あんなにビービーと音を立てるのは、火口に風が当るからだ」と。そして若し私がかれの提案を採用するならば、本当の映写機に近い感じを出すために、そばから火口を吹く役目を自分が引受けてもよい、とつけ加えるのでした。これは、しかしそんなことをやってみたいほど自分らが活動写真のアトモスフィアに心を奪われている証拠だとする以外に、別に意味のないことでした。そのはき違えは、たとえば映写中にフィルムが断れて、その急場をごまかせるためにタイトルの英語が写るのだと信じている手合と同じ程度でした。いったいあの当時、幻燈以外に、アセチレーンガスを使う映写機があったのかも知れませんが、私は一度もそれを見なかったし、第一あの四方を仕切られた狭い機械場に絶えず風が吹き込んでいるわけはありません。事実、私は自転車のランプを自分の映写機の中へ入れてその焔を吹いてみました。いっこうビービーと鳴りません。臭いにもけはいにも、本物の機械にあるガス装置の感じは全然見出されなかったのでした。

フィルムが嵌っているアスベストの枠を照射する紫白色の火光、また、わたくしどもを夢心地にいざなう化学と機械学がいっしょになった臭い、これは結局、フィルムと電気、云いかえると、熱したセルロイドやヒューズや、カーボンの尖端の火花から織り出されていることが判りましたが、それだけではまだ物足りませんでした。それで残りの部分は、機械場の棚にあるいくつかの小びんの内容の上に求められました。「フィルム接着剤」はこの折にぶつかった題目でした。というのは、およそわたしどもの手に入るほどのフィルムは、いずれも中途で断れたきれっぱしです。したがってその一端にはきっと以前に接合されていた痕が見えて、そんな加工部分を嗅ぐ時にいっそうあの活動写真の感覚がそそり立てられるからでした。私は昼間よく表二階で眼にとめましたが、映写技師は、フィルムのはしの一コマの三分の二を切り取って、残り部分のジェラチン膜を鋏の先でたんねんに剝がしました。そして小さなびんの中へマッチの軸木を差し入れて、鼻を衝くような鋭い香のする液体を少し取って、透明にされたコマの一端に塗りつけ、他方のコマと位置をよく合わしてかさねると、フーッ、フーッと口先で吹いていました。けれども小びんの強い臭いを放つ液体が何であるかは判りません。「あれか、あれはエーテルだよ」と呑みこみがおに教えてくれた医者の息子がありました。私はその言葉に、星と地球のあいだの空ッぽな場所を想像するばかりで、ただ奇妙に思われるのでした。エーテルはアルコールの一種だとやがて判明して、さっそく試験されました。成功しません。そこでお母さんが持ち出したのが、「玉子の白味ではどうか?」という意見でした。この外聞わるい、通俗的なクスリは、ただ私のおもちゃ映写機専用の薄っぺらな環形フィルムを、ほんの二、三回使用される程度にしか繫ぎ止めることができませんでした。次に思いついたのが、塗った箇所にただちに薄い膜が出来るコロヂュームです。そのコバルト色の小びんは、どうやらこれで見当はついたと思わせるような臭いを放っていました。けれどもフィルムの密着はまだ十分でなく、活動写真の雰囲気をかもし出すためにはまだまだ距離があることをさとらずにおれませんでした。――アミールアセテート、アセトンなどをまぜたもの、或いはアセトンにジェラチン膜を溶解させたものがいい。これは今日、私が知っているところです。あの頃には各種の方法があって、調合法が互いに秘密にされていたのでないか？　私にはそんな気がするのです。実際、どこからも処方が聴き出されませんでした。すでに大きくなっていた私が、映画街の横丁にある臭素加里の冷たい臭いがする店先でたずねた時にも、自分とは昵懇《じっこん》なはずの主人の返答は、あいまいでした。

クラリネットやユーフラットや、またコダック写真機を窓に出した活動横丁の小さい店に出入していた私は、フィルムのきれっぱしを集めるのにもはや不自由しませんでした。公園の一隅にある建物は取り払われ、わたしどもの宵々のアスファルトの上には、立並んだ映画館のイルミネーションが云おう様もなく華やかに、悲しく、照り映えていました。厚い防火壁にかこまれた映写室の窓は背伸びをしても覗かれません。したがって光道へ手をかざして兎や鵞鳥の影を作ることはできませんでした。うしろのドアが明いていることがあっても、様式の一変した機械には、既にオークラの截り口みたいな巻取器などみとめられませんでしたし、わたしどもの前にはもっといきいきした新時代の題目が横たわっていました。ただこんな或る晩、ひょっくり出くわした一人の少年が昔の事共を思い出させたのです。かれが家出して映画館の機械場で日を送っているということを、私は耳にしていたからでした。かれは、自身の細い手首を片方の手でいたわるように握りながら、ハンドルを廻すのにたいそうくたびれることや、眼も悪くなって、それだから映写室の連中はみんな兎のような赤い目をしていると語りました。私は巻夕バコに火をうつしながら、自分から次第に遠退いてゆく二酸化マンガンの臭いと、ゴーモン社の花瓣と、パテェの赤い雄鶏と、ミラノ会社の林立した塔とを感じていました。少年は近頃は病院がよいだ、とつけ足しました。私には、相手の、グリグリが現われていそうな喉元から次第に下の方へ想像をめぐらしてゆくと、何か、かぞえられるくらい突出している肋骨のみでなく、そこに巻いてある繃帯のけはいが覚えられるのでした。それで緑色のマントの襟に頰をうずめた、眼が冴えて美しい、やがて死にそうな子には、「さよなら」と云って別れました。

☆　☆　☆

このあいだ私は、さる年少の読者から手紙を受取りました。それは『空行かば』というフィルムを観た感想でしたが、あそこに出てくる *Barrie Norton* を指したのでしょう、「美少年俳優と飛行機、これだけを考えてもムーヴィの何たるかが判る。そして自分はぴかぴかした自動車に思いをこがせるビンディング勤めの少年の話を考えている」と書いてありました。それで私の頭の片すみにふと浮かんだのが、「或物は常に遅れる」という思想なのです。この或物というのは、云わば洒落たもの、結局成立しないもの、単にそれだけであって他の何物でもないようなもの、間違い易いもの、したがって、或る時は、不健全なものであり、いとも果敢ないものであり、逃れ去らんとする内気にも属するものです。それは同時に、世界じゅうの人々はただそのもののために働いているのだと考えてもよいほどの普遍性を持っていますが、つけ加えたいのは、それが一般に気付かれるのは、最初の少数者が感じた時よりも幾分遅れるものであり、したがってこの時、その或物はすでに或物ではなくなっているだろう、ということなのです。

　活動写真は、これは云うまでもなく、セルロイドのリボンに依って一つのアーティフィシァルな別世界を拵える点に、或る口では云えないものを持っています。そしてその製作会社や、セットの街や風景や、そこで使用される電光や水や、また紫色のパウダーをかおにつけた役者たちのさまざまな架空の生活や……こんなものは社会の健全な進歩のためには少しも必要でなく、とうてい実用的には成立しないものとさえ考えられます。けれども、それ故にこそわたしどもを魅了し惹きつけているのであってみれば、「役に立っていないこと」において支持されているすべての空想的な事柄と同様に、やがてそこに含まれている或物が広く人々のあいだに感知されるに及んで、現実世界のりっぱな経営と化するものです。パテェ兄弟やカール・レムレェ氏に代表された活動写真は、現にその通りになりました。しかも今日、世界各地の映画館で封切られている電気と絹の雰囲気がすでに千篇一律な陳腐な題目でしかないと断言するのは、何人でしょうか？

　五月のレーストラックの芝草の上に両翼を張って引出されてくる飛行機……サンフランシスコの星空に消えたルビーのような光が再び火竜の乱舞となって現われるまで、みんなが不安な面持で打ち仰いだあの瞬時こそ、何者にもかえがたく、絶望感をそそるほど良いものでした。そのような仕事になぜあの仲間《カムレード》がたずさわっていたのか。これも或物に懸っていたからでしょう。しかも絶望的なエアクラーフトが交通社会の基調となってしまった現時、この或物は、あの人びととの心意気の対象であったところのそれではありません。然らばいったいどうすればよいか？——と私は、その考えを追うて行きました。

立遅れても差支えない対象を選ぶということは、絶えず未来にまなこを配っていなければならぬということになるが、これもつまりは次のように言えばよい。いつ、どこに居ようとわれわれのやっているところは或物自体に他ならぬのだと。これを他にして、われわれは毎日何者を思考し何事に努めているというのでしょう。で、次に私は思ったのです。

「決して！　決してそんなはずはないのだが、あの雨降りの夕方、ぴかぴかしたセダンを駆って寄宿舎をたずねてきた紳士は確かにお父さんであった。また、エジプトの国旗みたいな三日月と星があるクリスマスの前夜、樅の植木鉢の蔭で、ピータアパンの喉を絞めた仮面の道化はひょっとしてこの自分だったのかも知れぬ。そんなはずはないのだけれど、理論上はそうなければならないのだ」

こう考えないと、いやこの事実を知らないと、堪えることができません。わたくしどもは消滅してしまわねばならぬ——結局目指している或物がその消滅への最上手段であるということに気づかないで。どう？　あなたは賛成してくれぬでしょうか。

夜の好きな王の話

雲の影が匍い上ってゆく山のかなたへ眼をうつしたなら、汗とほこりのために機嫌を損じたことなど飛び去って、あそこに三日月の弓とツィンクルな星屑があれば……だれしもが微笑んでしまう。今宵の宿をこの町に取ろうかしら、と旅人ならば思うことであろう。他でもない。白色凝灰岩の肌が出たその山裾の丘上にある赤い城の内部から明々した灯が洩れそめる時刻は、この城下の人々にだって待ち設けられているほどであるからだ。

夕べがくると、お城の中に、フラジオレットや、ハーモニカや、マンドリンなどをめちゃくちゃに鳴らせているような、それでいて透き通った空気の遠くから伝わってくるせいか、昔お母さんの背できいた子守唄を想わせる優しさをこめた音楽が始まる。あなたが、ひとりでに浮かれ出すようなメロディーにつられて、覚えず知らず岩山の下までやってきて、なお岩かどのあいだを攀じ登って城門の前に立ったとすれば、心得た衛兵はあなたを幅広の階段の上に導いて、おもちゃのように見えた城の中にこんな場所があったのかと眼を見張るような、大広間を覗かせてくれることであろう。

　ここには一面、燃え立つような緋絨毯が敷きつめられて、白熱ガスのような光を放つろうそくが、銀の燭台の上に数知れず点されている。ところがふしぎなことに、猫の子一匹の姿もない。ただ大理石の円柱や金銀の柱かざりや窓飾りが燭台の灯に照りはえて、互いに競うようにきらきら、ぴかぴか……ハテ、音楽はどこだろう、とあなたの首が傾けられたなら、あなたはさらに広間をよこぎって奥の方へ案内される。正面の突当りに大きな黒檀の扉がある。あなたはその鍵穴に眼をあてて、まぶたをパチクリとさせるにちがいない。

　水晶細工のテーブルの上には、色とりどりの鉢植の花が咲き誇り、純白の服をつけた音楽隊が手に手に形おもしろい楽器を持って、吹いたり叩いたりしている。それら笛やラッパや太鼓やカスタネットの音につれて、木菟《みみずく》帽子やクラウンや円錐帽をかむった少年たちがハネ踊っている。どんなかおが鈴のついた菫色の服をまとい、また、紫や緑の星を鏤めたタイツと、大きなリボンのついた袖口のついたあるじとはどれだけ背丈が違うかなどは、とうてい見きわめようもない大乱痴気だ。けれども若し、そんな渦巻の中に、緋色の衣をまとい黄金造りの冠を頭にのっけた赤髯の人物が見つかったならば、かれこそ城の主人である。ついでに、かれの赤髯はわざとくっつけたもので、じつはまだ二十歳そこそこの若者だと説明しておこう。

☆　　☆　　☆

なお云いたいのは、こんなお伽劇の金主がいまの若者の父だということである。これは、浮世の煩わしい用事をやってのけている現実の王様である。さてこの父が、年頃になった息子になぜこんな道楽を差し許しているのか？　それはだれにも増して愛しているかれの末子の憂鬱病を癒すためである。

若い王のふさぎ虫の起因はこうである。「そのひたいはもののふの引く弓に似て、眉は夕ぞらに懸かる新月さながらな」或る姫君につながりがある、と伝えられた。「さに非ず！」と異議をとなえる者があった。「王子は天上の秩序に目醒めようとなされている。この一事に気づかずしては、たといソロモンの智慧を持とうと禽獣に等しいのじゃ」「いや、その前に地上の人間としての題目がござろう」と反対した者があった。父なる王は、侍医の勧めにしたがって、みやこ離れたへんぴな、しかし樫の深緑に飾られた常夏の土地に、王子の気のままな住いを作らせ、そこで保養方々、将来に必要な課目を習わせることにした。金力が物を云った。新城はたちまち出来て、地方の面目は一変した。しかしその当座、かんじんの城はひっそり閑として、城門はいっこうに開かなかった。ただ樫の梢のむこうの弓やぐらの上に物うげな衛兵の槍先が時折光るだけで、夜は夜とて明るい窓一つ見られない。ハテ、王子はまだ到着されぬのであろうか、というたがいを城下の住民に覚えさせた。――全くこの頃、若い城主は寝室にばかり閉じこもっていた。たぶんかれは、月明の下では永遠の精かとも見えた姫君を、いっこうそうでなくしたところの太陽がきらいだったのである。「このまま眼がさめないものならば」これが、かれがいつも寝につく折の嘆声であった。けれども若い身そらで、いつまでそんな状態がつづけられよう。かれはもはや本は読まず、人に逢わなかったとしても、なおこれ以上は眠っておられぬ夜中にかれの居室を出てみることがあった。露に濡れたテラスに佇んだ。そんな時、青い狭霧《さぎり》の底に眠っている小さな町や、花輪を解きほぐして撒いたように、眼下の家並の上にきらめいている星屑や、さらにその背景の山々のひだに降りそそぐ月光や、尖塔をかすめた夜鳥の影がかれを慰めた。そしてやがてかれは冷ややかな夜気に打たれる散策を何より好むようになった。或る夜中、樫の葉に射している月影を見て、かれはふと馬の脚をとめた。いま何事かを思い当らねばならぬ気がしたからである。それは次のようなことであった。――どんな隙をつかんでも伸びようとしている或る物が厭わしかった。しかしその或る物のほかには世に何物も存在していないのだった。

そこで若い王は悟った。すべてはこのままに運ばれてよいのである。なんのことはない。自分は怖気と理想主義とをはき違えていたのだった！

☆　☆　☆

そのまんなかに立つと周囲の樫の木立をみとめることができるくらいの小さな沙漠が、城の近所にあった。真上に月を浴びてここに差しかかった王は、向うを横切ってゆく驢馬をつれた一隊をみとめた。何を思ったか王は手綱を引いて、一直線にその方へ駆けよるなり、一つの小さな影を鞍上にすくい上げた。

　翌朝、城門に訴えがあった。夜半すぎに沙漠に人攫《さら》いが現われた。しかも相手は北方の魔王だと察しられる。白馬の数騎は風のごとく走って遥かの木立に消えたからであると。北方の赤楊の林の奥に棲む「赤髯」が、緋の衣をつけ、白馬に跨って立現われて幼児をさらってゆくとは、王もいつか耳にした話であった。けさ方の獲物は所有主に返すわけにゆかなくなった。それと共に、若い王は魔王模倣へ駆り立てられた。被害の訴えはその後続々と城中へもたらされることになった。

「目下、赤楊の林を探索中である」

　アビシニア風のパイプをくわえた王は、しかつめらしく返事していた。しかしそれとは別に、城中に次第に増えてきた小姓の問題があった。これらの預り品については帳簿が作られて、親元へは密使が立てられていた。かつての淋しさの反動のような、音楽と笑いに爆発する夜々のうたげが始まったのは、ちょうどこの頃の話である。けれども、大広間のドアの鍵穴に眼をあてた人が感じ易い心の持主であったなら、花ぐるまに似た賑やかさのうちにただようている愁いに気がつくはずである。緋絨毯の上に酔いしれてぶっ倒れた道化師や唄うたいが見られる刻限には、水晶細工の椅子によりかかって沈思にふける緋色の人が注意されるであろう。白薔薇に似た笑いとさざめきの席ではあったが、或るとたん、犬の遠吠から、こんな影が射すようになった。

　その夜、扉の向うに起った犬の声に、いち早く踊りの足並をとめたのは、小さい家臣らであった。犬がなおつづいて鳴いた時、王自身が、席を立って扉を引いた。そのすきに、王の腕の下をくぐり抜けた、頬の紅い、みすぼらしい装いをした少年と一匹の黒犬とは、そこへ飛び出た王の幼い家臣の一人と共に抱き合っていた。

「兄は戻そうが、お前はつぐないをしなければならぬ。ここで役に立つ何事ができるか、踊りか歌か」王から云い渡されて、少年はつぎだらけの緑色の上衣の裾から小さな鉛の笛を取り出した。その笛が吹きはじめられると、王と大勢の家来らの眼がしらが熱くなった。黒犬の耳もたれて行った。何事であろうか。夫の忘れがたみの一人をいず方となく失ったことが元に、みずからも此の世を辞した婦人、云いかえると、この兄弟の母なる人を恋い慕うなげきが、その笛の音にこもっていたからである。

☆　☆　☆

度外れな道楽がようやく非難の的になっていた。折から父の王から書面が届いた。

「すでにおんみの健康も恢復したと覚えられる折柄、いつまでも田舎にこもっていることは賛成できぬ。ついては海をへだてた国の大学へおんみを学ばしめることを近々に取計らいたいと思うが、そちらの意向をたずねる」と書いてあった。

若い王は、自分と交替してここに住むであろう従兄の人柄をよく承知していた。その新城主が尖塔やアーチをどんなふうに改造し、調度類を処理し、家臣らをいかに無慈悲にお払い箱にしてしまうか。それを頭に上さないわけにいかなかった。王は今夜もうたげの席をぬけ出て、ただ一人、幻燈に映っているように青い月夜の山路に馬を進めた。

谿谷の向う側に絶壁があった。その中途に段が出来て、あたかも岩の大テーブルになっていた。背景は、まばらな星があるあさぎ色の夜空を衝く三つの峰である。今までついぞ気づかなかったこの一廓を、馬をとめてしばし眺めていた王の心の奥底から、或る静かな気持が湧き上ってきた。――これもまた間違ってはおらぬ、とかれは悟るのであった。然らば事はこのままに運ばるべきである。王は、その青く煙っている、夢に見るとても行けない場所のような自然の祭壇に、今日まで自分を導いてきたところの「夜」を送りこんで、自分はあの寄るべないきょうだいを連れて、「朝日の国」へ旅立とう、と決心した。

☆　☆　☆

若い王の気まぐれ遊びだと解したとき、快くは思えなかった。しかしそれが一種の祭事だったと気がつくと、人々はこんどはそんな当初の目的の下にすべてが運ばれていたのだと思いこんでしまった。なるほど、「夜」は、月光や、星の瞬きや、燈火の下のつどいや、また睡眠や夢をもたらせることによって、十分に感謝されてよかった。そしてみんなは、夜の好きな王について不明だったことをいまさらに恥じた。そんな事情があったために、最後の工面は案外好調子に調った。その上に寄進があった。岩上に企てられた大工事は速やかに進捗した。やがて完成した黒大理石ずくめの建物はコリント風で、一口に言うなら、チルチルとミチルが猫を案内役に入りこんだ「夜の御殿」だ。いよいよ当日の夕暮から赤い城の大広間で進められて行ったプログラムのことは省かれてよい。七日余りの月が山の端へ落ちかかるのを合図に、遠方にあたって呼びたてるようなドラの音がひびいた。城門からは、「夜」を送る行列がくり出されてきた。

道すじにはタイマツが燃えて、周囲に無数の顔々が浮かび出ている。気をつけると、どこもかしこも群衆ならぬはない。聞きつたえておちこちからやってきた人々である。かがり火の点々を縫って、山裾にそうて練ってゆく行列の先頭には、金箔のついた装いの魔神が立ち、ついで各遊星の神々、さまざまな鉾や吹きながしを手にした天族、物凄い形相の冥府のやから、黄金づくりの冠に例の緋色の衣をまとうた司祭、あとは白馬をつらねた少年軍……まぼろしの行列が山の稜線にそうて絵巻物をひろげはじめると、見物一同の胸のうちに、或る涙ぐましい気持がこみ上げてくるのだった。それは遠く近くにこだまするドラの音によるのだろうか。それとも、この祭をおしまいに去ろうとする王の心が感応するせいであろうか。行列が谷間に向かって、切岸の凸凹の上に差しかかったとき、王自身にも或る切なさが覚えられていた。昨夕祭場を下検分にきたかれは、夜の宮居がひとえに映画劇のセットでないわけは、四辺の風物の魔法のせいだと解釈したけれども、いま行列の一員として接近して、硝酸ストロンチュームの火焔に真紅にそめ出された黒光りの建物を眼にとめると、成功はここに在った、と思わずにおられなかった。

先頭は懸橋を渡って、黒い円柱が立ちならぶ幅広の階段を登り出していた。その奥には香炉の煙が立昇り、正面に、子供の顔をしてこうもりに似たつばさを背につけた「夜」が鎮座している。――赤い城は遠来の客人の瞳を見張らせたけれども、それはただ見馴れぬ様式と、それを眺める距離のために織出された錯覚だ、と王は承知していた。あの鉛の笛の場合だって同様な催眠術を出ていない。けれども今夜はどうも尋常でない。そう言えば、この岩のテーブルを見つけてから、自分の周囲で何かが変ったようである。漠然としていた予感がいまこそ眼の前に形を取りそうだ。王は覚えず手首を片手で握って脈搏をしらべた。いったい何者がこんな気持を打ち拡げているのであろう？　その者はこれから何事が可能だと云うのだろうか？

本尊のうしろにある数々の扉が開いた。そして躍り出した「夜気」や、「露」や、「幽霊」が一行を迎え、何も彼もがこんがらかって、そこに底抜け騒ぎの無礼講が始まった。冷たい空気を吸おうと思って廻廊に出た一人が、今夜にこそ起らねばならぬものを発見した。

かれは広間に向かって大声に呼ばわった。

岩山のシルウエットを微かに浮かばせて、その上に星屑をばら撒いていた「夜」は、ついに夜の好きな王の供養を嘉して、言い知れぬ桔梗色に変色したではないか。人々は仰天した。夜が変色したからである。王だけがつぶやいた。

「とうとう夜明けになった！」

電気の敵

その日、天は巻物を捲くごとく去りゆかん――黙示録

――地球全面にわたる気温の前代未聞の昇騰ぶりについては、むろんさまざまな解釈があった。けれども人々は、事柄は学者らの小ざかしい見解とは全く性質を異にしたもの、云いかえると、原因について何事を考えようがムダである、判るとか判らないとか云う種類でない、ということをよく知っていた。手近な例が植物を見給え！

植物らは、身をかがめてやっとみとめられる黴のようなものでさえ、いまは普通の草になり、ふつうの草は一人前の樹木になり、樹木はまた南米の密林のように、天をしのいで亭々と繁茂するものに変ってしまった。この次第は、眼に見えぬふしぎな力に作用されたと云うよりは、むしろ今日まで何者かのためにより以上の成育を抑制されていたこれらの巨人族が、いまこそ繋縛を脱して、幾百千の手足をぬるぬると伸ばし、あらんかぎりの放恣な姿態を空間中に展開したように観取された。眼にとまるあらゆる植物が赤道直下のタコの木めく、――或いは海底にゆらめくおばけ昆布を想わせる幻怪な容姿をそなえていた。そしてかの女らは堪えがたく蒸暑い大気の底でピリッとも梢をゆるが

せず、いまにも青い火焔となって拡散してしまうのであるまいかという危惧を起させた。或る種の幻覚症状では、すべての事物が自然界にあるものの十倍乃至二十倍に拡大されて現われると云うが、このたびは、ただ植物だけが途方とてつもない始末になってしまったのだから、われわれは何という麻睡薬を嚥まされたと云うのであろう！　いまやわれわれが夢と称していた世界におけるごとき混乱が、われわれの客観界に発生している模様であった。われわれから最もへだたった天界においてもそれは同様であった。

大小無数の彗星が現われて、めちゃくちゃに走り廻ったことがあったが、以来、流星群の雨下がとみにいちじるしくなり、それにつれて円天井にはおもむろに根元的変動が起ってきた。そしていままでは、われわれが久しく打ち仰いできたものとは似ても似つかぬ怪異な有様になってしまった。その初め星座を壊してなだれ出した星々は天球のここかしこに、結晶格子を採ってしまった。すなわち、正四面体、正六面体、正十二面体、直円壔、或いは直円錐という単純な形体が、われわれから望見される空間中に配列されたのであるが、なかには硫酸コバルトの結晶のようなもの、塩化ニッケルに類似したもの、臭化カリウムめく形態のもの、このような幾箇が結合して恐ろしく奇態な、いかなる前衛幾何学者も考え及ばぬ空間格子も数多くまじっていた。望遠鏡でうかがう時、このような奇怪な星の群落は際限もなく拡がっていると報告されたが、われわれを今日までさんざんに退屈させて来ながら、世界もいよいよおしまい（？）になろうとするさいになって、こんな素晴らしい豆細工品評会が空間中に開催されようなんて、だれがいったい予想したことであろう？　ただこんな変動中にあって、従来通りに運行して、見たところ異常がないのは太陽と、月と、及び太陽系に属する遊星のみであった。これらとて、はたしてどこまで信用されたものか、と思っていたら今晩だ。だしぬけに月がやられた！

☆　☆　☆

先刻、部屋で本を開いていた私は、背の方に異様な暑さを覚えてひょいとその方を振り向いた。私は最初これが月であろうかと疑った。室内の灯を消してみると、それはまさしく真夜中の太陽であった。らんらんと燃えさかっている月はあたかも急速に蝕《むしば》まれているかのように、一端からパラパラと火花をこぼして虧《か》けていた。そして陰気な、沈んだ赤っちゃけた色に光ったそれらの破片は、そのまま真暗な空間に、東洋古代の呪文を想わせる唐草模様になってならんでいるのであった。さらにこんな化物めく月下に光っていた海であるが、水平線はいちじるしく間近に眺められた。そして異様に大きな、舞台面に仕組まれたもののような金波銀波が左右に行き交うていた。拵え物のようだが、それは人為でない。魔物に憑かれてそうなっているのだと思わしめる、堪えがたい荒涼感をともなった、しかし魂を魅する鮮明と立体感とをかねそなえたものであった。私は、父が自分を呼んでいることに気づいて隣室へ出て行った。「電気の配線に故障が生じたようだからしらべてくれ」と父は云うのだった。電燈はそのとたんパーッと輝き充ちて、床上にあるどんな塵の細片をも照し出した。と見るとたちまち滅入るような薄暗い、赤っちゃけた光に変った。そしてこの時、先刻までこの部屋にあって父と話を交えていたはずの私の旧友の姿は、どこへ行ったのか見当らなかった。

　月を見る少し前に、ずっと久しく逢わなかった友を、二人まで、私は奇妙な位置から迎えたのであった。

　それは、消防隊の長梯子でもなければ届きようのない高窓のことである。午前一時近くのことであった。戸外のざわめきを耳にしながら、私は崖上に面した部屋にとじこもって或る連続函数の最大値について思考を凝らしていた。かたわら私は、大気は今夜、この刻限、勢いっぱいのところにきていると感ぜずにおられなかった。云いかえると、われわれには測り知られぬ何者かの浸潤にたいして飽和の極限に達したということである。実際、カン高い話声や叫びや、それだけの話ならば、この数カ月来、日に夜をついでぶっつづけであったから特に云うべきことでなかった。事実、どなったりわめいたりしているのでなければ、何人もこの名状することができない暑気の圧迫のまえに発狂するよりほかはなかったであろう。私が部屋にこもって、きわめて抽象的な題目の上に全精神を集注しようとつとめていたのも、たぶん同様な理由によってであろう。ところが今夜、私は、有象無象を問わず、そこいらには一様に熱に浮かされたような、それは今日まで感じられなかったへんに上ずった調子が含まれていることに気がついた。空気は刻々に怪しくよどんでゆき、あらゆる物象がそれらの輪廓に虹色をつけて、そのまま幻怪な切紙細工であったかのように遊離しかけていた。タコの樹めいて鬱々と繁茂した木々は、ひとしく巨大なガラス箱中におさまっているもののように、梢の先をピリッともさせなかったが、しかしかの女らは、いまや自身にも判らぬ飽和状態に打ちおののいて、爆発を待つよりほかかない状態におかれていると察しられた。無気味な、底知れぬ静寂が膨張植物の上にあった。――こんな時パタン！　と、海に面した窓の戸がひとりでに開いた。窓は、近頃閉めても閉めなくても同じであった。暑さはどこも一様で、逃れるすべがなかったからだ。ただ私は屋外の騒々しさからなるべく離れたいために、窓々をとざしていた。ところがひとりでにいま開いた窓の外部に、恰も額ぶちにはめられた肖像のように男の半身があったので、私はギョッ！　とした。やがて先方が古い学校友だちであることが判り、かれは窓ぶちをこえて室内に入ると共に、二人は手を握り合った。私には、あれ以来二十年になる今日、かれがいったいどこから自分がこの町に住まっていることを知ったのであろう？　と、それが不審であった。しかしこれら疑念は、かれのしわだらけの手や、しゃがれ声や、何か永いあいだ、暗い、じめじめした所に住んでいたことを思わせる、そしていかにも疲れ切ったというほかはない容子や、同様にすり切れたカビ臭い着衣のことと合わせて、私は別にたずねてみなかった。かれもまたそのことには触れなかった。察するにかれはその後恵まれた月日を送らなかったのである。或いは牢獄へでもつながれていたのかも知れない。

かれは暫くして思い出したように、私と対座した椅子から立ち上った。そして再び窓の外へ姿を消すと、こんどは隣の窓がパタン！　と開いた。そして井戸つるべの交代のように、やはり白衣をつけた男の半身が舞台のせり出しのように現われた。ギョッ！としたが、これも私の旧知であった。人は眼前のことにのみ捉われる。それで私は、いま落ちたように窓の外へ消えた友人と同様な白いボロきれをつけた、やつれはてた旧知についても、こんな面会がありうべからざる話だとは思わなかったのである。何という晩であろうか、ぐらいは思いながら、「いまXが帰ったところだよ」と、きのう会った友にたいするかのように私は云いかけた。するとYはうなずいて、「うん、この下で出逢った。あの男も変ったナ。時に父君は御健在かね」と云った。父が隣室にいることを告げると、Yは、「じゃ先に挨拶してこよう。老人は大切にせんければならぬ。だっていつまでもというわけにはいかんからな」

——私は、電燈が明るくなったり暗くなったりしているので廊下へ出てみた。配電盤からおびただしい火花がふき出している。戸外に出てみると、配線のあっちこっちから同様な火花がほとばしっている。強い電流がきているとも考えられない。若しもそうならフューズが熔けるはずだ。それに火花は見馴れたものでなかった。ジジジジ……という微かなひびきがして、何とも云えない。化学的のものか、それとも生物的のものか見当がつかぬ臭気が周囲の空気に拡がりかけていた。室内に取って返し、「自分の手に負えない。このまま火事が起らぬように用心しているよりほかはない」と父に告げてから、私は裏庭へ行って散歩用の自転車を引き出した。私は暑気のために電気系統に異変が生じたのだと考えた。それで自転車で電気配給所へ知らせるか、或いはついでに何らかの警告がきけるであろう、と思ったのである。熱い月光のしずくは、あたかも大粒の雨のようにそこいらに降りそそいでいた。自転車に跨ろうとした私の背後から、やにわに弾力に富んだ、いやにネバネバした熱っぽいものがまといついた。それは妹であった。かの女は丸裸であった。靴のほか何物も身につけていない。そしてわけの判らぬことを早口につぶやいて、あたかも情熱にかられた恋人の仕ぐさのように、腕を伸ばし、脚を巻きつけて、私にからみ、いどんでくるのであった。振り離そうとあがいたが、かの女は私にかじりついていっしょに揺れているばかりである。熱い月光の雨の下で、芝生の上の奇怪な兄妹の格闘はしばらくつづけられるより他はなかった。そのうち私には或る危険な感覚が身内に起ってきた。かの女のヌラヌラしたからだがあまり私の肌に密着して、それが劇しく摩擦されるからだったろう。私はふと眼をそらして、ポーチに現われた父が両腕を組んだまま、こんな二人のもつれ合いを眺めていることに気がついた。私は妹を突き飛ばした。そしてかたえの自転車を引き起した。これはきっと今夜の気ちがいじみた空気のせいだ、と私は考えて月を仰いだ。月は相変らず火花をこぼし、光の梵字は新規に入れ代った星座のように、その周辺一帯にまき散らされていたが、月そのものは先刻より別に小さくなったようでもなかった。――妹ばかりでない。気がつくと父も真裸であった。ところが自転車のサドルにまたがった私は、自分の股の辺がへんなので注意すると、いつしか自分自身が衣服をかなぐり棄てていた。パンツすらつけていないではないか！　が、これはこれでよい。もはや恥ずかしがる必要はないと私は考えた。だれ

って争妹と争

もかれもが裸であることが判っていた。それに建物の周囲から噴き出す火花は、妹と争っていたあいだに勢を加えていた。火花は繁茂した樹木にさえぎられながら、電気に関係があるあらゆる箇所から洩れていることが判った。そして月光の青緑色のしずくは、それらの火花と交錯して光の綾を織りながら、かげろうのように四辺に躍っていた。

私がしかし、自転車のペダルをふむことができたのは数分間にすぎない。勃起を気にするどころの騒ぎでなかった。館を出るなり、そこにはもうもうと埃が立って、戦場のような性の修羅場であることを知った。奇妙なことに、こんなおびただしい群衆中に、ついゆうべまで見られた町の人々がいなかった。すべてが先刻の来訪者と同じ白衣をまとった連中であった。それらは殺到してきた奇異な移民群を思わせた。それにしても結局何を目的に、そしてどこから湧き出たのであろう？　と私は考えをめぐらしながら、ともかく行ける所まで行くつもりで、劇しい月光の矢面に立って、自転車を押しながら進んだ。

坂を登って、公園になっている広場まで出た。私はこの時初めて、事はすでにこの地方のみでないこと、また、星座や月や、水平線に関したことも、暑気の影響による錯覚とはわけが違うことをはっきりとさとった。まさかと思っていたが、それはいよいよ事実であった。悪夢のような月明はいつしか薄れて、この小高い所から見渡される海面は、云いようのない美しい明方に変じていた。まだそんな時刻でもなかったのに――と思うかたわら私はなにか知らホッとした気持だった。まず朝になれば落ついて対策も講じられると考えたからである。実際それはこの海岸にもめったにないことだと受取れる景色であった。私の頭には、この海についてうたわれている古い詩句が浮かんだ。それは、こんな匂うような薄紫色の朝ぼらけに、岬の岩蔭に碇泊しているムーア人の海賊船に向かって接近してゆくスペイン戦艦のことを詠んだものであった。私は、古代の詩人もきっとこんな珍しい夜明けに出会したものに相違ないと思ったが、それにしても余りに怪しい澄明が私の心に新たな不安をもたらした。はたして——それは何も明方などでなかった。視よ！　海の水平線上、西南の空一面に、云い知れぬ妖麗な色に輝いた彩雲が層をなしてたなびいているでないか。それを反射して、静かな水面にこんな、朝あけであるかのような効果がひき起されているのであった。私が踵を返して混雑のまんなかを家の方へいそいでいたあいだ、水平線上の彩雲は、オーロラみたいにパッパッと明滅した。そしてそれに面した家屋や、樹木や、無数の群衆のかおは、虹色に照し出されて躍り出すように見えた。ほとんどの男性はもみくちゃにされて投げ出されていたから、概《おおむ》ねは年齢さまざまの女性と児童であるかのように見受けられた。急に四辺が薄暗くなった。ふり返ると、水平線上には、何か途方もない巨きな亡霊じみたものが現われていた。最初見たところ、塹壕のような所で首うなだれて向かい合っている、色青ざめた三人の兵士のように解釈された。それで私は、これはいつかの戦争の時の幻影が或る空間点に保存されて、それが天象の異変を媒介として再現したのでないか？　こんなことをちょっと思ってみたが、見る見るそれがうすらいで行くと、入れ代ってそこは、おどろくべき速さをもって縦横にみだれ飛ぶ、まぶしい千万無量の光の泡に充たされてきた。空間の奥から送り出されてくる光の粒子は、無尽蔵に増加して測り知るべからざる結果を招来しそうに観取された。火星軍の襲来？　いやいやそんな生易しいものでない。そんなたぐいを収容する時間及び空間を絶した、全然別箇の世界からやってくる何者かなのだ。

あらゆる高所には無数の蒼白な、というより髑髏さながらに枯渇した顔々がひしめき揺れて、そこから喚声とも絶叫ともつかぬ叫びが上っている。それはごうごうという火花の音に入りまじった。火花は樹々の尖端から、人間の鼻先から耳元から、およそ眼にとまるかぎりのあらゆる物象の隙間や尖端から、——むろんこう云う私のからだにあるすべての突起をも取りふくめて——それらの輪廓をおおいかくさんばかりに噴出していた。名状すべからざる臭気は、いまは自分をここに窒息昏倒させるばかり濃く立増ってきた。が、いま身内に覚えられる、この異様な、われわれの裡に在る或者を一点にまで圧迫し、他の別な者をして無限に拡張しようとしているこの強烈な感情は、いったいどこからくるのであろう？　それはよく考えることができない。けれども同時に、それはすでにわれわれがよく承知していて、したがって年久しく待望していたところのものでもあった。この一遊星上に過ぎ去った人類の歴史は、実はこの瞬間にひき起された幻影にすぎなかったのでないか！　という気がして、私はただうっとりと放心の面持で、しかも全身火花の衣をまとって、刻々の変転を見守っている。先刻の窓からの訪問者、また四辺を埋める奇異な群衆がすでに久しい以前墓の下に去っていた人々であったことに思い当っていた私は、水平線上に増加しつつある襲来者は——なお時計の針が順調に進みつつあるものならば——その長短二本が上方に重ならぬうちに、すなわち午前十一時とおぼしき時刻にはここに到達するであろう、ということが明らかに判っていた。

矢車菊　Centaurea Cyanus

ポリレリイト男爵の屋形を出た客たちは、二組に分れた。大部分は町の方へかれらの自動車を走らせてしまったが、居残った者は、反対側の山道を六キロばかし歩いて、そこにある小駅に出てみようでないか、と相談した。

午後の二時になっていたろうか。朝からうららかだった空はいつしかかげろって、頭の上には、古風なステューディオの背景にあるような雲が、低く垂れ下っていた。わたしは徒歩組に加わることにした。その路は未だ通ったことがなかった。それに、いましも薄暗くぼやけて重なり合った青い丘々のかなたが、迷ケ丘と呼ばれていることにもふさわしい、怪しげなおもむきを見せていたからだ。

花畠のあいだを幾めぐりして、絲杉の道へはいった。こんな夕暮のような場所にうごく紅や紫や緑の衣服、これらと合わして、眼だけしか、或いは脣だけしか持っていないと受取れる仄白いかおによって、恰もマリ・ローランサンめく狐妖な効果を与える粉細《しんこ》工のマネキン婦人連は、もうそろそろきげんが悪くなり出した。折から、赤いふちのぴらぴらがある天蓋つきのバスがうしろからやってきた。そうでもなければわたしたちはそこから引返すところだった。乗合馬車のような自動車はともかく婦人たちの心を紛らわした。百姓のなりした運転手の他に乗客はなかった。わたしたちはさっそく座席を占領した。がたがたと揺れながら進み出すにつれて、フィルムのように繰り出されてくる森の道が一同の心を捉えた。男爵御自慢の花などよりこの方がずっと気が利いていた。わたしたちは、左手に森が趾《と》切《ぎ》れてそこにゆるやかな層をかさねて次第にせり上っている、茫漠とした、それゆえこの展望は見事だと思われる丘々をみとめた時、その遥か前方に、入道雲のような、また奇妙な煙の茸《きのこ》だと受取れるものが、にょきにょきと数本立ちはだかっていることに気づいた。それらは沙漠に起る嵐の脚のように、刻々に移動しているかのようであった。運転手は説明したが、つまり地質学上の名所になっている複雑な地形関係から生まれる雨の子供で、「ネフロゲート公爵」とこの地方で呼ばれているものだ、と云うのであった。この次第は怪訝の感を抱かせたけれども、やがてそんな小型入道雲の一つがわたしたちの行手に現われた。自動車はアッというまにその真只中に突入した。距離をおいて眺めるとさほどとも思われぬのに、ぶっつかってみるとなかなか大した代物だ。わたしは、わたしたちを五分間ばかり閉じこめたあんな白雨はまだどこにも経験したことがなかった。周囲は晦冥になって、無数の劇しい縦縞のほかに何物もみとめられなかった。むろん車は立往生した。入道雲が去っても再び動かせることは不可能であった。こんなわけで、下半身びしょ濡れになった人々は、憤慨のあまり、まだ降りやまぬ雨つぶの下を元来た道へ徒歩で引返してしまった。

居残った五、六人はそのまま暫く待っていたが、銀ねずみの空から落ちてくるしずくは止みそうでない。しかし再びザァーッと来るようなことはあるまいと車を降りた時、この附近に飛行場があるから、ついでにそこへ立寄ってみようでないか、と口ぞえした者があった。わたしたちは、水たまりをあっちこっちに跳びよけながら歩を進めた。一つの森を抜けて、村里めいた一廓に出ると、あそこだ！　と案内役が指した。左のかた、雨に濡れていっそう艶々しくなった木立の上に、赤屋根の急斜面が見えていた。別荘風のカテージなので意外な気がしたが、その裏手にあたって、心ときめかせる爆音が断続的にきこえていた。辺《あたり》は先刻よりずっと明るくなり、頭上には薔薇色の光が射していた。

赤屋根のわきを抜けると、眼前にはゴルフリンクめく芝生が打ち拡げられた。そこいら一面は踏みあらされて、赤土がはね返され、ぬかるみになっている。そして向うにはお客様らしい大勢が見えた。ピンクやグリーンの着物があって、さきほど男爵屋形から町へ帰ったはずの人々の姿も見受けられた。何か催しがあるらしかった。それにしてもこんな所が飛行場なのか知ら？　と思いながら進んでゆくと、空色の制服をつけた一人の将校とすれ違おうとして、わたしは同時に先方と挨拶を交した。倶楽部で一面識のある飛行家であった。そばに別な人だかりがあった。覗くと、いま一人の将校が、しゃれた色リボンをつけた小びんを卓上にならべて、香水を売っているのだった。それは飛行場土産と云ったふうのものらしかった。わたしは現品を持っていないからお見せするわけにゆかないが、その香水びんは、恰好も、匂いも、リボンの色合も、何とまあ飛行機の気分に合致していたことだろう！　気の利いた長靴をはいた若い将校は、如才なく、客人の希望のままに帽子やハンカチや襟元に噴霧器に入れた香水を振り撒いていた。わたしはこの小意気な雰囲気についてうまく表現し得ないことを、いま甚だ残念に思う。

わたしはさらに先へ行って、柵のようになった絲杉のあいだを抜けた。

そこはいっそうひろびろした場所になって、その見渡すかぎりのスロウプの彼方に、何か記念碑のようなものがべらぼうな速さで走り廻っていた。その塔形のものは飛行機の音を立ててめちゃくちゃに突走り、そのくせ、斜面に差しかかっても、余りに劇しい突進力によるのか、いっこう顛覆しない。眼の先にきたのを注意すると、てっぺんに数人の兵士が乗っていることが判った。わたしは、折よくかたえに佇んでいた軍曹に質問した。かれは答えた。これらのものは滑走練習機にすぎない。あんなぐあいに倒さないで走らせることができれば、新しい飛行術においては一人前だと云ってよろしいと。——じゃ実際の空中飛行にはどんな機械を使用するのか判らなかったが、相手は忙しそうだったから、これ以上煩わせたくないと考えて、わたしはその次に、左手にある宿舎めく建物へ近づいた。

石段を上って内部へはいってみた。廊下がまっすぐにつづいている。人のけはいはない。わたしは奥の方へ歩を進めた。両側のドアはたいてい開かれて、ギターや、花びんや、壁に止めた大学のペナントや、踊子の写真などがうかがわれた。飛行家連の部屋だナ、と思いながら突きあたりにきて、右へ折れた。造作はこの辺から急にがっちりした田舎の屋敷風のものになっている。いま通ってきた廊下は、以前から在った屋敷につぎ足した部分であろう。ところで現にいる所は、旧館の調理場か洗濯場かに当っているらしかった。

そのうちわたしは、この屋敷にはいまもしきたりを守る人々が住んでいるのだ、と思い直した。といって、屋敷の提出を命じられた時に、なお先祖の家に踏みとどまることを欲した人々、ここの主人や主婦や老僕らには出くわさなかったけれども。――しかし再び突当りにきたわたしは、その左側の小部屋で、オランダの帆船にある舵輪に似た糸車を廻している一人の少女をみとめたのだった。その金髪の子はたいそう綺麗で、そして憂わしげで、紫や黄いろのリボンのついたハンガリー風の衣服をつけていた。この乙女の背景を占めていた窓であるが、ここを通して、いつしか爽やかに晴れ渡っている空と、その下にあるはればれしい田舎景色とが眺められた。そこは一面、何か知らぬ碧い花ざかりであった。青い花々の茎は部屋の窓枠までとどいていた。微風がその香気を室内に運びこんでいた。先刻の香水もきっとこの花から採ったものであろう、それにしても何という花か知ら、あれに似ている。しかしこの香気は……とわたしは思って、少女に問うてみようとした。しかしそれより先に心持微笑したかの女は、やっとききとれる声でわたしに云った。飛行場のかたがこんな所まではいっていらっしゃるのはよくはございませんワ。それは、もうそろそろここへ戻ってくるであろう家内のだれかを気遣っている口吻であった。それでわたしは、踵を返して、かの女が瞳で示してくれた、部屋とは反対側の出口から外へ出て行った。

まっすぐにコンクリートの路がつづいていた。その両側に格納庫が散在している。いずれの建物にもドアがとざされていたが、わたしは一つの高い窓枠に飛びついて、内部を窺った。発動機やらプロペラーやら翼やら舵機やら胴体やら車輪やらが、ごちゃごちゃとほうりこまれていた。しかしどうしたわけか、満足な形状のものは一つもない。まるで真新しいにかかわらずみんな毀れていた。発動機はわたしたちが日常見かけるものよりずっと精巧で、ぴかぴかして、いっそう不可思議な働きをするもののように見受けられたけれども、砂塵がいっぱい附着して、パイプやヴァルブやチューブはゆがみねじれていた。プロペラーだって、それぞれマホガニや胡桃や、或いは軽金属の磨き上げられた肌を鏡のように光らせていたが、どれもこれも折れたり、裂けたり、飴ん棒のようにへし曲げられたりしていた。なかでも心を惹いたのは、天使や悪魔や、花束や、天体の絵を丹念にえがいた、指型一つ附いていない新しいつばさである。エノグの香がまだプンプンしているようなのに、それら翼布は引裂かれ、打ちくだかれた内部の、弦楽器に似た構造を覗かせているのだった。わたしは建物の内部を順々にのぞいて行ったが、似たものばかり詰っていた。そのうちにバンガロウ風の別棟があった。ヴェランダに面した壁は書棚になって、そこにぎっしりつめられた書物の一部は溢れて、床上に落ち、登り階段の上まで散乱していた。これはまたどうしたわけか、とわたしは近づくなりその一冊をひろい上げた。ページを繰らないうちに、カヴァペーパが注意を捉えた。それは、深夜の大都会の上空で事故を起している大飛行船の絵であった。写真版でないかと怪しまれるくらい、影と光の配合を巧みに、入念に、取扱っている画面は、見つめているほどにいきいきと躍動をはじめ、本当に火花が飛び、それが高楼の上半面に映じ、また、火焔に包まれたケビンからは乗組員の阿鼻叫喚がきこえてくるようなのであった。ページを開けてみたが、ここにならんでいるものは、いったい数学なのか、音楽なのか、それともそんな斬新な形式の物語なのか見当をつけることができなかった。別の本を取上げてみた。やはり、此の世ではないような荒涼とした海岸における、不思議な形態をした自動車の危難のさまがえがかれている。わたしはもう一冊取り上げた。棚から引きぬいたり、押込んだりした。いずれも見知らぬ絶壁や火山や谿谷における飛行機や飛行船や、自動車や急行列車やケイブルカーやロケットの遭難の絵がついていた。見てゆくうちに、情景は方程式となり、数学記号は楽譜に変化し、また、画中の風景と画外の空間と時間は互いに入りまじって、自分がこれを観ているのか、読んでいるのか、聴かされているのか、さては当事者としていまわのきわの苦闘にあるのか、次第に見当を失ってきた。ただわたしは、このような世界の云おう様もない光と影の縺れをこのままにとどめたいと念じた。しかし危機に瀕した文明の利器から織出されるかそけき色調と震動とは、次第に自分を遠ざかろうとした。私は焦《あせ》った。そして努力はついに、より明確に事物の実用性を選択し処理し得るわたし自身をよび戻した。覚醒が訪れた。

だれが持ってきたのか、見事な、ひとかかえの矢車菊が部屋にほうりこんであった五月の朝である。

ココァ山の話

1

丘々はまるでココァ製であった。どこでもひとさじすくって、茶碗にほうりこんで熱いお湯を注げば、たちまちおいしいチョコレットが出来そうなのである。それに、そこいらが青い月夜であったら、景色はフェアリーランドそっくりであった。だから、この辺を人々は「月夜村」と呼んでいた。

この月夜村の一つの丘蔭に、昔は粉挽き場にでも使っていたらしい古びたレンガ造の小屋が立っていた。いまはだれも傍へ寄りつかない。何人の所有物か知っている者もなかった。ところが、或る朝早く、鶏の世話をやっている男が、この小屋の前を通った。オヤ？　とかれは思った。久しいあいだ打ちすてられていた小屋の戸があいて、その前に白い馬が、べにがら色の荷馬車につながれて佇んでいたのである。何だろうな、どうも近在では見かけぬ車だが。かれはそう思って行きすぎた。そしてかれは、主人の鶏のためにたいそう忙しかったので、お昼頃かえって行く時、小屋が、何事もなかったかのように、知らんかおをしていたことなどには、いっこう気づかなかった。

月夜村の上で、お月様が細くなったりまんまるになったりして、数カ月がたった。そして今晩も良いお月夜である。丘の上から見下すと、水底のような青い所にポッチリと橙色の灯影をこぼしている居酒屋で、鶏の世話をしている男が、いましもお巡りさんとヒソヒソ話を交していた。

「それがまことに奇態なんで」とかれは云った。

「私は初め、だれかがあの倉を借りて、草花の苗でも荷造りしているのかと思っていたんですが、そういう話も耳に入らず、それに、べにがら色の車というのは、いつもお月様がよく肥えて、地べたが明るく照らされている一週間に限って、やってきているようです。ヘイ、鳥共が唄い出すか出さないかっていう刻限にね。そういう時には、この界隈でついぞ見かけぬ風体の男共が、せっせと、木の枠組でかこうた何か壊れやすいものがはいった荷物を、馬車に積込んでいるんでね」

「その荷は、どれくらいの大きさかな？」

とお巡りさんが口を挟んだ。

「さよう、このテーブルほどもありましょうか。厚味は極くわずかなんで」

「ふーん、じゃからとて酒ではないと申されんぞ。酒はいつも樽入りだと思うたら、大間違いじゃ」

とお巡りさんが、髭をひねった。

「旦那」と鶏番人が云った。「何かその、やましいことには相違ねえと私もにらんでおります。が、密造とまでは……ね。何しろ匂いなんかてんでないんですから」

「鶏の糞ばかり弄っておるので鼻が利かんのじゃ。どうして！　近頃のもぐらどもときた日には抜目がないぞ」

「そういえばあの紅い馬車が、いったいどこからきてどこへ帰ってゆくものか、これもてんで私には見当がつきましねえ」

「よろしい！」とお巡りさんが腰を上げながら云った。「で、近頃またやってきたと申すんじゃな。他言は無用じゃ。明朝早くわしが出向いてみせる。お前もいっしょにこい」

2

次の朝、辺《あたり》が紫色になりかけた頃、丘の径をお巡りさんと鶏番人とが登っていた。

「この辺だったたな」

とお巡りさんが振り向いた。

「このつい先の崖ぶちを廻った所です」

「いるかな？」

「へイ、ゆうべはいいお月夜でしたから、大丈夫まちがいはごぜえません」

「まったく寝るのが惜しいほどじゃったのう——ゆうべは」

そのうちに白い粘土質の原ッパになって、向うに小屋が見えた。

「旦那、来ております。あれで、あれなんで——」

お巡りさんは、そこで、まぶしい遠景を見るときのように小手をかざした。向うには果して白馬がいて、黒い人影が数名何かせわしげに立働いていた。お巡りさんは、鶏番人に眼くばせしてから、威容をつくろってゆっくり近づいて行った。ところで何と紅色にぬられた二輪車の綺麗なこと！　立派だという種類でなかったが、それはさっぱりしてどことなくしゃれていた。白馬は可愛らしい両耳をピンとそろえて立てていたし、馬のからだにはよく刷毛がかけてあった。蹄鉄も新しかった。車体の掃除がまことに行届いて、車じくには油がよく差してあった。塵一つもついていなかった。お巡りさんは、こんな車を持っているからには、この連中は悪人ではないと思いかけていた。そこで両手をうしろに廻して組合わせると、せっせと荷物を小屋から運び出して馬車に積んでいる男共の方へ、云いかけた。

「皆さん、精が出るな」

「旦那も早くから御苦労にございます」

と三人のうちの一人がおじぎをした。

「この荷物は何かね？」

とお巡りさんは、荷造り品の片隅に片手をふれながらたずねた。

「あ、これ——」と二番目の男が答えた。「ガラスでございます」

「何、ガラスとな」

「さようで。この倉を拝借するようになってからは、極上品が採れますので、一同大よろこびでございます」

と三番目の男が受けつぎながら、仲間に合図すると、二番目の男が、いましも積んだ荷物の片すみの藁屑をおしあけて、腰に挟んでいた金槌でもってコツンとやった。三角形の小さなカケラがかれの手につまみ取られた。

「ちょっと見本を――」

「どれ」とお巡りさんは手に取ったが、たちまちほお！　と感嘆の声を上げた。鶏番人も傍へ寄った。

3

「どうじゃ、あのガラスの美しいことと」

と、その晩、お月様が高く昇った刻限に、例の居酒屋で、お巡りさんが鶏番人に云いかけた。

「馬車も馬車でずいぶん気持のよい代物じゃが、何より彼より、わしはガラスにぶったまげたぞ。あの澄んだ、そのくせ煙ったような、なごやかな青と云おうか、紫と云うのか、よくもあんな色合が工夫されたもんじゃ。ハテ、あのカケラはどうしたじゃろう」

とお巡りさんは、ポケットをさぐった。

「あれはお返しになったようで……」

「そうかの。貰ってくれればまたと得がたい記念じゃったのに。わしは別に細工物が判るのどうのという柄じゃないが、あの色にはボーッとしてしまったでな。ありゃ紫水晶や、サファイヤという手合より上かも知れんぞ。あのような品を出品したら博覧会でも仰天することとじゃろう。しかしそれがきょうという日にも広く知られていないのは怪しいのう。独創的な発明家ほど慎ましいというから、あの連中は時節を待っているわけかな。よめたぞ、君。あの連中は秘密の漏洩を惧れて、この土地を選んだのじゃ。そんな大発明にたずさわるほどの人物に製品の行方を晦ませるくらいはお茶の子さいさい。いや訊問をせんでよかった。篤志な発明家は保護せんければならん。ましてそれが国産の誇りを約束するものの場合においておやだ」

　お巡りさんは、いつのまにかすっかりガラス屋の身方になって、そこまで述べ立てるとドンとテーブルのおもてを叩いた。

「オッと危い！」と、倒れかけた酒壜をつかまえて鶏番人が云った。「そりゃそうと、いったい全体、どんなりくつからしてあんなキレイな品物が出来るもんか。あの倉に機械があるようでなし、原料が運びこまれている風も見えん。ここいらにくると、やはり旦那、こりゃひょっとしてひょっとですぜ」

「うん、わしもそのことを今朝から考えぬではなかった」とお巡りさんが、けろりとして云った。「明朝もういっぺん出向こうかの」

「いやいまから行くがよろしい」

「いまからとな?」

「今夜でちょうど六晩目」と鶏番人が指を折ってかぞえながら、「奴さんら引上げないとも限りません」

「では、そーッとのぞかせてもらうかな。何もあの連中の不利になる話ではないからの。また、機械を見たところで仕組が会得されるわれわれでもないのじゃから」

居酒屋の戸口があいて、水底のような所にいびつな橙色の矩形を落した。前晩のように明るい月夜の道を、お巡りさんと鶏番人が歩いて行った。うしろの方から、「オーイ」「オーイ」と呼ぶ声がした。

「旦那がたはこれからガラス屋をさぐろうってんでしょう」

と、追いついた影が、息を切らしながら云った。

「お供します。今晩あたりは盛んにやっていることに相違ござりやせん」

先刻居酒屋のすみに居残っていた男はそうつけ足して、青い光がみなぎり渡っている中空を仰いだ。

「あっしは何にせよ、ねたを握っているんですからな」

「なに、君は知っとるというのか。あのガラスはどうして製造するんじゃ。どんな機械じゃな」

とお巡りさんが向きなおった。

「へへ、あけてびっくり玉手箱、云わぬが花ってね……ですが、たった今ご案内して奴らのからくりを洗ってお眼にかけやしょう」

三箇の影が、風車や木立の影がおもしろい模様を織出している路面をすべって行った。一軒家の中で時計がチーンと一つ鳴るのがきこえた。あとからきた男は、「連中の発明もさることながら、そうかといって、この土地の誇りであるところの月光を無断に消費して、一言の挨拶もないという法はない」と述べた。「いくら減らないものだと云っても、それをどこの馬の骨か鳥の羽根のきれはしか判らぬ手合の金儲けのたねにされて黙っているというのは、人が良すぎると云うものだ」とつけ足した。――「そんなわけで、自分は奴さんの仕事場へ再三談判に出向いて、割前を出せ、出資人に加えろと云うのでない、村へ挨拶だけはしておけと口を酸っぱくして説いたが、頑として応じない。いやはや、あきれ返った強欲な化物どもだ」と、プンプン怒りながらくり返した。

崖の蔭を出て、前方に雪が積んでいるような真白い粘土の原が現われた。憤慨していた男も口をつぐみ、三つの人影は斥候のようにかがみながら、そろそろと小屋に近づいた。一等さきに匍い寄った男がお巡りさんと鶏番人を手招いた。

「やっています、やっています、そら、あれをおききなせえ」

一同は小舎の影の中にしゃがんで、耳を澄ませた。

確かに！　ガラス板を扱う物音にまじって、話声がする。

……こりゃ薄すぎたかな。

……もう少し掛けよう。はめ直し、毀すなヨ。

……合点承知の助。どうだ、成功々々。お次だ。これで幾板目になるかね。

……三百板だ。夕方心配したがこの分じゃ三時まで雲は大丈夫だろう。せめて八百板取りたいものだが、こんどのクオーターには来られないかも知れん。そろそろ手が廻ったらしい。

……けさ方の鶏臭い男には参ったよ。いつもコケッコウにはひやひやさせられるが、あんなに傍へやってこられた日にゃ、モウケッコウ様で寿命が縮まるワイ。縁起でもねえ、こんな土地は早々に引上げるこった。

……でも、あのお巡りは好人物らしいぜ。

……オイオイ、そう云やあ気のせいか鶏くさいぞ。だれか外へ出てみろ。

……バカ云え。まだ二時間も間がござるワ。おぬしの神経過敏にも手を焼くな。

……あんなでく人形には心配無用でさあ。おら、あの酔っぱらいを用心しろと云うんだ。

……ほんとだ。あののんだくれは何を仕出かすか知れたもんでないぞ。奴はふだん何を為とるのかね。

……ばくちくらいが関の山。それも小結まではとてもゆくめえ。前頭かな。先だってのぼろ負けを取戻そうってんで、近頃は何にも彼にでも嚙みつくらしい。この小屋も手前の持物だと云いふらしてござるが、なんのそんな気ちがい文句、村中でも相手にされておらん。

……このあいだきいたが、奴さんがムーンシャイニングの張本だって云うじゃないか。

……へーエ、そりゃ初耳だ。なら、つまりおいらと同族じゃねえか。

……これを燈台――じゃねえ、お月様の裏暗しと云うんだ。

……アハハハハ、アハハハハ。

お巡りさんと鶏番人とはレンガの壁づたいに進んで、覗くためには十分傷んでいる扉に、互いのかおを押し当てていた。

予期していたように、そこは、がらんとした埃っぽい土間らしかった。しかし、奥の正面に、大きな四角い窓があいて、その向うはただの青い月夜であった。だから、窓の前で立ったりしゃがんだりしている人影はシルウエットになって、しかもその窓枠の中にはいった時だけにそれが判明するのだったから、幾名いるのか、それらがどんな動作をしているのか、見当がつけられなかった。工作機械はどこにあるのだろう？　ちっともそれらしいけはいがないが……とお巡りさんは考えた。鶏番人には、ここに灯の点っていないことが不審であった。とたん、かれはハッと思った。お巡りさんはアッと声をあげた。何と！　正面に開いている月夜の窓、空気のほかには何もない突き抜けの四角い枠の中から、数秒間ごとに、月夜そのものが薄くはがし取られているのであった。

二人は、申し合わしたように、逃げるように崖を辷り下りて、ななめに月光を浴びた頭上の小屋を、夢のような気持で仰いでいた。フラフラと白と黒半々の者がついてきたのでギョッとしたが、それは案内役の酒呑みであった。当人は酔が一時に発したのか、立っておられぬくらいよろめいて、お巡りさんと鶏番人の前でわめき立てた。

「もう我慢がならねえ。月光ぬすっとはあっしをつかまえて、のんだくれの、ばくちうちの、強欲張のと罵詈雑言ぬかしたぞ。密造酒の張本とは何事ぞ。月夜トンボ風情にこごまでなめられて、村切っての恩人の孫様がなんで黙っておられるのか。ようしっ、制裁を加えてやる！」

いまはシャツ一枚になった酔ぱらいが足元の石をつかんだ。アッというまに手頃な石は、すぐ眼の上にあるレンガ小屋の四角い窓へ飛び込んだ——

ひど過ぎる手応えだった。化物みたいなゼンマイがあるとすれば、それだ。そんな巨きな螺旋が切断したような、途方もない音が、小舎の中に起ったのである。ガラガラガラガラ……

熟睡中の村じゅうの人々は、一せいに飛び起きた。そして恐ろしく振動している丘蔭の小屋から、影絵のような一頭立の馬車が、次から次へ、切れ目も見せず、あの狭い場所によくも詰められていたと思えるほど、出てくるは、出てくるは、活動写真のフィルムのコマみたいにせり出して、いっさんにどこかへ疾駆し去るのを目撃した。

お巡りさんの引率する決死隊が、小屋の錆ついた錠前を壊しにかかったのは、もう東が白んでくる刻限であった。扉の内部はしかし、一面に蜘蛛の巣が張った、みんなが想像していたような場所でしかなかった。ただ、埃まみれの床の上に、白い、何も書いてないカードが一面にちらかっていて、これらは人々によって争ってひろい上げられた。しかしこれについては、間もなく、「そんなものを持っているとろくなことはない」と云いふらした者があったために、ことごとくどの家の机のひきだしや、だれのポケットからも姿を消してしまった。夜中過ぎの事件については、町から役人が調査にやってきた。かれらはしかし、村人の言葉にいっこう心を動かしたように見えなかった。それは、村の人々が、ゼンマイの音はきいているにかかわらず、鶏番人とお巡りさんの云うことに耳を貸そうとせず、「もしもそんなぐあいにゆくものなら、ガラスの中に夜鷹の影やまばらな星をついでに焼入れたら乙じゃな」と云ってすませたのと、同じふうであった。

飛行機物語

フランスの春の平野を久方の光にぬれて飛んでみたけれ

1

私の家の裏手にある納屋の中には、竹竿製のフレイムに自転車用の輪を取りつけたものが置いてありました。これはつまりブレリオ式単葉飛行機なので、活動写真や雑誌の口絵で見る、あのふしぎな冒険的な機械にそなわる感覚をまねようとする最初の試みなのでした。私は学校から帰ってくると、その枠組中へからだを入れて、いくたびも眼をとじたり開けたり、また、そこから下りて少し離れた場所からあらためて見直したりしていました。そうでない時間は、グラデー式やヴォァザン式や、その他自分が作りたいと思う飛行機のディザインをノウトブックにかきつらねることによって過されましたが、郊外へ出かけた時、私はいち早く小高い堤に登って、眼下の景色を、淡い緑や褐色の縞が入りまじったイッシーレームリノーの横がおに見立てるかたわら、真正面からなるべく強い風に吹かれたがっていました。私はこんな時の自身を、あの絹張りの翼を持った飛行機を操縦している場合に想像して、雲の影によって暗くなったり明るくなったりしている野づらに、自分が乗っている飛行機の影をえがこうとするのでした。橋の手すりに寄りかかって、ダニューブワルツを想わせるさざ波たてた河面を見守っている時だって同様でした。ただし、ここにえがかれる影は絹張りのつばさを持った水上飛行機でなければなりません。こうして野の花も、紫ばんだ日曜日の空も、赤と緑のスコッチ地の鳥打帽も、新らしいノーフォーク型の服の匂いも、飛行機とくッつける時には、今まで覚えなかった清新な、心ときめく魅力の下に懐かしまれるのでした。そんな日々が経過して、私はとうとうどこかに危っかしいおもちゃみたいな、本当の飛行機を眼の前に見た時のことをよく憶えています。

案外に簡単な、布と針金と棒キレと汽筩との結合にすぎない機械は、かたわらの天幕の中から立現われた、茶革の服を着た西洋人が乗ると共に、びッくりするような音を立てて、私たちが佇んでいる波打ぎわの前方を向うへ走り去ったのでした。しかし別世界を展開するような目醒ましい姿にくらべると、それはただあちらこちら白波を蹴たてて走り廻ったあげくに、申しわけのように、帆船のマストを掠める程度にしか昇りませんでした。けれども、それだけに、口ではいえぬ、ある敢然とした現代的要求をそのものが充してくれるように感じられ、それで鳥打帽をさかさまにかむってハンドルの輪を握りしめた西洋人や、ぴッちり緊張した翼布を支えている、針金のついた黄いろいニス塗の支柱や、エンジンから吐き出される灰色がかった青い煙や、無茶でないのかと思えるほどに振動を起して廻るプロペラーを、この機会に、出来るだけ心に銘じておこうとして、私は柵の外から、やはり眼をとじたりあけたりしていました。

こんなわけで、糸ゴムの動力で飛ばせるモデルなど、私はいっこう好きでありませんでした。街かどの材料店に売られている同じ色染のヒゴ竹やアルミニュームのチューブを使用して、私はきゃしゃなゴム引きの羽根がピアノの針金で引っぱってある冒険的な、実物飛行機の気分をみちびき出そうと、まあどんなに苦心をかさねたことでしょう。

……

私たちの都会から郊外電車で四十分ばかしの所にある海ぞいの競馬場では、もうそろそろ此国の民間飛行家たちによる飛行試験が行われて居りました。五月の朝、水筒を肩にして馬場の柵にまたがった私は、双眼鏡のピントを向うに合せるのでした。青い松並木の屛風をバックにして、露にぬれた真白いクローバーの上にひき出されてくる軽やかな機体が、土地の凸凹につれて動揺したり、その周囲を技師や新聞記者連が取りかこんだり、やがてパッと一むらの紫煙が舞い上って、始動を与えられたエンジンの凛然としたひびきが次第に煮つまってくると、まっしぐらに此方へ滑走して来たのがいつしか地面を離れて、くるくる廻っているゴム輪をかがやかせて頭上を過ぎたりするのを、私は、息をこらして仰いでいました。帰ってから自分の模型によって再現させるためにでした。――ここではまた若いアメリカ人が、円い胸のようにのしかかっているルリ色の真中に、黄いろい煙の輪をいくつも重ねて宙返りをしました。いま眼の先に在った機械が、人間を乗せてすでにあんな高い所に昇り、その空ッポなまんなかでくるりくるりひっくり返っているということの中には、たとえようもないふしぎな、胸を打つ感じがありました。赤色にぬられた複葉飛行機の翼が、ピカリピカリと私たちの方へ反射して、何ともいえずにきれいだったことをよく憶えています。――この若い飛行家は、前年の春、第一人者とうたわれていた冒険飛行家B氏を失ってのち、緑は深んでもさびしかったパナマ太平洋万国大博覧会の上空に突然あらわれて人々をおどろかせたのでした。かれは、友だちの少女といっしょに、湖水に浮んだボウトの中から鳥を見て、飛行家を志願したのでした。私はそのくだりをほとんど暗誦しています。

少年アートはピクニックに出かけて、湖水多い地方の、一つの水の上にエミーと短艇に乗ってうかんでいました。静かな夏の夕方で、かれは船底に寝そべって手枕しながら、次第に黄ばんでゆく空を見上げていました。一羽のノスリが羽根を少しもうごかさずに環をえがいていていました。「え、何だって？」とかれは、エミーが何かいいかけているのに気がついていいました。つぶら瞳の女の子は、「あなたは、わたしのいうことにそれくらいしか注意なさらないのなら、これからはいつも一人でボウトを漕ぎなさい。手つだってあげませんから」「そういうわけじゃないんだ、ぼくは飛行機のことを考えていたんだ」と少年は答えました。「何ですって！」と少女の瞳が大きく見開くと、アートはうなずきながら鳥を指して、「どうしてあんなに羽根をちっともうごかさずに飛べるかということを、ぼくは先刻から考えていたのだ。大丈夫、ぼくは飛行家に成ってみせるよ」これをきいて少女は笑い出し、泪をこぼすほどそれを可笑しがった。しかしやがて思い直して次のようにいった。「あなたは何でも自分でやろうと思ったことは為しとげるかただから、きっと飛行機に乗れるでしょう」

——こんな最初の動機があったというかれは、後年、サンフランシスコの星月夜に火竜の乱舞を見せて、探照灯を受けて雪のように白い芝生の上にスルスルと降りてきた時に、申しました。「みんなは私という人間に対してではなく、かれらと同じようなことを考え、かれらと同じような日常生活を送っている一人が、未だ測り知ることのできないエレメントと戦っている——そのことに興味を持っているのだ」と。「ただ一つ残念なのは……」と他の人がそばからいいました。「あなたが、自身のすばらしい演技を見られないことだ」「私のためにはキネマがある」——童顔愁いをふくまぬアメリカンペットはそう答えて、さかさにした格子縞のハンチングを元のように直すのでした。私は、ブルメン紙上に連載されていたかれの「生い立ちの記」をよんでいたから、そんなことも知っていたのです。

その頃、私は、この米国飛行家の笑顔を表紙に刷りこんだ画報風な小冊子に関係したことがありました。

2

N氏のことは以前から耳にしていました。よその学校に私と同様、いやもっと飛行機が好きかも知れない生徒がいるという噂なのでした。このN氏から私への交渉の始りは、

「こんど飛行機の雑誌を出したいから、何かそれにのっける論文を書いてくれ」こういう意味のことを、かれが、その近所に住む私の同級生Mを通じてつたえてきたことにありました。私の小論文を巻頭にして、フライト誌からN氏が訳出した新型機の紹介や、例の競馬場で近頃フランス製単葉飛行機の試験をやっているCという米国飛行家がかいてくれた、「愉しく飛んでゆく空中の唄」を合わして、うすっぺらであるが、しゃれた画報が刷上ってきた午前、N氏はその包みを自転車のうしろに積んで、私の学校の門前まで運んできました。それをM君を介して受取って、私は教室の机の下に置きましたが、休み時間に級長にかけ合って承認を得てから、みんなの前で簡単な演説をしました。この日、その画報は五十冊近く学校中でさばけました。N氏に会ったのはこの二週間後のことでした。「われわれの倶楽部をこのたびある人に譲ることになったから、相談にきてほしい」という通知があったのです。

指定された所は通学の通すじにある花屋の二階でした。色刷の紙袋にはいったいろんな草花の種子が並んでいる上方に、金文字の FLORIST のそばに、"Aero Club" というゴシック文字のついた札が出ていたので、すぐに判りました。かたわらの階段から私が二階へ上ってゆくと、ギターやペナントや踊子の写真がいっぱいにかかっているよごれた壁を背にして、ひょろ長い、Tという若者が、鋏や切出しをうごかして牽引式複葉飛行機のスケールモデルをせッせと工作していました。この模型は出来上って飾窓の鉢植の上にぶら下げた時、西洋の子供が見て、すぐかれのお父さんをひッぱってきて買ってしまったとの話でしたが、私から見ると、飛行機なのか、立体派のテクニックで表現したアヒルなのか見当がつきかねる代物でした。しかし、かたえの壁に立てかけてあった、針金がついている実物飛行機のつばさの肋骨は、私の心をときめかせました。このビームは競馬場の格納庫のすみから持ってきたのにちがいありません。私に向ってTはいいました。「あそこにはまだ五、六枚、毀れていない羽根が残っている。番人は××なら売ってよいといっているが、きみは買わないか？　いま騎手に出ているホームズさんが作った複葉飛行機の羽根だが、それを競馬場が差し抑えた。だから、その中の幾枚かは現に鶏小舎の屋根になっているよ」

こんな所へ、のっそりと、混血児の少年紳士が登ってきました。N氏は私より三つほど年長でしたが、背丈はあまり違わず、よく肥えて、たえず辺りを見廻しているような落ちつきのない、しかし夢を見ているような眼をしていました。かれはまずTに向って、表に掲げた看板のことでしょう、ポリスがやってきたかどうか、そして先方の質問にたいしてどんな説明をしたかなどとたずねました。その次に私の方へ向き直りました。かれが切り出したのは、「この都会で有力なK紙の飛行記者Hさんがわれわれの飛行倶楽部をつづけたいとの意向を洩している。それで、画報を続刊してわれわれを特別寄稿家にするということの他は、全部無条件に引渡そうと思うがどうであろう？」というのでした。もとよりそんな倶楽部が出来ていたことさえ知らなかった私に、それが人にゆずられるときいても、反対も何も言葉の出しようがありませんでした。N氏と私とはぽつりぽつり間を置いて話を交しながら、街へ出ました。

「飛行機は×××あれば出来る」

「それくらいで？」

「布と針金と木を買うだけだから」

「エンジンは？」

「借りればいい」

青い塀の前までやってきました。N氏は、いろいろ話があるが明日は羅典語の試験があるからこれで失敬する、といいました。

3

パチパチと緑色の火花をポールの先からこぼしながらボギー電車がまがってゆく街かどに面して、ささやかなホテルが立っていました。その門をはいったわきの植込のランターンの下で、私とTと、他にHという若者とが待っていました。小柄な、チョビ髭の人物がせかせかと電車道の方からはいってきました。フランス製単葉機のI助手でした。ブレリオ式操縦の名手であるC氏は、びっこ飛行家として知られていました。それはある日、あちらの飛行場、ドミングスフィールドの外れにある林の中を白靴を穿いて歩いていたのを、兎と間違えられて射たれたことによるのでした。女流宙返飛行家Sの技師として日本へやってきたまま、自分ひとりだけつづけて滞在しているのでしたが、さきごろ競馬場から首都へ三百マイルにわたる飛行を企てて失敗し、その後帰国しようとした間ぎわに、汽船の切符を入れた財布を盗まれたことがあり、目下動きがつかなくなっているのでした。私たちが競馬場のスタンド下を利用した格納庫へ手つだいに行った日、緑いろの眼を光らせた人の話ぶりが喧嘩口調になっていたのも、あるいはそんな不幸つづきに原因を持っているのか知れません。けれどもその前日には、近所の農夫らにスタートの羽根を支えさせたために、信号が徹底せずに馬場の木柵に衝突し、取ってのプロペラーを折ったという始末もあったのです。その単葉飛行機は、此国の飛行家がフランスからたずさえて帰った機械でしたが、間もなく墜落焼失しました。そこで毀れたエンジンをさる製作会社が修繕したところ案外に成功した。これによって先の飛行家の周囲の人々が、格納庫に残っていた予備品をもって再度同型の機体を作り上げました。しかしかんじんの乗り手がありません。ここに現われて、その再建機を首尾よく空中に浮ばせたのが、いまのびっこ飛行家C氏なのでした。その朝も、私たちの手を離れた灰色に塗上げられたモノプレーンは、クローバーの葉裏を白く靡かせて鮮やかに舞い昇ってゆきました。この時私たちの方へ吹き送られてきた風は、N氏がいうとおり拳ほどの石コロがそこいらにあったらついでに吹きとばしたかも知れぬ、そんなえらいいきおいでした。しかし出発はできるが、同じトラックに降りることを事務所が許しません。それでそれは、近頃調練に取りかかっている馬をなるべくおどろかさないためでした。それでC氏は、かげろうにチラチラしている遠いゴルフ場へ着陸しようとして、とたんにとんぼ返りしたのでした。湖水ぎわの野原から競馬場へ飛んできた先日も、滑走車を砂地にめりこませて顚覆し、はずみを喰ってハネ飛ばされた同乗のI助手は、もう少しで、プロペラーに打たれるところでした。そして私たちが立合った日は、その修繕がやっと成ったばかりなのでした。I助手は以前N氏の家の書生でしたが、模型製作から病みつきになり、ついにそこを飛び出して、本当の飛行機仲間に加入したのです。これは、「そんなわけで自分の息子を取返しのつかぬ道楽に導いてしまった当の責任者である」ということに合せて、N氏のお母さんから私がしばしばきかされたところでした。

——C氏は、二回目の損傷を修繕すると、両翼のおもてに黒い大円をエナメルでえがきましたが、あるお午頃にだしぬけに宙返りを行いました。仰いでいた者は、着陸した飛行機がまた止らぬ先にヒューセルエージ（胴体）に飛びついて、C氏の首ッ玉に噛りついて泣き出したものでした。しかしこれから間もなく、南国の太平洋岸にある都会でその曲芸飛行の紹介が公開されました。この時逆転のさいちゅうに左の翼が折れたのでした。くるくる廻りながら落ちてくる飛行機のあとから、もぎ取られた片羽根がひらりひらりとおうぎのように舞い落ちてきたのだそうです。カリフォルニァ帰りの技師S氏は、その夜半、白い衣を着て血塗れになったCのゆうれいに逢ったといいましたが、ちょび髭のI助手は、これが形見だと前おきして、C氏から貰った機械油にしみたボタン止めの靴を私に見せました。——私はいつか座席に上って、滑車を通じて舵や撓《ワーピング》翼の針金をひいたときのハンドルの手ざわりと、発動機のうしろに止めてあった、Morane-

Saulnier という製作会社の真鍮のマークとをいまさらに喚び起しました。そして口笛を鳴らしてあのワイァロープをいじっていた人が、瞬時にして右足を失い頭部は半分になって、どこにもいなくなってしまったのはいったいどういう理由であろうか？　碁盤縞服のC氏、さらに以前の飛行家たちを見かけた時とは格別変っていない競馬場の風景を前に、私は考えました。

H氏がやってきたのと、夏の夜の俄雨に天幕のふちから滝がこぼれ出して、私たちがあわてて椅子をひっこめたのと同時でした。「雑誌を拝見してこれじゃつづけてゆくのが困難だろう、それで広告でも取ってあげようかと考えたのですが、ではいっそ全部引き受けてくれ、とN君がいわれたものですから――」

こういって新聞記者は、神経質らしい頰をピリピリッとさせて一同を眺め渡しました。そしてN氏から先方の手へ、何事がかきこんであるのか一冊のノウトブックが渡されると、それで会合の用件はすんでしまったのでした。話は後刻、私が郊外のある町はずれに見つけた原ッパのことを持ち出したのをきっかけに、そこで近日中にC氏の飛行会を催そうではないかという相談になっていました。この八月の晩はまだC氏が宙返りに成功したばかりのときだったからです。H氏は、アイデァをさっそく社長に話してみようといっていました。ついでにかれはニッケルを一箇ポケットからつまみ出して、パチリと卓上に置きました。「君がたはいずれも結構な御身分でうらやましい。それにしてもたいへんだ、このニッケル一枚の有難味が判るようになるまではね」といいましたが、その同じことを別れるまでに五、六回私たちにいってきかせました。

一同が表へ出たとき、雨にぬれたアスファルトの上には広告の紫や青やの灯が映じて、反対側の明るい辻には人々のシルウエットが交錯していました。「そうなると君は威張られるよ」

とH氏は、何のことだかだしぬけにそういって私の肩を叩くと、暗い街の方へ曲ってしまいました。

4

郊外電車の窓から私は、K紙の支部になっているH氏の住いを見ました。花屋の表にかけてあった飛行倶楽部の札が出ていました。けれども画報の第二号はひと月経っても、ふた月待っても出ません。C氏の飛行大会の方は、そこまで話が運ばぬうちにアクシデントになってしまったのです。これより先に、羽織袴というでたちのI助手がある夕暮、ひどくあわてた様子で私の所へリキシャを乗りつけたことがありました。かれは、私が小さな額に入れて壁にかけていたカード、それは例の単葉機の最初の犠牲者のポケットにあったもので、ふちが焦げている名刺でしたが、これに眼をとめて、「あ、ちゃんと手に入れているな」というなり、「金具が二、三日遅れる由をTかHかに伝えてくれ、そういえば判る。ただしNには絶対内証だからそのつもりで」と依頼するのでした。

サンボルンホテルの会合から二、三日目でしたが、N氏からまた突然、「羽根も到着していよいよ製作に取りかかったから云々」の報せがあり、私は建築業者の家にHを訪れました。そこは広い坂路の中途で、別世界の住人のように物しずかで清らかな西洋の尼さんや銀髪の老紳士の姿をよく見かけるカトリック教会わきを西へはいった所でした。事務所の裏手に奇妙なレンガ建があって、その中庭に面した部分には壁がなく、したがって二階と三階が戸棚のように下から眺められました。危ッかしいほとんど直立の梯子段を二つ登り切ると屋根裏になって、その隙間だらけの板敷の上に、いわゆる鶏小舎の片われなのでしょう、分解した複葉飛行機の主翼が、枯れた芝草のきれぎれと機械油の飛沫がくッついたのをまじえて、都合八枚運び上げられていました。テーブルに向ってN氏が方眼紙をひろげてしきりに頭をひねり、TとHはシャツ一枚になって、角材に鉋をかけていました。どこかで借りるエンジンはともかく、機体を組立てるためのソケットや針金はどうするのだろう、と思いながら私は、しかし明日中にも出来上るかのようなTとHの口吻につりこまれて、私たちの飛行機の新らしい木や金属の部分が桃色の朝日にかがやく一刻のことを、――そんなわれわれの仕事ぶりをおどろきの瞳で見守っているであろう我国のエミーの面ざしと合せて――えがいているのでした。でも、HやTが汗みずくで送った数日間に何事がなされたでしょうか？　寸法が合っているかどうかも怪しい五、六本の支柱と脚部が削り上げられたにすぎぬし、楕円形の切口を持ったこんな材料も、結局は二階で働いていた本職の大工さんの手柄に属するのでした。

ある午後、三階に何人の姿もなかったので、そのまま帰ろうとすると、Hが梯子を登ってきていいました。「この飛行機はたれのものになるかと口に出してみたら、Nが、むろんおれの飛行機になる！　といった」いつのまにかTもかおを出して、「みんなで働いて、さて出来上ってからNに取られてしまう法はないでないか」と興奮してつけ足すのでした。

「もうじきここへくるよ」

「殴ってしまおうか」

「あいつ、ボクシングをやるぞ」

「なあに、あんな者が五匹や六匹あばれたって抑えてしまう」

しかしN氏がやってきた時、ふつうの会話が常よりも数少くやり取りされたにすぎません。

「皆の者がいっしょに練習するのはかまわぬが、飛行機の所有権はぼくにある」と、プラタナスの下を二人で歩き出した時に、N氏は私にいいました。「あの倉庫は使ってもよいというから貸してもらっているまでのことで、別にこちらから頼みこんだわけでない。あんな木ギレが何だ。ちょッとばかし労力的に手伝ったことで飛行機を取られてしまったりしたら、第一、お金を出してもらっている親にたいして申しわけがない」

5

紫や白の花弁を照らしているガスマントルの下で、花屋の若い、神経質な主人がいいました。「ちぇッ、廻し者をよこしたって判るんだぞ」これは私のことでなく、私のそばに立っていたMの弟についてでしたが、主人はその次に私の方へ向き直りました「××君、注意したまえ。きみが一等悪者にされているよ。ほんとうは構わなくていいんだが、それでは十五マイルの所を毎日電車に乗って出向いてくるきみがお気の毒だと思って、今晩お呼び立てしたわけだ。何しろおれの弟を黙って何用にも使うような野郎なんだ、この上どんなことを企らむか知れたもんじゃない。物質だって労力だってちっとも変りはない。なあに奴がいなくたって当方はちっとも困りゃせん。近頃飛行機の知識なんか鼻にかけられやせんぞ。ぼくがついているかぎり立派に拵上げて飛ばせて見せます。コッチは日本人なんだぞ」

　まくし立てて眼がしらを涙で光らせながら、そばに据えたTといっしょになって、Nなんかは止して此方へ加入せよ、としきりに勧誘するのでした。私はその後、Hの方から来いという催促がやかましいので、I助手の言づてがあったついでに、教会わきの三階へ様子をうかがいに行ってみました。TとHと花屋の主人がそこに組立てている飛行機の胴体は、まるで梯子のつぎ合せでしたし、翼骨にはふつうの釘が打ちこんであるのでした。そしてそこにつけこんでチョビ髭のI助手が小遣い稼ぎをしているたねなのでしょう、赤錆だらけのソケット一箱がそばに置いてありました。

「自分らではどう仕事を進めてよいか見当がつかぬものだから、きみの知識を借りようと思っている――それにきまっている」とN氏は、私の報告を前にして、いつもの落つかない眼を四方にくばりながら、しかしゆっくりした口調でいいました。

6

競馬場から運んできた八枚の羽根は、N氏の住いに引き取られましたが、場所ふさぎだったので、次には私が預かることになりました。西方の郊外電車終点でN氏と私は待合せ、荷車につまれて市中をのろのろと運ばれてきた羽根を受取りました。「万一こわれたら大変だから、いっしょに乗って監視されるがよい」と係員がいってくれたので、二人は貨物車に乗りこみました。そしてあまり停らず速く走って私の町の荷下し場に着いた時、私は近くの果物屋から荷車を借りてきました。人々が集ってきて、「それは何ですか」と口々にたずねました。「障子です」とN氏は不きげんに返事を与えましたが、たちまち飛行機だと知れ渡って、大供子供がおしかけてきました。この時はすでに八枚の羽根を蔵い込んだ私の家の納屋の戸がとざされました。カンバスははがしておくように、とN氏がいいつけたので、私はひとつひとつアルミニユームの鋲を取って、翼布を都合八本の巻物にしましたが、骨組と合わして、結局何の役にも立ちませんでした。それはTやHの飛行機製作がいつしかうやむやになったのと同様でした。別な場所で改めて自動車のけいこを始めた私が免許証を獲て、かたわら飛行学校にはいるのに入用な金をお父さんに出してもらうところにまで事を運んだのは、もう次の春になっていました。願書にそえて提出する写真を撮った日、私はついでに映画を観ておそくなってから帰宅しましたが、先々のいろんなことが浮んできて、夜通し眠られませんでした。それは恐らく生涯に数度しかないであろう夜の一つでした。次の朝、茶色のガラスが嵌った塵除眼鏡を買うために再び港の街に出かけた時、向うからやってくるN氏に会いました。「そんなバカバカしい金を出す必要なんかありゃしない」とN氏はいって、その場から私を競馬場へともないました。そして屋外のパテェカラーの雑沓とは妙なコントラストを作ってひっそり閑としている格納庫の中で、こんど買い取ることになったというエンジンの箱と、翼、胴体、その他の附属品も見せてくれました。絹帽や婦人たちの裳裾のアラベスクが春日の中に未来派の絵のように渦巻いている所へ出て行っても、制服の役人は私たちを咎めませんでした。かれらは一様に会釈しました。N氏は、羅紗にまじっている紅い糸が目につく焦茶色の背広をまとっていました。私は米国飛行家に倣った格子縞のサックコートでした。これら新らしい服の生地の匂いは、けさがたN氏と立寄った税関の知人にもらった金口のエジプト煙草の香りと調和して、飛行事業家の得意を托するのに十分でした。ふたりは正門わきの運送店へはいって運搬の件を交渉したり、天幕張の食堂の卓に倚って、プロペラー型のネクタイピンと、飛行学校設立のことについて語り合いました。この時喉元を通した一杯の生ビールとボイルドビーフひときれの味を、私は忘れることができません。この日の話題が二、三日後になって、N氏の肖像入でK紙上に報ぜられました。同じ記事は夕刊英字新聞のたねになりましたが、N氏はすっかりその文句を暗記して、すなわちかれの父を説きつけての大計画だという箇所を、まるで詩の朗読のように私にきかせました。――こんな特別扱いは、新聞社の人が何かためにするところのあるものだと、私も感付かないわけではありませんでした。「お金が要るようなことがあったら遠慮なくいってくれ。あれは八方美人だし、その上によく嘘をつくから」と、私の腕をとらえてN氏のお母さんは玄関でいいましたが、急にかおをしかめて、「きょうはHさんが見えたが、新聞屋は何かというとこれだ」と指で環をこさえて、それを同じ手で打ち払う様子を見せました。しかしともかく、新聞に報道された何十万坪とかの草原はさておき、目下の題目をあげると、私たちは、このたび購入したエンジンや滑走車輪やボールトや、その他使用される部分品を用いて、新規な複葉機を一台建造するのでした。この機械は元来Fという飛行家が使用していたものですが、先日競馬場の海辺に落ちて毀れていました。それに型がすでに旧式でした。

自転車選手として有名なF氏の最初の飛行機は焼けました。次の機械は遠浅の海へ落ちてくしゃくしゃになりました。それから私がかれに逢った時、まだ四月の初めだというのに、派手なリボンのついた麦藁帽をかむっていた赤らがおの紳士は、来るべき祭日に、第三番目の機械による郊外の運動場からの離陸には自信ある口吻でした。しかし当日、グラウンドを横切って、そのまま正面の堤にぶッつけてしまいました。「自転車乗が柄でもないことをやるからだ」と悪口をいう人がありましたが、元気なF氏は、いまの機械をこんどは海べの競馬場へ運んできました。そしていよいよ準備がととのって、私たちの港都への訪問飛行を決行しようとした午後、スタンドの棟の風見車が眼に見えぬほど速く廻りはじめました。F氏はためらいましたが、N氏が「遣れ！　遣れ！」といってあおったのでした。一つには、あと二日間で格納庫借用の期限が切れるという事情がありました。「じゃ行って参ります」と直立不動の姿勢をとったF氏は、私たちの前で挙手の礼をしました。ベイスボールをやっていた少年らにあと押しを頼み、はずみをつけて走り出した飛行機は、大きな鳥のように揺れながら昇ってゆきました。白や赤の家並をおもちゃのように見せている村落の上まで進んだ時、向い風に抗しかねて引き返してきました。馬場のコースはかれの飛行機を三つならべる幅しかありません。見当をたがえていま一度旋廻しようとしたとたん、海上から吹きつけた風を背面にくらって、尻尾をおし上げられた飛行機は空中で逆立となり、クリーム色の上翼にえがいたコバルト色の星じるしを鮮やかに此方へ見せました……F氏は、私たちが砂に足を取られてまだ駆けつけぬうちに、翼布をバリバリと引き裂いて匍い出しました。かおは血だらけでした。これはしかし眼鏡が毀れてまぶたにちょっとした怪我をしたので、その血をぬぐうた片手を、自身の首の根ッこにやって、二、三回強く手のひらのふちで打ちました。そしてついでに体操みたいな仕ぐさを五、六ぺんやると、エンジンを外して助手とふたりで、遠い格納庫まで運んで行ったのでした。

この機体を分解した時、私たちは、坐席の周囲からたくさんな綿や布ぎれや、守札や、その他のマスコット類が続々と出て来たのにおどろきましたが、いうまでもなく怪我除けなのです。女のズロースのようなものがまじっていたので、「こんなややッこしいことをしているからいつだって落ちるのよ」と憤慨する者がありましたが、このようにF氏といえば飛ぶときっと落ち、しかも落ちるたびに壊れた羽根の下からごそごそ匐い出してくるので、あれはキャタピラさんだ、とN氏のお母さんなんかに評されていました。——その他、せっかく後援会が組織されたのに、集った金が予定の三分ノ一であったことにヤケを起して、それをみんな飲代にしてしまう次第もあって、かれのために骨折った人々はもう見離しかけているのだそうでしたし、あちらこちら借金だらけ、街の東部でF氏の姿を見て逃げ出さぬリキシャマンはないのだということを、私は耳にしていました。

四十馬力の複葉機をN氏に譲り渡したF氏は、別にいま少し強力な機械を都合しましたが、この方も離陸の瞬間につんのめらせて、自身は畑のすみの香ばしからぬ堆積の中に頭を突ッこんだのでした。それのみか、三日目には失火してすっかり焼いてしまいました。放熱器に水を入れなかったのでシリンダーにヒビが出来ていたことによるとのうわさでした。その後、ある夕方、私は葉がくれにガス灯の青い目がちらつく公園の砂利路を歩いていた時、天幕が張ってあって、そこで新らしいドイツ型戦闘機を見せ、そばで絵葉書を売っているF氏を見つけました。かれは折あしく消えた電灯の回線をしらべるために柱によじ登ろうとしながら、さすが重なる苦労のしゃがれた声音で、私に告げるのでした。「この機械に保証金を出してくれる人があったら、明日にでも名誉を恢復してみせるが」

しかしこのたれかが製作した機械も、それから間もなく、まだ調整も取れぬうちに飛び出して、夕ぐれのエントツにぶッつけたのでした。工場の屋根から堤の下へころがり落ちて肋骨を打った飛行家は、その晩鉢巻すがたであぐらをかき、「これで熱さえ出なきゃ」といいました。

7

ある夜きらきらした流星がこの都会の上をすぎて、再び夏がこようとしていました。私はN氏の家へかよっていました。飛行機の書物がぎっしりつまっている裏二階のせまいN氏の部屋と、ドアを通して隣りのヴェランダに面した部屋にかけて、複葉トラクターの主胴が出来かかっているのでした。組立は、その頃この家に泊りこんで機械学の夜間聴講に出かけるほかは、一切の時間をあげて、鉋や鋸やを器用にうごかせているS君の働きによるのでした。どこで見つけてきたのか、この白いかおに赤いくちびるをした無口な少年技師をまって、はじめてエルブリッジツーストローク発動機を装備する、USA二六番截断面の主翼を持った複葉機の設計がなされたのでした。

S君がまだこないうちは、N氏と、私と、それから例の新聞記事を見てぜひ仲間に入れてくれといってやってきたIというのが、すでにS君によって作製されていたディザインに合わして、ぼつぼつと部分品に手をつけていました。けれどもN氏は、自分に都合のよいおもしろそうな箇所しか手つだいません。近所の男の子や女の子を集めて、マグネットのコードの端を握らせてくるッと軸を廻してびッくりさせたり、また、プロペラーの中央部になぜ鉛が詰めてあるかについて、「それはビール罎でも呑口を持ってふり廻すと重いが、底のほうを握れば軽く廻せるのと同じりくつだ」と講釈したり、「ナイフの刃でも横の方へしゃくるとペシッと折れる、同様なわけで宙返りして頭を上げようとしたとたん、強い風圧に羽根がぶるッと顫えて針金が切れたのだ」などと教えていました。「濃い茶色のメガネはね、宙返りするとお日様に向い合ってまぶしいから、それをふせぐためなんだ」とある時はいっていました。何か問いかけても返事がないので、見ると、鏡に向ってしきりにコスメチックを頭になすりつけていたり、籐椅子にもたれてツルゲネーフを、――私が最初に見た時それは『初恋』でしたが――をよみ耽ったり、そうかと思うと、絵具箱を引ッぱり出して簡単な静物を写生しはじめたりしていました。しかしこの私自身が、どっちかというと、仕立おろしの服の上にオーバオールをひっかけていることであり、ドリルや鋸やヤットコ鋏がどれも完全とはいえぬ代物でしたから、すぐ仕事をおっぽり出したくなるのでした。こんなわけで、せっかく掌を痛めてＩが引張った枠組のワイァも、私がまだ流線形に仕上げないうちにＮ氏が砂紙をかけてしまったような用材は、結局Ｓ君が最初からやりなおすよりほかはなかったのでした。それは愉しげな、同時に不安な期間でした。夜になって私が郊外の住いまで帰る時、電車の軌道が汽車のレイルの上をななめに横切って、海ぎわへ高く乗出している箇所があります。そのわきには小さな城塞めくドイツ人の館があって、ここを通る私をしてあらぬ空想にまでさそうのが常でした。この展望台の向うが月の出になって眼下に金波を光らせている折など、私は、いまは自分が飛行機などよりもっと不可思議な機械に乗って月の方へ昇ってゆく未来の一刻ではなかろうか？　そんな高揚にもち来されるのでした。

宵毎にネクタイを取換える習慣のN氏は、夕方がくると、食事の仕度が出来ているとお母さんがとめるにかかわらず、そこまで送るといって私を灯に飾られた下町へさそいました。こんな宵々、鉢植の棕櫚にハヴァナの煙を縺らかせるかれは、やがてやってくる学校の記念日に芝生で組立ててみんなに観せなければならぬ飛行機のことをいって、その時君はあまり口を利かないようにして指図しなければならない、と申しきかせました。五色の風船玉を順々にピストルで射ってゆく空中サーカスの計画を話して、その仲間に加わるはずになっているというオペラ女優の名刺なんかも、かれのモロッコ革のシースの中から取出して見せるのでした。

こんな調子ですから、N氏といえば、滑走車の両面をいち早くカンバスでおおうて赤く塗上げたり、方向舵の骨組だけに布を張って黒猫の絵を描きつけたり、つまりは進行をさまたげる以外の何事も為さないのでした。かれはある時S君の仕事ぶりを見守りながら、「どうしてそんなにていねいに肋骨を削る必要があるのか」と口に出しましたが、S君は応答しました。「念入りに作らなければ結局カーヴの相違は意味をなさないことになる」と。N氏は後刻に私にいいました。「Sは得がたい人物だが、それはただ技師としての話だ」

S君はしかし、材料の不足や意見の用いられぬことをこぼしながらも、飛行機そのものについては、少なくとも私よりは絶望していない模様でした。その後のことでしたが、私には見通しがついてこのさき道をひらくことは不可能だと判っていた時にさえ、かれは私に向って、やがてN氏が郊外に設ける練習場において、どんなふうに私が仕事を受持たねばならぬかについてかれの見解を述べたことがありました。ある日、坐席に乗ったN氏はハンドルを執って、「塗料のせいかしら、空中ヨットという感じがしないかね。でも大丈夫かな。競馬場からこの都会を一周して帰るくらいのことはできるだろう――まさか命に別状はなかろうな」と、現にそのすばらしいクロッスカントリー飛行に従事しているかのように、嬉しげに口に出しました。私は青く澄んだこの港の街の空に、私たちの飛行機の姿を想像するのでした。そしてプロペラーの両刃に貼りつけるべく、楕円形の中に愛らしい少女の首が覗いている二つぞろいの色刷の絵を、グラフィックのページから切抜いておこうなどと思ってみるのでした。

裏手の窓から機関部だけを突き出して廻転テストをやろうというのがN氏の考えでしたが、そんな無法なことができるわけはありません。ある午前、暗緑色に塗上げられた機体はヴェランダをこして、総がかりで表の道路へ下ろされました。辻には黄色のロードスターが止って、その周りから、ふだん私たちなんかてんで相手にしないこの界隈に住むしゃれ者の麦藁帽や、生意気な娘連のピンクや緑がむらがり、その碧いひとみや茶色の眼が、とりわけ今日だけはおどろいたふうにこちらに注がれていました。「どうせおもちゃだ」と昨日までは鼻の先で笑っていた向い側のギャレジの運転手らも、今日は総出で、腕を組みながら軒下から私たちの動作を見守っていました。いつも回数をかぞえながらスッパナーを廻している幹部の西洋人も、その中に見かけられました。そのあいだに濃緑色の機胴は筋向いにある休暇中の中華人の学校の庭に運ばれて、脚がつき、滑走車がはめられ、そしてどッかとエンジンが据えつけられました。この日いまひとり、浅黄服を着たお爺さんが私たちに加入していました。

やはり新聞記事によって仲間に加わったこの老人は、エンジンのシャフトが少し曲っているといって、その全体を手押車にのっけてどっかへ運び出しました。中二日をおいてエンジンが戻ってきた時、事実修正されたのかどうか、眼で見ただけでは判りませんでしたが、S君によると、そのじくの狂いは、運動場を突走って堤に衝突した時に生じたもので、かつて競馬場の浜で機体をてんぷくさせた唯一の原因なのだそうでした。おじいさんはまた、かれの長い職工生活中に考案し、いま特許ねがいを出しているというある装置の青写真を私たちに示しました。ピストンの上部に石綿をつけて効果を増そうというのと、ペリスコウプ代りに搭乗者が首を突き出している単座潜航艇とでした。かれは、そのように首だけ海上に現わして桟橋の向うを走って行ったならば、人々はさぞかしおどろくだろうといいましたが、N氏は次の日、私に、「なぜそんなにして抵抗をふやす必要があるのだ、モーターボウトにしては悪いのだろうか?」といいました。

8

エルブリッジ四十馬力は、アメリカの若い曲芸飛行家の「生い立ちの記」によると、かれが最初に作った飛行機に使用した発動機でした。S君がプロペラーのねじを緊めつけているあいだ、私は上翼にタンクを結びつけながら、これと同型の四気筩の発動機が、その試験飛行の朝、フォートウエインの少年飛行家の眼にどんなふうに映じたであろうか？　と思ってみました。いまの場合、かたわらで仕事を見守っている赤いスエターの少女はいなかったし、このような情景にふさわしく、吐く息が白い、そして鳥打帽の羅紗の匂いが懐かしまれる一月の朝でありませんでしたが、無理にそんな雰囲気に置きかえようと私はつとめていました。ボールトやワッシャーの不足が続出するので、そのつどにMの弟やその他の子供らが下町の専門店へ自転車を飛ばせました。頬に赤痣のあるブリキ職の徒弟とその親方は、飛行機とかれの店とのあいだにお百度をふみました。給油法について人々の意見がまちまちでした。結局Mの弟の主張したように、ガソリンとオイルとをまぜるのが正しいということがギャレジの専門家をまって決定しました。機体は綱によって後方のポプラの幹につながれました。しかし思い切って始動を与えるために、プロペラーはたれの手にもあまりにおッかなくハネ戻るのでした。ついに夕景近くなって、私が座席に乗ってスイッチを入れ、前方に立ったS君がウンと力んで一振したとたん、ドドドド……という音が起って、私は青い空気中に赤い火花が散ったように覚えました。プロペラーはすでに止っていましたが、塀の方へ逃げたN氏やお爺さんが、他の見物人と共に近づいてきて、そこらじゅうてんでのわめき声に埋められ出しました。

次の朝、私が最初にプロペラーを廻した時一回着火したきりでしたが、お昼前に、激しい煙を吐いて正式に動き出したと思うとたちまちプロペラーは天地を指して止ってしまいました。マグネットからはじき飛んで、下方の地面にめりこんでいた歯車を元通りに修理した時、N氏が乗りましたが、「君の方がうまく行くようだから」といって、私と入れ代りました。S君は靴を脱いでプロペラーに両手をかけ、見物人は遠のいて一様に耳をおさえていました。着火しました。廻りはじめました。気化器のレバーを手元に引くうちに、私の帽子は吹ッ飛びました。油の飛沫が顔じゅうに降りかかってきました。

——機体はいまにも解体しそうな劇しい振動をしています。——あとから耳にしたところによると、こんな時うしろにあるポプラの葉がちぎれ、霰のように街上を走るので、N氏のお母さんは発動機の音をきくなり一生懸命に、頭上の金比羅様に向って手をすり合すのだそうでした。私たちに怪我がないことよりも、飛行機など好きでない人々へこれ以上めいわくが及ばぬようにということの上に彼女のねがいが懸けられていました。好きでやっている者はどんな結果を招いても自業自得だからよいけれども、恐ろしい音で朝ッぱなから病人や勉強中の人たちの窓ガラスを顫わせたり、それよりも、あの校舎を焼いてしまいはせぬかとそれが心配だ、と、どこかにその道の出らしい、華奢なからだ付をしたN氏の母親はいっていました。しかしそのいきおいで空中に飛上ろうというのだから、発動機が火が吐くのは当然だという私の心構えをひッくり返したのは、ふいに頭上に吹きつけてきた水でした。レディエーターが取付けてなかったので、水道口からゴム管を引いていたのですが、その結び目が外れたのです。濡れ鼠になりながらスイッチを切ろうとしたが、私のからだを投げ出すほど振動しているダッシボードの一点は指先では捉えられません。そこを手のひらでおさえました。止らない。立ち上って支柱を握り、吹き倒されそうになるのを支えて、油槽のコックをひねりました。止らない。N氏もお爺さんも、舵の所を抑えていたMの弟も逃げ出しました。轟々と空気の渦を送り出しているプロペラーの前をS君が走り廻って手をしきりにふっているが、何のことやら判らない。……

私が飛下りるのと同時に発動機は止りました。それは、私が夢中に押していたボタンを、S君がただあべこべに引くことによってでした。

その後私は、一週間ほどかおを出しませんでした。そのあいだに老発明家が一度乗ったが、廻転が始まったとたんプロペラーは止って真青になったお爺さんは、「止ったのだ」「止ったのだ」と連呼したが、本当は「止めた」のであるとS君からきかされました。F氏がかおを見せたが、さすがお手に入ったもので、遠い街区の人々が表に飛び出して空を仰いだくらい、本格的な唸りを上げさせた。とつけ加えられました。そんなF氏は、先日火事を起した愛機からプロペラーを外そうとして、頭髪を焦していたが、始動の時も配電盤が修正してあることなどおかまいなしにぐるぐるとプロペラーを廻すのだそうでした。S君によると、この飛行家はただ初めに覚えこんだ通り何事もやってのけるので、したがって今度は腕を折っていたかも知れぬ危い話だったというのでした。しかし以上の話は、先日泡をくって座席から飛出した時に胴体の後部に凹みをつけてしまった私には、何の慰めにもなりませんでした。あの日、「これはたれが操縦するのか」と問いかけた西洋人に私は恥かしくて返事ができなかったものですが、やがて附近の辻待のリキシャマンらが自分のことを笑ってやしまいかという気廻しから、つづいて手を突いたばかりで折れるような材料を使ってある緑色の飛行機の実際について、私は考え初めていました。S君はむろん、私が気づきかけたような基本的な点から順序をふんで出発するのでなければ何事も為されはしない、というのです。しかしそんならといって、私がそこに持ち出した条件についてはただちに賛同しませんでした。「なるほどきみのいわれる飛行練習論はうそでない」と、煙草もたしなまぬ少年技師は、夕闇の中で私にいうのでした。「しかしそれは貴族の飛行家じゃありませんか」

9

赤い貝殻じるしのブリキ罐に腰をおろしてS君と問答した夏の夜以来、私は、自分の心の奥底で何物かが変りかけていることをさとらずにおられませんでした。その後私は、所沢に新規の友人を訪れたことがありました。かれは逓信省の依託練習生でした。志願書だけはかれといっしょに提出しましたが、採用試験は私は受けなかったのでした。晩秋の広大な陸軍飛行場のあっちこっちに見るさまざまな設備、それからK君が頭の上で見せてくれた鮮やかな横転《トンノー》ぶり、これらはしかしいっこうに私の心を打ちませんでした。ただそれだけのことのように考えられるのです。そしてそんなただそれだけのことを無理にやっているような人々には、どこか狐に似たものが感じられ、たとえば私の新らしい靴を疵だらけにしてしまった平原の草のように、それら一切は味気なく、また無慙に受取られるのでした。

これより先、港の街の西方にあるギャレジの奥に運ばれていた緑色の飛行機の前で、N氏が、タイプライターにした設立見積書を私にくれたことがありました。しかしその飛行機会社がものにならなかったように、エルブリッジを取つけた機体はそのうちどこかへ売払われてしまった模様でした。ある夜ひょっくり盛り場で出逢ったIから私はそのことをきいたのです。あの飛行機のために職工生活で貯金した全部をひき出した、とかれはつけ加えましたが、それは私が、N氏に手渡したのに数倍する金高でした。

「飛行機のことは近頃やっと判ってきた気がしますよ」こうS君が洩らしたのは、郵便飛行競争の出発を見るためにO市の練兵場へ出かけた日のことでしたが、この時S君によって細部のスケッチが取られた各種の飛行機も、そこに集っていた飛行家連も、いまは写真として残っているばかりです。その代り一度、秋の夕陽をあびて急角度に、練兵場に向って下舵を採ろうとする銀色の偵察機を仰いで、私は祝福を送ったことがありました。キャタピラーさんのF氏は、いまは東海道三百マイルをちょっと手軽に飛び終えたのでしたから。

モーターサイクルの競争に出たN氏がカーヴで顚倒して頰ッペたを擦りむいていると耳にしたのは三年前です。四月の空に赤いカーチス機で宙返りした米国飛行家は、すでにかれの十六年間にわたる飛行生活のカタストロフィに到達していました。かれは米国参戦に応召してワシントンの陸軍飛行学校の教官をつとめていたが、傍ら石油事業に手を出して大失敗だった。餅は餅屋で、其後、ニューヨーク＝シカゴ間の郵便飛行に従事していたところ、二月中旬の風のつよい日にコーチをやっていて、郵便物つり上げ装置のポールに翼をぶッつけたのだ。インディアナ州フォートウエインの町には彼の銅像が立っているそうだと、古いファンが私に聞かせてくれました。I助手については、O市駅前の広場にならんだ数百台のタクシーのどれかのハンドルを取っているはずだ。風の便りです。そしてKは又、五月の青草を焼いて、かれの試乗機と七人の同乗者もろともに黒焦になってしまった、とつけ足さねばならない今日、私は、自分があんなにして飛行機から離れて行ったのは当前だ、と思わないでもありません。なぜなら、私たちの寄せるところは、フランスの春の平野に影を落して飛んでゆくファルマン式の上にあったのですから。だから、ライト兄弟の昔に還らぬかぎり、何人も私たちのようなことはくり返さないでしょう。そうです、あなたも思い出して下さるであろう、あの鳥のように木立を越して行ってすぐに故障を起していた私たちの幼ない日の題目、それゆえに私は、このいっこうにつまらないすじ書を綴ってみる気になったのでした——そして永久に閉じたつばさに包まれて眠るわが友に、——早春の鳥のようにあわただしく相継いで世を去った先駆者たちの霊に献じようと思います。――生残れるあなたのためには、いまはかえりみられぬ“Boy's Aeroplane book”の赤い表紙についている三色版だと思っていただく以上に、何を私は求めましょうか?

ファルマン

1

むこうに藍色をした国境の山々がつらなっています。それら山並の頂き近いところの白い斑点は消残りの雪です。山脈からこちらへかけてゆるく起伏した野がひろがり、この平野の中程までは、遥かな山なみと共にあかあかと日光に照らされていますが、手前の方は一帯にかげろっています。つまりこの景色を眺めている私の頭上には大きな雲がかぶさっているのです。雲の影が落ちている所とその向うの明るい日射しをうけた所とのさかい目に、マニラ葉巻のような形をしたツェッペリン飛行船が浮んでいます。したがってその黄褐色にぬられた多角形の胴体も、前後に明暗二色に分たれています。

　私の心の片すみにいつの頃からか懸っているこんな彩色画は、空が紫ばんでくる季節にはふしぎにいきいきして、飛行船は夢のようなリズムをつたえてうごき出そうとするし、藍色の山なみも、代赭や灰緑を取りまじえた野づらも、共に、雲の影のうごきにつれて明るくなったり暗くなったりしはじめます。するとこの早春の南ドイツの風景はいつしか二重写しとして入れ変り、淡いみどりやピンクの縞ややわらかな土の色が入りまじったフランスの春の平野になって、おもちゃのようなファルマンや、ボオァザンや、ブレリオや、アントァネットがそれぞれに影を落して飛び交します。

2

隙間風にゆらぐただの白布であったスクリーンに観たファルマンは、まるで大きな箱凧のようなものでした。その機械には四箇の車輪がついていました。遥かに並木が見える広い野原を一群の人々に押されて行って、こちらに向って走ってくる時に、ふわりと影を地上に落して浮び上るのでしたが、たちまち地面にふれてバウンドしたり、そのまま傾いて動かなくなったりしました。こんな空中飛行器（当時はそのように呼ばれていました）が、黄いろいニス塗の支柱や、絹を張った枠組や、針金や竹竿から組立てられたものであることを知ったのは、ずっと後日のことでした。

私が最初に見た飛行機は、アメリカ製の水上機でした。太い竹筒が燃えてつづけさまにハレツしているような恐ろしい音や、そんな機械の廻転と共に空気を切りはじめたプロペラーの威力に、私はすっかり度胆を抜かれてしまいました。しかしやはり活動写真で観たそれのように高くは昇らず、海の上をあっちこっちに白波をけたてて走り廻ったあげくに、帆前船のマストをかすめて、大きな危っかしい輪をえがいて飛ぶのでした。それだけに、そこには自分の心に満足をあたえるある現代的な、冒険的な、ロマンチックなものがありました。それは心の中で探し求めていた或物でした。そしてこみ上げてくる会心の笑を、私はおさえることができませんでした。

このような空中飛行器の感じは、それが自分の手によっても作れそうなものであり、且つ自動車と同じ匂いのする発動機が取りつけられているということにおいて、二重に好ましく私の胸に灼きつけられるのでした。以来、このいわんかたない高踏的な文明の利器とその不思議な運動とについて人々が何といって評しているか？　あらゆる機会に注意したことを私は憶えています。まず一等初めに私の心を打ったのは次のような言葉でした。あの羽根はいったい何で出来ているのだろう、と問いかけた人にたいする一方の答えでした。「絹だよ。絹がピッシリ張ってある」とその人はいいました。

ローラスケイト場の隣りにがらんとした余興場がありました。この壁の高い所にいろんな飛行機や飛行船の油絵が並べられていました。私はスケート場の床をぐるぐる廻って疲れた時、きっと汗ばんだかおを余興場の壁の上方へ向けるのでした。私は、いろんな形の飛行機と、その下方にえがかれている並木道や風車や家屋を見くらべて、若しも自分がこんな機械を操って鳥のように飛んでゆくのであれば、その時脚下に見る耕作地や、林や、丘や、村里はいったい自分にどんな感想をもたらせるであろうか、と想像してみるのでした。風に乗って巧みに舵をとってゆく鳥共も注意の的になりました。そういえば私は、郊外へあそびに行った時、鳥と共に、窪地や木立のある斜面を見ると、立止らずにおられません。なぜなら、そこには今まで知らなかった新らしい夢がふくまれていたからです。「飛行機によって人は都会とその会計係から脱れて農夫の真実を見出す」と、後の日私はサンテックス氏の小説中によみましたが、飛行機は最初の日からずっとそのとおりだったのです。――私は自分が画家であったかのように、風景の一部を両手で作った枠によってカットしてみます。それからところどころに白雲をうかべた晴れた空や、土の匂いや、頬にたわむれる微風やから成ったアトモスフィアに自ら浸ろうとつとめるのです。こんな場所へあの絹張りの翼を持った飛行機がとんできても差支えないからでした。そしてたぶん故障を起したであろう飛行機が、うす青いけむりを曳いて降りてくるなり、ばね仕掛の滑走車を畑のうねにぶッつけて顚覆したなら、いっそうよいことでなかったでしょうか？

私は教壇の方はうちやって、ノウトブックにいろんなカーヴをかいていました。これらの曲線はいずれも飛行機のつばさの断面なのです。そんなカーヴを持った翼面が風に衝突する感じを味うために、ノウトの一片をはがして前べりをまげました。こんな紙片を水平に保って運動場を走りました。さらにノウトの紙を鳶に折って空気の上に辷らせました。野づらに影を落して行く鳥共のリズムを瞑想するためにでした。自身が空気の座ぶとんの上に載っている感覚を知るために、丘や堤の上に立って、下方の畑の幾何学模様に飛行機の影を加えました。そんな時、遠くではカミナリが鳴って、向うの山なみが、いそがしく、雲の影によって明るくなったり暗くなったりしはじめるのです。それは、Issy-les-Molinneaux の早春でした。

友だちのあいだでは、糸ゴムを動力にする模型飛行機が流行していましたが、私はそのことにあまり気を惹かれていませんでした。なるほどおもちゃ飛行機は、失敗成功とりまぜてそれぞれに面白い空中の運動を見せますが、しかし、ブレリオだのファルマンだのが持っている気分とはまるッきり違うのです。で、同じヒゴ竹や削いだ木やアルミのチューブを手にしても、私にはそれらの結合からどうして実物飛行機の感じが出されるか？　ということだけが考えられました。そんな試みの単葉式や複葉式が私の机上で作られては、こわされました。ある日考えなおさずにおられません。間違いのない比例の下に作ったブレリオが、なぜあの草原でバウンドしたり、火災を起したりする実物のブレリオ式単葉飛行機として映じないのであろうか？

姉に貰った化粧箱の底に、私はフィルムの一コマを大事にしまっていました。赤く着色された画面で、墜落した飛行機から煙が立昇っているところでした。友だちはそのミニエチュアをかざして透かしながら説くのです。これはパテェ会社のフィルムにある場面で、スーッと舞い上った白い羽根の飛行機が見るまにかたむいて芝生に落っこちたところだと。その『空中王』を観る機会は私にあたえられませんでしたが、かれが何をいおうとしているのかはよくわかりました。私は粉砕した機械の下じきになった自分を想像することがありましたが、友だちはこのすてきな幻想について注意しているのです。あの紙をひきさくような爆音と共に廻転を開始したプロペラーについて、また、躍進飛揚した飛行機のあっけない瞬間における破壊と、こうしてたえまのない飛行家の死の美しさについて、かれは語っているのです。——そうであるのに、私の小さなブレリオ式単葉が、仮想の搭乗者の惨死をもたらすべく何とぎこちなく、丈夫すぎていたことよ！ある人は私のブレリオを見て、実物と少しも異らないといいました。これは事物にたいして注意をはらわぬ流儀の人です。なぜなら、私は自分が丹精をこめて作り上げたおもちゃの機体を少し離れてながめたり、青空が背景となるようにつるしてみたりしました。が、実物飛行機に見られる構成感と運動の魅力は決してそこに織り出されていなかったからです。プロペラーをねじってみても別にハネ戻るわけでなし、空気の座ぶとんの上にほうり投げたところで、ただちに床上に落ちてぶざまなとんぼ返りを演じるだけでした。高い窓から落しました。けれども実物飛行機墜落の現場に覚えられるであろう、あの高速度撮影的なこわれかたなど見ることはできませんでした。私は次のように思わずにおられません。尺度はちぢめられても、材料の木や布や針金や、塗料の密度が、したがってこんな素材の結合にたいして働く地球の引力が適宜に軽減されていないせいであろうと。

模型では感じの出ないことが判って、私はその次には、棒キレや、彎曲した木片にワニスをぬったり、框組へ布を張ったり針金を取りつけたりしはじめました。これらは複葉飛行機の支柱であり、翼骨であり、方向舵でなければならぬのでした。しかし、自分には実物飛行機の一部分として通用しているところのものは、いったん実物飛行機と比較した時には、模型の場合と同様、その感じがぶッこわされてしまうのでした。この頃、飛行機に接近できる機会が時折ありましたが、実物の支柱だの、肋骨だの、ソケットだのは、私の頭に漠然とあるものよりずっと簡単で、何か心許ない気持をあたえました。それらは、「こんな仕事だったのか」と意外に思うと同時に、「なるほどこれより他にどんな方法があるか、これでなければならないのだ」とうなずかせるように出来上っていました。そこで私はその支柱の太さをしらべたり、翼の幅や、全長などを歩数で測ってから、家へ帰ります。そしてある木片なり、距離をもって実物飛行機をえがこうとつとめます。あの枠桁はこれくらいに削ってあった、羽根の長さはここからここまで、と思いうかべてその次第を自分の心に承認させようとしますが、どうもふに落ちません。――これはおもちゃのような機体にかぎりません。飛行機は頭上を通過して迹なく、空虚な場所はそこをうずめるのにどんな想像をも許すのです。風や菫の花や一望のカントリーの景色にまでに展開した偏執は、私をとらえて、ついに形而上学めく迷宮にさそいこもうとするのでした。

先刻まで眼前にあったおもちゃめく機械が一箇の人間を載せて、もうあんな行けない所まで昇っている。それは何故か？　というようなことが考えられるのです。その飛行機が刻々、下方の森や丘や川や村里とは別に関係なしに位置を変えて、大きな円をえがいて戻ってきて、元の場所に停止したなら、その間にはいったい何事が行われたというのであろう？　ここに在ったものが遠方に在り、向うに在ったものがいまここに在る。しかもその双方に在ったのがこの一箇の機械であるとはどうしても考えにくい。にもかかわらず、大空が、クローバーの花が、村里の牛が何事もなかったように知らんかおをしているのはなぜであるか？　大空が代表する空間というものは空ッポであるが、あの森や農家や自分のいる箇所からは距離がきめられる無数の点からそれは出来ていて、現にこの飛行機中の一点が、空間中のある点と合致したのだ――なら、飛行機と空間とはどんな関係の下にあるのであろうか？

汽車や汽船の運動についても同様なことがいえましたが、飛行機にあってはいっそうに、その広い甲板である翼と、急速な運動が空間との直接的関係におかれていました。私は、地上にある飛行機の下方にさえ田園の縞模様を想像しようとしたことを憶えています。そばに落ちている小さなボールトによっても、いわゆる「空中感」を捉えようとしました。このねじがいつか空間中を渡ってきたものならば、同じねじが再び空中旅行をやったとて別に不都合はない。そう思ってねじをほうり上げます。落ちてきたねじを受けとめて、そこにどんな変化が起ったかを私は見ようとしました。もはや学校にあるピアノも、物干場の竹竿も、ただそのままに私を見逃してくれません。黒塗の長方形の箱の中に張りわたされた鋼鉄線は、白シャツがかかった竹竿は、共に独創的機械の空間運動にたいする研究の資材にならねばならなかったからです。ある時、そんな針金や竹竿や天幕の布が基本となって、私の眼のまえには仮想のブレリオ式単葉機が翼を休めていました。私はその各部分を点検し、タンクに給油して、そしてハンドルを操り、フランスの春の平野を飛んで行くのでした。――

トネリコという樹を友だちに教えられたのは此頃のことです。すると、これがトネリコだと知った時、私はその瘤だらけの幹にキッスしたくなるのでした。同じ樹はフランスの野に成長して、S字状のプロペラーに仕上げられ、イッシーレームリノーの春空に金色にかがやいて唸っても差支えなかったからです。向うにステーションが見えます。貨物列車がゴトゴトやってきます。そうすると私にはきっと、プラットフォームに置かれた大きな木箱が想像されます。それには天地注意の矢じるしがついています。飛行機の箱です。吹上井戸のてっぺんで廻っている風車も、郊外電車の天井のカーヴも、曲木細工の椅子も、風をはらんだ天幕も、陽光を浴びた運動場もゴムの香がするパラソルも、自転車も、時には部屋のドアさえも、空中飛行機の組立とその運動を私に考えさせ、目ぬき通りの飾窓に見るねずみ色のスエターは革命家への夢想を募らせます。遠くに雲片がある春の一日私の世界は飛行機臭いのでした。どこもかしこもファルマンであり、アントァネットであり、ブレゲであり、サントスデューモンなのでした。

ファルマン！　ファルマン！

ファルマンの星型廻転式エンジン！

ファルマンの絹張のつばさ！

ファルマンのピアノ線！

ファルマンの空気入りタイア！

ファルマンの胡桃製のプロペラー！

フランスの蝶！　ファルマン！

NB——ベルグソンが、吾々における一瞬間は物質にあってはじつに数万年にわたる歴史だという意味のことを述べているが、飛行機という以前になかった機械のリズムによって、空間や、花や、耕作地や、また吾々の心に、はたしてある歪みが与えられなかったろうか？　と私は思う。エッフェル塔を巡るサントスデュモンの葉巻形飛行船や、アルプスの谿谷上を飛ぶブレリオ単葉機の写真は、たしかに旧い都や万古の山岳の空間に加えられた大変動を示している。私が少年時代から持っている蜂じるし双眼鏡のレンズでさえ、最初の日その表面に投じられたアットウォーター氏の飛行機の映像のためにある微妙な曲率が生じて、いまだに消えていないことを、私はみとめずにおられない。全く地表の空間の組織は飛行機という文明利器の爆音がとどろいて以来、どこか変化したのだ。それはなお吾々の心の内部における場合と同様にである。しかも飛行機は人間が作った機械にすぎぬでないか？　その機械であるものがどうしてこんなにまでの影響を及ぼしているのであろう？　ここにおいて私は答えたいのである。それは、あのファルマンだのボオァザンだの、ブレリオだの、敢てこのような独創的機械を製作し、身をもってそれをマスターしようとした人達にとって裏づけられた「精神力」（Énergie Spirituelle）そのものに他ならないと。

解題

『キタ・マキニカリス』ははじめ昭和23年に書肆ユリイカから刊行され、同31年にデラックス版として的場書房より再刊された。その後、現代思潮社『稲垣足穂大全』（昭和44〜45年）刊行に際し諸篇は第1巻と第6巻に分載されたが、昭和49年、同社により「タルホスコープ」シリーズの一巻として再び一冊にまとめられた。本文庫は現代思潮社版に準じたが、現代かなづかいでない箇所は現代かなづかいに改めた。

著者は自作に何度も手を入れており、大幅に改作された作品も少なくない。以下に初出／その作品を収録した主要単行本、全集、雑誌を示した。〔　〕内は発表時のタイトルである。

（編集部）

黄漠奇聞　「中央公論」（大12・2）／『星を売る店』（大15　金星堂）、『一千一秒物語』（昭和44　新潮文庫）、『大全Ⅵ』（昭45　現代思潮社）

星を造る人　「婦人公論」（大11・9）／『星を売る店』（同前）、『大全Ⅰ』（同前）

チョコレット　〔チョコレート〕「婦人公論」（大11・2）／〔チョコレート〕『星を売る店』（同前）、『一千一秒物語』（同前）、『大全Ⅵ』（同前）

星を売る店　「中央公論」（大12・7）／『星を売る店』（同前）、『一千一秒物語』（同前）、『大全Ⅰ』（同前）

「星遣いの術」について　〔星使いの術〕「改造」（大13・8）／〔「星使いの術」に就て〕『星を売る店』（同前）、『大全Ⅰ』（同前）

七話集　〔香炉の煙〕「新潮」（大13・1）／『大全Ⅵ』（同前）

或る小路の話　「新潮」（大13・9）／『鼻眼鏡』（大14　新潮社）、『大全Ⅵ』（同前）

セピア色の村　「女性改造」（大13・6）／『鼻眼鏡』（同前）、『大全Ⅵ』（同前）

緑色の円筒　「世紀」（大13・12）／『星を売る店』（同前）、『大全Ⅰ』（同前）

煌ける城　「新潮」（大14・1）／『鼻眼鏡』（同前）、『大全Ⅵ』（同前）

白鳩の記　〔武石浩玻氏と私〕「新潮」（大14・9）／『天体嗜好症』（昭3　春陽堂）、『大全Ⅰ』（同前）

「タルホと虚空」　「G・G・P・G」（大14・7）／「新小説」（大14・9）／『天体嗜好症』（同前）、『大全Ⅰ』（同前）

星澄む郷　「新潮」（昭2・11）／『大全Ⅵ』（同前）

天体嗜好症　「女性」（大15・4　特別号）／『天体嗜好症』（同前）、『一千一秒物語』（同前）、『大全Ⅰ』（同前）

月光騎手　「辻馬車」（大15・5）／〔THE MOON RIDERS〕『天体嗜好症』（同前）、『大全Ⅵ』（同前）

海の彼方 〔海のかなた〕「新潮」（大15・2）／『天体嗜好症』（同前）、『大全Ⅵ』（同前）、〔紫色の35㎜の切れっぱし〕「海」（昭46・6）
童話の天文学者 「新青年」（昭2・1）／『天体嗜好症』（同前）、『大全Ⅰ』（同前）
北極光 〔おうろら・ぼりありす〕「新潮」（昭4・11）／『大全Ⅵ』（同前）
記憶 「新潮」（昭4・5）／『大全Ⅵ』（同前）
放熱器 「文学時代」（昭4・10）／『大全Ⅵ』（同前）
飛行機の哲理 〔ブレリオ式の胴〕「新科学的文芸」（昭5・8）／『大全Ⅰ』（同前）
出発 「新青年」（昭5・7）／『大全Ⅵ』（同前）
似而非物語 〔近代物理学とパル教授の錯覚〕「改造」（昭3・4）／〔P博士の貝殻状宇宙に就て〕「科学画報」（昭5・9 特集号）、「文芸汎論」（昭12・4）、『大全Ⅰ』（同前）
青い箱と紅い骸骨 「文科」（昭6・11～12）／『大全Ⅵ』（同前）
薄い街 〔うすい街〕「セルパン」（昭7・1）／『大全Ⅵ』（同前）
リビアの月夜 〔サハラの月〕「文藝春秋」（大15・12）／「新青年」（昭7・4）、〔リビアの月〕「作家」（昭36・12）、『大全Ⅵ』（同前）
お化けに近づく人 〔お化に近付く人〕「文芸汎論」（昭7・8）／『大全Ⅵ』（同前）
赤い雄鶏 〔赤い鶏〕「文藝春秋」（昭7・9）／『大全Ⅵ』（同前）
夜の好きな王の話 「文芸時代」（昭2・1）／「文科」（昭7・3）、『大全Ⅵ』（同前）

電気の敵　「新青年」（昭7・8）／『大全Ⅵ』（同前）

矢車菊　「文学」（昭7・12）／『大全Ⅵ』（同前）

ココァ山の話　〔ココア山奇談〕「新青年」（昭8・6）／'Space Modulator' No.32（昭43・11）、『大全Ⅵ』（同前）

飛行機物語　「新潮」（昭3・11）／「文学」（昭8・12）、〔扇の港――プロペラを廻すまで〕「作家」（昭41・2）、『大全Ⅰ』（同前）

ファルマン　「四季」（昭10・3）／『大全Ⅰ』（同前）

解説　「宇宙模型」としての書物

安藤礼二

『ヰタ・マキニカリス』は、昭和二十三年（一九四八）に、伊達得夫が興した書肆ユリイカから刊行された、作家・稲垣足穂の代表的な中短篇作品を集大成した書物である。出版社名である「ユリイカ」自体が、足穂の示唆によっているという――当然のことながら、その源泉には、宇宙の生成と消滅を詩的かつ論理的に探究したエドガー・アラン・ポーの特異な著作、『ユリイカ』が存在する。

足穂が、自身の作品世界を集大成する書物の刊行を意図したのは、それよりも十五年以上前にさかのぼる。『ヰタ・マキニカリス』冒頭の献辞に記された「収録作品の選定者なるO夫人」こと、足穂の少年期からの生活の拠点であった明石の無量光寺住職夫人、小川繁子の協力を得てその浄書がなったのは、さらにそれから数年後、経営していた衣装店が差し押さえになり、明石を去らなければならなくなった、昭和十一年（一九三六）のことであった。以降、七百枚近くに及ぶその原稿は、足穂の放浪生活にともなわれて各地を転々とし、さまざまな出版社から刊行を断られながら、あるときには、新聞紙に包まれて自らの頭を横たえる枕にさえなった。

『ヰタ・マキニカリス』という書名は、森鷗外の『ヰタ・セクスアリス』に倣ったものである。一人の哲学者が、青年期に至るまでの性的な体験をもとに、これまでの生涯の軌跡を再検討してゆくという鷗外の「性欲からみた生活」に比して、確かに、足穂の『ヰタ・マキニカリス』も、映画や飛行機など機械を通した体験をもとに、これまでの作家の生涯の軌跡を「機械からみた生活」として再検討していくものではある。自伝的な諸作品、映画館での体験を主題とした「赤い雄鶏」や、青年期の飛行機作りを主題とした「飛行機物語」、実在する飛行家・武石浩玻の死と「墜落した飛行機」の残骸を美しく描き切った「白鳩の記」は、本書『ヰタ・マキニカリス』の白眉であろう。あるいは、母校である関西学院普通部の風変わりな天才たち、上級生や下級生や近隣に住む早熟な少年たち、さらには独創的な文学を志して夭折した青年たちとの詩的かつ伝説的な交遊をもとにした諸作品（「或る小路の話」「煌ける城」「タルホと虚空」「北極光」「出発」「お化けに近づく人」）も忘れがたい。

しかし、『ヰタ・マキニカリス』の真意としては、個人的な「機械からみた生活」の諸相というよりは、宇宙的な「機械という生命」の諸相と捉えることが、よりふさわしいと思われる。足穂自身による『ヰタ・マキニカリス』の最も美しい定義は、終戦直後に行われた江戸川乱歩との同性愛をめぐる対話を再構成した「E氏との一夕」（新保博久・山前譲編『江戸川乱歩　日本探偵小説事典』河出書房新社、一九九六年、所収）に

ある。そこで乱歩は、足穂の発言を受けて、こう答えている。「同性愛とは例外者のや
ることのように考えられているが、I〔稲垣――引用者注〕君の御説のように中性的なも
のに惹かれる心だよ。中性を理想とする……男と女に分化してしまえば具体的になるが、
もっと抽象的な、両性未分化にある人間への憧れ、とでも云うかね」。
足穂もまた、乱歩に同意して、こうつけ加えている。「中性と云えば男を女をつきま
ぜ、そのどッちでもないというふうに受取られますが、原型へのノスタルジー、将来性
への先駆だという点から云えば、むしろ超性です」。少年と少女という性の分化以前の
原型的な存在、性の分化を乗り越えてしまった――それは同時に生と死という分割の無
化でもある――イデアとしての存在への憧れ。それが「ヰタ・マキニカリス」を成り立
たせる。対話の最後、乱歩に促されるようにして、足穂は「ヰタ・マキニカリス」を、
こう定義している。「ヰタとは生命、マキニカリスはマシーン、機械、からくりつまり
宇宙博覧会の機械館だというほどの意味です。――ギリシアに始まる文明が美少年の原
型におかれたものなら、来るべき文明は美少女の理念の上に築かれなければならぬ、か
つてぼくは考えました〔中略〕。少年少女は同じもの。ヰタ・マキニカリスの理想は、少
年少女の結合の上に生れる新文明、コバルト色の虚無主義です」。

P（男性器）あるいはV（女性器）に分かれる以前の、A感覚――口唇から肛門へと
至る一本の「虚無」の管――によって結ばれ合い、一つに融け合う、原型的な少年と少
女。彼ら、彼女らが生きる世界では、宇宙の創生と宇宙の消滅、創世記と黙示録が一つ

に融け合い、それとともに人工の機械と自然の生命が、現在を生きる足穂という個人にとって固有の記憶と過去と未来を生きる人類にとって普遍的な記憶が、一つに融け合っている。『ヰタ・マキニカリス』に収められた最後の作品、「ファルマン」の末尾に、足穂は、こう書き残している。自分をこれまで惹きつけてきた草創期の飛行機、その「独創的機械」は、人類のもつ、あるいは生命のもつ「精神力」の結晶に他ならない。その「独創的な物質とは、生命のもつ「記憶」そのものが縮約されたものなのだ。『ヰタ・マキニカリス』とは、宇宙という機械が紡ぐ生命の歌であり、そこでは機械こそが生命であり、生命こそが機械だった。

*

『ヰタ・マキニカリス』は、稲垣足穂という表現者としてのフィクショナルな想像力の集大成であるとともに、生活者としてのリアルな体験の集大成でもあった。足穂は、一冊の書物のなかに、文字通り、一つの宇宙を封じ込めた。ポーの『ユリイカ』のように、さらには、ポー的な想像力を極北まで磨き上げ、「世界は一冊の美しい書物へと至り着くために創られている」と語ったマラルメのように。

『ヰタ・マキニカリス』とは、正真正銘、足穂にとって「宇宙模型」として創り上げられた書物であった。映画館の余興として行われていた、機械仕掛けで動く人工風景キネオラマ（キネマ＋パノラマ）に深く魅了され、自分たちの手で「さまざまな紙製の天体」を切り抜き、机の上に小さなキネオラマとしての宇宙を創り上げてしまった、「奇妙な永遠癖」たる「宇宙的な郷愁」にとらわれた「天体嗜好症」の「私」とオットーの物語をそのまま現実化したような……。江戸川乱歩もまた、「化物屋敷」のような足穂の下宿で、足穂とともに「ブリキと銀紙細工の天文学」や「明治期の月世界旅行映画」、そしてキネオラマ「旅順開戦館」の魅力について語り合って飽きることがなかったと、懐かしげに回想している。ミクロコスモスとしての書物がそのままマクロコスモスとしての宇宙に通じているのである。

そのような足穂による宇宙＝書物が、ここに文庫版としてははじめて一冊にまとめられた。これまでは、どうしても、その巨大さ故に、二分冊にせざるを得なかった。それが、誰もが気軽に手に取り、ポケットに、鞄に、「宇宙模型」としての書物を密かに携帯し、自由にひもとけるようになったのである。実際、『ヰタ・マキニカリス』を最初から最後まで貫いているのも、宇宙の誕生にしてその消滅を自身の言葉、自身の文学として描き尽くそうという、足穂の執念にも似た想いであった。少なくとも私には、そう思われてならない。

ある場合（「青い箱と赤い骸骨」や特に「電気の敵」）には、その想いは、宇宙の黙示録的な破滅にまで至る。しかし、多くの場合、日常の世界、現実の世界の直中に、非日常の世界、超現実の世界へと至る通路がひらかれている。妖精たちが戯れる「フェアリーランド」への入口は、正面ばかりでなく、ふと横を向いた瞬間にひらかれる「薄板界」にこそ存在する（「タルホと虚空」および「童話の天文学者」）。その「薄板界」のいただきには、「カレイドスコープの原理による機械」によって、街全体が、瞬間・瞬間にその姿を変えていく螺旋都市、巻貝都市があらわれ（「緑色の円筒」）、その「貝殻状宇宙」のさらなる外側には、深海で神秘的な光を発する「発光エビ、まんぼう、つるうなぎ、提燈あんこう」に似た彗星たちが自由気ままに飛び交っている（「似而非物語」）。

足穂は、現実の街――「神戸」をこれほど魅力的に描いた作家は他に存在しないであろう――を、「夢の元素」（ファンタシューム）を用いて、「どこにもない、しかしどこかにあるパラダイス」に変貌させてしまう。足穂は、自らが創り上げた「フェアリーランド」の源泉に、一般的には失敗作という烙印を押されている谷崎潤一郎が大正期に残した珠玉の諸作品、そのなかでも特に「ハッサン・カンの妖術」があることを隠さない（「星を造る人」、「星遣いの術について」、「似而非物語」）。小説家の「予」（谷崎）は、インドの魔術師ハッサン・カンの系統につながるマティラム・ミスラが操る妖精たちに導かれて、心のなかに広がる「須弥山世界」を旅し、霊的な鳥となってそこに転生した今は亡き母親と再会する。谷崎は、キリスト教神秘主義者エマヌエル・スウェーデンボルグが自らの体験をもとに書き継いだ霊界遍歴譚を仏教的な世界観として読み替えていた（おそらくは鈴木大拙の諸著作を参照していたと推測される）。

足穂の『ヰタ・マキニカリス』は、さまざまな文学的な系譜、哲学的な系譜を一つに結び合わせ、一つに重ね合わせる。キリスト教の神秘主義的世界観と仏教の神秘主義的世界観、ポーの『ユリイカ』と谷崎の「ハッサン・カン」、等々。そして、そこに「どこにもない、しかしどこかにあるパラダイス」を出現させる。その「フェアリーランド」では、現実と虚構が、創世記と黙示録が、誕生と破壊が、生者と死者が、表裏一体の関係にある。物質は自らの限界を乗り越えて、宇宙的な記憶につらなる（「記憶」）。

絵画、彫刻、詩といった表現のジャンルを横断し、演劇や映画や建築といったメディアの手法を総合した未来派芸術の結晶としても位置づけられる『ヰタ・マキニカリス』は、いまだにその可能性のすべてを汲み尽くされることなく存在する未来の書物であり、書物の未来でもある。

（批評家）

ヰタ・マキニカリス

二〇一六年一二月二〇日　初版発行
二〇一九年一二月一〇日　4刷発行

著　者　稲垣足穂《いながきたるほ》
発行者　小野寺優
発行所　株式会社河出書房新社
〒一五一―〇〇五一
東京都渋谷区千駄ヶ谷二―三二―二
電話〇三―三四〇四―八六一一（編集）
〇三―三四〇四―一二〇一（営業）
http://www.kawade.co.jp/

ロゴ・表紙デザイン　粟津潔
本文フォーマット　佐々木暁
印刷・製本　凸版印刷株式会社

Printed in Japan　ISBN978-4-309-41500-0

肝心の子供／眼と太陽

磯﨑憲一郎　41066-1

人間ブッダから始まる三世代を描いた衝撃のデビュー作「肝心の子供」と、芥川賞候補作「眼と太陽」に加え、保坂和志氏との対談を収録。芥川賞作家・磯﨑憲一郎の誕生の瞬間がこの一冊に！

第七官界彷徨

尾崎翠　40971-9

「人間の第七官にひびくような詩」を書きたいと願う少女・町子。分裂心理や蘚の恋愛を研究する一風変わった兄弟と従兄、そして町子が陥る恋の行方は？　忘れられた作家・尾崎翠再発見の契機となった傑作。

ブラザー・サン　シスター・ムーン

恩田陸　41150-7

本と映画と音楽……それさえあれば幸せだった奇蹟のような時間。「大学」という特別な空間を初めて著者が描いた、青春小説決定版！　単行本未収録・本編のスピンオフ「糾える縄のごとく」＆特別対談収録。

そこのみにて光輝く

佐藤泰志　41073-9

にがさと痛みの彼方に生の輝きをみつめつづけながら生き急いだ作家・佐藤泰志がのこした唯一の長篇小説にして代表作。青春の夢と残酷を結晶させた伝説的名作が二十年をへて甦る。

枯木灘

中上健次　41339-6

熊野を舞台に繰り広げられる業深き血のサーガ…日本文学に新たな碑を打ち立てた著者初長編にして圧倒的代表作。後日談「覇王の七日」を新規収録。毎日出版文化賞他受賞。解説／柄谷行人・市川真人。

少年アリス

長野まゆみ　40338-0

兄に借りた色鉛筆を教室に忘れてきた蜜蜂は、友人のアリスと共に、夜の学校に忍び込む。誰もいないはずの理科室で不思議な授業を覗き見た彼は教師に獲えられてしまう……。第二十五回文藝賞受賞のメルヘン。